神話植於山海　草木字字春秋

侗台语族台语支民族族源神话研究

李斯颖 著

学苑出版社

图书在版编目（CIP）数据

侗台语族台语支民族族源神话研究 / 李斯颖著 . —北京：学苑出版社，2023.5
　ISBN 978-7-5077-6612-7

　Ⅰ.①侗… Ⅱ.①李… Ⅲ.①壮侗语族—神话—研究 Ⅳ.① B932

中国国家版本馆 CIP 数据核字 (2023) 第 067312 号

责任编辑：陈　佳
出版发行：学苑出版社
社　　　址：北京市丰台区南方庄 2 号院 1 号楼
邮政编码：100079
网　　　址：www.book001.com
电子邮箱：xueyuanpress@163.com
联系电话：010-67601101（营销部）、010-67603091（总编室）
印　刷　厂：英格拉姆印刷(固安)有限公司
开本尺寸：710 mm × 1000 mm　1/16
印　　　张：22
字　　　数：347 千字
版　　　次：2023 年 5 月第 1 版
印　　　次：2023 年 5 月第 1 次印刷
定　　　价：118.00 元

序 言

《侗台语族台语支民族族源神话研究》一书即将出版，作者邀请我作序，我欣然允之。作者经过七年的努力，终于在上一本专著《壮族布洛陀神话研究》的基础上又有新的学术突破，我感到十分高兴。

侗台语民族起源于华南地区，又有"百越"之称。《汉书》记载，"自交趾至会稽七八千里，百越杂处，各有种姓"。可见，百越虽然已有"种姓"之别，文化各有生发，但文化内部的共性依然鲜明，彼此之间的往来、联络密切。我曾经在以往的文章中证明并强调过，百越民族是最早拥有人工栽培水稻伟大发明的族群之一，稻米养活了世界一半以上的人口，其对世界的影响和贡献可见一斑。百越先民的文化特质还包括文身、舟楫、干栏房、凿齿、织布等，对世界文明的发展有着自己持续而独特的贡献。为了种植水稻、安居乐业，百越先民不断沿水路迁徙，发展成为如今分布在中国南方与东南亚老挝、越南、泰国等国家的多个民族，根据语言学上的划分被统称为"侗台语民族"。这些民族，虽然生活的国度不同，现代化程度不同，但依然顽强地使用着自己本民族的语言，以多种方式维系着自身的文化传统，努力地在现代化过程中寻求新的发展，令人钦佩。我曾到泰国访问，用家乡的壮语与泰国人交谈，依然能够实现日常的交流。可见，作为中国优秀传统民族文化的组成部分，壮族的语言文化与泰、老等国语言文化中的相似或相通之处，是推动实现中国与东南亚多国民心相通的重要基础。对侗台语民族文化的比较研究，将会对我们今日探索百越文化、促进中国与东南亚各国的经济文化等多方面的交流、助力"一带一路"倡议的全面合作提供重要的参考和思路。李斯颖的《侗台语族台语支民族族源神话研究》就是这样一部符合时代呼唤、可增强国内各民族交往交流交融、有利于中国与东南亚各国不同文明交流互鉴的学术佳作。

　　该书所使用的研究手法是多方面的，但有四个方面比较突出。其一，作者在十余年间完成了对侗台语族台语支民族（书中简称为台语民族）活态神话材料的调查、搜集与整理，用于研究的基础材料丰富而鲜活。作者从布洛陀神话调查出发，将观察视野扩大到侗台语族台语支民族的族源神话。她不但在国内壮、布依、傣等民族地区开展了长期深入的调查，还在东南亚的泰国、老挝等国家的民族地区完成了高质量、大范围的田野调查，十分难能可贵。正是通过锲而不舍的田野调查与访谈等方式，作者获得了大量的第一手文字资料、图片资料和影像资料，对相关族源神话的地域分布、主要内容、民族文化特点和传承现状有了全面了解。在个案的分析上，作者不落窠臼，运用了神话学、语言学、历史学、分子人类学、人类学与民族学等多学科的理论方法与新观点，完成了对不同具体民族族源神话的充分观察与细致解读。例如作者对壮族布洛陀和傣族布桑嘎西始祖神话的比较突破了两个民族文化与信仰差异较大的表征，从语音、形象塑造、神话母题、演述仪式、族群迁徙等角度出发，条分缕析出了二者所共享的、侗台语先民的日月信仰传统。对哀牢后裔的神话传统分析更是结合史料与自身的田野发现，对"哀牢后裔今何在"的疑问提出了自己的见解，并从神话叙事的蛛丝马迹中发现了哀牢后裔不同支系的文化发展与族群融合现象。由于掌握的神话资料丰富，她敏锐地捕捉到了中国桂中地区由壮族师公演述的《布伯》与老挝、泰东北《火箭节来历》神话的相似之处，并结合人类学、民俗学、分子人类学等多学科的研究成果，指出佬族、普泰等民族与桂中壮族先民的渊源。这一推测看似大胆，但逻辑推理扎实，为研究侗台语民族的发展提供了新的思路，可见作者是下足了力气的。作者十多年来潜心完成田野调查，实现了对侗台语族台语支不同民族文化发展、活态神话传承状况的深度关注，功夫没有白费。

其二，作者对多民族多语种的神话材料和研究成果搜集较为全面，这是其研究创新得以实现的重要一步。作者广泛查阅和搜集了与侗台语民族台语支族源神话相关的、多语种的文献资料及研究成果。这其中有英文、法文以及东南亚泰文、老挝文、越南文等多国文字的相关材料与研究成果，涉猎广泛而齐全。更为重要的是，其中还有侗台语族台语支民族以本民族文字书写的各类神话材料，包括艺人在仪式上使用的手抄本、贝叶经、民间流传的各种介绍材料等。这为研究提供了兼具历时与共时性、深度与广度的视角，建立了研究过程中所需要的资料库，完成了对国内外相关学术史的观照与总体把握。例如，作者对曼谷白莲出版社出版的一系列有关东南亚民族情况的丛书、有关泰佬民族创世神话研究的博士论文等都有认真阅读、参考和思考，对相关观点完成了新的辨析，增进了国内外侗台语民族文化研究的交流。上述工作，为作者展开侗台语族台语支民族族源神话的立体性和全景式研究奠定了厚实的资料基础，使她可以立足现有学术研究成果实现新的突破和超越。

其三，作者综合运用多学科的最新理论与研究方法，完成了对侗台语族台语支民族族源神话的整体考察与规律探索，并得出了具有高度创见性的新结论。《侗台语族台语支民族族源神话研究》立足侗台语族台语支民族族源神话这一框架，注重发现不同民族族源神话之间的有机联系与相互呼应。如前所述，侗台语族台语支民族族源神话是百越后裔族群重要的口头传统，它跨越了数千年历史时空，随着侗台语族台语支民族先民的繁衍发展而流传下来，在流传过程中不断被注入特定时代的内容，带有浓厚的历史记忆与文化记录色彩。神话异文丰富，结构也较为完整。虽然台语支民族的这些神话千姿百态，但依然保持着侗台语民族早期文化的共性与信仰的独特特征，依然可以成为一个体系来进行总体研究。作者一直从事侗台语民族文化的相关学术工作，对目前的研究状况及薄弱环节深有了解，于是选择从比较神话研究的视角切入，发挥自己专修口头传统的专业特长，对侗台语民族台语支族源神话做了全面、系统、深入的研究。与此同时，作者突破了神话学的领域，运用了语言学、分子人类学、民族学与人类学等多学科的前沿理论和观点，完成了对台语支族源神话全新的整体考察，得出了令人振奋的新观点和新结论。全书在对侗台语族台语支民族族源神话进行个案分析的基础上，充分关注到其内部的共性与相互呼应的特点，即以"Mo"信仰为统领、祖先与天体（日月）并行及融合等较为常见的模式。作者对于侗台语民族所共享的稻作农耕文化传统有深刻的领悟，并在书中进行了较为深邃的阐释。侗台语族台语支民族族源神话的"根底"，就是稻作文化。在布洛陀神话中，布洛陀开天辟地以后，就开辟田畴，种植水稻，这就是根。虽然侗台语民族散布各处，但稻作生产仍是他们维系生存发展的基本方式。稻作文化传统无时无刻不影响着他们的思维方式和行为模式，并由此生发出独特的审美追求，形成较为稳定的族源神话叙事内核。总的来看，书中的系列观点突破以往学术研究的局限，令人耳目一新。

其四，在研究侗台语族台语支民族族源神话流传到东南亚发生的变异时，李斯颖进一步挖掘这种变异产生的四个主要原因。第一，受到不同国家政权结构变化的影响。不同的国家治理模式、阶层理念等影响了神话叙事的内容、结构和表述手法。第二，受不同国家不同民族语言的影响。在不断迁徙和逐步定居的过程中，侗台语族台语支民族学习当地各民族的语言与文化，以此实现彼此的和平共处、友好往来等。在这一过程中，其他民族语言的词汇及其背后的文化理念都被台语支民族有选择地吸收和转化，并在族源神话中有所体现。第三，受不同国家民族风情的影响。在与多个民族共同发展的过程中，受其传统民族风情影响，侗台语族台语支民族族源神话产生了符合新环境的新内容、呈现出新的审美理念。例如，同为求雨神话，在老挝和泰国东北就有了火箭节的仪式庆典。第四，受不同宗教与信仰的影响，包括佛教、基督教、印度教及其他民族的传统信仰等。在不同国家生活与发展的经历，使侗台语族台语支民族或多或少地吸收了多种宗教与信仰的理念，这对族源神话的叙事理念、传承内容选择与改编等都有很大影响。例如我在泰国考察时，泰国佛寺门口两侧八字形护墙顶上的那卡是一条无足长龙，可以看到它身上有侗台语族台语支蛟龙与印度蛇神的融合。有意思的是，汉族引入佛教以后，寺庙中泥塑佛像的坐垫是荷花，背后是华丽的扇形靠背；泰国却不同，坐垫是由那卡长身盘旋多圈而形成的蒲团，那卡的颈部从佛像背后往上伸出，那卡的脑袋则有多个。脑袋的多少得看佛像的地位，佛像地位最低的，那卡有三个脑袋；佛像地位中等的，那卡则有五或七个脑袋；地位最高的佛祖，为他遮风挡雨的那卡则有九个脑袋。这与壮族九首蛟龙的形状是十分相似的，但它保留了印度那卡蛇的形状。与此同时，泰国那卡信仰中又引入了佛教神的观念，体现了佛像地位高低的不同。同样是水神信仰，到泰国就发生很大变化，但又不全变。我曾为此在1994年作七律《曼谷佛寺》一首，讲的就是这个文化融合的现象：

> 曼谷佛寺真辉煌，
> 九首那卡守殿堂。
> 那卡盘身当佛座，
> 多首佛背扇形张。
> 印度神蛇融蛟龙，
> 蛇蛟融合变模样。
> 文化交流相印证，
> 蛟龙首数有名堂。

可见，侗台语族台语支民族族源神话虽然有共同的渊源，但流传到不同国家，必受该国文化的强大涵化，故此形成了千姿百态的族源神话叙事。

总的来看，该著篇章设置新颖，结构合理，叙述凝练，学术视野开阔，研究视角独特；内容丰富，既有宏观视角上的理论提升，又有对个案的细致深入考察，观点创新性较强；展现了作者执着的学术追求和扎实的专业素养，令人欣喜。随着中国与东南亚联系的进一步紧密，在"一带一路"倡议的良好推进势头中，希望有更多的年轻学者能够继续脚踏实地，在侗台语民族的文化研究中不断开拓进取，补充既有研究的短板和缺陷，未来大有可为。

是为序。

中央民族大学原副校长 梁庭望

2022年11月

目　录

第一章　侗台语族台语支民族族源神话：族群文化记忆的富矿　001

第一节　台语民族族源神话的定义与研究定位　003
一、族源神话的定义与相关研究成果　003
二、台语民族族源神话与相关研究成果　006
三、台语民族族源神话的研究方法与价值　009

第二节　台语民族族源神话的区域划分与特点　012
一、台语民族族源神话的区域划分　012
二、台语民族族源神话的区域特点　013

第二章　布洛陀、姆洛甲神话　019

第一节　布洛陀与姆洛甲神话传承区域与内容　021
一、传承区域　021
二、主要内容　023

第二节　布洛陀神话的历史化与经典化　036
一、作为"回忆形象"的布洛陀　037
二、布洛陀时代：民族文化记忆塑造的历史　042
三、布洛陀叙事的"经典化"　044

第三节　活态的布洛陀神话演述：壮族"麽呀宿"仪式　048
　　一、壮族"麽呀宿"仪式过程　048
　　二、壮、汉文化在仪式中的融合与界限　053
　　三、布洛陀神话作为仪式的"言说部分"　057

第四节　布洛陀、姆洛甲神话的文化内涵　059
　　一、布洛陀、姆洛甲神话与麽（摩）文化　059
　　二、麽（摩）文化影响下的布洛陀形象演变　063

　　附录：对布洛陀文化研究会会长黄明标的访谈　068

第三章　盘古（伏羲）兄妹婚神话　075

第一节　桂中壮族的盘古（伏羲）兄妹婚神话　079
　　一、来宾市的盘古庙及盘古（伏羲）兄妹婚神话　079
　　二、桂中地区的盘古（伏羲）兄妹婚神话　087

第二节　其他台语民族的兄妹婚族源神话　104
　　一、国内台语民族的兄妹婚族源神话　104
　　二、国外台语民族的盘古（伏羲）兄妹婚神话　112
　　三、台语民族盘古（伏羲）兄妹婚神话的比较　120

第三节　中国台语民族兄妹婚族源神话新探　131
　　一、东亚族群的分化与中国洪水神话研究　131
　　二、中华民族先民洪水神话的发展　134
　　三、洪水神话传承的"丛林过滤"效应与时间分层　141

第四节　"盘古"含义探索　145
　　一、"开天辟地"的盘古　145
　　二、"盘古"语义之名词化　147
　　三、"盘古"含义新探　151
　　四、从"盘古"到"盘古兄妹"　154

　　附录：对兄妹婚神话演述人蒙文忠的访谈（节选）　158

第四章 布桑嘎西、雅桑嘎赛的神话　　163

第一节 布桑嘎西、雅桑嘎赛神话的传承区域与主要内容　　165
一、传承区域与历史文化传统　　165
二、布桑嘎西、雅桑嘎赛韵体神话的内容与演述　　167
三、布桑嘎西、雅桑嘎赛散体神话的内容与演述　　175

第二节 布桑嘎西、雅桑嘎赛始祖神话的特质　　179
一、南传佛教的影响　　179
二、始祖形象的特点　　181
三、神话演述与文本的分离　　184
四、百越文化传统的遗存　　185

第三节 布桑嘎西神话与布洛陀神话的比较　　188
一、布桑嘎西和布洛陀神话母题的对比　　188
二、始祖形象的塑造　　190
三、始祖名称与内涵中的日月崇拜本源　　193
四、承载仪式与演述者的相似性　　197
五、差异日益扩大的传承模式　　199

第四节 壮傣始祖神话的骆越文化之源　　201
一、壮族、傣族是骆越后裔　　201
二、"骆越"一词的日月信仰内涵　　203
三、越巫的传统　　204

第五节 国外台语民族的布桑嘎西、雅桑嘎赛神话传承　　206
一、傣泐族群的布桑嘎西、雅桑嘎赛神话　　206
二、泰阮族群的布桑嘎西、雅桑嘎赛神话　　207
三、泰阮人的布些、雅些始祖神话　　209
四、泰痕、掸族群的布桑嘎西、雅桑嘎赛神话　　212

附录：对泰国清迈皇家大学教师万瑞媛的访谈（节选）　　214

第五章　九位天神、坤鲁与坤莱等神话　221

第一节　传承地区与主要内容　223
一、九位天神　224
二、坤鲁与坤莱　228
三、其他族源神话　230

第二节　九位天神、坤鲁与坤莱等神话的文化特质　233
一、汉文化的影响　233
二、佛教文化的影响　235
三、民族传统叙事的本土化　236

第三节　九位天神、坤鲁与坤莱等神话的传承特点与功能　238
一、仪式与文字并行　238
二、九位天神等神话的多重功能　242

附录：德宏傣族族源神话调查日志节选　245

第六章　"来自勐恬"的神话　251

第一节　"来自勐恬"神话的传承范围、主要内容与叙事特点　253
一、传承范围与主要内容　253
二、叙事特点　258

第二节　"哀牢人"的记忆："来自勐恬"的历史文化渊源　265
一、作为哀牢后裔的布泰、佬等民族　265
二、"来自勐恬"的族源神话根植于台语民族对"天"的深层信仰　273
三、哀牢后裔与壮族族源神话叙事与信仰的比较　275

第三节　布热、雅热神话　283
一、布热、雅热神话的分布与内容　283
二、布热、雅热叙事的太阳崇拜根源　289
三、布热、坤布隆神话与壮族布洛陀神话的比较　292

第四节　"来自勐恒"神话的发展——以当代老挝为例　294
　　一、族源神话：老挝各民族"兄弟关系"渊源的塑造　295
　　二、对英雄祖先的强调：不同族源神话的个性再现　299
　　三、"来自勐恒"神话的当代变迁　302
　　　附录：对老挝黑泰族源神话讲述人乜西等的访谈　305

第七章　对台语民族族源神话的文化解读　309

第一节　台语民族族源神话的类型与传承形态　312
　　一、台语民族族源神话的三种叙事类型　312
　　二、台语民族族源神话的传承形态　317
　　三、台语民族族源神话信仰的太阳（天体）崇拜之源　319

第二节　对台语民族族源神话的再认知　321
　　一、早期台语民族先民的共同信仰基础　321
　　二、作为文化记忆的台语民族族源神话　324
　　三、作为"神话历史"的台语民族族源神话　326
　　四、台语民族族源神话的凝聚功能　328
　　五、作为心路写照的台语民族族源神话　330

参考文献　333

后　记　337

第一章

侗台语族台语支民族族源神话：
族群文化记忆的富矿

第一节

台语民族族源神话的定义与研究定位

一、族源神话的定义与相关研究成果

本书所使用的"族源神话"这一概念,主要指的是讲述某一民族或民族支系由来的神话叙事。它常常以公认的始祖或早期祖先为叙述对象,对民族(支系)如何起源与发展壮大的历程进行描绘与传颂,以此达到追思先祖、凝聚人心等积极作用。中国各民族普遍存在族源神话。早在上古时期的族源神话,就记录在汉文典籍《诗经》《楚辞》《淮南子》《庄子》,甚至史书《左传》《国语》《逸周书》等累牍浩卷之中。例如,《诗经》中记录了汉族先民"天命玄鸟,降而生商"的说法,把商人始祖说成神鸟的后裔。《史记》中说周人祖先是姜嫄履巨人足迹才生下来的,故而是巨人之血脉。除了汉族,中国北方有蒙古族"苍狼白鹿"等叙事,中国南方有"九隆""竹王"等族源神话流传。与此同时,这些族源神话与人类起源神话常有重合或关联,又常被称为"起源神话",故本书也将后者列入考察的范围。正如袁珂在《中国神话史》一书中所总结的:"各民族神话中,始祖诞生神话是和创造人类、再造人类神话比较接近的。所不同的是,创造人类、再造人类神话所讲述的人类,往往带着泛指的意味,而始祖诞生神话所讲述的始祖,则是某一民族乃至某一民族的一个支系的特定的始祖。"[1] 故此,本书将使用族源神话的广

---

1 袁珂:《中国神话史》,上海:上海文艺出版社,1988年,第423页。

义概念，即将各类有关始祖起源的、包含本民族在内的人类起源等多种叙事都列入考察的范畴。

作为一个民族及其先民的早期智慧凝聚产物，族源神话叙述的是族群的记忆，隐藏着未解的丰富信息，引导着文化的认同，具有很高的传承和保护价值。族源神话对于一个民族解答自己的归属问题、解读自己的文化个性、认知社会现实状况、增强民族凝聚力与自豪感都有着神圣意义与非凡作用。它至今仍保持了一定的神圣性，并通过丰富的信仰仪式来呈现。如今，采取系统科学的调查方法来记录和保存这些世代传承的族源神话，运用多学科理论来指导研究、追本溯源与深度解读是当下相关学术探索的必然趋势。目前，族源神话研究立足神话学，已涉及民俗学、宗教学、文学、历史学及人类学等领域。研究成果主要集中于对族源神话内容、文化内涵与特征、功能及现实意义等三大方面。

首先，相关研究从族源神话本体出发，对其内容、流传方式、演变规律进行了探索。王宪昭的《中国各民族人类起源神话母题概览》（2009）、《中国人类起源神话母题实例与索引》（2016）等是这方面的优秀著作。其中，《中国各民族人类起源神话母题概览》对中国各民族人类起源神话母题进行了统计与整理，完成了分类与代码索引编排等。相关论文则有《土家族族源神话初探》（1989）、《朝鲜民族族源神话研究》（1995）、《通古斯-满语族起源神话比较》（1998）、《论藏族关于自身族源的三个传说及其价值》（2001）、《蒙古族树始祖型族源传说起源探讨》（2012）、《从族源传说考察撒奇莱雅族民间叙事传承现象》（2012）、《满族民族起源神话研究》（2012）、《阿尔泰语系民族树生人神话传统与蒙古族树始祖型族源传说》（2012）、《论我国多民族同源神话的分布与特征》（2012）、《〈风俗通义〉里两则南方民族族源神话》（2012）、《早期中国族源神话研究的图像学方法》（2020）等。

其次，对族源神话所蕴藏的历史文化内涵与特征进行了探索。相关成果有专著《中国少数民族人类起源神话研究》（2012）、《鄂伦春族神话研究》（2019）、《面具之舞——白马人的历史与文化表述》（2020）等。王宪昭的专著《中国少数民族人类起源神话研究》（2012），对神或神性人物造人、孕生人、化生人、变形为人、婚配生人、感生人和人类再生等七大类型进行了系统分析和重点解读，探讨了每一种神话类型的产生、主要特征、母题分布情况等，并对其基本类型体系和典型现象做出分析。相关论文包括《牦牛图腾型藏族族源神话探索》（1986）、《试论盘瓠神话和苗族族源》（1992）、《古朝鲜族源神话与古代朝中文化关系》（1996）、《中国族源性女神母题的文化阐释》（2003）、《藏族关于自身族源之传说的宗教人类学阐释》（2007）、《蒙古族族源传说起源探讨》（2009）、《从族源神话到平民传说——从南诏文学的发展看"族群记忆"的嬗变》（2010）、《论中国多民族同源神话的文化特征》（2011）、《鄂伦春族族源神话初探》（2014）、《族源神话的展演及其象征性——白依人历史记忆的器物承载、身体实践与仪式操演》（2020）、《壮族族源神话新探——一种分子人类学的视角》（2020）等。上述研究肯定了族源神话所具有的特殊族群文化意义，重新发现族源神话内容中隐秘、丰富的社会历史及其他多重信息，给后来的研究者颇多启发。例如，谢继胜在《牦牛图腾型藏族族源神话探索》一文中，通过对诸多牦牛图腾民俗现象的分析，证明了牦牛图腾与图腾族源神话是藏族的古代图腾及族源神话之一。

最后，对族源神话所具有的特定功能及现实意义进行了研究。主要成果有论文《论民族族源神话的社会功能》（2006）、《藏族族源传说的佛教化及其宗教意义》（2012）、《浅析典型性族源传说在民族服饰上的体现》（2017）、《族群记忆与现实表述——以西双版纳基诺族族源叙事为例》（2017）、《文化记忆与身份认同——白马人族源神话的多元叙事》（2019）等，它们对族源神话的历史记忆建构功能、至今仍发挥的积极作用等都有所阐释。杨红伟在《藏族族源传说的佛教化及其宗教意义》一文中指出，佛教通过附会、建构、整合藏族族源传说，完成了对其的佛教化改造。王艳在《文化记忆与身份认同——白马人族源神话的多元叙事》一文中指出，白马人把神话与历史、地方与空间、仪式与物象通过时空关联与记忆对接，使记忆在时间上不断延续，在历史中不断重构，以此维系和加强身份认同感。

至今，国内外对族源神话的探索常被囊括在人类起源神话研究之中，目前国内较少以某一特定语族、语支为对象展开的族源神话与信仰系统研究。本书即考察随地域流变的同一语族后裔族源神话与信仰体系的内容与特征、共性与变异等。

二、台语民族族源神话与相关研究成果

侗台语族台语支民族分布在中国与东南亚越南、泰国、老挝等国，具体包括中国的壮族、布依族、傣族，越南的岱-侬族和泰族，泰国的泰族，老挝的老龙族群民族，以及缅甸的掸族，印度的阿萨姆人等。台语支民族又可根据其语言与文化等特征，分成北部台语民族、临高人、中部台语民族、西南台语民族等。北部台语民族包括中国操北部壮语的壮族、布依族、石人（Saek）。中部台语民族包括中国操南部壮语的壮族，越南的岱-侬族和高栏人。西南台语民族包括中国的傣族，老挝和泰国的佬族，泰国的泰族，缅甸的掸族，东南亚的黑泰、红泰、白泰，印度的阿萨姆人等。[1]

根据《侗台语族概论》（1996）、《侗台语言与文化》（2002）、《岭南民族源流史》（2014）、《Y染色体与东亚族群演化》（2015）等相关学术研究的成果，这些族群的先民曾从中国南部地区不断往南、往西迁徙，历史上曾留下明显的迁徙痕迹，语言上仍可实现彼此之间的完全或部分对话，具有共同的文化起源与部分的血缘关系，至今仍保持一定的文化共性，传承着相同或相似的神话叙述。[2]梁敏、张均如先生曾指出台语民族多次往东南亚迁徙的过程："傣、泰、老挝、掸、阿含诸族先民是在多次移民的浪潮中，经过越南北部、老挝北部和云南边境地区往西迁徙的，他们首先到达泰国北部和缅甸掸邦一带，在那里定居繁衍。后来有一部分人逐渐向北沿着澜沧江和怒江（萨尔温江）进入我国云南省南部的西双版纳地区和西南部的德宏地区，并逐步往内地扩散，逐渐发展成我国的傣族；一部分人向西北方向迁徙到达印度的阿萨姆邦发展成为阿含人、坎梯人；另一部分人向南经湄公河和湄南河逐渐进入泰国中部、南部和马来半岛北部地区，发展成泰国的主体民族；原来住在越南北部和老挝北部的一些泰、老先民也逐渐南下进入老挝南部和泰国东北部地区，后来就发展成今天的老挝族，逐渐形成这些民族目前分布的格局。"[3]

---

1 李锦芳：《侗台语言与文化》，北京：民族出版社，2002年，第20页。
2 李辉、金力：《Y染色体与东亚族群演化》，上海：上海科学技术出版社，2015年，第190页。
3 梁敏、张均如：《侗台语族概论》，北京：中国社会科学出版社，1996年，第29页。

台语民族传承着丰富多彩的族源神话。例如，壮族人有诸多关于自己是"布洛陀和姆洛甲的子孙"的叙事。老挝泰-佬族群中常见自己是"坤布隆大帝后裔"的说法。无论是中国还是东南亚的台语民族，都不乏把自己解释成"迁徙中遗留下来的贵族后裔"的族源神话，老挝的黑泰人则认为自己"是天神扔到世间的石磨变成的"。这些叙事看似偶然和散乱，无规律可言，其实它们根植于本民族深厚的民族文化信仰传统，与本民族特定的历史与发展有着密切的关系。通过对台语民族族源神话的搜集与梳理，可再现其背后的深层信仰与历史支撑，发现其固有的民族文化特质，更好地理解中国南方与东南亚国家的台语民族文化传统，实现中国在"一带一路"上与东南亚各国的有效交流与沟通，促进各国人民民心相通，实现经济、政治等多方面的共同繁荣与发展。

至今，有关台语民族及相关跨境民族文化研究的成果较为丰富，侧重于对各民族语言的识别和分类、台语语言系统的构建，以及对个体民族文化信息的框架性掌握，相关专著主要有《比较台语手册》（A Handbook of Comparative Tai，1977）、《侗台语概论》（1990）、《侗台语族概论》（1996）等。此后，对台语文化共性及早期文化探索相继展开，如《侗台语言与文化》（2002）、《壮泰民族传统文化比较研究（五卷）》（2003）、《同根生的民族：壮泰各族渊源与文化》（2007）、《中越壮侬岱泰族群文化比较研究》（2015）、《神与诗：布岱族群交流的想象与重建》（2017）、《壮泰族群文化研究文集》（2017）、《从边缘到前沿：广西京族地区社会经济文化变迁》（2007）、《京族人的族群认同与国家认同》（2014）、《跨越中的边界：中越跨境民族文学比较研究》（2016）等，主要是从语言、文化、经济、民间信仰等大的层面对中国与东南亚相关民族进行一对一、多个民族支系之间的比较。例如，覃圣敏主编的《壮泰民族传统文化比较研究》一书，主要从地理环境、体质特征、考古文化、语言文字、生产习惯等15个方面介绍壮族和泰族的传统文化并进行比较研究，内容涉及地理学、地质学、人口学、民俗学、伦理学等多种学科，是有史以来对壮族和泰族传统文化规模最大、最全面系统的研究。

与台语民族比较研究相关的论文则主要有《壮泰两族的形成及文化结

构之比较》(1994)、《壮泰各族对"天"的信仰与崇拜》(1996)、《壮泰传统文化基本特征的比较——壮泰传统文化比较研究之二》(2002)、《壮泰民族艺术审美观比较研究》(2002)、《壮、泰、傣通名比较及其反映文化演变》(2010)、《从民间歌唱传统中看壮泰族群关系——以中国壮族"末伦"和老挝、泰国佬族 Mawlum 的比较为个案》(2012)、《家居婚姻与壮泰渊源——从〈布洛陀经诗〉与〈布栓兰〉经典的比较切入》(博士论文,2014)、《壮泰族群稻作农耕祭仪的基本特征》(2015)、《试论骆越族群及其在东南亚的后裔》(2016)、《从农业谚语看壮泰民族的传统农耕文化》(2016)、《中泰稻谷起源神话的文化记忆研究》(博士论文,2018)、《壮泰语童谣共同特性比较研究》(2018)、《壮泰民族民间传说中的牛崇拜文化比较研究》(2018)、《族源神话仪式与国家权力——以广西东兴市万尾村京族为例》(博士论文,2007)、《中越有关民族起源神话传说的对比》(2008)、《安阳王传说与中越古代文化联系》(1995)等,其关注点在于台语民族及其周边族群的文化、风俗习惯、信仰传统等比较。例如,覃圣敏的《壮泰传统文化基本特征的比较——壮泰传统文化比较研究之二》,从民族文化的发生、存在和传承的形态来概括中国壮族和泰国泰族传统文化的基本特征并进行重点比较。他认为,壮、泰两个民族传统文化的发生形式应属原发型,其突出的代表是稻作文化和壮泰民族语言,这是由壮、泰民族的悠久历史及其文化的独特性决定的,也是壮泰民族传统文化最大的共同点。与壮族不同的是,因迁徙的关系,泰族文化带有移植的性质。在存在形式方面,壮、泰传统文化均属于兼容型,但兼容文化的历史背景及对象则不相同,对壮族来说,主要是受汉文化影响的结果,而泰族则主要是受印度文化影响的结果。在传承形式方面,壮、泰传统文化应属连贯-重组型,这是由构成壮泰民族文化的四个层面十二个文化丛结所表现出来的连贯性、重组性和创造性来决定的。但在具体的传承渠道方面,壮、泰又有较大差别,壮族主要通过社会教育,而泰族主要通过学校教育。

纵观有关台语民族的研究成果,对以语言和族源为基础的整个台语民族神话,尤其是族源神话的研究尚未得到应有重视,相关研究甚少。对台语民族族源神话的探索,并以大量的调查材料弥补目前的资源空白,将为该领域尚存的学术难题、争议问题提供可用信息。对于台语民族族源神话与信仰体系的梳理，将推动整个侗台语民族早期共同历史文化的再发现、迁徙路线的确认、文化的融合与变迁、信仰的重塑与再生、族群间的交流影响等多领域研究。

从2014年国家社科基金青年项目"台语跨境民族族源神话及其信仰体系比较研究"立项以来，本书作者完成了《神话叙述的区域融合与多元包容——以泰国台语族群族源神话为例》（2017）、《台语族群族源神话的形态与演述——作为文化记忆的表达》（2017，合著）、《布洛陀神话传承圈及其骆越文化之源》（2018）、《德宏傣族族源神话的多元叙事与文化记忆》（2018）、《壮族布洛陀叙事的历史化与经典化》（2018）、《神话与历史之间："来自勐恬"的泰-佬民族族源神话》（2019）、《论中华民族洪水与人类再殖神话的传承与流变》（2020）、《壮族族源神话新探——一种分子人类学的视角》（2020）、《台语民族族源神话的区域划分与研究价值》（2020）等论文，对台语民族族源神话的相关母题内容、产生原因与背景、传承与变化规律、社会功能与文化内涵等方面都进行了一些探讨，并通过比较来阐释台语民族如今千姿百态的族源神话背后的文化张力。这些研究成果，都是本书得以顺利完成的基础。

三、台语民族族源神话的研究方法与价值

本书的研究思路是以中国华南地区为基点，聚焦侗台语族台语支民族族源神话及其信仰体系的演变与现状，进而探索其背后的底层文化与早期共同信仰。笔者充分运用文学、人类学与民族学、民俗学、社会学、宗教学、神话学的田野深描、母题比较、情景访谈、抽样调查、文献梳理等方法，在叙事话语、口头程式、民族认同与民族界定、信仰建构等理论的指导下完成了相关研究。通过搜集跨境台语民族族源神话的大量异文，充分调查相关的节日仪式、宗教庙宇与祭祀场所等，再现台语民族族源神话个性鲜明的叙事传承及独具魅力的信仰。

本书田野点的选择充分考虑到台语民族的地理分布、支系分布、宗教信仰的分布等诸多因素，以便全面、客观地获取更多元、丰富的信息。笔者曾在5年间着重对20余个田野点进行了族源神话调查，完成的田野调查点分布在中国南方各省份、自治区及东南亚泰国、老挝、越南等地，获得了大量的一手、多语种资料。田野访谈对象的范围广泛，既包括熟悉民族历史的各类仪式操持者，还有熟悉民间历史的老人、热衷于搜集口传神话的学者和民间知识分子等。

本书采取平行比较和立体比较相结合的方法，试图从有较明确迁徙历史、仍保留较多文化共性的这些台语民族出发来完成整体的研究。至今，对台语民族世代相传的神话研究仍处于初步阶段，对台语民族族源神话的比较研究仅限于选择一两个民族，无法形成对台语民族神话的系统认知。国内有关台语民族族源神话的研究往往局限于某一民族或民族支系的神话个案研究，因陷入过度描述与个体聚焦，缺乏宏大的视野，无法占据研究的制高点；一些神话整体研究则无法对具有相同文化特质的多民族神话群体进行观照，难以展开深入对比。同时，历时性研究不足而共时性研究有余。这使对台语民族族源神话的研究容易陷入只关注文本、仅提供分析资料而缺乏后续动力的境地。针对上述问题，本书将注重根据台语民族的语言体系，关注各族族源神话的现状及流变，力图再现台语民族的底层文化特质，正确认识台语民族的神话与文化流变现象。一方面，通过跨境多点、多民族研究，掌握活形态的族源神话内容及其信仰体系现状，以大量的神话资料及其语境信息为研究提供足够支持；另一方面，将看似分散、杂乱的台语民族族源神话及其信仰纳入一个可行的比较体系，实现共时性与历时性研究的同时展开，实现相关领域的研究创新。

通过文献材料梳理与具有针对性的田野调查，本书力图实现下列五个阶段的目标。第一，进行中、英、泰、老、越文中的台语族源神话整理，全面掌握各国研究台语族源神话的情况，为今后的国际学术交流与国内的台语文学、文化研究提供有效信息。第二，通过获取丰富的台语民族族源神话第一手资料、搜集已形成文献的多语种族源神话材料，形成小规模的族源神话资料库，在此基础上实现台语民族族源神话的共时性比较，探索其中的共同母题与独属母题，阐述母题中台语文化的共性与民族个性，并在此基础上构建早期台语民族族源神话的共同叙事。第三，在台语民族语言演变、长期迁徙与文化变迁现象的基础上，对台语民族族源神话的发展进行历时性研究，勾勒其演变途径，总结族源神话在不同历史时期、不同地域的变异与生长特点，发现其叙事发展背后的动力机制。第四，梳理台语民族建立在族源神话基础上的信仰体系，通过全面考察与族源神话关系密切的节日仪式、祭祀活动等，立体呈现不同民族族源神话的真实语境，认知神话及各类仪式与节日、民众信仰的内在关系，考察族源神话在民族生活中所具有的能动作用。第五，调查台语民族族源神话及其信仰系统在现代国家体制下的变异与独立发展，思考族源神话在现代文化冲击下的不同表现与接受方式，发现族源神话及其信仰系统在当代社会得以维系和传承的有效途径，探索族源神话在现代文明及信仰建设中的意义。

对台语民族族源神话的探索将有利于在中国与东盟友好往来的形势下促进中国与越、老、泰等国家的文化互动与深层理解，达成进一步的相互信任，提高中国的文化自信，在党和国家"一带一路"倡议下推动中国与东南亚多边、多国商贸往来等。对台语民族族源神话的探索是改善和提升现有民族关系、解决和化解民族文化冲突和潜藏矛盾等多领域专题研究所涉及的重要内容。

第二节

台语民族族源神话的区域划分与特点

台语民族分布广泛,生活在不同地区的台语民族人民分别吸收了历史上所接触到的多重文化,铸就了区域色彩较为清晰、独特的族源神话内容,本书依据这些内容,对其区域进行了划分与特点归纳。当然,个性迥异的台语民族族源神话依然有浓厚的底层共同文化做支撑,使它们依然可以成为一个整体的研究对象而存在。

一、台语民族族源神话的区域划分

在现有材料的基础上,笔者主要依据台语民族各族群始祖形象塑造、所述内容之侧重点等要素,将台语民族族源神话划分为五个主要片区。这些片区包括:

1. 布洛陀、姆洛甲神话片区:包括中国广西红水河、柳江、右江流域,云南文山州的壮族分布区,贵州南部北盘江流域、云南东南部南盘江流域的布依族分布区等。

2. 盘古(伏羲)兄妹婚神话片区:以中国邕江至浔江、郁江流域的壮族分布区为中心,辐射广西、贵州、云南的台语民族分布区。

3. 布桑嘎西、雅桑嘎赛神话片区:中国西双版纳傣族自治州傣族傣泐人分布区、泰国北部泰阮人分布区、老挝西部傣泐人分布区等。

4. 九位天神、坤鲁与坤莱等神话片区：中国云南德宏州傣族傣讷人分布区，缅甸掸邦掸族分布区等。

5. "来自勐恬"的神话片区：越南至老挝、泰国的布泰族群、佬族、普泰族等分布区。在这一片区之中，老挝至泰东北信仰南传佛教的佬、普安（Phuan）等台语民族又普遍传承着布热雅热、坤布隆等族源神话。

以上五个区域的代表性族源神话虽然展示出较为集中的特点，但并没有明显的区域界限，这些神话在同一个区域可能存在互相重叠、共生、拆分与合并的多种现象。例如，在布洛陀、姆洛甲的族源神话传承区，同样流传着盘古（伏羲）兄妹婚的族源神话；在布热、雅热，坤布隆的族源神话传承区，同样盛行"来自勐恬"的神话内容；由于台语民族支系迁徙频繁，在从德宏到西双版纳的广阔区域内，族源神话纷繁复杂，内容众多。如在孟连一个县内就曾搜集到九位仙人、坤鲁与坤莱、布桑嘎西与雅桑嘎赛等不同类型的族源神话；在泰国东北部的布热、雅热始祖神话分布区，也同样流传着布桑西、雅桑赛（即布桑嘎西、雅桑嘎赛）始祖的神话。

除了上述五个区域特征较为鲜明的族源神话传承区域外，各地的台语民族支系均流传着更为具体、个案色彩浓厚的族源神话，无法一一详查，只能根据笔者掌握的有限资料进行探索。位于泰国中部的台语民族、泰国的主体民族——泰族，由于受南传佛教影响深厚，传统的族源神话几近销声匿迹，故此不作为考察重点。

二、台语民族族源神话的区域特点

（一）布洛陀、姆洛甲神话片区

该片区内的布依、壮等台语民族民众主要信奉布洛陀、姆洛甲为始祖，在这个片区内，"布洛陀"的释义主要有"鸟部落的首领""无所不知、无所不晓的祖公（首领）""通晓法术、善于施法的祖公（首领）""山谷中的首领（老人）"等。"布洛陀"名称的诸多含义，蕴含了布洛陀神格、形象的变迁和发展。它最初体现壮族先民鸟图腾观念，后又融入了氏族部落首领和巫师的形象特征，成为台语民族祖先崇拜中的重要角色以及创世神与文化英雄，民间宗教形成规模后又发展成为宗教祖神。对姆洛甲的释义主要有"六甲鸟""鸽始祖母""渌甲地方的巫师"等。布洛陀、姆洛甲神话的传承多使用了韵文的古壮字手抄本。手抄本中的"布洛陀"又有"保洛陀""保罗陀""布洛朵""布罗陀"等写法。姆洛甲亦有"姆洛甲""姆洛甲""妹六甲""姝洛甲""妹六甲"等写法。虽然各地发音和所使用的汉字、民族方块字稍有差异，但这些民族对布洛陀、姆洛甲的信仰仍然归属同一体系，叙事具有较高的一致性。

在这一信仰区域内流传的族源神话主要讲述了布洛陀、姆洛甲生人或造人的内容。在广西壮族自治区百色市田阳区、云南文山壮族苗族自治州、贵州省兴义市等地，多有布洛陀、姆洛甲的神庙。尤其是田阳区的敢壮山，被视为壮族人文始祖布洛陀的文化圣地，每年公祭期间朝拜者甚众。在贵州省兴义市，黔西南州贞丰县，云南省文山州麻栗坡县，广西百色市田阳区、隆林各族自治县、西林县，河池市巴马瑶族自治县、东兰县、大化瑶族自治县等地，布洛陀、姆洛甲神话以散体、韵体两种形式传承，有时也结合了洪水、兄妹婚等神话母题。

（二）盘古（伏羲）兄妹婚神话片区

台语民族中广泛流传着盘古（伏羲）兄妹婚神话与信仰，以壮、布依等民族为代表。在桂中壮族地区，盘古庙分布集中，盘古神话形态多样。人们以盘古兄妹或伏羲兄妹作为全人类的祖先，在不少情况下亦视他们为族群祖先。

盘古（伏羲）兄妹神话的母题较为固定，程式化特征明显。一般包括布伯与雷王相斗、雷王被擒、盘古（伏羲）兄妹给水救雷王、雷王赠兄妹牙齿、牙齿长出葫芦、雷王发洪水淹天下、兄妹躲在葫芦里逃过一劫、兄妹成婚繁衍人类（本民族）。盘古兄妹，有"盘哥"与"古妹"、"盘古哥"与"妹妹"等说法。伏羲兄妹，又有"伏哥"与"羲妹"、"伏哥"与"妹妹"、"伏羲哥"与"妹妹"等说法。这些名称来源于汉文化中的"盘古""伏羲"

两个词。闻一多、常任侠等先生认为盘古即伏羲的音转。吴晓东也认为盘古和伏羲原本就是从日月信仰中衍生出来的不同人物。[1]故此，出现了盘古与伏羲兄妹婚神话两种形式。

洪水与兄妹婚神话在环太平洋一带广泛存在，在台语民族地区亦是普遍流传。笔者在中国、老挝、泰国等国家都搜集到该类型的神话。其中，桂中地区的兄妹婚神话不但结合了盘古或伏羲之名，而且有较为突出的、对盘古（伏羲）兄妹的祭祀场所与活动。壮学专家覃彩銮认为，来宾是盘古文化的重要发祥地，是盘古国的中心区域。盘古国的范围包括广西中部、南部、东北部及广东中部和西部地区，即珠江流域中上游地区。[2]从笔者搜集到的文献与田野材料可以看出，盘古（伏羲）兄妹婚神话以桂中地区为中心，在台语民族地区都有异文分布。该神话母题常与洪水神话相结合。在桂中地区，壮族人以盘古为祖先，以盘为姓。盘古（伏羲）兄妹婚神话以民间宗教演述与手抄本为主要的传承方式。这一地区的盘古神话传承建立在壮族先民早期信仰的基础上，历史根基深厚。除了壮族之外，在汉族、瑶族当中也广泛流传。布依族、傣族等国内台语民族的盘古（伏羲）兄妹婚神话传承多形态样，在主角姓名、避水工具等内容上都有诸多变化。

东南亚的台语民族也都传承着盘古（伏羲）兄妹婚神话，变异更为明显。有的兄妹没有了名字，有的兄妹名字受到当地文化的影响，有的受到南传佛教，甚至是基督教的影响。

（三）布桑嘎西、雅桑嘎赛神话片区

从中国云南西双版纳到泰国北部、东北部地区，流传着布桑嘎西、雅桑嘎赛的神话，这两位神祇被中国傣族、泰国泰阮、老挝傣泐等台语民族视为始祖，又有"布桑嘎""雅桑赛"或"布桑嘎""雅桑嘎"等稍微变异的名称。

---

[1] 吴晓东：《盘古名称源于羲和考》，《长江大学学报》（社会科学版）2016年第4期。
[2] 覃彩銮：《盘古文化探源——壮族盘古文化的民族学考察》，南宁：广西民族出版社，2008年，第9—10页。

中国傣族傣泐人有关布桑嘎西、雅桑嘎赛的神话主要被记录在《巴塔麻嘎捧尚罗》之中。布桑嘎西、雅桑嘎赛用身上泥垢补天地，布桑嘎西用他的7颗神牙钉稳了地，作为神柱顶着天。他们把葫芦籽撒向大地，变出树苗、动物和日月。布桑嘎西到海底取黄泥捏出各种陆地的动物和昆虫，又捏水里的各种动物，给它们取名。他们还用人类果捏出人类。[1] 二人既被视为创世之神，又被视为祖先神。泰国北部地区的泰阮人也传承着布桑嘎西、雅桑嘎赛造人的神话，这种神话与兰纳等王国的存在有密切关系。

（四）九位天神、坤鲁与坤莱等神话片区

关于九位仙人、坤鲁与坤莱等神话的传承主要在中国云南德宏傣族景颇族自治州傣族傣讷人分布区，缅甸掸邦掸族分布区等。这一带的台语民族人民自称为"傣讷"（Nue）、"傣卯"（Mao）、"傣龙"（Lung）等，拥有较为独特的族源神话叙事。这些族源神话叙事各有侧重，角度不一，有的突出了信仰的重要性（"九位天神"），有的突出了英雄祖先的丰功伟业（"坤鲁与坤莱"），有的突出了民族关系的重要性。这类叙事中既蕴藏着丰富的民族历史信息，又折射出诸多传统观念的留存与文化构建的持续进行。

九位天神创世、造人的神话在德宏等地区广为人知，这一母题又被称为"桑高布""布桑套、雅桑套"造人神话，在佛教经文及民间傣文文本中常可见到，在佛寺赕佛等活动中也常被演述。天神既是傣族的始祖，也是"修整大地""创造了千万种用具"的神祇。"九位仙人"的神话母题在其他傣族地方少有见到，极具傣讷人文化的特色。

坤鲁与坤莱作为带有神话色彩的英雄祖先，被纳入了德宏一带傣族的"正史"之中，在文本《银云瑞雾的勐果占璧简史》[2]、《勐卯大泰纪年》（泰文译本）、《勐卯大秦（应为"泰"——笔者注）纪年》（法文译本）等中都有记载。在有的族源神话中，他们是下凡统领人间的天神，有的则说他们就是

---

[1] 西双版纳州民委编：《巴塔麻嘎捧尚罗》，岩温扁翻译，昆明：云南人民出版社，1989年，第153—178页。

[2] 召帕雅坦玛铁·卡章戛：《勐果占璧及勐卯古代诸王史》，龚肃政译，杨永生整理注释，昆明：云南民族出版社，1988年。

傣族真实的英雄祖先。

（五）"来自勐悊"的神话片区

越南、老挝、泰国等东南亚国家的黑泰、白泰、红泰、佬等民族中流传着本民族来自"勐悊"（"勐堂""勐青"）的族源神话。其中，不信仰南传佛教、自称为"Tai"的黑泰、白泰、红泰等"布泰"族群中，此类族源神话最为突出。而信仰南传佛教的佬、普泰等民族中也有类似的族源神话，只是与坤布隆的神话结合在了一起。

从迁徙路线来说，无论是黑泰、白泰、红泰还是佬族、普泰族，其先祖都曾从两广地区出发到达中越边境，并在越南北部地区有较长时间的停留，并建立过"勐悊"这座城市。[1] 在这些民族族源神话中出现的"勐悊""勐堂""勐青"，是现实中 17 世纪西双诸泰联邦重要城市的投影。对于历史上某一具体地点的记忆，变成了族源神话中的关键词。黑泰、白泰、红泰等民族把"勐悊"视为祖先的居所和迁徙出发的地方。在他们的族源神话中，勐悊也是天界，是天神的居所。佬族人"来自勐悊"的神话与英雄坤布隆有关。他从勐悊来到人间，生了七个儿子，即为佬族人的祖先。[2]

布热（Pu Nyeu）和雅热（Nya Nyeu）、坤布隆（Khun Bulom）是老挝佬族等台语民族族源神话中的主要人物，常作为创世、造物先祖和人类始祖出现，其神话的主要内容与"洪水""葫芦生人"等母题有交叉。

在对台语民族上述族源神话内容与区域特征认识的基础上，笔者将继续解读其中的文化特质，探讨其背后的台语民族早期信仰与文化共性。

---

1 Pattiya Jimreivat. *Culture and Tradition of the Tai People in Sipsongchutai*：*Maintenance，Revitalization and Integration into the Present Vietnamese Society*.（西双诸泰台语民族的文化和传统：在当今越南社会中的传承、复兴和整合）参见：http: //coe.asafas.kyotou.ac.jp/news/ InterEthnic%20Relations2002/（9）Pattiya.pdf. 访问时间：2000 年 1 月 3 日。

2 2017 年 11 月 6 日，老挝国立大学教师勘朴依（Kham Phuy Pholursa，女，57 岁）讲述，裴文（Phayvanh，男，35 岁）翻译。

第二章

布洛陀、姆洛甲神话

第一节

布洛陀与姆洛甲神话传承区域与内容

一、传承区域

布洛陀、姆洛甲神话的传承区域，从中国贵州南部北盘江流域、云南东南部南盘江流域的布依族分布区，到广西红水河、柳江、右江流域、云南省文山州的壮族分布区，直至越南北部的侬族分布区。布依族又称布洛陀为报陆陀（pau^{35}luk^{55}to^{31}）。[1]在这一信仰区域内流传的族源神话主要讲述了布洛陀、姆洛甲生人或造人的内容。在广西壮族自治区百色市田阳区、云南文山壮族苗族自治州、贵州省兴义市等地，多有布洛陀、姆洛甲的神庙。尤其是田阳区的敢壮山，被视为壮族人文始祖布洛陀的文化圣地，每年公祭期间朝拜者甚众。笔者曾到贵州省兴义市，黔西南州贞丰县，云南省文山州麻栗坡，广西百色市田阳区、隆林各族自治县、西林县，河池市巴马瑶族自治县、东兰县、大化瑶族自治县等地调查。在这些地区，布洛陀、姆洛甲神话以散体、韵体两种形式传承，有时也结合了洪水、兄妹婚等神话母题。

与壮族、布依族同属侗台语民族的其他民族，以及毗邻而居的布努瑶都有类似布洛陀的信仰。水族有拱陆铎（goy^{5}ljok^{8}to^2）[2]信仰，传说拱陆铎是

---

[1] 周国茂：《一种特殊的文化典籍：布依族摩经研究》，贵阳：贵州人民出版社，2006年，第4—5页。

[2] 黄桂秋：《水族故事研究》，南宁：广西人民出版社，1991年，第25—26页。

广西百色市田阳区敢壮山脚下的布洛陀神像（李斯颖摄）

造水书的水族祖先。毛南族有关卜罗陀的神话《为什么老虎生仔少》和《拱屎虫的故事》[1]与布洛陀神话母题高度相似。黎族的始祖袍隆扣（Pao Long Kao[2]）是开天辟地的大力神。无论是报陆铎、拱陆铎、卜罗陀还是袍隆扣，除去表示男性的词头"报""拱""卜""袍"，这些始祖神祇的名字发音相似，是台语民族同一信仰发展的结果。与壮族毗邻而居的布努瑶族有始祖女神密洛陀（$mi^8lo^6ce^2$）的信仰。每年农历五月二十九布努瑶人过达努节庆祝密洛陀生日，传唱"密洛陀古歌"。密洛陀信仰亦受布洛陀信仰的影响，但密洛陀古歌中创世母题多，文化创造母题较少。

神话、麽经、歌谣及传说等构建了关于布洛陀与姆洛甲的多维度叙事，从神话产生的时间可以推断布洛陀与姆洛甲信仰出现得并不晚。他们的形象

---

1 袁凤辰、苏维光、蒙国荣、王戈丁、过伟编：《毛南族、京族民间故事选》，上海：上海文艺出版社，1987年，第357、364页。

2 拼写由海南热带海洋学院海南省民族研究基地高泽强老师提供，特此致谢。

经过多重历史加工，已演变为台语民族文化的一个重要符号，隐藏了丰富的历史信息。二者既融合了早期越巫的特点，亦是西瓯、骆越族群英雄首领的映射。一开始布洛陀与姆洛甲只是台语民族先民在万物有灵、图腾崇拜等思维模式作用下创造出来的艺术形象。但随着时代的发展，布洛陀与姆洛甲身上附着的历史与文化信息越来越丰厚。他们不仅是台语民族先民的始祖神，还是他们心目中的创世神，是文化创造的英雄。他们是社会首领和巫师的综合体，凝聚了台语民族先民的集体向心力，成为社会成员的精神依托。

二、主要内容

有关布洛陀与姆洛甲的神话内容涉猎广泛，母题众多。布洛陀和姆洛甲在创世、造物、为人类排忧解难等多方面留下了丰富的叙事。其中，有关民族或人类起源的神话占据了一个重要的篇章。这些叙事既有散体的，也包括被纳入台语民族民间信仰——麽（摩）文化活动中的经诗演述。从布洛陀与姆洛甲形象到其神迹都可解读出丰富的台语民族历史文化信息。

（一）布洛陀、姆洛甲与人类的出现

民间流传着布洛陀和姆洛甲生人、造人以及在人类重生过程中发挥指导作用的多种神话异文，强调了他们的始祖身份。布洛陀和姆洛甲婚配生人的神话多以散体形式流传。例如，流传在广西大化县的散体神话《姝洛甲生仔》讲述的是姆（姝）洛甲与布洛陀婚配后生下人类：

> 姝洛甲、布洛陀是地上的两个人，姝洛甲想和布洛陀结婚，造天下婚姻，布洛陀却不懂得夫妻的含义，赌气跑到下界和图额一起生活。后来，布洛陀看到姝洛甲在山顶上盼望自己回来，就对着姝洛甲喷了一口水，射中她的肚脐眼。姝洛甲回到家就怀孕了，生下12个孩子。孩子们叫布洛陀作"爸"，壮语里也是"喷"的意思。

广西百色市田阳区敢壮山脚下的姆洛甲新神像(黄明标摄)

流传在广西西林的《巨人夫妻》则说姆洛甲是天上神仙的女儿,她是个生于人间的巨人。有一天,她在山里遇见了布洛陀,两个人互不服气,就比试本领。结果两个人本领不相上下,按照姆洛甲的要求,两个人结为夫妻。

流传在广西东兰一带的韵体神话《姆洛甲》里说布洛陀、姆洛甲创世、造万物后婚配生人:"样样事办完,两人才婚配。就像藤相交,恩爱永不离。生我后代人,代代长生息。"[1]

与此同时,姆洛甲单独造人或生人的神话流传也颇为广泛,包括《姆洛甲造三批人》《姆洛甲出世》等。流传在大化一带的《姆洛甲造三批人》说姆洛甲用泥巴、生芭蕉、蜂蛋和蝶蛋三次造人,用辣椒、猫豆和槟榔、酸杨桃分男女:

> 很古很古的时候,地上只有一个人,她就是我们的始母,叫姆洛甲。她一个人在地上生活,好冷清、好烦闷呀!于是,她想法子造人。
>
> 姆洛甲第一次造人是用泥巴捏的。她把泥巴捏成人样,用稻草来包,拿到岩洞里去瓮。七七四十九天过去了,姆洛甲把盖子揭开,看见人仔都会动了,她就喊道:"仔呀,你们出来吧!"一大帮仔跑出来,天下就有了第一批人,开始热闹起来。可是这批人不大中用,哪样子呢?就是雨天出不了门,一挨雨淋就软巴巴的;晴天嘛,又走不动,日头一晒,手脚干硬,就不灵便了,这还能做活路吗?姆洛甲觉得不合心意,又想造第二批人。
>
> 姆洛甲第二次造人是用生芭蕉刻的。她把生芭蕉雕成人样,用稻草包起来,又拿到岩洞里去瓮。七七四十九天过去了,姆洛甲又去揭开盖子,看见人仔会动了,她又喊道:"仔呀,你们出来吧!"这帮人仔跑出来,个个白白嫩嫩的,模样比上一批漂亮,可是身子不够硬朗,同样不能做活路,还是不合姆洛甲的心意,她又想造第三批人。
>
> 姆洛甲第三次造人是用蜂蛋和蝶蛋做的。她把蜂蛋和蝶蛋放到醋缸里去,铺上稻草,瓮上黄泥,白天用米汤去浇,夜里用露水去洒。姆洛

---

[1] 农冠品编注:《壮族神话集成》,南宁:广西民族出版社,2007年,第22页。

甲想：这次我得瓮久点，让他们熟透透的才揭开。整整九个月过去了，人仔长成了。开醋缸的那天，姝洛甲又想：这次我得做细密些，让人仔长得全全的，日后个个都有用。想来想去，觉得没漏哪样了，可以开缸了。正要动手开缸的时候，公鸡追着母鸡从她身边跑过。这时她突然想起一件事，还要给他们分男女哩。好彩唷！差点漏了这事！她赶忙拿来两篮子东西摆在醋缸旁边：一篮是辣椒和猫豆；另一篮是酸杨桃和槟榔。样样都办齐全了，姝洛甲才揭开醋缸喊道："仔呀，你们出来吃东西吧！"人仔纷纷跑出来抢吃，抢到辣椒和猫豆的就变成娃仔，抢到杨桃和槟榔的就变成妹仔。这批人不但手脚硬朗，能做活路，而且有男有女，能结姻缘，生养后代，姝洛甲可高兴啦！[1]

女神姆洛甲（Meh/Mo Lug Gyap），在台语民族方块文字中亦写作"姆洛甲""姆洛甲""姆洛甲""姝六甲""姝洛甲""姝六甲"等。多次造人的说法突出了姆洛甲的耐心和毅力，是台语民族先民对女性在生育中特殊功绩的赞美。神话《创世女神姝洛甲》强调了姆洛甲做生育女神的"送花"功能：

> 姝洛甲管花山，栽培许多花。壮人称她为"花婆""花王圣母"。
> 她送花给谁家，谁家就生孩子。
> 花有红有白。她送红花给谁家，谁家就生女孩；送白花给谁家，谁家就生男孩。有时，花山上的花生虫、缺水，人间的孩子生病。主家请师公做法事禀报花婆，除虫淋水，花株茁壮生长，孩子便健康成长。
> 花婆将一株红花和一株白花栽在一起，人间男子和女子便结成夫妇。
> 人去世后，便回归花山还原为花。
> 在一些壮乡，壮人在新婚夫妇的新房里，在新生婴孩的产妇房里，采山花设花婆神位，祈求她送花、护花，保佑夫妻和睦、生儿育女、母

---

[1] 农冠品编注：《壮族神话集成》，南宁：广西民族出版社，2007年，第22页。

子健康。有些地方，花婆神位设在床头，所以又称"床头婆""床头妹""床头妣"。[1]

在壮族的神话谱系之中，姆洛甲被视为早期女性崇拜的重要神祇，出现得比布洛陀还早。上述单独造人、送花的母题，突出了女性在人类繁衍中无可替代的地位。

在以麽经手抄本为载体的神话之中，常见布洛陀、姆洛甲指导造人与生人。例如，《布洛陀孝亲唱本》里说，天王氏造了人，却无肉无喉、无腰无身无脚、无奶无睾丸。后来伏羲造了稻草人，稻草人才变成正常的人。但由于古时候米粒大，人吃了不聪明，伏羲王造十二个太阳，让人间大旱三年河水断流，后再造水淹天，造雨淹云，地下全淹完，只剩下伏羲兄妹。兄妹做夫妻，妹怀孕生下来的人崽像磨刀石，被丢弃野外。后来在布洛陀的指点下，兄妹杀牛祭祖宗，敬父母，人崽才有头有手，变成千人百人，各起姓氏。[2] 该神话中的造人经过了三个阶段，首先是天王氏造人，其次是伏羲王造了稻草人，最后伏羲兄妹生育了天下的人。

在广西田阳、贵州兴义等地，流传着布洛陀、姆洛甲作为当地台语民族始祖的神话。田阳敢壮山被当地民众视为布洛陀的居所，每年农历二月十九被认为是布洛陀和配偶姆洛甲的降生日，因此，各地壮族子孙于农历二月十九至三月初七来敢壮山朝拜、对歌，造就了壮族地区规模最盛大的歌圩之一。秋天收获之后，周边壮族民众也前来祭祀布洛陀，感激布洛陀让大家丰衣足食[3]。例如，田阳区壮族人民的神话《祖公和母娘》说：

> 相传很久很久以前，有一个夜晚，一道亮光从敢壮山闪现，一瞬间照亮了天空，照亮了右江盆地，照亮了壮乡。那天夜里，一个婴儿在敢

---

1 农冠品编注：《壮族神话集成》，南宁：广西民族出版社，2007年，第21页。
2 张声震主编：《壮族麽经布洛陀影印译注》第六卷，南宁：广西民族出版社，2004年，第1833—2015页。
3 覃乃昌主编：《布洛陀寻踪——广西田阳敢壮山布洛陀文化考察与研究》，南宁：广西民族出版社，2004年，第58—62页。

广西百色市田阳区敢壮山脚下的布洛陀新神像(黄明标摄)

壮山降生，那个婴儿就是布洛陀。相传布洛陀是骆越神主的种子，长大后智慧超群，力气过人，德高望重，成为壮民族的始祖。敢壮山附近有一个美丽出众的姑娘，据说是仙女授意所生。一天，姑娘来到敢壮山脚下，看到布洛陀率众开泉引水，为民造福，感动得流出眼泪，泪珠落到泉里即化为一股股清清的泉水。布洛陀望着泉水，忽见泉里倒映着一个美若天仙的姑娘，便欲跳下去救起姑娘，但刚要跃身，却发现那姑娘就站在自己身旁。布洛陀喜出望外，情不自禁地紧紧握住姑娘的手，姑娘用含情脉脉的眼睛看着布洛陀，两人一见钟情，各自心里都燃烧着爱情之火。不久，布洛陀和姑娘便成为一对恩爱夫妻，成为壮民族尊敬的祖公和母娘。

祖公和母娘在敢壮山共同生活，生儿育女。但是，布洛陀是一个很有抱负的人，他不甘心老是守候妻子和儿女，他要走出敢壮山，去为壮族人民做事，去开创壮民族的天地。因此，不久布洛陀就告别妻子儿女，带领着一帮弟子，走出敢壮山，踏遍壮乡的每个角落，去教壮族人取火、打猎、织布、耕田种地、饲养牲畜家禽、建桥造船，等等。据说，布洛陀每年在敢壮山歌圩前回来和母娘团聚一次，歌圩散后又离开敢壮山，继续到壮乡各地去为同胞做事。母娘年年岁岁、日日夜夜地守候在敢壮山，承担着养儿育女的重任。祖公和母娘的子女长大后，也走出敢壮山，到壮乡各地去安家落户，与当地人通婚，繁衍子孙后代。[1]

在布依族神话中，报陆陀（布洛陀）主要保留了作为民间宗教创始者和最高神祇的身份。这个形象的出现无疑是父权制确立后的产物，其原型可能是一位杰出的父系氏族或部落首领。[2] 他同样是无所不知无所不晓的。笔者曾搜集到贵州黔西南州贞丰县珉谷镇的布依族布摩余后林（男，1963年生）传承的"请报陆陀经"麽经手抄本：

---

1 农冠品编注：《壮族神话集成》，南宁：广西民族出版社，2007年，第164－165页。
2 周国茂：《布依族摩教艺术研究》，贵阳：贵州出版集团、贵州民族出版社，2015年，第26页。

云南省文山壮族苗族自治州麻栗坡县壮族丧葬仪式上演述布洛陀神话内容（李斯颖摄）

讀邦报兒托　（做邦解的报陆陀）
達一报兵所　（第一请报陆陀）
達宜报所王　（第二请所王）
達三王兒桃　（第三请王儿桃）
達四报兒托　（第四请报陆陀）
报兒托爻鲁　（报陆陀是远古时代的）
補兒托爻貫　（报陆陀前朝时代的）
菲能弄门四　（四面八方的灾难都是你来解）
们四昔门少　（四面八方的禳解都是你来造）
门若系栾好　（你知道如何造人间粮食的种子）
门若少弯文　（你知道如何造人种）
又恒们南汉　（你在天上坐王位）
又恒们半在　（你在上面处理人间万事）[1]

虽然流传在布依族民间有关布洛陀作为本民族始祖身份的神话叙事较少，但上文中"你知道如何造人种"这句经诗，透露出布洛陀确实是与人类、民族先民的起源有关的。他作为壮、布依等台语民族先民所信仰的重要神祇，至今仍保留着民族始祖的特殊身份。

（二）与布洛陀、姆洛甲有关的其他神话内容

在壮族、布依族等台语民族中，布洛陀和姆洛甲除了与人类起源相关，其余被世代传颂的伟大功绩主要有开天辟地、创造万物、安排秩序与排忧解难四方面的内容。神话中的布洛陀（和姆洛甲）在宇宙形成初期撑开天地，与天神雷王、水神图额分家，是人界之王。布洛陀与姆洛甲教人们生火、找水、种稻谷，并造牛、马、羊、鸡、鸭、鱼等各类动物，使台语民族先民迈入了稻作农耕的文明生活。他们还让人说话，给人安名定姓，让皇帝和土司管理天下，造文字历书、造麽和仪规、造房子等，促进了社会的全面进步。

---

[1] 2011年8月29日李斯颖记录，余后隆（男，54岁）翻译。文字按原件照录。

例如这则流传在广西巴马一带的《布洛陀》神话说，天地离得太近，人们便找布洛陀商量治理天地的办法：

> 布洛陀是壮族三王中的一个，大家把来意一讲，布洛陀说："那我们就把天顶起来吧！""顶天？天这么大，这么重，怎么顶得起来呢？"
>
> 布洛陀笑呵呵地说："能！人多力量大呀！你们到树林里去选一根最高最大的老铁木来做擎天柱，我和你们一起把天顶上去。"
>
> ……
>
> 擎天柱有了，可是太重，大家扛不起。布洛陀说："大家齐心协力跟我来。"说着，马步一蹲，把擎天柱扛到肩上。大家抬着树头、树尾，把它抬到洛陀山顶。布洛陀把洛陀山当柱脚，竖起铁木柱，抵着天，他用力一顶，把重重的天盖顶上去，把宽宽的大地压得往下沉。布洛陀又一顶，柱顶把雷公弹到高高的天上去，柱脚把龙王压得往地下跑。布洛陀再一顶，把重重的天变成轻轻的十二堆云，把龙王压得钻到海底去了。新的天地就这样造成了。[1]

神话中的布洛陀聪明而有神力，他不遗余力地帮助民众，自己却住在岩洞或大树之下，直到死后成神：

> 鸟有巢，蜂有窝，可是古代的壮人没有屋。他们不像现在的人这样会造房子。他们像猴子一样住在山洞中。那时候，他们来到坪坝上耕田种地，往返都要爬山，收的谷子也要往山上搬，非常辛苦。他们对爬悬崖、住山洞越来越厌烦了，但是总想不出什么办法来解决。后来布洛陀用木头在树苋间搭起了三脚架，架上了横条，上面盖上树叶、茅草，便成了房子。日晒不着，雨淋不着，热天凉快，冬天温和。后来大家都学布洛陀，到平地上来盖房子，不再住岩洞了。这种房子虽好，但不牢靠，不耐久，遇到狂风暴雨，屋顶上的茅草常被卷走，有时还会崩

---

1 农冠品编注：《壮族神话集成》，南宁：广西民族出版社，2007年，第35页。

塌。布洛陀看到这种情景，就想办法建造更好的房屋。他很快造出了许多漂亮的木屋，使周围的人都住上了新房。因为他一直忙着替别人造屋建房，自己的反倒没有时间造，仍旧住在原来那个山洞中。人们听说他会造新式的房屋，到处都请他去帮忙。布洛陀有求必应，忙着替大家造新房。

……

布洛陀一天忙到晚，一天忙到头，造了一座又一座的房子，建了一个又一个壮村，不幸有一天晚上，他回到自己的岩洞里，睡到三更半夜，一块大岩石裂开落下来，正压在他身上。布洛陀就这样死了。但壮人永远也忘不了他，把他的事编成故事，世世代代流传下来。[1]

田阳当地的壮族人民，把村寨的名称与布洛陀、姆洛甲都联系在一起，形成了一系列的风物传说，这都是对始祖缅怀的展现。《母娘岩与敢壮山歌圩》说布洛陀与姆洛甲在敢壮山繁衍了子孙后代：

孩子长大以后，布洛陀打造的天地越来越宽，物种也越来越多，于是，他把孩子们由近至远，分派到新天地的各个山头建家立业，繁衍后代。而最早走下敢壮山的孩子，布洛陀安排他们在山脚下的那片田峒"贯淋种那""造曼"（壮语"贯淋"意即"犀水"，"种那"汉译为"种田"，"造曼"汉译为造村屯）。因为要犀水才能种田，布洛陀给这个敢壮山下最早的村子取名叫"那贯"。接着，他又将孩子、孙子们先后送到了那了、那宁（养小狗）、那拿（做小孩背带）、那笔（养鸭）、唐布（织布村）、那务（养猪）、那骂（养狗）、那花、塘鹅（养鹅）、那咩（养羊）、那怀（养牛）、那割（青蛙）、那厚（稻米）、那菜、那豆、那楼、那鸡，等等，自成村屯，生儿育女，创造万物。

孩子们远去了，但是总忘不了养育他们的母娘岩。于是，在每年的二月十九布洛陀生日这一天，布洛陀与母勒甲的孩子们，便携带着自己

---

[1] 农冠品编注：《壮族神话集成》，南宁：广西民族出版社，2007年，第39页。

的孩子、孙子，不约而同地从四面八方回来，给布洛陀祖公和母勒甲姆娘拜寿。由于子子孙孙太多，路途近的先来，能进母娘岩给布洛陀、母勒甲拜寿；路远后到的子孙则从洞口挤到山脚排成长队等候。而这时，还在山脚等候的人们待不住了，由于拜寿心切，于是他们纷纷就地引火烧香，香火一直从山脚插到母娘岩洞口，形成了一条香火长龙。等到拜寿结束时，已经到了三月初七、初八这几天了。这时，子孙们看到自己的老祖宗虽然子孙无数，依然还是那样身强体健，长寿不老，个个兴高采烈，山前山后满是欢欣雀跃的身影。[1]

2004年始，在敢壮山被逐步认定为壮族人文始祖布洛陀文化遗址之后，当地政府组织修复了供奉布洛陀神像的祖公祠、供奉姆洛甲神像的姆娘岩以及供奉看守将军的将军岩，每年在布洛陀诞辰日期间举行祭祀。届时，由民间宗教仪式人员组织田阳的民众以村屯、社会群体的形式前来祭祀，祭祀人员多唱"上祭歌""十拜歌"等，表达心中对布洛陀的爱戴与崇敬。这些祭词往往结合了布洛陀在田阳不同地区造物的神话，如那贯屯上祭品时，讲述布洛陀和姆洛甲造村、教人们灌溉水田的内容：

从前祖公创建那贯屯/祖公祖婆首先造村/今天来朝拜祖公/今天有猪羊来祭祖公/有心给祖公吃……今天那贯屯供奉祖公/祖公发明庠水上坡田/旱田也可以种水稻/都是祖公祖婆他们发明；那务屯朝拜时讲述布洛陀造猪的内容：今天那务屯最早养猪/祖公祖婆来发明/今天来朝拜祖公/我们抬烧猪来祭祖公……[2]

祭祀之后，民众会继续在山脚、坡地对歌。按传统，男女青年唱情歌之前必须唱布洛陀创世古歌，其曲调和句法以田阳排歌（欢岸）为主。布洛陀

1　农冠品编注：《壮族神话集成》，南宁：广西民族出版社，2007年，第174页。
2　黄达佳演唱、黄明标翻译整理：《布洛陀与敢壮山》（祭祀歌），南宁：广西民族出版社，2005年，第4页。

创世古歌套路完整，既有单独自唱的叙述排歌，也有男女对唱的问答之歌，其内容有开头歌、敢壮山岩洞歌、造天地歌、造万物歌等。如这首开头歌《上岩洞对歌》：

> 男：今天来对歌，歌原来有根，
> 　　歌本来有源，根他在何地，
> 　　歌根是短还是长，在近地还是在远方，
> 　　是哪个先造，成串山歌给后世，
> 　　山歌是哪个造成，造栽花结义，
> 　　造情人同婚娶，问妹你可知。
> 女：哥问这真好，歌有根有源，
> 　　歌根在岩洞，歌源在石崖，
> 　　赏花吹树叶，汇合成山歌，
> 　　一代传一代，天下歌不断，
> 　　白天去田峒坡地，唱歌浑身添力气，
> 　　唱歌能解心忧烦。
> 合：造栽花结义，造情人同婚娶，
> 　　布洛陀先造，姆渌甲先造，
> 　　造好一代传一代，山歌传唱到今天。
> 　　我们众兄弟姐妹，今天上岩洞对歌。[1]

---

[1] 黄桂秋：《壮族麽文化研究》，北京：民族出版社，2006年，第124—125页。

第二节

布洛陀神话的历史化与经典化

布洛陀神话是台语民族先民文化记忆的重要部分，它既包括关于布洛陀形象的诸多"碎片化"描述，也有被纳入文字与仪式系统的长篇书写。作为"回忆形象"的布洛陀凝聚着台语民族先民的集体记忆，塑造出台语民族历史上的"布洛陀"时代，并通过时空关联增强了民族的内部认同。韵文体的布洛陀神话多被用方块壮字记录于文本之中，通过专职的文化记忆储存人——布麽（摩）在各种重要的节日与庆典仪式中传承，具有神圣性、权威性色彩，实现了文化记忆的"经典化"。布洛陀神话的发展是台语民族先民文化记忆能动选择的结果，同时也为民族的发展提供了"神话动力"。

布洛陀被壮族与布依族视为人文始祖，在民间流传着对他的诸多"记忆"，涉及他的年龄、外貌、亲属、生活习惯以及性情等，形成了丰富的叙事[1]。有的叙事只言片语，仅通过口头传承；有的已逐步篇章化、经典化，在麽经文本中被记载下来。文字、文本、仪式等因素都在布洛陀的文化记忆传承中发挥着举足轻重的作用，使其得以延续至今。根据目前的研究，布洛陀作为历史真实人物存在的可能性不大。"布洛陀并非具体的人物，而是已被赋予了'神格'人物的象征，他是初民集体力量和智慧的化身，也是壮族

---

[1] 此处所使用的叙事概念，包括神话、麽经经文、传说以及古歌等有关布洛陀的各类讲述内容。

原始文化成果的集中代表。"[1] 通过布洛陀这一特殊"回忆形象"的长期塑造，壮、布依等族人民形成了共享的集体文化记忆，拥有了一种可供回忆的共同"历史"，以此增强了中华民族内部的团结和彼此认同[2]。这种记忆是文化选择的结果，具有其自身的独特性和持久性，并为民族的发展提供了一种可持续的规范性与定型性力量。在此，以壮、布依等民族为例，借助文化记忆理论，剖析布洛陀这一特殊的"回忆形象"如何被有意识地筛选、传承以及经典化，如何借助仪式、文本、图像等多种形态继续在社会中发挥作用，将有助于深化对布洛陀神话内涵、台语民族文化发展特征及其文化记忆特点等的理解，有助于在现代社会中寻找到符合民族文化发展的途径、提升中华民族自信心，使民族传统文化迸发新的生机。

一、作为"回忆形象"的布洛陀

（一）文化记忆中的"回忆形象"

能够被保留在群体记忆中的智慧多已形成了一种具体的形式，"这种形式或是具体的人，或是具体的事或具体的地点"[3]。于是，阿斯曼在哈布瓦赫"回忆图像"的基础上提出了"回忆形象"的概念，它既包括图像性的文化符号，也包括各类叙事性的形式，如神话、绘画、经文等。布洛陀无疑是壮、布依等族文化记忆中得到传承、具备了重要丰富内涵的"回忆形象"。

在口传神话、传说、麽经手抄本及其他载体中，有关布洛陀个人的叙事呈现出碎片化的状态，涉及布洛陀的性格与身体特征、特异神力、生活习惯及亲属关系等。这些内容彼此呼应，构建了一个丰富的布洛陀形象。布洛陀的亲属主要有妻子、子嗣、徒弟、父母等。在民间，布洛陀被描述成一位年

---

1 覃彩銮：《布洛陀神话的历史文化内涵》，《广西民族研究》2004年第1期。
2 ［德］扬·阿斯曼：《文化记忆：早期高级文化中的文字、回忆和政治身份》，金寿福、黄晓晨译，北京：北京大学出版社，2015年，第41页。
3 ［法］莫里斯·哈布瓦赫：《论集体记忆》，毕然、郭金华译，上海：上海人民出版社，2002年，第47—38页。

布依族的布洛陀神像(周国茂摄)

纪较大、鬓发斑白而身材魁梧、红光满面、精神抖擞的老者。[1]田阳布麽农吉勤甚至听老一辈人说过，布洛陀的小名叫作"哎笃"（aeh tuz），名字的含义却不清楚。[2]在广西右江、红水河流域，人们多流传他的妻子为姆洛甲，比他小十多岁。[3]也有说二人为母子关系的。关于布洛陀夫妻的孩子，有五个、九个等诸多说法。[4]布洛陀的徒弟是布伯。[5]麽经中说布洛陀的母亲是祖宜婆，他有兄弟五人。[6]老虎称布洛陀为大哥、野猪称布洛陀为姐夫。有的地方则传说布洛陀无儿无女，专门助人为乐。[7]布洛陀还有着基于人性的多种神异能力[8]，如力大无比、知识面广、有巨大的生殖器、懂得鸟兽和花草树木的语言、有一把神斧、出去做麽时有老虎开路、会建造稳固的房屋、关心大家的疾苦并能谦虚听取大家的意见等。布洛陀也有自己特别的生活习惯，广西巴马、武鸣等壮族地区都流传布洛陀住在岩洞里，文山一带的壮人则认为布洛陀白胡须拖地，住在一棵万年青下。[9]

布洛陀虽有神力，但也有生死之时。"有生有死"让布洛陀的形象更带有"人"的气息，作为始祖的可信度更高。在农吉勤老先生家里，一本名为《秘书》的手抄本内详细地记载了布洛陀、姆洛甲的生辰，原文如此："布禄圖秘名永世甲子年十月十五日午时本命/麻禄甲赵名永明甲午年正月十五日子时本命"，其中说布洛陀（布禄圖）的名字为"永世"，生日是"甲子年十月十五日午时"，姆洛甲（麻禄甲）姓赵，名字为"永明"，生日是"甲

---

1 陶阳、钟秀编：《中国神话》（上），北京：商务印书馆，2008年，第67—86页。
2 访谈时间：2016年2月3日；访谈地点：广西田阳区田州镇个强新屯；访谈人：李斯颖；访谈对象：农吉勤（男，64岁，广西田阳区田州镇个强新屯村民）。
3 同上。
4 农冠品编注：《壮族神话集成》，南宁：广西民族出版社，2007年，第55—169页。
5 同上书，第44页。
6 张声震主编：《壮族麽经布洛陀影印译注》（第六卷），南宁：广西民族出版社，2004年，第1838页。
7 访谈时间：2010年8月9日；访谈地点：云南省文山州广南县贵马村；访谈人：李斯颖；访谈对象：沈章贵（男，61岁，云南省文山州广南县贵马村村民）。
8 这种神异能力往往是在一般人能力之上提升的结果，而非如同神一样无所不能。
9 农冠品编注：《壮族神话集成》，南宁：广西民族出版社，2007年，第60页。

午年正月十五日子时"。[1] 传承该本秘书的农氏家族兼从事道教活动，故这则关于布洛陀、姆洛甲的信息带有道教文化注重吉日、隐秘性的色彩，同时也反映了壮族人民力图将布洛陀、姆洛甲的个人信息深度历史化的努力。广西田阳敢壮山一带流传布洛陀、姆洛甲到达敢壮山的"降生日"为农历二月十九，故人们从那天开始隆重祭祀。布洛陀死亡的原因民间也各有说法。如广西巴马壮人说布洛陀只顾给别人建房却没时间给自己盖房，就常年住在山洞里，有一晚他不幸被洞中脱裂的大岩石压死。[2] 有的地方则说，布洛陀还没完全把自己的本领传给徒弟就死了。[3] 云南广南县壮族沙支系布麽沈章贵则说布洛陀找不到好日子盖房，归仙的时候就住在大树下。[4]

通过对上述内容的梳理可发现，布洛陀的形象虽然在麽教经文及神圣仪式场合中无法得到具象化、细节化的呈现，但通过口头讲述、文本记载、风物地标等方式的再现，壮、布依等族民众获得了对布洛陀有血有肉、丰富而充满人类气息的多维度记忆，从而像崇敬、纪念自己有血缘关系的祖先一样去回忆他。这些"碎片化"的记忆在"祖先"认同的作用下逐渐建构出线性的"事实"，使布洛陀逐步"历史化"为一位优秀且能力超群的"始祖"。正如田阳一带的布洛陀传说，使"我们可以感受到生动、亲切的布洛陀的形象，他已经不单单是高高在上的神，而是深入民间和儿孙后代同甘共苦的老祖公"[5]，他的形象更为生动，也具有更浓厚的人情味。

（二）回忆形象的时空关联

作为文化记忆的布洛陀叙事具有时空关联性，在特定空间内被物质化，在特定的时间上不断延续，具有了群体性的关联意义，并在历史上经历了多

---

1 此抄本信息为广西田阳区布洛陀文化研究会会长黄明标老师提供，特此致谢。
2 农冠品编注：《壮族神话集成》，南宁：广西民族出版社，2007年，第39页。
3 同上书，第65页。
4 访谈时间：2010年8月9日；访谈地点：云南省文山州广南县贵马村；访谈人：李斯颖；访谈对象：沈章贵。
5 谢荣征：《布洛陀传说研究》，广西民族大学硕士论文，2009年，第22页。

次不断的重构。[1] 布洛陀叙事常通过仪式、节庆的时空，以布麼的主持、吟诵经文等活动得以再现，以此增强人们的记忆。例如，红水河流域的壮族杀牛祭祖宗仪式通常在除夕夜举行。除夕夜为稻作农业生产结束之后的辞旧迎新时段，是族群内男女老少欢聚之时，带有周期性的特征，具备特定的时间节点意义，成为一种"在集体中被经历的时间"[2]。参与仪式的人均为本家族的成员，所选择场所或为某成员之房屋，或为公共活动空间，容纳群体的空间带来的身体实践经验，成员间彼此的交流互动，使特定的空间成为回忆的线索，能唤起族群的集体回忆。广西田阳敢壮山有复建的布洛陀祠，壮乡各地也有不少布洛陀庙与神像等，在这些神圣空间选择特定日期对布洛陀进行朝拜与祭祀，提供了延续回忆的时空关联。

壮、布依等族人民对布洛陀的空间记忆关联着各地流传的风物传说。它们强化了人们对布洛陀的印象，使布洛陀的行为更具体化、真实化。如在广西田阳一带有布洛陀造物、挑山、养牛、锁蝗之所。[3] 广西红水河中下游堵娘滩、雷公滩、断犁滩、鹰山狗岩滩、卧牛滩和十五滩等地，与布洛陀开山开辟红水河的事迹有关。[4] 在广西西林，当地的壮族说驮娘江在历史上一直被称为"布洛陀河"。在贵州兴义，布依族布摩说布洛陀与七姊妹星打赌，要把山挑走。现在兴义一带的山都在泥凼那边，就是被布洛陀挑走的。达居村还留有布洛陀挑山时踩下的脚印。[5] 这些描述，都使人们感觉布洛陀更像一个活生生的人，更直接地与人们的生活、环境发生了关系，根植于更为具体的地方知识体系之中。

随着时代的发展，这些带有时空色彩的"历史化"叙事成为壮、布依等族先民实现自我认识、表达族群"历史心性"的心灵文本。"一种结构性

---

1 [法] 莫里斯·哈布瓦赫：《论集体记忆》，毕然、郭金华译，上海：上海人民出版社，2002年，第38—42页。
2 同上书，第31页。
3 黄明标搜集整理：《布洛陀与敢壮山（传说故事）》，南宁：广西民族出版社，2004年。
4 农冠品编注：《壮族神话集成》，南宁：广西民族出版社，2007年，第35—36页。
5 访谈时间：2016年8月20日；访谈地点：贵州省兴义市南龙古寨；访谈人：李斯颖；访谈对象：黄仕坤（男，48岁，贵州省兴义市南龙古寨）。

社会情境，产生特有的、可支持此社会情境的历史心性。然而历史心性本身只是一种'心性'，一种文化倾向；它只有寄托于文本，或某种文类中的文本，才能在流动的社会记忆中展露它自己。"[1]对布洛陀形象的碎片化记忆聚拢在一起，就犹如万花筒里反射出的美丽图案，给人更为多样全面的信息。作为壮、布依等族先民"有据可依"的族群历史记忆，越来越丰富的布洛陀叙事文本达成了对始祖的理想化塑造，并实现了对本民族独特文化的肯定与表述。从上述对布洛陀的描绘中，布洛陀作为领袖的诸多特质——威望高、勤勉、辛劳、友善及乐于助人等成为人们津津乐道的谈资和神圣时空里闪耀的光芒。

二、布洛陀时代：民族文化记忆塑造的历史

布洛陀叙事属于"众神与英雄时代"的文化记忆，讲述的是族群的"过去"。通过壮、布依等族人民世代相传，这段以始祖为主角的"过去"，构成了他们"历史"上最重要的部分，阐明的是一种稻作文化的世界观与生活方式，是社会得以运转维系的基础。文化记忆作为人类记忆的一个外在维度，它"来自起源时期"，实现的是人类记忆对意义的传承。文化记忆的内容是"神话传说""发生在绝对的过去的事件"，其事件结构是："神话性史前时代中绝对的过去"，并拥有专职的传统承载者。[2]布洛陀神话从创世开始，时间段主要集中于世界起源到万物出现、人类社会的完备有序这一阶段。通过与其他神祇的共同努力，布洛陀为壮、布依等族先民创造了一个持续、稳定的生存环境与各类物质条件，带来了社会得以正常运转的开端。

在布洛陀叙事里，壮、布依等族人民用"前代"（ciuh gonq）、"以前"（gonq）、"古世"（ciuh laux）等时间词汇来表达"历史"的时间概念，打造

---

1 王明珂：《英雄祖先与弟兄民族：根基历史的文本与情境》，北京：中华书局，2009年，第237页。
2 ［德］扬·阿斯曼：《文化记忆：早期高级文化中的文字、回忆和政治身份》，金寿福、黄晓晨译，北京：北京大学出版社，2015年，第20、49、51页。

了本民族关于"众神与英雄时代"的集体记忆。壮、布依等族"起源历史"中的布洛陀、姆洛甲神话叙事丰富，内容庞杂丰富，关于布洛陀与众神创世与造物、制定社会运转秩序等多种多样的内容，细节生动，犹如叙述者亲眼所见。但"无数的谱系都是从神话传说中的先祖直接跳跃到现代……显得头足相接没有身体，或者只有两端没有中间"[1]，这个特点也鲜明地存在于壮、布依等族的神话叙事之中。麼经手抄本请来的诸神从布洛陀、姆洛甲等一长串的创世、造物之神，直接跳到了"三祖五代"[2]，文化记忆与交流记忆的对立再次被鲜明呈现。所谓"交流记忆"，是"对刚刚逝去的过去的回忆"，代际记忆是这种记忆的典型。代际记忆范围只保存在三四代人之间，随着记忆承载人的死亡，这种记忆又往前更新推进了。而布洛陀叙事中所讲述的"过去"，则是一种"巩固根基式回忆"[3]，是社会集体的回忆，这"过去"与我们当下的生活保持着一种绝对的距离，无论逝去多少代，它都与不断前进的当下保持着恰当不变的距离，类似于一种永恒的存在。它作为一种"历史"知识与概念，故而能为人们所记忆和传颂。

布洛陀叙事构建的时代是一种可供回忆的"过去"，而不是可查证的历史。"过去在记忆中不能保留其本来面目，持续向前的当下生产出不断变化的参照框架，过去在此框架中被不断重新组织。"[4] 这种作为文化记忆的"过去"，并不是像交往记忆那样散漫发展，而是一种在历史中被创建的、高度成型的记忆。它与叙事内容的真实性关系不大，作为民族历史上起到奠基作用并被固定、内化传承下来的历史，它本身就已经成为"神话"。虽然布洛陀叙事并非我们平日所认知的"历史"概念，却是壮、布依等民族构建自己知识体系、认识自己作为中华民族组成部分，组织当下和未来经验的有效内容，起着建构和巩固世界观与人生观的指导作用。布洛陀神话更是民族文化

---

1 ［德］扬·阿斯曼：《文化记忆：早期高级文化中的文字、回忆和政治身份》，金寿福、黄晓晨译，北京：北京大学出版社，2015年，第42页。
2 张声震主编：《壮族麼经布洛陀影印译注》（第六卷），南宁：广西民族出版社，2004年，第97页。
3 ［德］扬·阿斯曼：《文化记忆：早期高级文化中的文字、回忆和政治身份》，金寿福、黄晓晨译，北京：北京大学出版社，2015年，第44—45页。
4 同上书，第13页。

中"具有象征意义的再现形式",是与经济、政治权利并列存在的"三个典型领域或者作用框架"[1]之一。它的持续传承,承担着民族自我肯定的功能,是民族文化传统中不可或缺的重要部分。通过此类共同文化记忆,壮、布依等族实现了群体内部的凝聚与中华民族共同体的认同。

通过口传与文本两种途径,布洛陀时代的历史在日常与仪式之中得到传承。这一时代以对始祖布洛陀的记忆为特征。通过被固定化的文字、图像等传统的、象征性的编码,在集体成员共同参与的各类仪式的时空内,布麽将布洛陀叙事用诗的形式进行展演,将叙事内容凝聚成发挥着"回忆、传承和认同"的民族文化记忆。它们因为被"经典化"而更具有了"权威性""不可争辩"的固化与神圣色彩,是民族历史上的重大事件,有着突变与前进的意义。有关布洛陀的各种"碎片化"记忆,包括生辰记载、外貌、习惯及爱好等特征内容,都有将布洛陀视为民族历史中重要人物、表达民族文化独特性和持久性,并实现情感凝聚的主旨。有关布洛陀的各种风物传说,更营造了一种民众赖以根植回忆的空间和象征物,使有关布洛陀的"历史"显得更为真实可信。这些叙事成为人们活动的准则与借鉴,在树立壮、布依等族自身的形象、指导民族前进时产生了无以估量的"神话动力"[2]。

三、布洛陀叙事的"经典化"

布洛陀叙事在传承过程中日益走向了文化记忆的"经典化"。所谓文化记忆的"经典化",指的是"普通的文本和仪式,经过具有权威性的机构或人士的整理之后,被确定为典范的过程",比如圣经及弥撒仪式程序。[3] 被整理后的文本与仪式遂成为文化记忆中的"经典",不允许随意更改。作为布

---

1 [德]扬·阿斯曼:《文化记忆:早期高级文化中的文字、回忆和政治身份》,金寿福、黄晓晨译,北京:北京大学出版社,2015年,第13页。

2 同上书,第77页。

3 王霄冰、迪木拉提·奥迈尔主编:《文字、仪式与文化记忆》,北京:民族出版社,2007年,第21页。

洛陀叙事经典化的代表，麽经手抄本及其仪式已逐步"规范化"，出现了高度的趋同。首先，这些被经典化的内容在形式上发生了变化，主要采用了高度凝练的五言韵文。其次，通过比较民间自发传承的布洛陀叙事与被"经典化"的叙事，可以发现"被经典化"的部分融入了更多汉文化、道教文化的内容，注重对社会秩序与家庭伦理关系的阐释，强调布洛陀作为麽教祖师爷的身份。在仪式当中，布麽必须完全按照麽经原文进行吟诵，不允许念错，仪式步骤也必须正确，这都是经典化的突出表现。作为文化精英的代表，布麽对麽经抄本以及仪式拥有阐释权，附着了神圣性色彩。麽教对布洛陀叙事的吸收与阐释体现了民间宗教对民族文化记忆"经典化"的干预。

"经典化"的过程涉及布洛陀叙事内容的取舍、加工润色等问题。以口传和麽经中的"生人"母题为例进行比较，可看出布洛陀叙事"经典化"导致的变异。口耳相传的布洛陀神话中常出现"布洛陀与姆洛甲婚配生人"的母题。如《姝洛甲断案》[1]说布洛陀和姆洛甲为开天辟地的夫妻，他们忙于创造天地，远隔千万里。后来，姆洛甲受风孕，生下六男六女。《姝洛甲生仔》[2]则叙述姆（姝）洛甲与布洛陀婚配后生下人类。作为壮、布依等族始祖神的布洛陀、姆洛甲在口传叙事中以配偶形式出现，这与人类理解男女配对而繁衍的因果关系是一致的。口传神话中的布洛陀、姆洛甲生人母题常镶嵌在壮、布依等族创世神话中，成为其有机组成部分，呈现一种自发无为的传承状态。

相较之下，以麽经为载体的布洛陀叙事与生人母题的关系并不这么密切。收录了29个麽经手抄本的《壮族麽经布洛陀影印译注》中，只有《布洛陀孝亲唱本》和《麽荷泰》两个抄本有造人与兄妹（娘侄）婚配的内容。《布洛陀孝亲唱本》里是伏羲造人。流传在云南文山的《麽荷泰》则说布洛陀、姆洛甲指导娘侄俩祭祀才生出孩子，这两位始祖还把磨刀石般的肉块切成六片，撒到各处分别变成鱼、稻谷、马鹿、青蛙、人类等。[3]

---

[1] 农冠品编注：《壮族神话集成》，南宁：广西民族出版社，2007年，第26—27页。

[2] 同上书，第22—23页。

[3] 张声震主编：《壮族麽经布洛陀影印译注》（第六卷），南宁：广西民族出版社，2004年，第2850—2852页。

综观麽经内容,被经典化后的叙事似乎都在"避而不谈"布洛陀结婚、生子这类人间凡俗的内容。只有在不同场合下出现的"去问布洛陀,去问姆洛甲"等程式化叙述,保留了布洛陀、姆洛甲的对偶神身份。民间口传布洛陀生人与麽经抄本中人类起源母题在传承内容上的差异,正是壮、布依等族民间文化精英——布麽对布洛陀叙事进行筛选与整编,完成"经典化"的过程。能够使用方块壮字、汉字的布麽,受汉族道教思维体系的影响,有意识地选择符合中原汉文化伦理道德、审美等标准的内容进行扩充与替代,并将不少道教神祇与故事引入麽教经文之中。麽经中通过"去问布洛陀,去问姆洛甲""布洛陀就讲、姆洛甲就说"的提纲式语句来强化布洛陀、姆洛甲的智慧和"至上而下"的指导,其实他们亲身参与的具体实践活动并不是很多。布洛陀具有了神的全知视角与指示功能,可以上天入地,为常人所不能。与此同时,布麽依然供奉布洛陀为祖师爷,并将他比附为汉族的太上老君。[1]麽经中渲染的往往是布洛陀的神力,比如出门时河水为之断流、山峰为之崩塌,就连水牛角也要弯曲。[2]布洛陀以坚铁为午餐,以烧红的铁块为早餐,他的家在深水之下、高山之巅。[3]布洛陀用的经书同样具有法力,有的字小如苍蝇,有的字大如篱笆。[4]布麽在仪式中所要强调的往往是布洛陀的神威,这就把布洛陀叙事向创世、造物、文化创造等多方面拓展,涉及天地起源、顶天增地、日月起源、物的起源以及文化和社会秩序的出现等五大主要母题。[5]其中,造文字、造麽和禳解仪规、造首领等母题在麽经经文中十分突出,在口传叙事中并不常见,是布麽根据实际的政治、宗教需求而润色、加工的结果。

壮、布依等族早期地方政权对于布洛陀叙事的经典化亦发挥了一定作

---

[1] 访谈时间:2014年7月29日;访谈地点:云南文山州麻栗坡县八布乡;访谈人:李斯颖;访谈对象:张廷会(男,69岁)。

[2] 张声震主编:《壮族麽经布洛陀影印译注》(第四卷),南宁:广西民族出版社,2004年,第1435页。

[3] 同上书,第1428页。

[4] 张声震主编:《壮族麽经布洛陀影印译注》(第一卷),南宁:广西民族出版社,2004年,第12页。

[5] 李斯颖:《壮族布洛陀神话研究》,北京:中国社会科学出版社,2017年,第64—165页。

用,地方政权导致布洛陀叙事"经典化"在麽经中多有体现,如多处出现关于"王"的字眼,有专门的"造皇帝土司"篇章。政治精英或曾掌控着布洛陀信仰,通过麽经的演述来反映土司社会确立后的区域空间政治秩序。[1]

总的来看,作为"回忆形象"的始祖布洛陀与姆洛甲是壮、布依等民族人民经过数千年塑造而成的。至今,在民间依然流传着布洛陀的各类"碎片化"记忆,它们在民众之间口耳相传,内容丰富但又具有较强的变异性,叙事的个人色彩浓厚,容易逸失。有的叙事被日益"经典化",记录在古壮字文本之中,通过专职的文化记忆储存人——布麽在各种重要的节日、庆典仪式中被保存至今,具有了神圣性、权威性色彩,也趋向于固化,更易于传承。总体上看,布洛陀叙事源远流长,它塑造了壮、布依等民族早期的英雄与集体"时代",承载着他们的信仰与历史,带有民族内部彼此凝聚的重要功能。在现代化冲击下,布洛陀口传叙事日渐消失,而被"经典化"的布洛陀叙事也面临文本与仪式的"无用"与被搁置状态,这都使布洛陀文化记忆的传承面临着危机。

今日,通过广西田阳敢壮山的人文始祖祭祀大典等典礼性活动,布洛陀作为壮、布依等民族人民文化记忆中不可或缺的始祖形象得到了强化,增强了中华民族的文化自信,为民族在现代化进程中加快自身文化转型与进步提供了强有力的支撑。正如阿斯曼指出:"群体与空间在象征意义的层面上构成了一个有机共同体,即使此群体脱离了它原有的空间,也会通过对其神圣地点在象征意义上的重建来坚守这个共同体。"[2] 敢壮山等特殊地点对于壮、布依等族人民的意义也在于此。

---

1 麦思杰:《〈布洛陀经诗〉与区域秩序的构建——以田州岑氏土司为中心》,《广西民族研究》2008年第1期。
2 [法]莫里斯·哈布瓦赫:《论集体记忆》,毕然、郭金华译,上海:上海人民出版社,2002年,第41—42页。

第三节

活态的布洛陀神话演述：
壮族"麽咟宿"仪式

格尔兹指出："民族志是深描。民族志学者……首先必须努力设法把握它们，然后加以描述。"[1] 在此基础上，我们才能认知其背后的文化符号体系。"麽咟宿"仪式是壮族有关布洛陀演述的仪式语境之一。通过"深描"一次壮族"麽咟宿"仪式发生的全过程，辨析其中的民族文化特质，重新审视中华多民族文化交往交流交融的历史，可再现壮族神话与仪式之间的深层联系。

一、壮族"麽咟宿"仪式过程

麽咟宿是壮族民间的祭灶仪式。麽（mo）即吟诵，咟（bak）即嘴，宿（saeuq）即灶。麽咟宿又常称"麽兵咟宿"，"兵"（beng）即禳解、禳除，常用于指麽仪式中关于禳解、禳除的一类。同时，"兵"也指生活中的各种怪异现象，如鸡生血蛋、狗生独崽、房柱长菌、大蛇上房等。在壮人的观念

---

[1] [美]克利福德·格尔兹：《文化的解释》，纳日碧力戈等译．上海：上海人民出版社，1999年，第11页。

中，这类怪异现象预示着不祥之事将会降临。因此，壮人往往会尽快请布麽来家里做"兵"，把各种恶鬼、妖怪赶出屋子，以杜绝坏事发生。而"咟宿"（火灶）是主管家中事务的神，因此这类仪式要在灶口前举行，请灶神等神祇降临，主持完成。

2015年11月，笔者观摩了田阳布麽农吉勤到当地坡洪镇驮呆屯黄家做"麽咟宿"仪式的全过程。仪式起因是黄家女主人听到母鸡啼叫，惊骇不已，惴惴不安恐生事端，故请布麽前来禳解。根据问询"麽咟宿"，是布麽农吉勤近年来偶尔还主持的麽仪式了。"麽咟宿"仪式的式微与壮族人民观念的改变有着很大关系，他们不再害怕早期人们认为怪异的事情，可以用更可信的方式去解释它。这种情形也日渐削弱了人们对于相关神祇，如布洛陀、姆洛甲、娅王母等的信仰。

"麽咟宿"仪式可分为三大主要阶段。第一阶段为请神及陈述，吟唱壮语《麽兵咟宿》经文手抄本上半部分；第二阶段为敬神，唱诵汉语"献酒肉"经文，吟诵壮语"敬十杯酒"经文并吟唱《麽咟宿》经文手抄本下半部

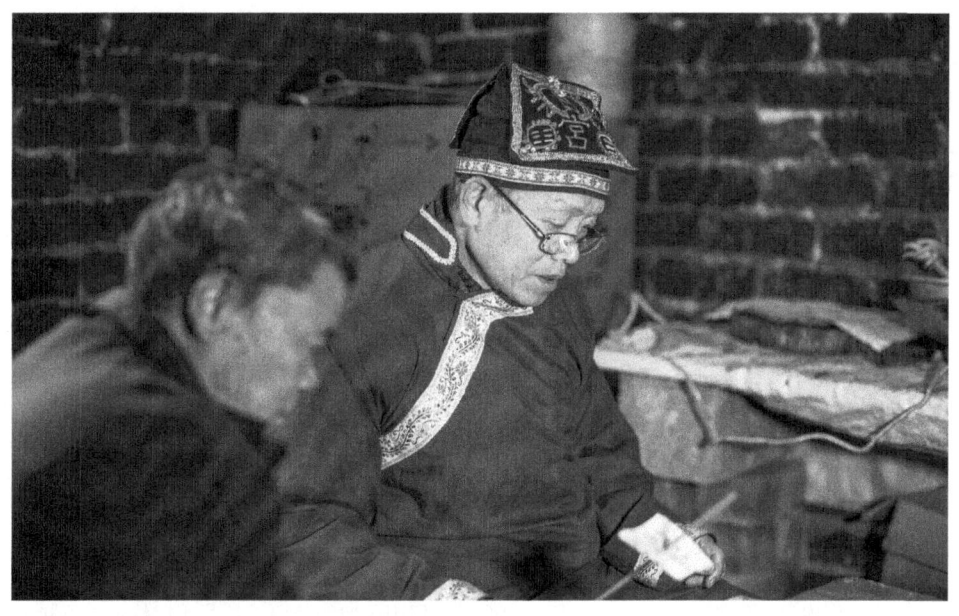

布麽农吉勤在仪式中吟诵布洛陀神话内容（李斯颖摄）

分；第三阶段为驱鬼，吟诵汉语桂柳话的"驱鬼怪"经文，并在厨房、客厅、房间等各处使用火焰、喷水的方式驱鬼。

在第一阶段，布麽让主家在厨房的火灶前设好神台，神台上摆放插香用的三碗大米，每个碗中插上三根燃烧的香。香脚还放着两个粉红色纸剪成的"茆郎"，作为替主家受罪。碗上还插有红包，内有现金若干。神台上还要摆上土布、银手镯，表示家中有吃有用。在灶台旁边还要放上秤砣，意思是让主家到哪里都有生意可做，有金银可收。还要用一个箩筐倒扣过来，上面摆上一碗未脱粒的稻谷。一切准备停当，布麽举着一支插有纸钱的香，开始用壮语吟唱他祖传的方块壮字经文《麽兵咟宿》，所使用的曲调为当地麽经调。布麽首先叙述各种"兵"的怪状，占卜得到的不好的卦象，人间遭遇何种灾难，如"过去未造兵，鱼不入水槽，鱼不上小河；过去未造兵，鸟不飞上天，羊不生雌羔，接水接不住，鸟沿溪河飞。昔未懂禳除，父王去造村，卜得鸡龙卦，村中无人住，房子空无人，王去岳父家，村空好害怕；昔未懂造禳，父王去造塘，卜得鸡加卦，池塘又漏水，拦河水不得，蓄塘水不住。养竹鱼不大，养竹鱼不肥，妖缠住不走，鱼不来塘游。蓄水不一年，塘水仅三夹，獭吃鱼连头。昔未懂造兵，父王去造田，占得鸡陋卦，禾苗烂到根，王粮在后园，王妻无饭吃，子久未沾筷。昔未懂造禳，父王去打猎，卜得鸡执卦，母狗不撵兽，公狗不捕猎，虎抓丛中狗，蛇咬山涧狗，追不到公羊，王儿没鱼吃，王妻没肉吃。昔未懂造禳，父王去讨贼，占得鸡娄卦，拔剑不出鞘，越不了寨墙，寨墙推不倒，死五个将领，死七个将士，父王大儿死，伤父王身体……"[1]人们请教布洛陀、姆洛甲，才知道要去禳解祛除灾难。经诗中又叙述娅王母造"兵"仪式，重复提及"娅王母造禳，这事她来解"。通过做仪式，所有的怪异和灾难就会离开，人们的生活就会恢复正常。如禳解仪式做完之后，"样样我禳齐，家家我禳全，事事我禳完。拿桐木造楼，杀猪求神台，拿桐木造城，拿桐木造笼，拿来祭火灶，拿来敬家公，拿来献家婆。献到神台上，献给神柱公，三代祖宗顺，祖宗才和气，保儿子成人，吃

---

[1] 经文翻译内容由广西田阳区布洛陀研究会会长、田阳区博物馆原馆长黄明标校正（下同），特此感谢！

喝敬祖宗，富贵不忘祖"。

经文吟诵结束后，进入第二阶段，即向神祇祭献。布麽向诸神上祭品，祭品包括一只水煮的整鸡及内脏，猪头肉及一条猪肉。布麽掐手诀，焚香三支请神至，开始用汉语桂柳方言唱诵请神内容，请神祇享用祭品之后保佑主人家安康幸福，金银粮食满仓，所使用的曲调与之前完全不一样："请拜上香，二拜上香，三拜上香，修香礼毕、伏唯再拜、二拜、三拜，五师天中尊，照照无上皇，仰观地为表，万无事元坛，唯我元都其，但见仙神皇，福生无量天尊。林朗振香，十方肃静，河海静默，山丘吞烟，万雷阵仗，召集群仙，天无氛秽，地绝妖尘，名惠洞清，大量玄玄也。清净诸水，日月之光，中常北斗，内有三台，以今解秽。祸去福来，神水解秽天尊，尚来解秽，洒水云周，七灵清净，以今合家人等，念得三支名香，弟子臣农善升[1]，亦念上通天界，下达十方，打法土地，骑马步步去请，卑官土地，骑马步步去迎，请神望神来降，请圣望圣来临，上不请何神，下不请何人……"并以下面的祭词作为总结："天上化为星，地下为灵，一盏化为十，十盏化为百，百盏化为千，千盏化为万，万万千千，无量无边，变酒为甘露，变肉为泰山，诸神皆饱满，乾元亨利贞正景。"该祭词似来源于道教"踩花灯"仪式。之后，布麽让主家焚三支香插在屋外。

至此，布麽开始用壮语报上主家的信息，语气急促，没有曲调："不说你们不相信，不提你们不知道，说到你们就相信，提到你们就知道，不去议论远的人，不去诉说别人家，只说中国广西省，田阳区那坡镇某某村某某屯，我论布黄家，我论布花姓，话说你们选吉日，选择肉类做祭品，今天请麽来祭灶……"此后继续用壮语吟诵向诸神奠酒十杯的内容，亦是属于单纯吟诵而没有曲调的："九桌献完敬十杯，十杯在下献牺牲，献上祭品请享用，奉上成块的祭肉，奉上红冠大公鸡，奉上弱冠小公鸡，奉上肥美的猪头，奉上香甜的猪嘴，奉上前年糯米酒，奉上去年玉米酒，奉上崭新的纸币，奉上满仓的金银，奉上满桌的酒肉，祭品大家都取走，祭品大家都领走，各返还宫，回銮返驾，延寿益算，度厄长生。"到此，布麽焚烧纸钱，掐指诀表示

---

[1] 布麽农古勤的法号，下同。

启请神灵。请来诸神之后，布麽开始拿起之前唱麽经时所用的、插有纸钱的香，继续诵唱未唱完的《麽兵咟宿》经文手抄本，所使用的曲调与之前吟诵的曲调一致："大家下跪来献酒，今晚布麽来禳解，吉日前来做祈祷，儿子斟酒来祈祷，拿糯米饭敬献，热酒献上给三祖，红酒敬上五代祖。"这时，布麽吟诵献三杯酒的内容，同时让主家儿子黄汉炳配合经文内容，向神案上的五个酒杯斟酒三轮。布麽并嘱咐黄汉炳拿上家中所有人的衣服各一件，装在菜筐中拿来。布麽参照经文上的三个特殊字体，往装着衣服的菜筐上用手凭空写字，以求得"安""稳""福"。此后，布麽又拿起插着纸钱的那支香开始吟诵："道公让扶就去扶，麽公让起就说起，敬上那百尺布匹，敬上那百曹[1]土布，若我不来扶助你，有红白喜事之时，好找你前来帮忙，好找你前来扶助……"布麽嘱咐黄汉炳将灶台前摆放的箩筐翻过来，将那碗稻谷放入箩筐，将秤砣、篮子等都翻个身。此后，布麽继续吟诵经文："官印三度宝，老树有三根，树枝七窝蜂，人有十二王，就定在腊月，禳解吃得香，化解给土地，土地拿去祈，功曹拿去祷，奉献给玉帝，到三官大帝。"经文吟诵结束，布麽将手中所执香火上的纸钱点燃、烧尽，并嘱咐主人家准备油锅。他将祭品收起，将神案上燃烧的香取下放在地上，并将碗下垫放的纸钱取出和这些香一起焚烧。布麽还行手诀，之后将经文收好。

第三阶段，布麽要在厨房、大厅、门口等处施行法术，驱走各种妖魔鬼怪，以求主人家安康。这阶段使用的道具主要是一个点燃了碎木枝的长柄小锅、浸泡着柚子叶的一碗水以及祖传的长剑。布麽首先在灶口处用佩剑凭空画符，将粉红色纸剪成的茚郎挑入燃烧的锅中，以示派出使者。此后，他用剑在灶台"品"字形处挑出火灰放入锅中，并用剑从碗中挑出一些水洒到锅里。这时，布麽开始吟诵汉语桂柳话经文："速送妖魔精，三十六鬼群，诸天如荡荡，天道如兴隆，亦与派遣，遣邪魅精天寸，召雷上，咦，召雷兵领天将领天兵，你上位在我身上在我头上，四将军三五功曹除恶鬼，命自禄童于护我身，准我遣送随我遣送……"东南西北中央都已作法，五方的妖精妖怪都已经遣送。吟诵结束后，布麽用剑凭空画符，并将浸有柚子叶的水喷

1　曹：壮语念 caeuz，为壮语丈量土布的计量单位，一"曹"约为市制 2 丈 5 尺。

向油锅上方，此时水雾吱吱作响，喷洒开去，颇为壮观，让人感觉鬼怪都已四处逃散。之后又到主人家祖先祠牌下吟诵同样的经文，重复喷水驱鬼。最后再到门口外重复上述步骤驱鬼，将油锅拿到屋外不远处倒掉，并且将锅翻过来。

至此，仪式结束，整个过程时长约一小时。仪式中布麽既用壮语吟唱麽经经文，也用汉语桂柳方言、壮语吟诵祭词，所用道具数种，令人颇感繁乱。

二、壮、汉文化在仪式中的融合与界限

仪式虽然繁乱，但深描之后可以对其进行缕析条分，其中的壮族创世神话演述与麽仪式核心颇为清晰，但汉族道教文化的影响穿插于仪式之中，形成了一种独特的镶嵌模式。这种特殊的模式体现出汉文化对壮族文化的深厚影响，是中华民族大家庭彼此交往、交流、交融的突出表现。汉族先民很早就来到壮族先民生活的岭南区域，带来了先进的生产技术、文字及文化。因为农耕民族的壮、汉民族之间的文化交流较为顺畅，在中华民族的团结、融合方面做出了表率。

（一）仪式展演中的麽、道经文演述

在仪式的第一阶段，布麽焚香请神之后，即刻开始吟诵经文《麽兵啥宿》，该段吟诵完全使用壮语，均为五言之句，所用曲调与当地民歌曲调颇为相似。一般来说，布麽必须按书吟诵，故无论何者来主持仪式，吟诵内容变化较小。从内容上看，该手抄本麽经中并未出现汉族的神祇，而是保留了诸多壮族本土神祇。他们都还处于从人到神上升的阶段，故名称上还多被冠以"布""娅"等表示长辈的词头，如布洛陀、姆洛甲、娅王母、娅冻母、光三罗等。在经文中，娅王母造了禳解仪式，娅冻母是造缸的人，光三罗是造酒的人。经文中所呈现的世界与社会，以"王"为主导，描绘的是壮族先民社会的分层与生活场景。他们打猎、种稻，以及与其他地区相互攻伐

的行为。生活中要是出现了各类"兵"并导致灾祸，就要请教布洛陀和姆洛甲，使用娅王母造的禳解方法"兵"和"梳"，驱赶各类"兵"，生活才能恢复正常。与此同时，经文末尾还出现了"三官大帝""功曹"等道教神祇的名字。

在汉语桂柳话方言演述的献酒肉、驱逐妖怪两部分仪式中，所请之神颇多，有太上老君、北极镇天真武玄天上帝、高上宸霄九神诸天上帝、万天星主北极紫微大帝、九天卫房圣母唐朝妙夫人、土地以及南无大慈大悲灵感观世音菩萨等，神祇源自汉族道教居多，少量来源于汉传佛教。到了驱逐妖怪的阶段，"妖怪""妖精"等表示鬼怪的词频繁出现，描述的是天朝地府的道教世界。在此阶段，使用壮语念诵的经文其实和汉语经文内容大同小异，所请之神除了前面提到的道、佛教神祇外，还有黄家三代先灵和玄皇司命灶君。笔者认为，壮语经文其实是对汉语经文的一个"翻版"或"解释"，以壮语禀告壮族人的祖先。

"祭酒肉"仪式所吟诵的汉语经文亦有相关汉字抄本，即《麽肉用之》等。但布麽都没有把经文带到仪式现场。原因有多种，据布麽所言，一为早已熟稔经文内容，二为在这部分仪式中行动颇多，不能翻阅经文，三为此仪式为麽仪式，只需带主场内容的经书抄本即可。笔者分析，第三种解释是最主要的原因，布麽对于麽经经文同样十分熟悉到倒背如流的程度，却还是依照经文在念诵。

笔者曾调查过布麽农吉勤接班人、其子农英松（1980年生）所主持的"麽唔宿"仪式。农英松在献祭、驱鬼阶段所唱的经文内容与其父所唱的内容已有较大出入，是一个简略的版本。他自己也知道二人所唱内容有所不同，这既是因为跟随不同师傅学习时侧重点不同，也因为个人喜好和缩略所导致。二人所演述的《麽兵唔宿》经文虽然基本没有省略，但由于对经文文字理解的不一样，也出现了演述中不同的念法。如"水獭吃鱼到头"一句中的"水獭"一词，父子二人的读法并不相同，农吉勤念成"iek"，而农英松念成"hau"，但在壮语中水獭一词为"nag"或"muenj"，故农吉勤将该字理解为"饿"，而农英松将该字理解为"猴"。可见，布麽依然对神话内容的传承有着个体的影响。

在笔者观察的这个仪式中，吟诵《麽兵咟宿》部分时所使用的器具比吟诵道教经文时的少。布麽在念诵麽咟宿仪式阶段，只需手执一根插有纸钱、未点燃的香即可。这在仪式中表现显著，当布麽将要吟诵《麽兵咟宿》经文剩下部分时，他举起了那根香，而在道教经文吟诵与壮语"祭酒肉"经文吟诵时均没有举香。祭词或许曾是布麽与神沟通的唯一利器。但综观整个仪式，其过程已吸收进各类道教的法术，如凭空画符，使用手诀、茆郎；在吟诵汉语经文"驱鬼"阶段，还需要使用长剑，并制造特殊的"火焰焚烧驱逐"效果。

（二）麽经作为核心与道教文化的渗入

从以上介绍可以看出，麽咟宿仪式的核心还是吟诵壮语经文，这部分经文阐明了仪式的起因、仪式的来源、主旨以及最终目的。经文已然构成一个完整的意义体系，在内容上和仪式互相呼应，可被视为人类学意义上一次独立的"展演"（performance）。我们由此也可假设，在受到汉族道教文化影响之前，较为早期的麽教仪式应是较少伴奏与动作，而以"麽"（吟诵）为主，或其外围的仪式表现已经被道教仪式所替代。而道教经文部分则是关于附加的仪式的再现，具体描绘道教仪式开展的不同阶段。在农吉勤主持的其他仪式上也会有同样的献酒肉环节，就会唱这部分经文。驱除鬼怪的环节一般也是必不可少的，尤其是在大型仪式上，驱鬼的环节很突出。如田阳地区的扫寨仪式，一般为全村共同举办，家家户户都要用道教这类火焰驱鬼仪式扫屋，还有过火桥等仪式，很是壮观。

虽然布麽农吉勤在麽仪式上所使用的道具只有一根香，但综观广西、云南地区的布麽以及贵州布依族布麽的各类仪式活动，有使用扇子遮面的，也有使用刀剑一类的。其中，使用铜铃招神、伴奏较为普遍。这与壮族、布依族先民较早掌握金属冶炼方法颇有关系，早期越巫亦多见使用铜铃，应为文化一脉相传的结果。

在其他仪式上，以壮语祭词演述为核心，同时兼用汉语道教经文的情况也很常见。如云南文山州布麽张廷会布麽主持的赎魂仪式，以壮族侬支系的《麽荷泰》经文为核心，在祖源有汉族先民的这部分壮族人赎魂时，附加使用道教经文。为当地侬支系的壮族人赎魂时只用《麽荷泰》经文，为来自广西的沙支系壮族人赎魂时又加上"沙之系送路经卷"等经文。这也是布麽在学习了道教仪式后的融合与创新。

有的个案中，麽仪式虽然还在继续，但诵词已被道教经文替代。笔者曾问到农吉勤家有一本关于"皇曹"的麽经抄本，但已不使用。该抄本历史悠久，为清光绪十年（1884年）的抄本，保存得亦较为完好。书中讲述的是皇曹为水神与人类后代，长大后称王管理鬼域的故事。这类经文一般用在为溺亡者赎魂的仪式上，将他（她）的魂从皇曹那里赎回，送回祖先故地。如今，农吉勤已不使用该经文抄本，而是吟诵汉文《破地狱科》《隔伤王曹科》等经书来完成相关仪式。

麽仪式被道教相关祭词及仪礼装饰、包裹，甚至核心壮语祭词经文被汉语经文取代的现象，体现了中华民族内部融合的过程，这使很多只看到表面现象的人认为麽就是道。布麽自己也把麽当成道的某个级别或者领域。一般而言，布麽同时具有道公的身份，平时从事的道教仪式活动更为频繁。这种现象的出现，与壮、汉两族人民长期的历史文化交流有关，也与道教作为中华民族主流文化的宗教有着极大的关系。早在东汉末年，道教就业已传入广西壮族地区，故其被壮族先民接受的时间也较早。隋唐时期，道教传播集中在桂东南地区。宋朝时期，道教在桂西北及左右江流域逐步得到当地民众的接受，兴盛于壮族先民地区。明代以后，道教的影响日益扩大，与麽教有平分秋色之势。在传入期间，道教与"信鬼神、好淫祀"的壮族早期宗教不断融合，在壮族地区分为文道和武道两种，形成了壮族的特色道教——道公教和师公教。[1] 故此，壮族民间宗教麽教受到道教影响也是自然而然的事情。壮族人民不论是主动还是被动接受道教文化，在相关仪式以及经文内容中都体现了道教的观念，如麽经中常出现的太上老君、三宝、混沌、盘古等。

从各方面来看，壮族麽教或多或少都受到了汉族道教的影响。尽管如此，但有的布麽依然保持了独立的布麽身份，不主持道教仪式，只使用方

---

[1] 《壮族百科辞典》编纂委员会编：《壮族百科辞典》，南宁：广西人民出版社，1993年，第349—350页。

块壮字手抄本或不使用手抄本。如广西田阳已故布麽周仕长（男，1940—2007）生前只主持丧葬赎魂仪式，只使用方块壮字经文《麽汉皇》。另一位布麽陆斌会（男，1961年生）在赎魂仪式上独立吟诵关于创世、汉王祖王故事的麽经史诗，并和道公活动同时进行。

三、布洛陀神话作为仪式的"言说部分"

壮族神话与仪式结合紧密，一般来说，韵体神话多在各类仪式的语境下被演述。如壮族的麽经史诗，多在赎魂、消灾、扫寨、祭祖等仪式场合下被吟诵，其中的内容以创世为主，兼有一些英雄的雏形。麽经文本中的神话大概可以被归为五大部分，包括天地起源、天地增高、人类起源、物的起源、文化和社会秩序的起源等。以"赎谷魂"仪式为例，当人们在水稻收割后举行赎谷魂仪式时，布麽就会吟诵麽经手抄本中的相关篇章，讲述稻谷被洪水冲到高山之上，人类让鸟和老鼠去运回稻谷。谁知鸟和老鼠虽然取到稻谷，却只顾各自享用，躲到深山老林里不再出来。布洛陀、姆洛甲教人们编笼结网捕鸟鼠，捕到后就撬开嘴巴取出谷种来种。稻谷成熟，谷粒仍像柚子一样大，人们"用木槌来捶/用春杵来擂/谷粒散得远/谷粒飞沙沙/拿去田中播/拿去田峒撒/一粒落坡边/成了芒芭谷/一粒落院子/变成粳谷丛/一粒落寨脚/变成了玉米/一粒落在墙角/变成了稗谷/一粒落在畲地/它变成了小米/一粒落在田峒/变成了籼稻/变成红糯谷/变成大糯谷/变成黑糯谷……"[1]，人间才有了各种各样的谷种。但人们把谷种种下去之后，禾苋不抽穗，抽穗不结粒。布洛陀和姆洛甲指点，人们把消散的谷魂赎回来，从此稻谷丰收，天下繁荣兴旺。和之前的"麽唒宿"仪式一样，麽经手抄本的神话内容与仪式有紧密的对应关系。它不但解释了事物出现的原因，还描述了人们举行该仪式的原因、举行仪式的过程，描绘了仪式结束后生活恢复常态的幸福美满。

---

[1] 张声震主编：《壮族麽经布洛陀影印译注》（第一卷），南宁：广西民族出版社，2004年，第260—277页。

从表面上看，部分布洛陀神话受麽教意识形态影响形成了某种叙述定式，即"平衡状态被打破 — 使用麽仪式 — 恢复平衡状态"，但仔细审视"麽兵咟宿"文本完整的壮族神话内容，其整体已经具备一种"仪式性"[1]的特征，这种特征其实源自其内容的神话属性。格雷戈里·纳吉（Gregory Nagy）曾提出神话与仪式的关系，在此可有所启发："一旦我们将神话看作表演，我们就可以看出，神话本身就是仪式的一种形式：我们不再分离地、对比地来看神话与仪式，而是将它们之间看作一种延续关系，神话是仪式的言说部分，而仪式则是神话的概念部分。"[2]这在《麽兵咟宿》的文本内容上表现得更为明显，它叙述了仪式前的不祥征兆、祷问布洛陀和姆洛甲、娅王母创造驱逐之法"兵"，仪式中请神与献祭，以及仪式后生活恢复祥和的全过程，是整个仪式的缩影与再现。通过仪式考察，神话作为仪式"言说部分"的功能更为显著，与仪式之间形成了一种必然的有机联系，即使将二者分离地、对比地来看待，也能够看出二者之间的呼应。

除了壮族，其他台语民族创世神话的吟诵大多仍发生在仪式之中。以壮族的"麽咟宿"仪式为例，反思创世神话与仪式的关系，探索创世神话与仪式的有机联系，或许能给我们更多启示。

---

[1] ［英］罗伯特·A.西格尔：《神话密钥》，刘象愚译，北京：外语教学与研究出版社，2013年，第239页。

[2] 同上书，第239—240页。

第四节

布洛陀、姆洛甲神话的文化内涵

一、布洛陀、姆洛甲神话与麽（摩）文化

从上述介绍可看出，除了民间流传的散体神话，在壮族、布依族原生型民间宗教——麽（摩）教的经诗抄本中也保留了大量的布洛陀神话。麽教（Mo）得名于其相对固定的法事仪式"做麽"（Guh Mo），麽（Mo）在壮语、布依语中为"喃诵""念诵"之意。麽教从早期越巫信仰发展而来，融入了民族先民自然崇拜、祖先崇拜等内容，又受儒释道等汉族民间信仰影响较深，被定义为这些民族的"原生型民间宗教"[1]。它以布洛陀为核心"四王"之一，继承了民间的雷王、图额、老虎、姆洛甲、汉王、祖王、逊王、婆王茫、王曹等神祇信仰，又吸收了盘古、混沌、神农、太上老君、佛祖等其他宗教神祇概念，拥有庞大的、等级不是很严格的神灵体系。布麽（Boux Mo）是麽教的神职人员，他们执行各类相对程式化的仪式，并常使用麽经（Saw Mo）手抄本。麽经是以方块壮（布依）文（Saw Ndip）[2]创编的、以民族语言念诵的麽教经文，又称"布洛陀经诗"或"布洛陀史诗"。麽经内容

---

1 牟钟鉴：《从宗教学看壮族布洛陀信仰》，《广西民族研究》2005年第2期。
2 古壮字是运用汉字偏旁部首、简单笔画组合而成的、表达壮语发音与意义的文字，在壮族民间被运用于抄写麽经、歌书等。

原靠口耳相传，唐代前产生的古壮字使之成为有文可据的经典，成为布麽十分器重的"法宝"。如麽经描绘布洛陀的经书既有"书字细小小"的，也有"书字像苍蝇"大小的，还有"书字像篱笆眼"那么大的[1]，渲染得神乎其神。经书成为近现代保留与传承布洛陀神话的重要方式。它有体系地编排了布洛陀神话内容，使之更符合麽教教义。目前壮、布依族地区最早的麽经抄本见于清代嘉庆十八年（1813年）。各地麽经抄本名称不一，如《壮族麽经布洛陀影印译注》（2004）中收录的经文手抄本名称有《麽请布洛陀》《麽叭科仪》《六造叭》《呼社布洛陀》《布洛陀造方唱本》《汉皇一科》《麽破塘》等。

在麽经中，布洛陀作为麽教始祖的身份得到强调："你家出事就来找，你家出乱就来请；请祖公来帮梳理，找我们来帮理顺；这家凌乱如同麻，让祖公来齐帮忙；这家凌乱如箩麻，让祖公来齐梳理；这家又出现了怪事，让祖公来齐扶持；今晚多亏祖公算，祖公画符于屋门；写祷文放梯子脚，来来往往不生病；家里不缺银和钱，请祖公来就得到；家中谁有病有痛，请祖公来病就好；家中若有灾和祸，请祖公来就断绝。用老公鸭请祖公，用大母鸭请祖公；用把稻米请祖公，用把糯饭请祖公；成斤的银请祖公，成匹的布请祖公……"[2]诗句所反复渲染、能平顺一切杂乱之事的祖公就是布洛陀。麽经中还使用了一些高度凝练的程式语句，凸显布洛陀的重要性，如"去问布洛陀，去问姆洛甲""就问布洛陀，就问姆洛甲""布洛陀就讲，姆洛甲就说"等。靠布洛陀的指点，叙述才能继续，事件才能完成。姆洛甲在经文中成为布洛陀的配神，在民间被视为始祖女神。

麽经手抄本吸收了比较典型的布洛陀神话母题，包括创造天地、造火与日月、造人与牛、造文字历书、赎谷魂、造管理者等。布麽用麽观念对它们进行了整体改造，以达到渲染祖公布洛陀神力的目的。如《麽赎稻谷魂》[3]说，人们三四月种下糯籼谷种，八月收割，谷粒像柚子果那么大，谷穗像马尾一般长，"禾剪割不了/扁担挑不动/三人吃一粒/七人吃一穗"，不能运到

---

1 张声震主编：《壮族麽经布洛陀影印译注》（第一卷），南宁：广西民族出版社，2004年，第11页。

2 同上书，第13—15页。

3 同上书，第260—277页。

外面去给人们吃。后洪水滔天淹没天下，只有郎老、敖山等大山高坡未被淹没，天下所有的稻谷都堆积到这些地方。九十天后，洪水消退。混沌、盘古"造村造地方/造做府做县/造畬地水田/造三百个鱼塘/造五百块稻田"。但由于稻谷留在案州的郎老、敖山等高处，用船和竹筏都运不回来，仍饿死很多人。"地上有民众/下方有百姓/有人没有米/吃坡草做餐/吃牛草当饭/吃坡草粗糙/吃茅草也倦/孩子吃了长不大/孤儿吃了不白净/姑娘吃了脸菜色。"于是，人类让鸟和老鼠去运回稻谷。谁知鸟和老鼠虽然取到稻谷，却只顾自己享用，躲到深山老林里不再出来。布洛陀、姆洛甲教人们编笼结网捕鸟鼠，捕到后就撬开嘴巴取出谷种来种。稻谷成熟，谷粒仍像柚子一样大，人们"用木槌来捶/用舂杵来擂/谷粒散得远/谷粒飞沙沙/拿去田中播/拿去田峒撒/一粒落坡边/成了芒芭谷/一粒落院子/变成粳谷丛/一粒落寨脚/变成了玉米/一粒落在墙角/变成了稗谷/一粒落在畬地/它变成了小米/一粒落在田峒/变成了籼稻/变成红糯谷/变成大糯谷/变成黑糯谷……"，人间才有了各种各样的谷种。然而，人们把谷种种下去之后，禾苞不抽穗，抽穗不结粒。布洛陀和姆洛甲指点人们把消散的谷魂赎回来，从此稻谷丰收，天下繁荣兴旺。

麽经手抄本诗句以五言为主，押脚腰韵[1]、腰脚韵[2]以及脚韵、脚头韵等，同时兼用对偶、排比等修辞方式。如[3]：

壮文：	Dah	haij	cib	soem	laeg
国际音标：	ta⁶	ha:i⁵	ɕip²	łom¹	lak⁸
汉译：	河	海	十	庹	深

---

[1] 脚腰韵常见于五言、七言壮族口传诗歌之中，即上一句的末字（脚）与下一句的腰字押韵的方式。腰字较灵活，可以是五言中的第二到四字，七言的第二到六字。

[2] 腰脚韵是在脚腰韵基础上融合了脚韵而形成的，全称应为脚腰脚韵，常见于壮族等侗台语民族之中。除了押脚腰韵之外，它还要求押脚韵。以四句诗歌为例，第一句末字与第二句中腰字押韵，第二句末字和第三句末字押韵，第三句末字与第四句腰字押韵，第四句末字可押脚韵或不押韵。

[3] 张声震主编：《壮族麽经布洛陀影印译注》（第一卷），南宁：广西民族出版社，2004年，第23页。

壮文： Laemx daengz aek cwez langh
国际音标： lam⁴ taŋ² ak⁷ ɕɯə⁴ la:ŋ⁶
汉译： （水）淹 到 胸 黄牛 头领

壮文： Dah caiz cib soem gvangq
国际音标： ta⁶ ɕa:i² ɕip² ɬom¹ kva:ŋ⁵
汉译： 河 床 十 庹 宽

壮文： Laemx daengz bang cwez laemx
国际音标： lam⁴ taŋ² paŋ² ɕɯə⁴ lam⁶
汉译： （水）淹 到 背 黄牛 水

壮文： Laemx bit bae bi ma
国际音标： lam⁶ pit⁷ pai¹ bi⁴ ma¹
汉译： 水 荡 去 荡 来

壮文： Caux baenz ngaemz daz longx
国际音标： ɕa:u⁴ pan² ŋam² ta² lo:ŋ⁴
汉译： 造 成 山坳 深 深

壮文： Laemx bit bae bi ma
国际音标： lam⁶ pit⁷ pai¹ bi⁴ ma¹
汉译： 水 荡 去 荡 来

壮文： Caux baenz doengh daz lauz
国际音标： ɕa:u⁴ pan² toŋ⁶ ta² la:u²
汉译： 造 成 田峒 宽 宽

其中第一到第四句采用了腰脚韵的格律，第四句与第五句押脚头韵，第五句和第六句、第七句和第八句分别押脚腰韵，同时也使用了对偶的形式。布洛陀、姆洛甲神话的传承离不开麽（摩）文化的发展、从叙事内容到展现形态等各方面都是如此。

二、麽（摩）文化影响下的布洛陀形象演变

2006年，由广西百色市田阳区（现为田阳区）申报的壮族"布洛陀"入选第一批国家级非物质文化遗产"民间文学"类项目。[1] 其实，始祖布洛陀形象影响深远，并不拘泥于文学之范畴。布洛陀所讲述的宇宙观和哲学思想一直为壮、布依族等台语民族后裔所信奉，他所阐释的社会秩序和家庭伦理观念长期为民众所遵循，他曾推动的社会进步为大家所津津乐道。布洛陀是融汇民众智慧和经验的始祖形象，在研究台语民族的历史文化、语言发展、文字创造、民俗风情等方面都有着特殊价值。

"布洛陀"一词来源于方块壮（布依）文，也常写作"布禄途""布渌图"等，各地读音也稍有方言差异，如"pau^{35} luk^{33} to^{31}"（田阳）、"pau^{35} lo^{42} to^{31}"（东兰）、"pu^{11}lɔk^{44}to^{44}"（西畴）等[2]，但其所指却较为明确。民众多视他为一位无所不知、无所不晓的长者，白须冉冉，乐于助人。他们把"洛"解释为"知道"之意，"陀"为"全部、完全"之意，"布"在台语语言里是表示男性长者的词头。麽教布麽则认为他通晓天下之事，是他们的祖师神。只要布麽主持各类仪式，必定请他来坐镇护法。布洛陀神力无边，手执拐杖，背着各类不寻常的经书，一出门江河为之断流，虎豹受之驱使。学者们结合西瓯、骆越先民的历史文化对布洛陀的内涵作出了更深刻的阐释。因"洛"与壮语"鸟"（l/ruk^{33}）发音一致（周作秋，1984），"陀"在壮语

---

[1] 中国非物质文化遗产网·代表作·布洛陀（广西）。http://www.chinaich.com.cn/class09_detail.asp? id=1384. 访问日期：2022年12月1日。

[2] 张声震主编：《壮族麽经布洛陀影印译注》，南宁：广西民族出版社，2004年。

中有"头领"之意且布洛陀在神话中为卵生等，又有学者将"洛"作骆越之"骆"解，认为布洛陀源自西瓯、骆越上古的鸟崇拜，是鸟部落的首领。此外，"洛"还可理解成壮语"山谷"（周作秋，1984）、"灵魂"（王明富，2003）、"宏伟"（王明富，2003）等含义，"陀"被释为壮语"法术"（覃乃昌，2003）、"单独的"（覃乃昌，2003）、"摘取"（王明富，2003）等，故布洛陀又有了"山里的头人或老人"（周作秋，1984）、"居住在山间弄场的通晓并会施法术的祖公或居住在岭坡谷地中的通晓并会施法术的祖公"（覃乃昌，2003）以及"原始森林里最古老的一棵大树"（王明富，2003）等意义。[1]

布洛陀在麽仪式中的特殊地位不断影响着其形象塑造。布麽以布洛陀为祖师爷和祭祀对象，通过各类仪式实现与神沟通的效果，也达到了教化民众、宣讲麽教教义的效果。仪式分大小，大仪式多为群体性的仪式，如村寨的扫寨与祭祀布洛陀树、家族规模的祭祖宗以及各地特定日期祭祀布洛陀等。大仪式中吟诵的麽经篇幅较长，往往以创世为主题，讲述世界和万物的形成；有的布麽也在这类仪式上吟诵自己所有的麽经抄本或记忆中的所有麽经内容，涵盖丰富。如广西百色田阳区玉凤镇亭怀屯壮人在每隔三年的农历正月初四到初六要祭祀布洛陀天然石像，布麽会在仪式上吟诵一厚本的《布洛陀经诗》，里面既有布洛陀创世、造物的过程，也有汉王与祖王相争为王的内容。云南文山广南县贵马村壮族在农历三月属龙日祭祀布洛陀树，布麽会吟诵口耳相传的布洛陀经以祈求风调雨顺、五谷丰登。[2]

小仪式则有小家庭内部的赎谷魂、叫（人）生魂、赎牛马羊等六畜魂、丧葬仪式上的赎亡魂等。布麽根据仪式内容择取相关的麽经来吟诵，祈祷布洛陀来坐镇和指导。例如，赎谷魂仪式上吟诵赎谷魂经，赎牛魂仪式上吟诵赎牛魂经，为殇死者赎魂、化解兄弟矛盾要吟诵《汉王与祖王》经，为难产而死的妇女或命有此兆的孕妇赎魂要唱《破血塘经》……经文使用情况有

---

1 参见拙文《论布洛陀身份的多重文化内涵》，《广西民族师范学院学报》2011年第5期。
2 搜集时间：2010年8月8—13日；搜集地点：云南文山州广南县；访谈对象：布麽梁正功（男，62岁）；搜集人：李斯颖。

个人与地区差异。笔者曾观摩云南文山麻栗坡县为殇死者赎魂的仪式，仪式上布麽吟诵经文手抄本《麽荷泰》，讲述同父异母两兄弟汉王与祖王争家产，祖王多次迫害汉王，迫使汉王在雷王和图额的帮助下升天为神。汉王与祖王斗法，祖王不敌汉王，布洛陀调解兄弟矛盾，让祖王向兄长认错，兄弟和解，汉王从此在天上为王，管殇死者之魂，祖王在地上为王。[1]作为稻作农耕民族，壮、布依等族人民普遍有为耕牛赎魂之习俗。右江地区一般在农历四月初八"牛魂节"或"牛诞日"为牛赎魂。如田阳区坡洪镇天安村赎牛魂时，请布麽到牛棚处设香案，唱赎牛魂经，讲述布洛陀如何用各种材料造牛，使牛成活并帮人们耕田的过程。布洛陀教会人们通过赎牛魂仪式，让牛魂不再逃逸，安心耕作，繁衍后代。仪式过程中，布麽会不时将牛绳放到香火上缭绕，将牛魂牵回。仪式结束时，布麽用新鲜的柚子叶蘸清水象征性地为牛棚除秽，并给耕牛喂食。[2]有时候，一个村寨有牛的人家也会集体出资延请布麽，仪式规模可大可小。[3]

布洛陀形象融合了早期越巫的特点。明代《赤雅·鸡卜》[4]记载了汉代京师的越巫活动："汉元封二年（前109年）平越，得越巫，适有祠祷之事，令祠上帝，祭百鬼，用鸡卜。斯时方士如云，儒臣如雨，天子有事，不昆命于元龟，降用夷礼，廷臣莫敢致诤，意其术大有可观者矣。"可见越巫在古代社会颇有影响力。我们可以从壮族、布依族铜鼓、花山壁画中获取对越巫作法的感性认识。广西西林普驮墓葬出土的铜鼓上有越巫船中祭祀的画面，船中人物多着长羽冠，其中一人高坐于靠背台上，一人站在船尾，应为主持祭祀仪式的巫师，船中的高台是祭台，台下有祭器，台前有翩翩起舞的人物，其中越巫的服饰、头饰具有鲜明的地域和越文化特征。[5]花山崖壁画上盛大的舞蹈场面亦被认为是骆越人祭祀的情景，其中身材魁梧的主体人像即巫

1　笔者于2014年7月28—31日跟随云南文山麻栗坡布麽张廷会调查所得信息。
2　笔者于2006年11月14日在广西百色田阳区采访布麽助手陆文功（男，76岁）所得信息。
3　张声震主编：《壮族麽经布洛陀影印译注·前言》，南宁：广西民族出版社，2004年，第39—40页。
4　（明）邝露：《赤雅》，北京：中华书局，1985年，第52页。
5　王克荣、蒋廷瑜：《广西西林县普驮铜鼓墓葬》，《文物》1978年第9期。

术活动的主角——越巫。[1] 布洛陀作为能通天地鬼神、坐镇各种祭祀仪式的人物，是西瓯、骆越族群后裔所信奉的麽教祖师爷。他延续着早期越巫的形象特点，而号称其继业者的布麽至今仍多用汉代越巫的鸡卜。

布洛陀形象亦是西瓯、骆越族群英雄首领的映射。在人类社会早期，巫师、祭师往往身兼首领、酋长的身份，正如"研究古代中国的学者都认为：帝王自己就是巫的首领"[2]，壮、布依等台语民族先民社会也是如此。宋代《岭外代答》卷十中记载了壮、布依族先民首领主持占卜仪式的场景："（僚）无年甲姓名，一村中，推有事力者曰郎火，余但称火，岁首，土杯十二贮水，随辰位布列，郎火祷焉。经夕集众往观，若寅有水而卯涸，则正月雨二月旱，自以不差。"[3] 村寨首领兼有祭师、巫师的职能。神话中布洛陀为集体利益而奔忙劳碌，为改善人们生活贡献智慧，是社会中最有威望、得到众人拥戴的首领。壮、布依等台语民族先民曾经历过西瓯骆越部落、骆越古国与方国的社会历史阶段[4]。由此推断，布洛陀形象亦以西瓯、骆越国首领为原型，在强调男性作用的父系氏族社会阶段得到凸显并传承至今。

总的说来，一开始布洛陀只是壮、布依族先民在万物有灵、图腾崇拜等思维模式作用下创造出来的艺术形象。但随着时代的发展，布洛陀身上附着的历史与文化信息越来越丰厚。他不仅是壮、布依等台语民族先民的始祖神，还是他们心目中的创世神，是文化创造的英雄。他是社会首领和巫师的综合体，凝聚了民众的集体向心力，成为社会成员的精神寄托。

概言之，作为壮、布依等台语民族始祖神祇的布洛陀集创世与文化创造等多项功绩于一身，融合了早期巫师、首领等形象，是民族文化塑造的重要标识。他是台语民族先民不自觉地遵循"艺术来源于生活"原则，在图腾崇拜、祖先崇拜等观念作用下孕育出的艺术形象，蕴藏了他们的丰富历史经验与记忆。与布洛陀信仰相关的神话叙事、艺术创作、文字创造、道德构建、哲学探索、麽教传播等文化活动，呈现出立体结构并曾经影响了台语民族先

1　王克荣：《广西左江岩画》，北京：文物出版社，1988年，第214页。
2　［美］张光直：《美术·神话与祭祀》，郭净译，北京：民族出版社，1999年，第33页。
3　（宋）周去非：《岭外代答（影印本）》，扬州：广陵书社，2003年，第339页。
4　郑超雄：《壮族文明起源研究》，南宁：广西人民出版社，2005年，第61页。

民生活的方方面面，具有文化传承、族群凝聚、民族精神传扬等多项功能。但随着时代发展，布洛陀文化体系受到极大冲击，神话叙事的语境丢失，布麽的活动骤减，布洛陀信仰逐渐淡出人们生活。作为国家非物质文化遗产项目之一，"布洛陀"如何有效地传承依然是个困境。布洛陀信仰在敢壮山的复兴不失为一种弘扬中华民族优秀传统文化的有效方式，但布洛陀的遗存应更强调其"持有者在面对社会历史变迁时所独具的一整套应变逻辑、策略和模式，以保持活态遗产生命力"[1]，实现整体性的延续。

1　彭兆荣:《我国非物质文化遗产理论体系探索》，《贵州社会科学》2013年第4期。

附录：对布洛陀文化研究会会长黄明标的访谈

广西百色市田阳区布洛陀文化研究会会长黄明标，原为田阳区博物馆馆长，二级研究员，著有《瓦氏夫人》等。退休后，他倾尽全力从事布洛陀文化的材料搜集与研究工作，编辑、出版了《布洛陀与敢壮山（祭祀歌）》《布洛陀与敢壮山（传说故事）》《壮族麽经布洛陀遗本影印译注》《布洛陀文化研究文集（一）》《布洛陀文化研究文集（二）》等书，对于田阳布洛陀文化的发展做出了突出的贡献。

黄会长对布洛陀名字的含义、布洛陀和姆洛甲的关系、布洛陀在田阳的地方叙事、布洛陀的传承方式、布洛陀信仰体系等都进行了介绍。他对布洛陀的理解既有长期进行田野工作的基础，也有自己的理论探索。根据访谈，整理的访谈内容如下：[1]

问（李斯颖，下同）：能给我们介绍一下布洛陀吗？

答（黄明标，下同）：布洛陀是神话传说，在我们的民间流传。布洛陀名字包含的意思是，"布"是指村落弄里等地方德高望重的领头人或者老人，大家都称呼这样的人做"布"，"洛"是指山谷，"陀"是挣取钱财、创造财富等行为，三个字连起来就是布洛陀。南部山区有些叫布隆陀，其实"隆"和"洛"的意思是一样的，是指山里的山谷或山峒。我们的祖公在那山坳里，开始创造家业创造财富，所以叫作布洛陀。村落有什么大事，建立庙堂举行斋戒，村里祭祖等活动，这些事情必须请布洛陀来护佑村庄。

问：布洛陀信仰表现在哪里呢？

---

[1] 访谈时间：2016年2月3日；访谈地点：田阳（区）布洛陀文化研究会办公室；访谈人：李斯颖、陆益等；访谈对象：黄明标。

答：布洛陀的影响力很广，平时我们南方的农村，特别是我们壮族人最信仰布洛陀。那么用什么来代表布洛陀呢？因为布洛陀已经是传说里的神话人物，是我们最老的那个神。那么我们是怎样寄托呢？用榕树，所以我们每个村庄都种有榕树。榕树就代表布洛陀来护佑村庄。小叶榕代表姆洛甲，是布洛陀的夫人。它们共同护佑我们的村庄，所以几乎壮族所有的村落都种有榕树。

问：布洛陀和姆洛甲是什么关系呢？

答：布洛陀和姆洛甲是夫妻。在田阳的麼经里面，特别是在个强屯搜集到的那本经书里就说到了布洛陀和姆洛甲从天上下到凡间结合做夫妻。经书里就有这样的记载。他们两夫妻来到敢壮山安家落户，然后生育后代开辟田地，开创了我们现在这个地方。

问：能给我们说说布洛陀的其他故事吗？

答：传说他的大儿子，在敢壮山的西部开辟了一片田地，所以那片地方就叫作峒洛陀，现在的老百姓还一直这么叫，那片地方现在属于田州镇的东江屯。后来这就联系到了我们壮族的蚂蚜节，这个属于青蛙的节日。因为那片田地在秋收的时节，庄稼都被蝗虫给吃了。后来他（布洛陀）的大儿子就跑到敢壮山告诉布洛陀，如今庄稼都被蝗虫吃了，该如何是好？这样布洛陀就把所有的蝗虫都抓回来关到敢壮山的洞里，所以敢壮山上就有一个洞叫蝗虫洞。然后他叫天上的雷王派遣青蛙下凡守护田间地头，害虫来了它就吃掉害虫。如是遇到干旱它（青蛙）就鸣叫，呼唤天上下雨。后来这只青蛙被蛇咬死了，布洛陀的大儿子见状，就跑到敢壮山向布洛陀哭诉。布洛陀就把青蛙的遗体装在盒子里，放进轿子里绕着村庄（纪念），足足绕了一个月。然后告知人们要纪念青蛙，这就是蚂蚜节的由来。还有，头塘这边，还有二塘，传说布洛陀在这边造好田地以后，叫他的大女儿来这边耕种，并建造村庄，所以那个村庄叫那吼。大女儿去世以后，当地人为了纪念她，因为她是布洛陀的大女儿，所以叫她娅王。在我们壮族地区，还有娅王的传说故事。娅王最开始耕种水稻的那个村庄如今还叫那吼，那里还有一个庙叫娅王庙。

问：能给我们说说布麽吗？

答：布洛陀的徒弟就是布麽，麽也是布洛陀造的，所以布洛陀实际上就是麽教的主神，是布麽的祖宗和最老的祖师，所以布洛陀的经书是由他的徒弟们，也就是布麽，一代一代地传下来，一直传到今天。田阳现在还有九百多个布麽，几乎每个村庄都有布麽和布道。

问：能介绍一下布洛陀经诗吗？

答：布洛陀的经诗在田阳的玉凤镇、南部山区的坡洪镇、洞靖乡五村乡、巴别乡都有。平原地区的田州镇、头塘镇、百育镇也有。其中这些布洛陀经诗，大多以手抄本的形式存在，流传于广大农村。每个村的经诗各不一样，这些经诗有十几个种类，有布洛陀造麽、麽牛魂、麽赎猪魂、麽祖宗神位、麽六部下元麽（獠）。其中使用最多最普遍的是麽哏宿，因为哏宿这个神管理到达整个地方，有什么消灾解难，都要麽哏宿来解决，请哏宿来处理，把所有的灾难和邪神都赶走，所以麽哏宿这一本使用最多。

问：布洛陀信仰还有其他的表现形式吗？

答：布洛陀的神迹和祭祀活动……在玉凤镇的亭怀屯，每一年逢年过节，他们就在门帘上贴上写有恭请布洛陀保佑的平安符，玉凤镇华章屯罗占贤家，他的爷爷是资深布麽，虽然他爷爷已经去世很久，但是他家里一直保存有布洛陀的牌位，并且供奉至今一直不间断。在玉凤镇的长寿山那边，有一个庙是布洛陀庙。在头塘镇的百东河岸边百沙村致乐屯也有一座山叫布洛陀山，山上有一座布洛陀的庙，里面有布洛陀的神像。传说，以前布洛陀在那边守住那座山，山脚下就是那条河，布洛陀在那里镇守以后，就不会有妖魔鬼怪来危害人间了，所以那个村庄现在每年的八月二十三都要去祭拜布洛陀。像这种情况还有很多地方。南部山区的坡洪镇陇升村个强屯，这个村庄虽然只有十几二十户人家，但是却有两个布麽团队，是诵读布洛陀经诗的布麽。个强屯有一个布麽团队，已经传承了400多年的历史，传到如今的是第十四代布麽。他们的领头人叫作农吉勤，他现在经常进行关于布洛陀的仪式，所以他家里还保存有十几本手抄的布洛陀经诗，最古老的那一本已经传了四百多年，叫作《唡洛陀造麽叭科》。这本书已经有四百多年了还保存得很好，最近他正在配合我们把这本书进行翻译整理，准备出版。

问：麽经里提到王曹、汉王、祖王，能给我们说说吗？

答：王曹实际上是管理人间水的神，管理死于非命的人的神。汉王和祖王在麽教里面讲的是伦理道德的教育。汉王是正室的儿子，祖王是随母改嫁的儿子。王的老婆死了以后他再续弦，后面生了祖王。而祖王却小看和排斥汉王，要争夺继承权争夺财产，把汉王赶出了家门，结果上帝惩罚了祖王。（这故事）实际上是说伦理道德教育后代，告诉人们兄弟之间不能互相争夺，应该按照顺序，从大再到小，所以我们祖宗传位的传统是立长为嗣，长殁而幼继。汉王也是一个神，汉王和祖王实际上是诉说兄弟之事。布洛陀是整个麽教的祖师，如果按神位来说是大神、主神，像汉王、祖王这些是陪神、次神。

问：姆洛甲是什么神？

答："姆老"实际上就是姆洛甲，所以现在敢壮山上，姆洛甲是送子的女神。如果结婚很久没有生育，人们就去祈求姆洛甲送子。在山上姆洛甲的神像，左手拿着辣椒，右手拿着杨桃，杨桃代表着送女孩，辣椒代表着送男孩。

问：经诗唱诵的曲调各地一样吗？

答：根据不同的地方，经诗唱诵在音调上有差别，所谓的"一方一麽"就是这样了。每个地方的音乐都不一样，各有各的风格，经诗唱诵音调与当地的民间音乐有关系。唱词内容基本上一样，只是在音调上有区别而已。

问：一般做麽需要多长时间？

答：大概要做一个多小时，根据内容不同所以长度不同。比如说有妖魔鬼怪上身入屋，就会出现母鸡打鸣等奇怪现象，和蟒蛇进屋等现象归为一类。有的说死于非命夭折等，也是要麽唵宿把他的魂魄赎回来，把不好的东西都驱赶走，意思就是说帮助这家人，和所有的灾难绝缘了，这些需要咔宿神来处理。这些事情是根据什么时候发生，就在最近的时候处理，就请布麽来处理了。

问：做布麽有什么禁忌吗？

答：一般布麽不吃牛肉，不吃狗肉，有这些忌口。为什么不吃牛肉？这个忌口有他们的传统，布洛陀的经诗里就有一个章节，童罡（童林）他去放牛，他是个孤儿，他在放牛的时候见到母牛生产，回到家里就和他母亲说，今天我在放牛的时候见到母牛生产非常辛苦。母亲就告诉他说，母牛生产很辛苦，妈妈生你的时候更加辛苦，怀胎九月生下来还要养育你，何等艰辛呀！所以童罡就感受到了母亲的不易。远古原始社会的时候，存在人吃人肉的现象，人死以后人们会割下他们的肉来食用，所以童罡就联想到，父母养育我们很辛苦，他们去世以后我们不应该吃掉他们，所以他就做了棺材来装殓死去的父母下葬。但是，村里的人们却要来分食，所以他就到布洛陀那里告状，布洛陀就告诉人们，父母生育我们太辛苦，我们应该守孝，应该孝顺，他们死后我们应该披麻戴孝、守灵，然后进行土葬，逢年过节要上香。如果你们要吃就杀牛来吃，用牛肝来顶父亲，用牛肉来顶母亲，吃这个就行了，不能再吃人肉了。牛也在劳作生产，它也养育了人们，它耙田犁地，又在代表着我们的父母，所以每逢白事吃到牛肉就想起了父母，所以最后牛肉也不吃了。实际上吃牛肉就像在吃我们的父母，所以布道布麽都不吃牛肉，我们老百姓在白事的时候也不会吃牛肉，牛肉在白事中绝对不能上桌，这个传统一直传到了今天。

问：做麽最常用什么祭品？

答：平时做麽最普遍的祭品是鸡肉、猪肉、鱼肉，还有活鸡、活鸭等这些东西，摆在香炉的前面。仪式中所请到的神祇根据主家所需要办的事情来定，比如蟒蛇入屋、猴子坐到神龛上，或者受伤身亡、淹水而亡，或者母鸡打鸣，等等，根据内容而定。但是咔宿这个神肯定要请，麽咔宿属于单家独户地消灾解难，没有必要团队出动，如果主家想办得很隆重也可以。但麼唦宿平时都是一两个布麼进行，仪式时间由布麼来选定。一般来说，我们同根同源的民族都在做这个仪式。他们当地叫什么呢？他们有的不一定叫作布麼，但是这种宗教仪式都有一个共同点，因为布洛陀流传的范围，包括壮族、布依族、侗族、黎族、傣族、水族、仫佬族、毛南族等，都信仰布洛陀，根据他们的宗教称呼，叫作布麼或者其他的名称就不一定，但是性质上是一样的。据我所知布依族也称为布麼，其他民族称作什么，根据语言的差异名称肯定有变异。各地有各地的风俗习惯，比如说他们的着装，田阳南部山区和北部山区的布麼着装都不一样。他们根据当地的风俗习惯来设计的。

问：除了田阳，还有哪里有布麼？

答：百色右江区、田东、巴马、东兰、凤山、大化、都安、河池这些地方都有布麼，都有布洛陀经诗。

问：布洛陀经诗整理情况如何？

答：照目前来说，田阳搜集的经诗比较多，时间比较长，并且还在从事布麼工作的就是坡洪镇陇升村个强屯的农吉勤。他是他们家族的第13代布麼，而且目前还在从事布麼工作。我们可以去走访他。很多时间人们都请他出去做仪式。他的儿子也在做布麼，是第14代。他儿子今年36岁，但是已经从事了16年的布麼工作。因为农吉勤原来在学校做老师，需要有人来接他父亲的班，所以他父亲就跨代培养孙子。孙子十几岁的时候，爷爷就开始带他出去做仪式了，到20岁的时候就可以受戒带班了。农吉勤也做，但是出去做仪式的更多是他儿子。一般情况下，布麼不会直接传给自己的儿子，他们的传承是通过带班的办法来进行。他不能自己受戒给自己的儿子或孙子，要另外的布麼来进行受戒仪式。他可以带班、可以培养，但是最后的受戒要别的布麼来进行。布麼可以传授给非本家族人员，比如同一个道班内的。像农师傅都传授了很多的弟子，他们有自己的传承谱系，比如第一代是谁、第二代是谁，大概是什么时间，都有登记在册。只传男孩不传女孩，打比方说农师傅如若没有男孩，但是他的兄弟有儿子，他可以直接传给他们，也就完成了家族的传承了。

第三章

盘古（伏羲）兄妹婚神话

盘古（伏羲）兄妹婚神话，即世界闻名的洪水—兄妹婚母题神话的一种典型叙事，它在环太平洋一带广泛存在，极具地域与民族特点。该神话主要包括毁灭性的世界大洪水、亲兄妹成婚繁衍人类两大母题，并有大量的衍生母题。此类神话与信仰在台语民族亦十分普遍。由于本书讨论的主题是族源神话信仰，故使用"盘古（伏羲）兄妹婚神话"这一名词来突出盘古（伏羲）作为台语民族始祖的身份。该神话一般包括布伯与雷王相斗、雷王被擒、伏羲（盘古）兄妹给水救雷王、雷王赠兄妹牙齿、牙齿长出葫芦、雷王发洪水淹天下、兄妹躲在葫芦里逃过一劫、兄妹成婚繁衍人类（本民族）等母题。盘古兄妹又有"盘哥"与"古妹"、"盘古哥"与妹妹等说法。伏羲兄妹，又有"伏哥"与"羲妹"、"伏哥"与妹妹、"伏羲哥"与妹妹等叫法。这些名称应与汉文化中的"盘古""伏羲"两个词同源。闻一多、常任侠等先生认为盘古即伏羲的音转。吴晓东也认为盘古和伏羲原本就是从日月信仰中衍生出来的不同人物："'盘古'名称与盘古神话起源紧密联系在一起，有其汉语渊源，它是'羲和'一词分化为羲、和两个人物中的'和'演化出来的。'羲和'分化之后，分别在两者之前添加表示'大'的paag这个音（即博大之博），'paag羲'在文献中记载为庖羲（庖牺），演变为伏羲，而'paag和'演化为庖娲与盘古。正因为如此，盘古神话与伏羲女娲神话有许多共同之处，也导致许多学者认为盘古与伏羲为同一个人。"[1] 故此，民间神话中有的以盘古兄妹为主角，有的以伏羲兄妹为主角。

随着时间流逝，盘古（伏羲）神话在台语民族中的传承日益多样化。在叙事形态上有散体、韵体等，异文众多，还有相关的仪式节庆、民俗风物等为支撑，独具地域个性与民族风格。在中国国内，壮族、布依族、傣族等民族的盘古（伏羲）神话在主角姓名、避水工具等内容上都有诸多变化。傣

---

[1] 吴晓东：《盘古名称源于羲和考》，《长江大学学报》（社会科学版）2016年第4期。

族神话中则常出现葫芦直接生人母题。东南亚的老挝、泰国、越南等国家的台语民族盘古（伏羲）神话变异更为明显。有的兄妹没有了名字，有的兄妹名字受到当地文化的影响，有的受到南传佛教，甚至是基督教的影响。东南亚台语民族中关于青蛙与天神为雨水打架的神话母题，与兄妹婚神话互不相关，但都可在壮族的盘古（伏羲）兄妹神话中找到相似母题。这或许是盘古（伏羲）神话演变、发展的新形态。广西中部以红水河中下游为主的壮族地区，是盘古（伏羲）神话传承的重要中心。在桂中的来宾、贵港以及南宁北部的上林、马山等县市，盘古（伏羲）神话叙事传承异常活跃，形态多样，盘古庙分布集中。人们以盘古兄妹或伏羲兄妹作为人类的祖先或本民族的祖先。由此，本书选择桂中作为盘古（伏羲）神话考察的重点，并对整个台语民族的盘古（伏羲）神话及其信仰进行考察。

第一节

桂中壮族的盘古（伏羲）兄妹婚神话

桂中地区的壮族兄妹婚神话不但结合了盘古或伏羲之名，而且有较为突出的、对盘古（伏羲）兄妹的祖先信仰，保留了大量的庙宇与祭祀活动。壮学专家覃彩銮经论证后指出，来宾是盘古文化的重要发祥地，是盘古国的中心区域。盘古国的范围包括广西中部、南部、东北部及广东中部和西部地区，即珠江流域中上游地区。[1] 故此，笔者也重点对来宾及其周边的盘古（伏羲）兄妹婚神话进行了文献梳理与田野调查。当地壮族人以盘古为祖先，以盘为姓。盘古（伏羲）兄妹婚神话以民间宗教演述与手抄本为主要的传承方式。这一地区的盘古神话传承是建立在壮族先民早期信仰的基础上，历史根基深厚。除了壮族之外，盘古（伏羲）兄妹婚神话在当地的汉族、瑶族中也广泛流传。

一、来宾市的盘古庙及盘古（伏羲）兄妹婚神话

来宾市有丰富的盘古文化资源。历史上，它地属"有盘古氏庙"的桂林

---

[1] 覃彩銮：《盘古文化探源——壮族盘古文化的民族学考察》，南宁：广西民族出版社，2008年，第9—10页。

郡。南朝梁时，任昉的《述异记》就记载："吴楚间说，盘古氏、夫妻阴阳之始也。今南海有盘古氏墓，亘三百余里。俗云，后人追葬盘古之魂也。桂林有盘古氏庙，今人祝祀。"[1] 当时，桂林郡的治所在今日的象州，而来宾也属于桂林的辖域，即"盘古国"的中心地区。至今，来宾市兴宾区（原来宾县）仍有3座盘古庙，其中最有名的要数良塘乡甘东村的盘古庙。有关甘东村盘古庙的记载在民国时期就已经存在了。《迁江县志》"山川汇"里说："盘古岩在良塘圩，距城九十六里，岩内有盘古庙。"[2]

2018年7月间，笔者曾对来宾市的盘古神话传承现状进行了调查，首先造访的就是良塘乡甘东村的盘古庙。甘东村的盘古庙位于盘古山的山脚下。一进盘古庙大门，绿荫下的石碑刻着详尽的"盘古神话"内容，上面写道：

很古很古的时候，天上的仙界有个玉皇大帝，管天又管地。他手下有十几个大官协助工作。有个官名字叫作雷公，专管晴天和下雨。雷公可厉害啦！生就一对灯笼眼，眨起来骨碌碌闪绿光。他背脊上长了一对翅膀，抖动起来，就刮起风暴。他那双脚很大又很重，走起路来。发出轰隆轰隆的响声。手上拿着大板斧，发起脾气，噼里啪啦到处乱砍。大海里的八条龙是他的兄弟，只要雷公一声令下，八条龙便腾空而起，马上兴云布雨。

地上住着数不清的凡人。凡人无名无姓，只有领头的人得到土地神赐给姓名。有个领头的男子虽有姓名，因为年代久远，没有谁记得他姓甚名谁。不过这也无关紧要。有一年的六月十八，正是新谷登场的时候，这位领头人的妻子生下一对龙凤胎。这两个小孩子一生下来就会笑，一个月就会说话，三个月就会走路，一岁以后就会帮爸妈做事。他们非常聪明伶俐，很能讨爸妈的喜爱。乡亲们都十分羡慕。男孩子最爱帮爸爸磨刀，爸爸就用磨刀石给他起个名字叫"盘"（"盘"是"磨刀石"的壮音）。女孩子最爱种葫芦，妈妈就用葫芦给她起个名字

---

[1] （梁）任昉：《述异记·上》，北京：中华书局，1991年，第1页。
[2] （清）颜嗣徽纂修：《（光绪）迁江县志》影印本，第6页。

叫"勾"（"葫芦"的壮音叫"勾"）。乡亲们管"盘勾"两兄妹叫"盘古"。盘古一家四口，日子过得和和美美。

那时，凡人经常给雷公供奉香火、果蔬、三牲，便会风调雨顺，凡人的日子倒也过得平平安安。可是，有一年，雷公在天上闷得慌，偷偷跑到凡间来。土地神把雷公当贵宾招待，捧出准备进贡玉皇大帝的琼浆玉液、山珍海味、灵芝、蟠桃、玉桂，让雷公大饱口福。以后，"猪崽好卖圩圩来"，雷公经常下到凡间，贪杯海喝积习难改，常常酒后一觉就睡十几天，懒得去管天晴下雨的事。凡人多有埋怨。"来多人不敬"，雷公不再受到欢迎。土地神不得已向玉皇大帝禀告。雷公受到玉皇大帝的责备，从此雷公和土地神积怨成仇。有一次，雷公下来，土地神不爱理睬他，他恼羞成怒，即向土地神不宣而战。他们不需"虾兵蟹将"之类助战，两人就对打起来，整整打了六六三十六天，打得尘土飞扬，天昏地暗。土地神终于不敌而远走高飞，跑到别处去了。雷公把土地神的宫中卫士通通杀死，占领了宫殿，迫不及待地砸烂谷仓、肉仓、酒仓、果蔬仓的门锁，捧出酒肉等物，随意豪饮鲸吞，尽情享用。光是喝酒，一口气就喝了九九八十一桶，醉舞狂歌，最后醉卧沙场而九百九十九天不醒。

盘古从十五周岁生日那天起，就见凡间九百九十九天滴雨不下。所有的山塘干涸，河水断流后而枯竭，山山岭岭的草木枯萎。飞禽走兽濒临绝迹，耕地里的作物颗粒无收，致使饿殍遍野，唯独剩下赤地千万里。盘古的爸爸领着一群在死亡线上挣扎的凡人长跪不起，呼天抢地，真是叫天天不应，叫地地不灵。许多凡人在烈日的暴晒之下倒地而昏死过去。

正当雷公酣睡不醒之际，土地神杀了个回马枪，回到自己的宫殿。见到雷公仍是烂醉如泥，虽然怒气冲天，却又从容不迫，找来几十条麻绳，将麻绳扭成一股，把雷公的双手和翅膀牢牢地捆绑起来。又找来几十张渔网，将雷公的全身死死地套住。众凡人纷纷赶来，帮助土地神把死猪一般的雷公抬进肉仓关起来。土地神吩咐盘古一家看守监管雷公，通知众凡人回去把刀磨利，过几天要杀雷公，分割雷公的肉。

雷公醒来，左顾右盼，知道大势不妙，土地神和众凡人饶不了他。雷公先是软声细语地向盘古的爸爸求饶，当面许诺马上下雨而普救苍生。盘古的爸爸向土地神报告雷公求饶的情况，因为害怕放了雷公就像放虎归山，反复无常而后患无穷，土地神绝不释放雷公。雷公暴怒，无奈全身动弹不得，知道来日无多，只好自认倒霉。

盘古的爸爸要上街买盐，打算拿盐来腌雷公的肉。盘古的妈妈要去请外婆来吃雷公肉，也像盘古的爸爸一样，一去就得好几天。爸妈临走之前，对盘古兄妹千叮咛万嘱咐，千万不能让雷公喝水，连尿也不能给雷公喝。雷公渴得喉头冒火，还装着鬼脸引逗盘古兄妹，雷公伸出舌头，嘴里喷出一丝丝绿幽幽的火焰，又把舌头收住，火焰消失。雷公求盘古要水喝，但不管雷公怎么求说，盘古就是不答应，他们牢记爸妈的话，不仅不给雷公喝水，就是尿也不让雷公喝。雷公再三苦苦哀求，心地善良的盘古兄妹频生怜悯之心，便到染布缸里舀了半碗蓝靛水，问雷公喝不喝。雷公喜出望外，对盘古兄妹连连称谢。因为仓库的窗太小，碗放不进去，雷公眼珠一转，叫盘古兄妹找一根稻草秆来当吸管。雷公捞到了稻草秆，就把蓝靛水一口气吸光了。雷公喝了蓝靛水，喉咙湿润了，身上长力气了，脸上变蓝靛色了，翅膀能展动了，于是用力一挣，身上的绑绳断了，就连仓库也散架了，房子倒塌了。盘古兄妹被吓得哭着跑了。

雷公决心要把凡人通通杀光，但是想到人死光了，就没有谁来给他供奉香火和食品。又念及盘古兄妹有恩于他，使他大难不死，于是把盘古兄妹找来。雷公拔下一颗牙齿交给他们，以表示报答他们放人救命恩情，叫他们马上把牙齿拿去地里种。盘古兄妹把雷公的牙齿种了，第二天发芽，第三天攀藤，第四天开花，第六天结出两个大葫芦。雷公亲自将葫芦摘下来交给盘古兄妹。并说马上要发大水了，天下的人都会死光，但他们只要背着两个葫芦就可以活下来。雷公说完就飞上天了。

爸妈还是没有回来，盘古兄妹忧心如焚，抱头痛哭。

雷公回到天上，立即召来海中八条龙，霎时，雷声隆隆，电光闪闪，狂风怒号，倾盆大雨下了七天七夜。水把大地淹了，把房屋推倒了！把山岭也泡了！水涨到天门了！盘古兄妹把葫芦系在身上，也上到了天门。

土地神对雷公无可奈何，见凡间如此，见水泡天门这般，不得已而到玉皇大帝面前告御状。玉皇大帝立即下令将雷公缉拿归案。雷公犯了天条，罪不容诛，玉皇大帝令人先对雷公施杖刑三百，再严令其三日之内退水，然后再作处置。

三天之后，洪水退了，凡人死光了，就只剩下盘古兄妹不死，广袤大地寂静无声。盘古兄妹决心寻找爸妈。不知走了多少路，找了多少天，爸妈还是生不见人，死不见尸，盘古兄妹悲痛不已。

他们走到莲花山下，遇到一对金龟。金龟对他们说："不要再找了，你们就先到麒麟山的岩洞里住下来吧，可以结成夫妻生儿育女，再造人伦！"妹妹羞得满脸通红，说："丑死人了！世界上哪有兄妹结婚的。"说完便哭了起来。哥哥安慰妹妹，叫妹妹不要再哭，同时也趁机说："金龟也是一片好心，我们不结婚，人就绝种了。"说完也哭了起来。过了一会儿，妹妹说："好吧！但要依我一条：我从这里绕过八仙岩、良村山口、人崽山跑，你在后面追，什么时候追上我，我就什么时候嫁给你。"说完就跑，哥哥在后面追。追了36圈，共360里，就是没有追上妹妹。金龟给哥哥出主意："你要转过头迎着妹妹跑，不是很快就追到了吗？"哥哥转身往回跑，果然很快就追到了妹妹，并一把将妹妹搂住。

妹妹故意撒娇说："这样还不行！你到北三江两岸各烧一堆火，如果两堆火的烟能合成一团，我们兄妹一定成婚。"哥哥答应了，在江岸两边各烧一堆火。说来也怪，两堆火的烟很快合成一团。妹妹无话可说，盘古兄妹就结成夫妻。

天有情，地有意，花开花落终结果。妹妹十月怀胎，哥哥非常高兴，因为很快天下要有第三个人了。谁知，生下来的却是没有眼睛、没有耳朵、没有手脚而是像磨刀石一样的肉团。盘古兄妹伤心死了。一只刚从南海飞来的小燕子站在他们面前的树枝上，说起话来："肉团细细粒粒分，撒在大地上，就会变成人！"盘古兄妹照着做，果然大地上到处都有人。盘古兄妹好不高兴！但见这些人都不会走路，转喜为忧。一气之下，哥哥拿起一条长长的竹篙，左右开弓，东一扫，西一扫，所有的人都应声倒下。更为奇怪的是，这些人很快从地上爬起来，手、脚、耳、鼻、眼全都有了，他们害怕再挨竹篙横扫，一个个咿咿呀呀地喊着，跑得比猴子还快，满山遍野都是人了。

从此，这块古老的大地上又有了人。他们生儿育女，一代接一代，久而久之，人便慢慢地多了起来。

口述者：黄七太，女，壮族，甘东村人，农民，已故。
整理者：黄汝迪，男，壮族，甘东村人，高级讲师、特级教师、作家。

从研究者的角度来看，这个关于盘古兄妹的神话受到了地方知识分子过多的语言美化和情节修改，但这不影响它作为一个独特的个案，成为了解到当地盘古神话的敲门石。

从盘古庙门往山上走，再穿越一道门，便可来到高出地面几十米的天然岩洞内，这里是盘古庙的所在。庙中宽敞，大约有200平方米大。在洞穴的最内侧，供奉着盘古兄妹的彩绘木雕像。雕像高大约70厘米，长发披肩，盘哥左手心贴着胸口，右手放在膝盖上，古妹则双手合十。二人均着草织披肩和短衣，下着草织短裙。他们看似青年模样，面露笑容，温和端庄。在神龛上方还有一对小的彩色塑像，据说供奉的是中年时期的盘古兄妹。神龛后面的墙壁上画有红日从海浪中冉冉升起的景象。在神像四周，挂满了信徒送来的许愿、还愿红布条，更突显出盘古兄妹的昭昭神力。在盘古庙旁，还建有新的花婆庙。

笔者对甘东村的老人何思武等进行了访谈。根据他的介绍，笔者对当地的盘古神话与信仰习俗又有了新的认识。何思武老人讲述的盘古神话又有所不同，说古时候有一个叫作布伯的人，是中界的头人，他既聪明又勇敢，本事很大。有一年，雷王不满意人间给的供品，便不下雨，弄得人间大旱，动植物都渴死了，田地龟裂，万物不生。人们又请布伯设坛祈雨，可雷王依然不管人间死活，不给人间降雨。布伯一气之下冲上天庭，抓住雷王让他下雨。雷王假意答应下雨，却率领天兵天将来劈死布伯。不料布伯已经做好准备。他拿厚厚的水苔铺在房顶，就等雷王来。雷王一踏在布伯家的房顶，就滚落到地上，被布伯拿鸡笼罩起来，关进了谷仓。布伯出门买盐，要杀掉雷王腌他的肉。走之前，布伯特意叮嘱一对儿女——盘古兄妹不要给雷王喝水。等到布伯一走，雷王就装成可怜巴巴的样子向盘古兄妹讨水喝。最后，盘古兄妹给雷王一点蓝靛水，没想到却救了雷王一命。雷王拔下自己的一颗牙齿，让兄妹俩赶紧种到院子里，等葫芦长出来了之后，就可以在洪水中生存。雷王回到天上，就打开天池闸门，让洪水淹没了人间。地上的人类全都死光了，只有兄妹俩存活了下来。于是，雷公劝兄妹俩结婚，但二人认为不合礼仪，坚决不同意。后来，经过滚石磨等验证，二人终于结为夫妻。古妹生下了磨刀石一样的一个肉团。他们将肉团砍碎撒到各处，就出来了新的人类。壮族也是盘古兄妹的后代。

来宾市的盘古神话演述有相关的节日仪式、"盘"姓家族延续为文化支撑，同时以壮族民众为传承主体。在甘东村，祭祀盘古兄妹最重要的是每年农历六月十八的盘古诞辰日。这一天，周边的壮、汉等各族人民都会前来祭祀。祭祀期间，还有师公戏、舞龙舞狮、对唱山歌等内容。每隔三年，更有盘古兄妹外出巡游的惯例。届时，人们抬着神像到周边村寨巡游，让盘古兄妹赐福。除此之外，天旱或者求子、求财等，人们会在农历初一、十五前往盘古庙烧香祭拜。来宾市还有不少壮族人以盘为姓。根据研究，壮族先民早在南朝前就以盘为姓，传承至今。[1] 来宾市兴宾区平阳镇古就屯的壮族居民，均以盘为姓。不但如此，他们还保存着祖传的族谱，记载他们的盘姓从开天辟地的始祖盘古而来，到本村居住已有20余代。据载，他们的第一代祖先叫作盘刚，生了四个儿子，即盘古细、盘古麻、盘古行、盘古赵。在芭蓉山下，还有老祖宗盘古细的墓，每年都会有众多子嗣回来祭祀。[2] 当地瑶族的盘

---

[1] 覃彩銮：《盘古文化探源——壮族盘古文化的民族学考察》，南宁：广西民族出版社，2008年，第20页。

[2] 同上书，第21页。

广西来宾市甘东村盘古庙中的盘古兄妹像(李斯颖摄)

姓则是借自岭南原住民——壮族及其先民。目前，来宾的壮族人口占70%左右，汉族、瑶族也是当地人口较多的世居民族。来宾市历史上一直是水路交通便利的枢纽。红水河穿越来宾市，柳江也从东边经过来宾市，两条河汇成黔江。故此，来宾市盘古始祖神话的传承，既有着深厚的本土民族文化渊源，又与历史上多民族文化的交流有着密切的关系。

二、桂中地区的盘古（伏羲）兄妹婚神话

如前所述，桂中壮族地区主要包括河池、来宾、柳州以及南宁北部的马山、上林等县市的壮族传统分布区，民族历史文化蕴藏深厚。当地壮族有"土""蛮""越"等自称。与此同时，这一带作为临近柳州、南宁两大交通枢纽中心的中间地带，经济发展较为繁荣。历史上多元文化的碰撞与交融，使这一带的盘古（伏羲）神话传承在固有的民族特色基础上又增添了丰富的色彩。

桂中壮族盘古始祖神话的传承同样以神话的演述为中心，同时有大量的相关仪式演述、节日庆典、风俗活动、艺术展演以及风物演化等为支撑。如此纷繁的立体呈现，形成了历史上积淀深厚、传播广泛与深入的壮族始祖文化传统。神话的特殊性在学术界曾得到了学者们的肯定，它被认为具有"阐释性的功能"[1]，与各种节日、信仰仪式密切相关。弗雷泽认为"神话是对无论人类生活还是外在自然现象的错误阐释"[2]。戈姆提出了"神话属于人类观念的最初阶段，是某些自然现象，某些已遗忘或不知道的人类起源问题，或某些有持久影响的事件的被普遍接受的解释"。由此可见，桂中盘古神话承载着多重的历史记忆与文化传承功能，意义重大。

---

1 覃彩銮：《盘古文化探源——壮族盘古文化的民族学考察》，南宁：广西民族出版社，2008年，第31页。
2 同上书，第33页。

（一）桂中地区盘古（伏羲）兄妹婚神话的传承形态

桂中地区盘古（伏羲）兄妹婚神话的传承形态较为多样。有的以散体形式流传，这类神话的演述不需要刻意强调其演述语境；有的以韵体形式出现在民间宗教神职人员——师公、道公等的手抄本中，只有在仪式中才能够被吟唱；有的则与节日的形成、风俗的流传甚至风物的存在有着密切关系。这些丰富的盘古（伏羲）兄妹婚神话的演述形态，为我们的研究提供了丰富的文化信息。

盘古（伏羲）兄妹婚的散体神话叙事包括流传在河池一带的《盘古》、流传在上林县一带的《道白杀雷公》、象州一带的《卜伯》、忻城县的《布伯擒雷王》、马山县的《布伯斗雷王》等。如忻城县的《布伯擒雷王》说：

> 很古的时候，天下的黎民百姓都受天上的雷王统治，天晴下雨，都由雷王安排。每年禾苗上扬时，雷王就派人到人间来收租。租收得很重，百姓总吃不饱。
>
> 那时，天下有一个很有本事的人名叫布伯，大家都非常尊敬他，求他想办法。布伯说："只要大家按我的办法做，雷王对我们就无可奈何！"
>
> 这年秋收，雷王派人下来收租，布伯对来人说："请你回去同雷王讲，从明年起，租谷不用平分了，先给雷王要，剩下的归我们。"收租人回到天上，把布伯的话告诉雷王，雷王说："好吧，谷子是上头长穗，我先要上头，看你布伯能怎么样。"雷王即命收租人传话给布伯。
>
> 布伯大喜，春天来了，布伯吩咐大家在田地里全部种上玉米。
>
> 收割的时候，雷王派了一大群人来收租。布伯指着玉米地对着收租的人说："雷王说话是算数的，你带大家把玉米上头割去吧，剩下的留给我们。"收租人望着玉米地，作声不得，只好吩咐大家把玉米花全部割了，回到天上向雷王交差去。
>
> 雷王用手捏着一把把玉米花，全是空壳，知道上了布伯的当，心中大怒，忙又吩咐收租人说："你去对布伯说，明年我们的租谷上头中间都要，看他再种上什么！"布伯得讯，便吩咐人们全部种上芋头和

红薯。

收租时节快到了，雷王打发收租人到下界巡视，收租人看见遍地尽是芋头和红薯，忙把这事告知雷王。雷王勃然大怒，吩咐管水的河伯神，把天河的水统统堵了，不准漏一滴水到下界去，旱死天下黎民，以报两次上当之仇。

天下百姓真的遭了殃，滴雨不落，接连旱了三年，禾苗晒死了，草木枯黄了，百姓只好吃树皮。树皮啃光了，百姓要求布伯想办法，布伯立即到天上去找玉帝评理。玉帝问布伯上来做什么，布伯说："雷王收租太多，还堵住天河的水，天下旱了三年，黎民无粮度日死亡过半，请求玉帝做主。"玉帝忙命人把雷王找来，问道："你怎么收租？"雷王答道："这几年，下界百姓不听使唤，欺骗上苍。""怎么欺骗呢？"玉帝问。雷王把三年来收租的事对玉帝讲了。玉帝问布伯，布伯说："这是雷王自愿的，后来又反悔，玉帝不信可问收租人。"玉帝问过收租人，收租人便一五一十地把雷王怎样收租，怎样命河伯堵住天河水的事讲了，玉帝大怒，命令大力士神将雷王打了一百大板，打得雷王皮开肉绽。雷王恨死了布伯，从此和他结下了怨，发誓要把布伯劈死。布伯也下决心设法把雷王捉住，教训他一顿。

布伯的妻子早就死了，身边只有一对儿女，他们天天跟随布伯下河去把青苔一担担挑回来，一层又一层铺在自己的屋顶上。雷王知道布伯把青苔铺在屋上，笑着说，我的斧头重万斤，你糊上千层，我也劈得开。布伯呢？他买来铁丝织了一个大大的铁丝罩，准备捉雷王。

一天，天刚蒙蒙亮。布伯在做饭时瞄见雷王踏着云头来到屋顶上空，便熄灭烟火，故意打着呼噜呼噜的响鼻，拿着铁丝罩悄悄把门打开，等待雷王。

雷王听到布伯的呼噜声，以为布伯还在睡觉，便立即降下云头，双脚用力朝屋顶一踏，雷王呼地滑倒了，滚落在门前的草坪上。

雷王跌落门前，布伯手疾眼快，用铁罩一罩，便把雷王罩住了。雷王跌得头昏眼花，醒来时见自己被罩在铁罩下才知道上了布伯的当，连连叫苦。

雷王被捉住了，远近村庄的大人小孩都来观看，七手八脚地用铁线把雷王的琵琶骨穿起来，手也绑得结结实实的，丢进谷仓关起来，上面还压上几层木板，用铁钉钉紧，打算过两天把雷王杀了，请天下的兄弟都来尝，以解三年天大旱之恨。

布伯要上街买盐巴、坛子来腌雷王肉。临走时，交代两个孩子，什么东西都不要给雷王吃，免得他逃脱了。

布伯走后，被关在谷仓里的雷王害怕得哭出声来。两个孩子听见了便问道："雷王，你哭什呀？"雷王忙答道："我被铁线穿了琵琶骨，痛死了，求求你们把铁线解开。"两个孩子说："不行，你害苦了我们三年，百姓个个想吃你的肉，我们不能解开你。""那么给我点东西吃吧。"雷王又说。"不给，爸爸交代过了。"孩子又答道。雷王停了好大一会儿，又问："有水吗？我渴死了！""水是有，但给你爸爸会骂我们的。"雷王又假装哭起来。两个孩子又问："雷王，你又哭什么呀？！""我临死没得口水喝，冤枉呀！"雷王说。"想喝水，得问爸爸。""你们爸爸去哪里了？""上街去了！""上街买什么呀？""买坛子！""买坛子做什么？""腌你的肉！"雷王一听吓得魂不附体，好个布伯，当真要吃我的肉了。雷王又哭着哀求："你们爸爸明天才杀我，求求你们给我一碗潲水喝。"妹妹说："潲水留着喂猪，给他一碗臭蓝靛水吧。"雷王忙说："蓝靛水也行。"雷王一口口吞下蓝靛水，顿时觉得有了力气，便说："孩子，你们站开点，我回天上去。"两个孩子知道大事不好，连忙飞跑出屋，拼命地喊爸爸。忽听轰隆一声巨响，回头一看，自家的房子倒了一半。雷王站在云里笑嘻嘻地对兄妹说："孩子，你们救了我的命，我给你们一颗牙齿，快拿去菜园里种，日后结个大葫芦，大水来了你们将葫芦破开，把心挖空，兄妹俩坐在里面，能免一死。"说完拔下一颗门牙，扔给兄妹俩，便回天上去了。兄妹俩拿着雷王的牙齿到菜园里去种。

雷王回到天上，立刻擂起大鼓，叫风婆帮他刮起大风，叫来布云童子帮他布起层层黑云，霎时，天地昏暗，大风刮倒房屋，接着雷王咬牙切齿，手握九齿耙，把天河堤岸扒开了好多处决口，还用犀斗拼命地在天河里往堤外厍水，要淹死天下黎民，报仇雪恨。

布伯在街上买好了几个大坛和一担盐巴，正准备回家，忽然天上雷声大作，他感到奇怪：明明雷王被关在家里，什么东西在天上跳得如此要紧？怕是孩子们不小心，给雷王跑脱了吧！布伯急忙跑回家，却见房屋倒塌，两个孩子不知去向，天上雷声一阵紧似一阵，雨越下越大，像鸡蛋、像碗口粗的雨点把所有的房子都砸烂了，村庄被淹没了，人们呼天喊地。大雨落了七七四十九天，把昆仑山淹没了，天下百姓都给洪水淹死了。

布伯的两个孩子，见洪水越来越大，忙跑到菜园看，只见种上雷王牙齿的地方，长出了一苑葫芦藤，藤上结着一个比水缸还大的葫芦，兄妹两人摘下葫芦，用力破开，挖空了心，便坐进里面，随洪水漂走了。布伯见洪水淹没了田园房屋，恨死了雷王，他挎上宝剑，骑上墙边的一架木碓，木碓随水向上漂起，布伯嫌它漂得慢，双手往木碓上一拍，木碓便化成一条长龙，驮着布伯冲破风浪向天上飞去。

雷王嫌天河的水流得不猛，又用十二张牛皮缝了一个大大的厍斗，拼命往下界厍水，累得雷王气喘吁吁，休息时伸下一条腿往下探水，恰在这时，布伯骑着长龙来到，见了雷王的腿，气往上冲，抽出宝剑用力一挥，砍掉了雷王的腿，雷王丢下腿拼命地跑，布伯骑着长龙在后面紧紧地追。

雷王逃命回到雷王府，把府门关起来，任由布伯在门外叫骂，雷王就是不敢出来。

布伯见雷王不出来，便到凌霄宝殿去见玉皇大帝，跪倒在玉阶前哭诉，玉帝听后，即命令大力神到雷王府把雷王拿到断头台杀了。

玉帝斩了雷王，叫布伯回到下界管天下事。布伯哭着说："天下黎民都给洪水淹死了，叫我回下界管什么？玉帝听了也觉得为难。这时，布伯的两个儿女也到了凌霄宝殿，玉帝见了大喜，说："你还有一子一女，让他们到下界去另造黎民百姓，你留在天庭专管五谷。"布伯谢过了玉帝，然后对孩子说："你们到下界去，要勤耕苦作，另造黎民百姓。"

兄妹俩听了父亲的话,坐上葫芦,顺着水势慢慢降落凡间。以后他们开荒耕作,繁衍后代,凡间又有了人类。[1]

韵文体的盘古神话多由师公、道公在葬礼、求雨等仪式上演述,例如流传在柳州一带的《造人歌》,流传在马山、都安、忻城一带的《布伯》,流传在柳江一带的《斗雷王》,流传在马山一带的《人类始祖歌》,流传在南宁市横州区一带的《伏羲人》等。韵体神话的内容与散体神话大同小异,但婚配的兄妹俩多为伏羲兄妹。例如,流传在南宁市横州区一带的《布伯》说,伏羲兄妹结婚后:

他们生下一个孩子,
嘴巴鼻子都没有,
长得就像块磨刀石,
下肢硬硬就像伤鬼的脚杆。
伏羲认为不祥,
用刀把小孩砍作几段。
又用刀切成碎片,
把肉片撒在草地上面。
过了三朝七天去看,
遍山是人不知有几万几千。
老君用水洒在他们身上,
这些人的影子就开始显现。
老君又用竹棍来拍打,
脚和手就像人一样灵巧非凡。
回头再给这些人安姓氏,
三百个姓都一齐安光。
有人姓覃有人姓李,

---

[1] 农冠品编注:《壮族神话集成》,南宁:广西民族出版社,2007年,第263—265页。

有的姓黄有的姓兰，
有的姓朱有的姓苏，
有人姓唐有人姓潘。
剩下的统统姓韦，
因为安来安去老君觉得麻烦。
姓韦的得姓时有点先后分别，
这就是仅有姓韦的同姓可以结亲的根源。[1]

还有一些涉及盘古兄妹婚内容的民间歌谣，在各种场合对唱以考验对方。如在柳州市柳江区一带接亲时唱的创世盘歌，就提及兄妹成婚后育生人类：

问：
哪个来造米，
米撒满天下？
哪个来造人，
人生满六国？
根基在哪里，
是谁牵他来？
天下几多姓？
我们是哪族人？
答：
布农种出米，
米撒满天下；
伏羲来造人，
人生满六国。
根基在海屯，

---

[1] 农冠品编注：《壮族神话集成》，南宁：广西民族出版社，2007年，第279页。

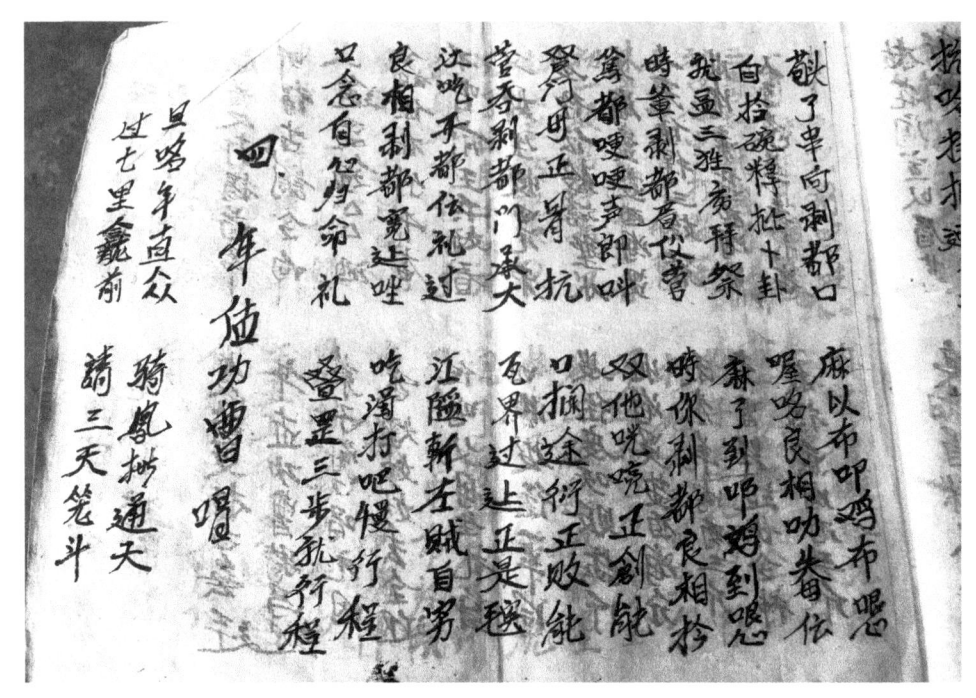

蒙文忠的神话手抄本（李斯颖摄）

蚂蟥牵他来；
天下百家姓，
我们是壮人。[1]

南宁市上林县的壮人把端午节说成是祭祀始祖"渡河公"而形成的节日，人们在这天吃粽子、洗药浴、挂菖蒲，以此祭祀祖先，消灾祈福。神话里说：

九重天上的银河突然决堤，天河水淹没大地，人间一片汪洋。农历五月初五这天，"渡河公"受天帝派遣，下凡到人间来视察灾情。只见到处浊浪浮尸，实在惨不忍睹。正当他心急如焚地四处寻找幸存者时，

---

[1] 农冠品编注：《壮族神话集成》，南宁：广西民族出版社，2007年，第11页。

在荆州水面上发现了一对奄奄一息的金童玉女,"渡河公"便把随身带着的一个南瓜抛给他们,让两人起合抱着南瓜浮在水面上。七七四十九天之后,金童玉女漂到了位于上林县三里街南面的船山顶上,得以幸存下来。洪水退后,人间就仅仅剩下了这对男女,他们后来便结为夫妻,繁衍了人类。后来,这对男女被人们奉为始祖,"渡河公"也被奉为"救世神主"。[1]

除此之外,民间还有以师公戏等民间戏剧形式传承的盘古兄妹婚神话叙事。覃彩銮等学者曾经在来国村搜集到《水泡天门》的师公戏剧本。剧本用方块壮字抄写而成,长千余行,采用七言四字句的形式。一般来说,《水泡天门》师公戏的演出多在盘古诞日祭祀盘古之后,晚上在盘古庙前演出,以此娱神娱人。[2] 如今,演出该戏的演员主要是师公和中青年妇女,妇女们也扮演知府、雷公、伏羲、芝妹、玉帝等角色,以此传播着相关的始祖叙事。

除了上述四种演述形态,盘古兄妹婚神话还常与各地的风物联系在一起,使得人们更为强烈地感受到祖先的存在,激发出代代相传的缅怀与崇敬之情。在此不复赘述。

(二)桂中盘古(伏羲)兄妹婚神话的特点

在长期的历史发展过程中,桂中壮族盘古(伏羲)神话形成了自身的地域与民族特点,从主角的塑造、情节的凝聚及表现的形式都有着鲜明的本土特色,并成为台语民族此类神话及其传承的一个代表区域。

1. 主角形象突出

桂中地区,盘古(伏羲)神话的主角一般以盘古、伏羲及其变形为主,同时主角也有不少没有姓名的兄妹。主角盘古常常同时又有两个身份,一个是化生万物的盘古大神,另一个是盘古兄妹。有关盘古大神的内涵分析将在

---

[1] 广西南宁市上林县人民政府门户网站:《文化瑰宝|悠悠渡河公,上林的独有民俗!》,网址:http://www.shanglin.gov.cn/slgk/zmsl/slwh/t4011931.html,访问日期:2019年9月17日。

[2] 覃彩銮:《盘古文化探源——壮族盘古文化的民族学考察》,南宁:广西民族出版社,2008年,第130—131页。

第三小节单独论述，在此不复赘述。

桂中地区的盘古（伏羲）神话的主角体现出盘古与伏羲兄妹、伏羲女娲相重叠的特点。在民间流传的散体神话中，始祖姓名多以盘古兄妹为主，而在仪式演述的韵文文本中，多以伏羲兄妹及其名称的变形为主。例如在《壮族神话集成》中收录的韵文版《布伯》中，大多以伏羲兄妹为主角。有的神话还出现了伏羲兄妹生盘古的说法。[1]对于盘古与伏羲的关系，吴晓东曾有过较为深入的分析，认为这两个称呼都是从"羲和"一词演变出来的。[2]由此可以看出，桂中的兄妹婚神话的主角无论是盘古还是伏羲兄妹，都有着同一历史文化渊源，因此在本书的分析中就不必太纠结其中的变化。

桂中壮族地区是盘古、伏羲文化传播较早的区域。吴晓东关注到了壮族此类神话中"伏依"兄妹的说法，并一语道破其中的缘由："比如在壮族有关于伏羲女娲兄妹的神话故事，也有伏羲兄妹的神话故事。这其实是同一神话故事，只不过从汉族地区传播过来的时间不同而已。伏羲的'羲'以'義'为声符，中古音读 yi（仪），所以我们可以初步推断，以'伏羲兄妹'作为故事主角的神话大致是中古时期传播到壮族地区的，而以'伏羲兄妹'为故事主角的神话故事是中古以后才传入壮族地区的。"[3]在壮族地区，虽然也流传着少量的女娲抟土造人的神话叙事内容，但大部分是以作为兄妹婚神话的主角而存在，如流传在宜州地区的《伏羲兄妹》、柳城一带的《伏羲与女娲》等。结合吴晓东的研究结论可以看出，壮族对于盘古与伏羲神话的传承至少在中古时期就已经存在。由于缺乏足够的证据，笔者认为盘古信仰的起源还难以有一个定论，但可以肯定，盘古神话在桂中地区的传播较早，并形成了一套成熟的文化体系。在早期，随着桂中地区受多元文化的影响，盘古、伏羲的名称随着道教及其他文化的传入而融入了本民族本土的信仰之中，成为本民族文化中的有机组成部分。

在此类族源神话中，兄妹的父亲常为布伯或太白金星，成为代表人类与

---

1 农冠品编注：《壮族神话集成》，南宁：广西民族出版社，2007年，第28页。
2 吴晓东：《盘古名称源于羲和考》，《长江大学学报》（社会科学版）2016年第4期。
3 吴晓东：《布洛陀神话范畴与日月神话比较》，《百色学院学报》2021年第2期。

雷公相抗衡的重要形象，在情节发展中与雷公形成了一种对立与平衡。这种情节与人物形象的设置既有壮族自身信仰的根基，又与他们对道教文化的吸收有着密切的关系。

从人物形象来分析，布伯与雷王在壮语里的称呼分别是"byaj bieg"与"duz byaj"，其中的核心词为"byaj"，都是"雷"的意思，在笔者看来二者是相关自然现象衍生而出的形象，彼此有着必然的联系。布伯求雨，雷公施雨；布伯可制约雷公，彼此熟知秉性。从盘古、伏羲兄妹之间，到他们的父亲布伯与雷王的对立，都形成了一种形象上的对立与同构。吴晓东曾指出，"通过对日月神话人物名称演变的系统梳理，找出羿与嫦娥、娥皇与女英、河伯与宓妃、伏羲与女娲等多组神话的演变脉络，认为这几组神话的主角名称都是从'羲和'分化为羲、和之后演变过来的。文章也追溯了'羲和'的含义，认为'羲'读 yi，'和'是对 wo 音的近似记录，'羲和（yiwo）'是古人对太阳的称呼"[1]。由此可看出，从盘古到伏羲兄妹都有着太阳崇拜的深厚文化渊源。武鸣一带流传的神话《婚姻的来历》里说，洪水后兄妹成婚，繁育了人类。兄妹俩的灵魂上天成为日月，妹妹为日，哥哥为月，为人间带来光明。[2]而布伯作为兄妹俩的父亲，与雷公的对立则形成了一种"太阳与雷雨"对立的隐喻，与壮族先民对自然现象的认知是相吻合的。布伯兼具了"太阳"与"雷"的特性。与此同时，盘古（伏羲）兄妹又帮助了雷王出逃，并得到雷王的帮助，依靠雷王牙齿长出的葫芦作为避水工具，得以逃过一劫。这都是"太阳"与"雷雨"之间互相斗争、互相转换的一种隐喻。

综上所述，盘古（伏羲）神话的主角形象较为集中，且都带有自然天体信仰的属性，这是桂中此类神话的的显著特征。

2. 情节高度模式化

从目前搜集到的材料来看，桂中地区盘古（伏羲）兄妹婚神话的情节高度模式化，在各地传承的母题都大同小异，展示出较强的一致性特征。这些母题包括了洪水母题、斗争母题、考验母题等。

---

[1] 吴晓东：《中原日月神话的语言基因变异》，《民族文学研究》2014年第3期。
[2] 农冠品编注：《壮族神话集成》，南宁：广西民族出版社，2007年，第335—336页。

洪水母题在该神话中发育得异常丰富，洪水的起因、洪水漫天的过程和洪水消退后结局都极为相似。首先，对于洪水起因的叙述篇幅较长，往往从雷公说起。雷公要么是贪婪狂妄，要么脾气极坏。他不满足于人间已给的供品，还想以干旱的方式逼迫人们给他更多的供品，要么就是只顾自己吃喝玩乐，把人间万物的生命视为儿戏，不闻不问。例如忻城的神话《布伯擒雷王》里说雷王在每年丰收之时都要来收租，租税很重，百姓都吃不饱。后来，雷王被布伯设计，两次都没有收到粮食，一气之下把天河的水都堵起来，导致人间大旱三年。[1] 都安的《布伯》神话则说雷王因为人们没有祭天则大发雷霆，降下三年大旱、六年风旱。[2] 柳江的《斗雷王》则说雷王横行天地，闲而无事造出毒太阳，晒得人间民不聊生。[3] 在这种情况下，人间的民众都想到了法术高强的布伯（偶尔有其他身份），请布伯去帮助与雷王沟通。雷王打不过布伯便假意妥协，事后便到人间找布伯算账。不料，布伯早就看穿了雷王的阴谋，做足了准备，将雷王擒住。雷王被关在谷仓里，向布伯的一对儿女——盘古（伏羲）兄妹讨要水喝，最终得到了一点蓝靛水。雷王喝了蓝靛水力气大增，逃离人间，回到天上发下大洪水。

神话中对于人间与雷公的斗争的刻画十分细腻。比如神话中叙述布伯抓住雷王时，雷王多次变化：

> 雷王举斧跳出殿，大地九天都震荡。
> 闪第一下到云头，闪第二下到半空，
> 闪第三下斧猛劈，左摔右滑脚朝天。
> 跌落檐下身未起，布伯已跳到近旁。
> 双手一扬网一撒，撒开收拢捉雷王。
> 布伯拍手哈哈笑："看你雷魔回天上？"
> 雷王马上就变化，变作公鸡把头扬。

---

1 农冠品编注：《壮族神话集成》，南宁：广西民族出版社，2007年，第263页。
2 同上书，第276页。
3 同上书，第284页。

>布伯立刻就识破:"拿谷喂你好来刲。"
>雷公第二又变化,变作懒猪往下躺。
>布伯便叫伏羲儿:"铁钩钩住送屠场!"
>雷公第三又变化,变作骏马把头昂。
>布伯立刻又问儿:"配上马鞍骑它逛!"
>雷公第四又变化,变作水牛角弯弯。
>布伯又叫伏羲儿:"你拿绳子穿鼻梁。
>雷变水牛我也杀,雷变骏马我也刲。"[1]

这类雷公的变化与布伯的识破构成了一种正邪双方的循环斗争与较量升级,并最终以布伯的胜利而告终,扣人心弦。这种相似的变化在东南亚台语民族关于天神与人间斗争的神话中亦多次出现,形成了固定的模式,根植于台语民族的传统文化之中。

在洪水漫天之时,人类灭绝,布伯还顽强地与雷王斗争,并砍掉了雷王的一只脚。盘古(伏羲)兄妹则在雷王牙齿长成的葫芦中得以生还。对葫芦来源于雷王牙齿的强调是桂中此类神话的一个重点。

在洪水消退后,对盘古(伏羲)兄妹得以成婚的考验过程、所生之子的形态也有着程式化的描述。主要是向乌龟、竹子等动植物问询是否能成婚,并解释了它们如今形态的成因。有的还有滚石头而合拢、生火堆而烟绕的母题。如:

>滔天洪水已消完,只剩金龟在路上。
>伏羲开口问金龟:"世上可还有人烟?"
>金龟答言伏羲道:"世上无人都死光。
>昆虫蝇蚋都死尽,金坛社庙都淹完。
>昆虫蝇蚋都死绝,你们兄妹育新氓。"
>芝妹羞死杀金龟,剁碎撒开遍四方。

---

[1] 农冠品编注:《壮族神话集成》,南宁:广西民族出版社,2007年,第269页。

"若你金龟能复活，我两兄妹才成双；
若你金龟不复活，我两兄妹分单床。"
妹走三步望三下，碎龟聚拢成原样。
又走一里再二里，走到此处遇乌鸦。
乌鸦又叫："咔咔咔，你两兄妹做关芭（夫妻）。"
芝妹恨死又害臊，手持利剑把它刣：
"若你乌鸦又转生，我两兄妹就成双；
若你乌鸦不复活，我两兄妹不同床。"
妹走三步望三下，碎鸦聚合又生还。
又走一里再二里，走到此处遇竹篁。
伏羲又问竹子道："天下可还有人烟？"
竹子答言二人道："当初水起就不见。
昆虫蝇蚋都死绝，金坛社庙都没完。
昆虫蝇蚋都死尽，就你兄妹造新氓。"
芝妹恨多又害臊，就拿把斧过去砍。
"砍你竹枝成段段，扬枝撒叶遍地上。
若你竹枝再成活，兄妹成亲便心甘。"
妹走三步望三下，竹子复活成原样。[1]

　　盘古（伏羲）兄妹婚后生下的一般都是肉团，它或者像一块磨刀石，或者没有鼻子、眼睛、头手等身体器官。在雷王或其他神祇、动物的指导下，兄妹俩把肉团剁碎，撒向各地，才有了人类出现。

　　这些程式化的情节与母题，是台语民族文化积淀的结果。它们都使得桂中地区的盘古（伏羲）神话具有了较高的辨识度，以一个区域性的叙事个案而存在。

　　3. 以宗教仪式上的演述为核心

　　桂中盘古神话的演述，以宗教仪式上吟诵的韵文体内容最为丰富与完

---

[1] 农冠品编注：《壮族神话集成》，南宁：广西民族出版社，2007年，第270页。

整，神话的活态传承与仪式构成了较为稳固的共生关系。这是桂中盘古神话得以不断传承的关键与核心。

桂中盘古（伏羲）神话的传承离不开师公的文本与仪式。师公教，是盛行在桂中一带的壮族民间宗教。它又被称为"武道"，师公们自认其属于道教的梅山教派，其至上神还是道教的太上老君、"唐、葛、周"等，在教规教律与法术使用上也多承袭道教传统。[1] 师公教里虽保留了不少汉族神祇，但壮族神祇也逐渐增加。经文由汉文抄本变为古壮字抄本，有《布伯》《白马姑娘》《唱秀英》等。师公不但大量吸收道教的法事仪式，也兼收佛教的上刀山、过火链等法事技巧。杨树喆认为，民间师公教"渊源于壮族先民的'越巫'（sae）信仰，但在漫长的历史发展中，它不同程度地吸收和整合了中原汉族古巫傩、道教、佛教等外来宗教文化因素亦即儒家的孝道观念，从而使它逐渐从自发宗教形态向人为宗教形态的方向发展"[2]。笔者曾经在桂中一带采访过道公等其他民间宗教人员，他们清楚地指出，盘古（伏羲）神话是以方块壮字手抄本或当地壮语演述的形式存在的，不是当地汉族道教仪式的内容。这种泾渭分明的区分，更明确了当地此类盘古（伏羲）神话的壮族文化特质。

盘古（伏羲）神话的演述，多在与人类生死、求雨等相关主题的仪式上进行。神话与仪式的密切关系历来为学者所重视，仪式学派的领军人物简·哈里森直接将神话定义为"与仪式行为相伴生的口头表达"[3]。可见，仪式是承载神话的重要语境，如柳江区的《斗雷王》是在这样的情境下演唱的："壮族老人去世，请师公艺人做纸人纸马，象征亡灵，出柩前一天晚上供奉。艺人点唱完这段唱词（即引歌——笔者注），即将纸人纸马火化。之后，接唱《斗雷王》等歌本，以之寄托哀思。"[4] 笔者在上林县大丰镇采访的覃健全老师公，说涉及布伯与雷王相斗的盘古（伏羲）神话在求雨时候演唱。镇圩

---

1 张声震主编：《布洛陀经诗译注》，南宁：广西人民出版社，1991年，第20页。
2 杨树喆：《师公·仪式·信仰——壮族民间师公教研究》，南宁：广西人民出版社，2007年，第174页。
3 同上书，第33页。
4 农冠品编注：《壮族神话集成》，南宁：广西民族出版社，2007年，第284页。

瑶族自治乡的师公蒙文忠（1963年生）则说有关盘古神话的篇章在葬礼上演唱，守夜时唱给民众听，以此让大家知晓人类的来源，明白生死的意义。

4. 多元文化交流下当地行政官员的凝聚作用

桂中盘古（伏羲）神话自成一体，既是当地多元文化交融的结果，也与本地政权源远流长的凝聚作用有关。

桂中地理位置优越，经济发展相对繁荣，多文化交流频繁对盘古（伏羲）神话的区域特征形成起到了积极的促进作用。历史上，桂中地区作为左、右江与红水河交汇的区域，是西江水运交通的重要组成部分，河运繁忙，多元文化传播迅速。与此同时，中原汉族先民受战乱、灾荒等的影响，有若干次的大规模南下，在岭南形成移民高潮，带来了新的文化内容。正如钟文典先生在《广西客家》一书中对客家移民岭西的总结："关于客家人迁入广西的历史，从秦汉至明代的1820多年间，主要因为战乱、征调、戍守、流放和仕宦等，出于中央政权对广西地区加强控制和治理的需要。秦代的南拓和戍守，宋代的南征和驻留，以及明代的卫所移民，多来自北方和沿江各省，而且逐步深入桂西地区，属于政治和军事性质，多带强制性。明末至清代，大批客家移民从江西、福建、广东、湖南以及江、浙等地入居广西，则主要出于谋生，并在农业、商业、手工业和采矿业等行业从事开拓，以自发性的经济移民为主。"[1] 除了汉族先民，还有瑶族、苗族、彝族先民等不断迁徙至广西定居，带来了更为多元的文化内容。

与此同时，桂中土官（司）政权的兴盛，对维系本地的文化个性、接纳和提倡中华多元文化都起到了主导作用，造就了盘古（伏羲）神话的独特性。从秦代岭南被划入中央朝廷郡县制管理之后，无论是唐宋时的羁縻制度，还是元明清的土官制度，都使壮族先民能在更宽松的环境中融入中华文明的体系之中，并以科举等形式增强对中华文化的认同。在这一个过程中，中央朝廷因地制宜的治理方法使当地壮族先民能够将自己的文化与后来的其他民族文化有机结合在一起，取长补短，并在行政区划相对稳定的环境下逐步形成本土的文化特征。这是壮族盘古（伏羲）神话文化得以维系其生命力

---

[1] 钟文典：《广西客家》，桂林：广西师范大学出版社，2005年，第50页。

的重要原因。唐宋时期，桂中比较有名的羁縻长官、土官（司）包括南丹莫氏土司、澄州韦氏土司、忻城莫氏土司、东兰韦氏土司等。这些地方政权在设立社庙、采用民族民间宗教仪规、提倡教育与科举等举措，都对盘古（伏羲）神话的形成有着深刻影响。

在外来文化之中，以汉文化的影响在壮族先民地区最为明显和突出。例如，方块壮字是壮族先民在本民族文化的基础上汲取汉字精髓的创造发明，这也是盘古（伏羲）神话得以延续的重要载体。目前被发现最早的唐代方块壮字，是刻在桂中上林县唐城遗址内《智城洞碑》一文。它是壮族先民文化在历史上不断创新、维系自身文化的重要见证。《智诚洞碑》为当地酋首韦敬一所作。虽主要使用汉字写就，但仍夹杂了壮族先民创造的方块字。方块字用以表达民族语言词汇，成为独特的历史文献。《智诚洞碑》与其兄弟篇章《六合坚固大宅颂》是迄今为止在壮族地区发现得最早的摩崖石刻，被誉为"岭南第一、第二唐碑""壮族文人文学之滥觞"。管中窥豹，当地统治者对于汉文字的接纳与运用、对方块壮字的认可和提倡，都奠定了盘古兄妹婚神话文本化的基础，并推动了相关方块壮字手抄本的发展。

综上所述，桂中盘古（伏羲）神话具有极为明显的地域特征，叙事内容高度程式化，保存了活态的仪式演述形式，其发展得到本地政权的保障，故得以成为此类神话中一个传承要地，并保持了与其他台语民族此类族源神话叙事的呼应。

第二节

其他台语民族的兄妹婚族源神话

除了桂中地区，类似盘古（伏羲）神话的兄妹婚神话在绝大多数的台语民族中都有流传，成为环太平洋此类神话传承的重要阵地。无论是国内的壮、布依和傣族民众，还是东南亚越南、老挝、缅甸、泰国等国家的台语民族人民，都传承着此类神话的诸多母题，并创造出丰富的异文，展示了他们在各自独立的历史发展过程中吸收多元文化并给予创新、融合的努力。在这些神话中，主角的姓名变化更为多样，母题传承也各有取舍，并衍生出了一些新的情节。这将在后文进一步分析。

一、国内台语民族的兄妹婚族源神话

中国的台语民族——壮、布依和傣族分布在华南、西南的广大区域，在迁徙和发展的过程中各自受到苗、瑶、彝、汉等多民族文化的影响，又吸收了道教、佛教等外来宗教的思想，在本民族文化与民间宗教的基础上形成了异常丰富的兄妹婚族源神话叙事。

除了桂中的壮族地区，其他地区的壮族人民也流传着盘古（伏羲）神话的大量异文，在云南省文山壮族苗族自治州、左右江流域等都有发现。例如文山州西畴一带壮族民间流传的这则神话，主角从兄妹变成了姑侄二人：

天上原来有十二个太阳，被射落了十一个，突然一声霹雳，下起雨来。

雨从东方来，雨从西方出。雨颗有大有小，小的落高山，大的降低凹。小雨颗像罐子，大雨颗像坛子。雨下了五天，雨落了七夜。水碓窝冒洪水，水碓尾有洪水冲。大地浪连天。水淹七年那么久，水淹八年那么长。

天下只剩娘侄俩没被淹死，只有一个大葫芦还漂着，娘侄俩躲入葫芦里。风吹往西，葫芦漂往西，风吹往东，葫芦载娘侄俩往东。

洪水淹了十二年，除了葫芦别的什么也不见。天不转了，地也不动了，浪平息五天，洪水消退了七夜，先露出波汉弘，又露出了囊迪星，最后露出波洛朵。葫芦停在波洛朵，布洛朵高兴地说："好啰！留下你俩做人种，剩下你们传人烟！"

娘侄对布洛朵说："我布呀！我布！我俩是娘侄，让我们做人种，叫我们传人烟，我们还要上山劈松明，我们还得进林砍松树，上山怕雷打，进林怕狮咬。"

布洛朵说："孙们呀！我要你俩成为夫妻，叫你们做人种，让你们俩传人烟。你们怕雷打，雷打有我拦；你们怕狮咬，狮咬有我挡。"

娘侄俩说："我布呀！我布！我们是娘侄。要我们传人烟，叫我们做人种，我们怕种田跌坎无人拉，我们怕过河落水无人捞！"

布洛朵讲："好啰！孙呀！要你们像蜂娘一样繁殖，叫你俩像蜂窝一样传人烟。如果种田跌坎有我拉，过河落水有我捞。"

娘侄俩又说："我布呀！我布！叫我俩做人种，让我们做人根，同筷条用餐，同枕头共担，我俩是娘侄！"

布洛朵说："你们说是娘侄不同餐共枕，你俩一人拿针，一人拿线，站在两边山顶丢针丢线，如果针和线能穿连在一起，你们就该同桌共餐；你俩一人扛一盘磨上两边山顶上放，如果两盘磨能滚拢合在一起，你俩就得同床共枕；你俩一人上这座山顶烧堆火，一人上那座山顶烧堆火，如果两堆火的烟缕能缠绕在一起，你俩就该做成夫妻！"

娘侄俩按照布洛朵说的办，结果针线穿在一起，磨盘合拢在一起，两缕火烟也缠绕在一起。娘侄俩无话找布洛朵,无言再商量,只好合为夫妻做人种,传人烟。

娘侄俩鞋袜同放三个月,身体变了样;娘侄俩共枕六个月,腹内怀婴的脚杆像青蛙腿。怀孕九个月,该生而不生,娘侄俩又问布洛朵,怀到十六个月,婴儿生下地。

婴儿生下地,没头又没脚,没眼又没手,婴儿像块肉砖,中间颤动不停。

娘侄俩又去问布洛朵,布洛朵说:"好啰!孙呀!婴儿是肉墩,你们用刀切,拿刀来分,切他丢四角,分撒在四方。人烟就会生,人就能繁衍!"

娘侄俩按照布洛朵说的去办,切肉砖撒四角,砍碎肉墩丢八方。落大坝水头的变布汉、布侬;落高山深涧的变布苗、布孟;落菁头林间的变布瑶、布泰。人烟就这么重生,人间就是这样在繁衍。古人这样讲,先辈就是这么传。[1]

这则兄妹婚神话与壮族的始祖——布洛陀(布洛朵)叙事结合在了一起,情节丰富,细节生动。其中考验母题发展得异常突出。

在右江流域的中心——田阳也流传着福兮与女娲兄妹婚配生人的神话。和上述文山神话相似,壮族聪慧的始祖神祇——布洛陀也在神话中扮演了指导者的角色:

传说远古的时候,大地曾泛起滔天洪水,生灵灭绝,现在山顶上有贝壳的化石,便是这民间传说的依据。那时有一对兄妹,生性异常聪慧,他俩预见有一天会洪水滔天,所以别人挑水浇菜园,他俩挑水淋瓜苗。他俩种的冬瓜长得异常之大,挖空了瓜心可容人进里面居住。泛洪水那时,他俩随冬瓜漂流,幸免一死。他俩是此次天灾的幸存者。

这对兄妹有名有姓,兄叫福兮,妹叫女娲。洪水退去的时候,他们

---

[1] 农冠品编注:《壮族神话集成》,南宁:广西民族出版社,2007年,第17—42页。

又回到了陆地上，但他们已经失散。福兮回到陆地后，首先遇到的是布洛陀和咪洛甲，便问他们："你们见我的妹妹在哪里吗？"

布洛陀说："我见你妹女娲往淮河南水去了。"

福兮按照布洛陀的指示找到了妹妹女娲。女娲坐在一块石头上哭泣，福兮走到她身旁。这时候布洛陀也来到他们兄妹俩身边，鬼哭先生也来了。布洛陀说："三年旱绿岭，七年旱绿林（壮话音译），石上黄蜂生，菜园有鸡扒。岳母见了女婿不招呼。塘角鱼吃星星，泥鳅吃太阳。"人说："你光说也没有用，有只鸡才好。"布洛陀果然变出只鸡来。鸡说："鸭生蛋，我孵崽。"

福兮对布洛陀说："世间现在只剩下我们兄妹两人了，怎么办？"布洛陀说："福兮上攀接着天，女娲下地接着地。"布洛陀和咪洛甲叫福兮在上池洗澡，叫女娲在下池洗澡，结果女娲有了身孕。

女娲分娩了一团肉，鬼哭先生说："生出的不是人，用刀剁碎它！"他便剁碎了那团肉，撒向四面八方，这样就有了三百五十九个姓，但咪洛甲说："要有三百六十姓才行。"于是，鬼哭先生去刮来砧板上的肉末，这样才凑够了三百六十个姓，这最末的姓叫"岑"。第三个早晨到来的时候，四面八方升起了烟火，在菜叶上生了人虫，我们这些人类就是从这菜叶里生长出来的。这时四面八方传来了哭声，有了声音，但还看不见人。[1]

在广西南部、左江流域的德保县，当地壮族人民流传的《盘古歌》里说，盘古是开天辟地、造太阳造星星的神祇，而名叫"腊"的兄与其妹二人繁衍了人类。他们在洪水滔天时躲在葫芦里存活下来，成婚后生下一块磨刀石，"生育成磨刀石，拿去砍块，撒四方八面，方方都有人"[2]。

总的来看，壮族各地的盘古（伏羲）兄妹婚神话的主角与母题有着多种变形，它深植于各地壮族文化之中，具有了各自的特色，成为本土族源神话

---

[1] 农冠品编注：《壮族神话集成》，南宁：广西民族出版社，2007年，第164页。
[2] 同上书，第9页。

中的有机组成部分。

　　布依族主要分布在贵州与云南东部地区，他们的盘古（伏羲）神话是创世神话中的重要组成部分，与雷神相斗的主角是人类布杰，繁衍人类的主角是伏哥与羲妹。神话《洪水滔天》[1]中说，因为雷神懒惰贪睡，严重失职，造成了人间特大干旱。于是，布依族第一代人类布杰上天抓到雷神，关在家里的笼子里进行惩罚。雷神骗取了布杰儿女伏哥、羲妹的帮助，逃回天上。他放开天池水，酿成滔滔洪水之患。布杰再次上天，用玉帝的龙头杵在东边天脚捅了八十一个洞，消除了洪水，布杰也累死在天边。伏哥和羲妹坐着雷神给的葫芦种种出来的大葫芦，逃过一劫。洪水之后，人烟灭绝，只剩下伏哥羲妹。为了繁衍人类，天上的太白金星劝说兄妹俩成亲，兄妹不肯答应。经过穿针眼、滚磨盘、赛跑的考验，二人终于成亲。伏哥羲妹成亲后，生下一个"无手无脚的肉坨坨"，兄妹俩把它砍成九十九块，丢去四道八处。这些肉块分别变成了各种姓氏的村寨。从此人类又繁盛起来。

　　流传在西双版纳傣族傣泐人的韵文叙事《巴塔麻嘎捧尚罗》里也有盘古（伏羲）兄妹神话母题的变形。神话里说，最初的人是由贡曼神变的，他们在绿蛇的引诱下吃了仙桄果变成了会蜕皮而长生不死的兄弟俩，他们接着吃了禁果生出生殖器，变成了一男一女，从而繁衍后代。他们的后代不会死亡，数量越来越多。这第一代人弄得神果园乌烟瘴气，处处臭气熏天，惹怒了英叭神。于是，英叭命七个太阳燃烧大地，烧了十万年，十三层天被烧得只剩下三层。为了扑灭这场大火，英叭又命水神来发大水浇灭这场火。天下成了一片汪洋，又整整淹没了十万年。由贡曼神变成的第一代人就这样消亡了。大火烧过大地后，天上的神闻到了被烧焦的土、果和肉香味，于是纷纷下来吃。他们吃了香土，神力全消失，再也回不了天。因为他们吃土，把地球吃薄了，所以英叭又降下疾病雨，消灭了他们。这批神并没有变成真正意义上的人。

　　第二代人"药果人"仍然是天上下来的神，他们是一对夫妻，叫桑嘎西

---

[1] 中国作家协会贵州分会、贵州省民族事务委员会编：《苗族布依族侗族水族仡佬族民间文学概况》，贵阳：贵州人民出版社，1987年，第29—30页。

和桑嘎赛。他们从天界找来"人类果"捣碎揉和，捏成一对男女，向他们吹七口气就变成了活人。哥哥为了繁衍后代，请求与妹妹结婚。经过考验，这兄妹俩结合繁衍后代。这一代人最初是桑嘎西和桑嘎赛用人类果造成的，于是被称为"药果人"。

这代"药果人"被洪水淹没最终消亡。《巴塔麻嘎捧尚罗》第九章"葫芦人的传说"里是这么唱的：

> 又过一万年／人越来越多／人多心也多／有了黑心人／心黑起暗算／给天地惹祸／那时有个男／眼睛竖着生／皮比土层厚／说话酸又馊／他忘了父辈／他忘了人规／邪恶吞吃他／头昏眼变花／他有一女儿／年纪才十三／长得比树直／脸孔似白月／脖颈圆成节／找遍天下女／数她最好看／做父亲眼馋／时时把她望／黑心生邪念／逼女儿做妻／和亲子交配／赤裸着身体／他贪心造孽／心黑成大灾／惹怒天上神／神怒弹舌头／水神瞪圆眼／骂人是祸害／顿时天怒吼／云涌海咆哮／天地所有神／一齐开口骂／"这代人不好／美丑都不分／比动物要蠢／他们不是人／神讨厌邪恶／神恨这代人／神要叫人死／神叫海神来／去吞吃大地／去冲洗邪气／水神一声吼／大海像决堤／海水扑过来／把宗补淹没／神对人惩罚／水势实在大／海神把土吞／割走一千约扎拿／从此啊／宗补变小了／小了一千约／海域却增大／增大一千约。[1]

因为第二代人心黑，破坏了伦理道德，惹怒了英叭神，因此神要放水淹没大地，只挑出一对好心的兄妹——约相与宛纳，将他们放在葫芦里躲过大洪水。因此他们长大后，哥哥为了繁衍后代，向妹妹求婚。他们通过线穿针、滚磨盘的方法来求神的旨意，最后结为夫妻繁衍后代，就是如今地球上的这一代人。这一代人叫作"葫芦人"，也就是说，人类祖先是从葫芦里出

---

[1] 西双版纳州民委编：《巴塔麻嘎捧尚罗》，岩温扁翻译，昆明：云南人民出版社，1989年，第233—236页。

来的。这第三代人出现的叙事，就是盘古（伏羲）神话的变形。它被整合在了布桑嘎西与雅桑嘎赛的神话体系之中。

西双版纳的傣族人民早在魏晋时期就逐步接受了南传佛教文化，如今依然全民普遍信仰南传佛教。这在上述的盘古（伏羲）神话里也能看出佛教文化的主导与渗透，难能可贵的是，本土的盘古（伏羲）神话异文没有被佛教文化所消灭，而是以新的形式融入其中，得以继续传承。

德宏地区的傣族傣讷人亦有大量的盘古（伏羲）神话。晚太鸾说，古时候洪水淹没天地，有两兄妹躲进葫芦里去，躲过洪水活了下来。世界上人都死光了，就剩他们俩。为了要传人类，他们必须要成亲。但是兄妹成婚不合规矩，所以妹妹提出，要滚磨盘来验证一下是不是天意。二人各自抱着磨盘到山头上去，两边的磨盘滚下山，竟然合拢在一起。这是天意，于是他们就成亲，生下子孙后代传人类。有子孙后分成不同的姓氏，如此就不至于混乱。[1]另外一个异文说，大火烧毁大地后，洪水又淹没大地，洪水落下去后就剩下一个葫芦，葫芦里有一对男女，他们从葫芦里出来，结果被大风给吹散了，一人在一个地方。他们后来相遇，男子有一儿，女子有一女。男子想让儿子和对方的女儿成亲，但是不知道怎么说。每天他都去一个湖边徘徊，湖边有一棵柳树，见他每天都唉声叹气，于是就开口问他怎么回事。他说想让两个年轻人配成对。柳树说它可以帮忙说媒，于是就撮合了双方。两个年轻人成亲后生下子孙，人口慢慢多起来了。[2]有的叙事仅仅保留了盘古（伏羲）神话中的部分母题，如《牛蛋生葫芦》说，荒远的古代，地上什么也没有，天神看见地面上光秃秃的，就派一只鹇子和一头母牛来到地上，这头在天上已经活了几十万年的母牛到地上才活了三年，生了三个蛋就死了，鹇子每天孵这三个蛋，其中一个蛋孵出一个葫芦，从葫芦里走出许多人，从此有了人类。另一则"葫芦生人"的神话则说，远古时候一片汪洋，从远处漂来一个大葫芦，葫芦撞在大石头上裂开，从里面走出八个人，一位天神让其中四个

---

[1] 访谈时间：2016年10月9日；访谈地点：德宏州芒市梁河县芒东乡罗岗寨；访谈人：李斯颖、屈永仙；访谈对象：晚太鸾（男，70岁）。

[2] 同上。

变成女人，四个变成男人，让这四个女人和四个男人结婚，于是，他们繁衍后代，成为人类的始祖。[1]

德宏傣族人民接受佛教的历史从公元三四世纪就开始了。在德宏曾发现了观世音菩萨塑像、梵文典籍、还愿陶匾等大乘佛教的文物。然而，大约在13世纪后，南传上座部佛教才在德宏傣族地区兴盛起来，15世纪后得到广泛发展。这使得他们本土的盘古（伏羲）神话受到佛教影响的程度较浅，异文形式更为丰富在民间传承。[2] 正如屈永仙在其博士论文中指出："德宏、西双版纳的傣族都兼有原始宗教、汉文化以及佛教三个层次的文化。在不同的地方，三者之间的势力不尽相当，西双版纳的佛教全面覆盖，原始宗教比较淡化。而在德宏，两者势均力敌，体现在史诗和神话上较为多元化。"[3]

生活在云南红河州、玉溪市一带的傣雅等被称为"花腰傣"的傣族人民中也流传着兄妹婚神话母题。其中一则搜集于1943年的神话是这么说的：

> 古时候，水淹（得）漫天漫地，什么都死光了。有一只鸭子在着，就背鸡，（所以）鸡情愿孵鸭蛋。
>
> 人死光（了）。葫芦从天上掉下来，炸开变成人，就会做屋住，就来种田吃。变一个女人，变一个男人，才生出小孩子来。
>
> 孩子大起来，什么也不会做吃。做出谷子来也不会吃米，只会吃稻壳。把稻壳舂成粉粒就吃糠。以为米太硬，不能吃。米喂猪。
>
> 人多起来，混着米煮了吃。人做出饭来也不会吃。煮出来扔给狗吃。人见狗吃不死，人才会吃。这时候呢才会吃米，才会煮饭吃。
>
> 酒也不会做出来。他们去掘地，就看见鸟雀去做甜酒，人就去吃吃看，人回来做酒，才会吃酒。[4]

---

1 刀承华：《傣泰壮创世神话核心观念的比较研究》，《中央民族大学学报》2011年第5期。

2 笔者在此提出的深浅概念，与信仰的虔诚度无关，只做文化吸收与影响方面的比较。

3 孟尚贤整理：《创世纪》（傣文），德宏：德宏民族出版社，2012年，第135页。转引自屈永仙《傣族创世史诗研究》，中国社会科学院研究生院少数民族语言文学系博士论文，2017年，第61—62页。

4 邢公畹：《红河上游傣雅语》，北京：语文出版社，1989年，第213—214页。

这则神话里没有说到从葫芦里出来的一男一女是兄妹关系，也没有提及他们的名字，但在洪水后二人从葫芦里共同被孕育出来并繁衍了人类，带有兄妹婚神话的典型特征。其中，兄妹婚母题又与台语民族中常见的"人吃谷壳"的母题结合在了一起，民族文化特征浓郁。

从上述举例可以看出，国内台语民族中普遍都存在着洪水—兄妹婚神话的母题。它们的具体内容各异，传承形态也很多元，但都以讲述了人类或自身始祖的来源为主。有的神话并没有上升成固定或突出的始祖崇拜，但葫芦生人类或有关民族始祖的认知普遍存在于台语民族之中。这种传承状态包括了信仰大为迥异的台语族群，其中既有受道教影响较深的民族，也有传承着本民族早期信仰的民族，还有接受了佛教信仰的民族。故此，笔者认为兄妹婚神话母题是国内台语民族出现较早的共同叙事。

二、国外台语民族的盘古（伏羲）兄妹婚神话

东南亚的台语民族也传承着丰富的兄妹婚神话母题，但主角的名字已经不是盘古或伏羲兄妹。避水工具也出现了南瓜、鼓及其他空心物体。雷王也极少见到。神话的母题出现更为多样的变体，以葫芦直接生人的母题更为常见。此类神话不但受到南传佛教的影响，还受到基督教等更多宗教文化的影响。

老挝泰-佬族群的民族中流传着不少兄妹婚神话。例如佬族的神话《老挝民族的祖先》就说：

> 从前，地上的人类受天上的神仙管辖，人类无论做什么事，都必须先请示天上的神仙。后来，由于人类埋头于种田耕地，满足于自给自足的生活，忘记了再向天神请示汇报，天神为此怀恨在心，盛怒之下，便施行法术，一连下了三年三个月又三天的大雨。于是大地上洪水滔滔，一片汪洋，人类相继被淹死，只剩下居住在高山顶上的一户人家。当大水正要淹没他家的时候，有一个大葫芦随水漂来，那家夫妻立即抓住葫

芦，然后凿开一个口，把自己的一个女儿和一个儿子以及一些食物放进葫芦，再把葫芦口盖上，任其随水漂流。不一会儿，那夫妻俩就被洪水吞没。

雨停水退之后，那个大葫芦搁浅在地面上，姐弟二人安然无恙。他们从葫芦口钻出，抬头四望，举目无亲，只见一片被洪水淹没的惨景。高高的大树只剩下光秃秃的树干和树枝。姐弟俩十分悲伤，抱头痛哭。

正在这时，有一只鹧鸪鸟飞来，对他们高声喊道："快走，快走呀！找你们的父母去！"姐弟俩一听，又惊又喜，便决定分头往南北两个方向寻找自己的父母。他们走了很长的路，爬过很多座山，也不见一个人影，只好返回原地。这时，那只鹧鸪鸟又飞来对他们喊道："你们姐弟两个人应结为夫妻。"姐弟俩听了十分生气，捡起地上的石子朝鹧鸪鸟扔去，鹧鸪鸟正好被击中，立即死去，他们正准备把鹧鸪鸟烧着吃，发现它的嗉子里装满了稻谷，姐姐就把这些稻谷当作种子，耕种水田。

姐弟俩生活了很长一段时间，仍不见有任何人来这里，于是他们决定结为夫妻。不久，妻子怀孕了，过了三年三个月又三天，生出一个奇怪的葫芦。又过了三个月，忽然听到葫芦里面人声鼎沸，他们感到十分惊奇，就用铁托往葫芦上扎开一个口，不料从里面不断有人走出来，乱哄哄地挤在一起。他们俩立即把这些人按照出来的先后顺序分成三部分。第一批出来的称为哥哥姐姐，第二批出来的称为二弟二妹，第三批出来的称为小弟小妹。夫妻俩年迈临死前，把他们叫到跟前，把留下的遗产分三份，分给他们。第一批出来的人分得一些现成的衣服，第二批出来的人分得木制织布机，第三批出来的人分得一些鸡鸭猪羊。

这三批人就是现在老挝三大民族的祖先，第一批人是现在老听族的祖先，直到现在老听族的妇女不会织布；第二批人是老龙族的祖先，老龙族的妇女个个善纺会织；第三批人就是老松族的祖先，如今老松族人人都是善于饲养家禽家畜的能手。[1]

---

[1] 张玉安主编：《东方神话传说》（第六卷），北京：北京大学出版社，1999年，第113—114页。

老挝琅南塔东里村的黑泰布摩韦艾梭（Vi Aisum，男，76岁）说，勐恬那边有个大葫芦。起初，人类和万物都在葫芦里。从镰刀切开的口里出来的是傣泐、佬等皮肤白的族群。用铁器锉出的就是老厅人，皮肤黑。如今这个大葫芦还保留在越南奠边府那里。[1]在老挝琅南塔省汶普卡县泰央人聚居的南发村，老人家卢克木（男，65岁）向我们讲述了他们的洪水神话[2]，里面用鼓替代了葫芦，兄妹的名字也没有了：

> 天下发了洪水，兄妹俩做了一个很大的鼓，洪水上升的时候鼓也往上涨。洪水后（世界上只）剩下两兄妹，他们就结婚了，生下一个大葫芦，然后就用铁（棍）去戳，第一个出来的是老听，就是克木人等，他们很黑，后面是其他的族群，皮肤白一点。

居住在老挝万荣（Vang Vieng）市万塞村的红泰人也传承着洪水—兄妹婚神话。这个村的红泰人从越南山萝省迁徙而来，定居于此已有上百年的历史。在定居过程中，他们已逐渐接受了南传佛教的信仰。根据笔者在田野中获得的信息，红泰人的此类神话梗概是这样的：天降洪水，只剩下哥哥博盖和妹妹依格两个人躲在葫芦里存活了下来，他们被视为红泰人的"第一对父母"。人们在举行各种仪式的时候都要提及、纪念他们，以示不忘出处。[3]

老挝琅南塔省亮村的红泰人冷瑞（女，62岁）也曾讲述过洪水—兄妹婚神话。据说，从前天和地紧挨着，地上的人说什么天上的人都听得很清楚。人生活在地面上，出太阳也骂，不出太阳也骂，天神生气了，就发大洪水要把人淹死。洪水淹没了一切，一直淹到天上。只有一个葫芦里躲着一对叫作艾侬的兄妹，洪水退去后，葫芦摔到了地上。地上的人都死光了，两兄

---

[1] 2012年7月12日搜集，屈永仙翻译。
[2] 同上。
[3] 访谈时间：2017年11月13日；访谈地点：老挝万荣市万塞村；访谈人：李斯颖、裴文；访谈对象：班滩（Bunthan Nothatha，男，65岁）、通勘（Thong khom，男，69岁）、万通（Wan thong，男，80岁）。

妹只好结婚繁衍人类。[1]

此外，佬族的《两个南瓜生初民》《南瓜生人》两则神话则用南瓜替换了葫芦，布伯与雷王相斗、兄妹婚的母题都消失了。这或许是佬族接受佛教信仰后逐步淡化此类叙事的结果。《两个南瓜生初民》里洪水的起因是天神发怒，而不关乎对"人心"的价值判断：

> 很久以前，天神滕·博肯曾怒发一次大洪水，一切生灵都惨遭灭顶之灾，只有布·兰森国王和其他两位德高望重的国王得一小筏，才幸免于难，无情的洪水越涨越高，最后把三位国王托入天界。趁面见天神之机，三位国王极力说服天神，让人类重新在大地上繁衍生息。最后天神采纳了他们的建议，赐予他们一头水牛。
>
> 三位国王把天神所赐的水牛带回大地，精心喂养。不料，三年以后，水牛突然死去。奇怪的是，从死去的水牛鼻孔中长出两根藤蔓。藤蔓越长越长。最后从两根藤蔓上各结出一个硕大的南瓜。布·兰森对此十分惊异，便拾起铁块将南瓜凿穿。这时，从凿穿的南瓜洞里走出了人类的初民。由于洞口太脏，人往外走时弄脏了身体，所以他们的皮肤为黑色。布·兰森见此情景，便用刀子把南瓜上的洞口开大一些，所以后来出来的老挝人和泰人皮肤白，个子也高。从此，布·兰森便教村民们如何使用工具、建筑房屋、举行典礼和祭祀祖先等。[2]

在老挝佬族中流传的另外一则《葫芦出人》[3]神话则直接跳过了兄妹婚的情节，说洪水过后，上帝给天使的大水牛结出了葫芦藤，葫芦藤里走出了人。笔者在老挝中部调查时也曾采录到相似的神话母题，但它又与坤布隆神话相结合，在此不复赘述。

泰国台语族群传承的洪水——兄妹婚神话已经较为少见完整的叙事，

---

[1] 访谈时间：2012年7月11日；访谈人：李斯颖、吴晓东、屈永仙；翻译：屈永仙。
[2] 张玉安主编：《东方神话传说》（第六卷），北京：北京大学出版社，1999年，第119页。
[3] 同上书，第112页。

该叙事中的主要母题"洪水""兄妹婚"常以单独的母题形态出现，并出现了较多的变异。"洪水"的起因多与人心的好坏有关。"葫芦生人"母题异常丰富而突出，掺杂着与佛祖有关的内容，形成独立的神话叙事。这应该是南传佛教影响的结果。例如北部泰阮人记录在南奔府孟哲镇本塞庙贝叶经的神话说，生于土的雅桑嘎西遇到了生于火的布桑嘎西，他们在一起生了世界上最早的三个人。这三个人心眼很坏，于是两位始祖决定通过发洪水毁灭地球，后来的几个世纪，人类才知道了什么是好什么是坏。此后，佛祖产生了，教人向善。[1]不少神话也说早期的人类（例如十二个兄妹）互相婚配成为人类祖先。如清迈美东县泰阮人认为，布桑嘎和雅桑赛是第一对创世的人，他们有十二个孩子，六男六女，二人捏了十二只动物给十二个孩子玩，繁衍生息为多个民族，形成多种语言。[2]泰北清莱清空县傣泐人的神话里说，火灾、洪灾之后，神祇布桑西、雅桑赛捏出了一对男女玩偶，并念咒将玩偶变成了人。这两个人孕育了子孙，成为人类的祖先。[3]

生活在泰国黎府清刊那帕那村的黑泰人依然也传承着相关的变异母题。村民韦苏芒（Vi Suk Mak，男，64岁）曾向我们介绍过当地黑泰人的洪水—兄妹婚神话内容。神话中说，世界上地位最高的神祇——召恬创造了世间的万物。最早的一对人也是他用泥捏成的。召恬往这一对人的躯体吹一口气，他们就有了灵魂。男的名叫巴难（Ba Dam），女的名叫艾娃（E Va），他们两个人繁衍了人类。后来，人类做了不好的事，召恬就下了40天雨淹没世界，只剩下一对父母和他们的三对子女。由于世界上已经没有了其他人，这对父母的孩子便互相婚配，生下了更多的孩子。他们成为世界上人类的祖先。其中的一部分迁徙到越南的人成为黑泰人的祖先。[4]

---

1 **ศราพร ณ ถลาง**：การวิเคราะห์ตำนานสร้างโลกของคนไท：รายงานการวิจัย，จุฬาลงกรณ์มหาวิทยาลัย 2539, p.50.（莎拉潘·那·塔琅：《台语民族创世神话研究》，朱拉隆功大学博士论文，1996年，第50页）张磊翻译。

2 同上书，第47页。

3 同上书，第43页。

4 搜集时间：2015年5月4日，屈永仙翻译。关于造人、洪水40天、造房子的母题与《圣经》中上帝造亚当与夏娃、发洪水、人类建造巴别塔等内容有一致与高度相似之处，应为受到基督教文化影响的结果。

泰国东北地区塔帕侬县普泰人传承的洪水神话中，葫芦生人成了主要母题：

> 古时候大水淹天，水里的鱼儿可以吃到月亮和星星。后来水干又引发灾害，大火烧着了天地，只剩下最后一根藤条连接天和地。天上住的神沿着这条藤往下来到地上，他们闻到土很香，于是就吃了这些土。因为吃了土，他们的身体就就变重了，想通过藤条爬上天却又老是掉下来。天上的最高神灵恬神（Phaya Thaen）就把这跟藤条砍断了，留在地上的神就变成了人。但是这些神变成的人不能生育后代。恬神就送下来三包药，给男人两包，给女人一包。吃了这个药，他们才会有人的性欲，变成真正的人。但是男人出门了之后，女人偷偷地吃了觉得好吃，就吃掉两包。男人只能吃剩下的一包。因此，男人总是像猫一样，饿了就会叫。女人则不喜欢乱叫，比男人能干活、能负重。有的人曾经顺着藤子爬到天上，恬神就送给他们一个葫芦籽，种了之后结出葫芦，还能听到葫芦里有声音。于是，有人用烧红的铁钉捅开葫芦，出来克伦、克木、阿卡等黑皮肤的人，又有人用镰刀割开葫芦，出来普泰、白泰、黑泰等白皮肤的人。[1]

泰国加拉信府佬族的起源神话同样也以葫芦生人母题为主，与老挝佬族的族源神话内容相似：

> 布热、雅热（人类第一对始祖父母）用泥土造出各种动物，有牛、羊、马等等，一头牛死后，它身上长出一根藤，那根藤上长出葫芦来，特别地大。后来，葫芦裂开了，出来5个民族，有阿卡人、越南人、佬

---

[1] 访谈时间：2012年5月17日；访谈人：李斯颖、吴晓东、屈永仙；访谈对象：差波林（男，58岁）；翻译：屈永仙。

族人、普泰人等。¹

越南岱、侬、泰等台语民族也流传着洪水—兄妹婚神话及其变形。岱、侬族受道教文化影响较深，洪水出现的原因多与射日、得罪天神有关，"兄妹婚"母题较为常见。

越南谅山省岱族的族源神话亦保留了洪水—兄妹婚的母题。如在消灾解难等仪式中，仪式主持者会提到十二日并出，射日之后洪水淹没天地。洪水之中，两兄妹躲在葫芦中得以幸存。他们成为包括岱族在内的所有人的祖先。²

越南泰族的人类起源神话有较为明显的个性，"洪水"的起因多与"人心"好坏有关，人类起源以"葫芦生人"为主。奠边府白泰人的洪水—兄妹婚神话里说，地面上坏心肠的人越来越多，天上的神祇就想用洪水淹没所有的人。但世界没有人烟也不行，天神就选择了一对好心的夫妻，在洪水淹没快要到达天际之时，用鱼篓把他们从洪水里捞了出来。洪水退去后，这对夫妻回到地面上，生育了一男一女。这对兄妹互相婚配，繁衍了人类。³

越南白泰人还有神话说，恬神派雅门、雅卖来到世界上。他们二人用泥土捏出人、树和动物，装进葫芦里。恬神将葫芦戳破，第一代人类从葫芦里出来。⁴

越南山萝省黑泰巫师所吟诵的起源神话提及了人是怎么来的：

  水漫到天上。

  水漫到了天神那里。

---

1 访谈时间：2012年5月19日；访谈地点：加拉信府（Kalasin）古奇那莱县古瓦镇古瓦村；访谈人：李斯颖、吴晓东、屈永仙；访谈对象：纳帕晚·荣猜（Napawan Rongchai，女，44岁）；翻译：屈永仙。
2 信息提供者：黄越平，男，1988年，谅山省文朗县南罗社板万村，岱族。翻译：刘敬柳。
3 访谈时间：2012年7月17日；访谈地点：越南奠边府勐荣县曼邦村；访谈人：李斯颖、吴晓东、屈永仙；访谈对象：毛万坚（Mao Wanjian，男，78岁）；翻译：屈永仙。
4 刀承华：《傣泰壮创世神话核心观念的比较研究》，《中央民族大学学报》2011年第5期。

三个月水还没消退。

六个月水才干去看见了岸。

水全退了看见了山。

颠倒了的地球这才变正常了，

平地没有人居住。

地球上的兽类都死了。

所有的禽类都死得一堆一堆的。

…………

天上（的神）就让不同族群的人下来到地面上。

天神在一个房子一样大的葫芦里为他们准备东西。

330个部落是山民。

550个部落是Tai。

水稻田中有330种水稻。

水中有330种鱼。

每一种在陆地或水中的动物，

都知道如何飞、攀或爬。

…………

神"创"和银王

来到了地面，

他们来到平地，

地球的表面，

他们到达了勐老（地名），在天的下面，

他们把房子一样大的葫芦里的人分开，

他们去到了中国的茂泰（地名），

四个大葫芦里的人，

四个铜柱支撑着天，

他们翻过这片地区，

去到了越南、老挝，这些人，

带着四个和房子一样大的葫芦，

和四个撑天的铜柱。
一群人来到老嘎（地名），
一支来到老琅（地名），
然后从这些地方来了你知道的人，
从这些地方产生了全世界的人。[1]

越南奠边府亮村的黑泰人也传承着"葫芦生人"的神话，说黑泰人是最后从葫芦里出来的：

一开始，各个民族都在一个葫芦里面，然后谁都想先出来。第一个出来的民族是克木等，出来了以后他们直接到山上去生活，去砍柴，去狩猎，然后他们就这样生活了，没有什么文字第二个出来的是赫蒙族，他们也到山上，听树木的声音、叶子的声音，就这样有了文字。……所以他们有自己的语言和文字。然后，中国人出来了之后，看鸡在地上怎么划，就形成了那种文字是横着写的。……没有讲到泰族人怎么出来，只是后来出来。[2]

另外一则流传在奠边府黑泰人之中的《勐添的故事》亦以"葫芦生人"为主要母题："远古时候一片虚空，十位男女天神想下凡成为人类的始祖，造了一个葫芦，钻进葫芦里，葫芦从天上飘下来掉落在山头上裂开，各种人依次从葫芦里出来。"[3] 流传在印度阿宏泰人种的《葫芦神话》和这个葫芦直接生人的母题大同小异。[4]

1　John F. Hartmann: Computations on a Tai Dam Origin Myth, *Anthropological Linguistics*, Vol. 23, No.5 (May, 1981), pp.183—202.
2　访谈时间：2012年7月15日；访谈人：李斯颖、吴晓东、屈永仙；访谈对象：韦文哲（Vi Venzhe）；翻译：屈永仙。
3　刀承华：《傣泰壮创世神话核心观念的比较研究》，《中央民族大学学报》2011年第5期。
4　同上。

三、台语民族盘古（伏羲）兄妹婚神话的比较

从总体上看，台语民族的盘古（伏羲）神话普遍存在，但变异的程度也十分巨大，展示出这类母题旺盛的生命力。这是台语民族不同民族在历史上审美与创造力的再现。

台语民族盘古（伏羲）神话有着不少共性，其中较为集中突出的包括洪水、葫芦、兄妹婚母题的稳定传承。虽然这三大母题的变形千姿百态，但仍能够看出它们之间在历史上形成的稳定构架。洪水是人类灭绝的直接原因。葫芦是承载人类新生的重要器物。兄妹婚母题较为普遍，其中，妹妹对哥哥的考验内容高度相似。例如西双版纳傣族在《巴塔麻嘎捧尚罗》[1]里提到的第二代人，哥哥想要娶妹妹繁衍人类，妹妹提出三个问题测试他的智慧，分别是"天底下，最黑是什么？天底下，什么最亮？天下酸甜苦辣，咸淡涩馊是什么？"哥哥在英叭的提示下，最后回答了这三道哲学问题：

所谓天底下最黑

莫过于人心

人心难猜测

人心难辨明

贪婪与暗算

是人类灾祸

祸根来自黑心肠

心黑是邪恶

邪恶会暗算

暗算最难防

心黑最可怕

心黑藏尖刺

---

[1] 西双版纳州民委编：《巴塔麻嘎捧尚罗》，岩温扁译，昆明：云南人民出版社，1989年，第226—255页。

面笑心中恶
人眼看不着
心毒眼不见
毒心比夜黑
所谓天底下最亮
莫过于智慧
没智慧的人
有眼也无用
有智慧的眼
能通观万变
智慧胜双眼
天下它最亮
所谓天底下
酸甜和苦辣
咸淡和涩馊
是人的言语
人有什么心
道出什么言
人语言有酸
人语言有甜
软心人说话
句句甜如蜜
硬心人开口
句句似火焰
如尖刺刺耳
味道呛又辣
懒惰人的话
句句淡和酸
贪心者开口

> 不咸就是馊
> 难者弱者言
> 句句是苦涩
> 萨丽捧妹哟
> 请你说说看
> 请你评评理
> 我解释对吗

萨丽捧听着，满意点头笑，她双膝跪下，拜在哥跟前，同意做他妻子，二人生儿育女。到了第三代人要靠兄妹成婚繁衍人类时，妹妹提出要穿针线、滚石头来验证二人是否能成为夫妻，最后也得到了肯定的答案。这与其他台语民族中有关兄妹成婚要通过的考验差别并不大。

三大母题的变异最突出表现在三方面：其一是洪水的起因更为多元；其二是葫芦生人母题的变异与重复出现；其三是所涉及的仪式、风俗等相关内容更丰富。三大母题的变异，明显与台语民族在历史发展过程中所接受的多元文化有关。壮族，布依族，傣族花腰傣人，东南亚的黑泰、白泰与红泰等，较好地保持着早期的本民族早期宗教，或受汉文化、道教的影响较大，在本民族原始信仰的基础上融入了道教的神祇体系与观念。而国内的傣族西双版纳傣泐人、德宏傣讷人以及缅甸的掸人，受南传佛教影响的程度较深，同时亦不同程度接受汉文化，传承着本民族自身的信仰。如此复杂的多族群文化交流历史，使台语民族族源神话中的这三大母题千姿百态，异文多样。

首先，洪水的起因更为多元。除了桂中地区较为一致的"雷王报复型"洪水起因，还有惹怒其他天神、天神意图让人类灭绝等多种原因。在未接受南传佛教信仰的台语民族中，洪水出现的原因多为人类挑战天神的权威而引起，是一种人类主动行为导致的后果；而在接受了南传佛教信仰的台语民族中，洪水的起因则多是人类的罪恶，洪水的出现是天神主动降罪的结果，而人类只是作为洪水的被动接受者而存在。例如，布依族《射日与洪水泛滥》神话中多有射日者用狗犁地激怒天神降雨的说法，在各地都有流传。周国茂曾总结其较为固定的叙事模式是，天上出现十个（或十二个）太阳，晒得河流干涸，植物枯死，人类面临灾难，"王"以赏给良田沃土招募射日者。射日者（各地名字不同）应诏，射下多余太阳，结果"王"食言，不兑现赏给良田沃土的诺言。射日者恼怒，用蛇做纤索，用狗拉犁犁田，激怒天神，降下倾盆大雨，造成洪水泛滥。[1]

相较而言，天神主动降洪水于人间的母题在信仰南传佛教为主的民族中更为常见。例如傣族傣泐人的《巴塔麻嘎捧尚罗》里说，天神降下洪水毁灭了第二代人种，是因为有位父亲娶了自己的女儿为妻，引发了天神的怒火，便主动降下洪水。

在德宏傣族傣讷人也有因人类罪恶而导致洪水降临的说法。《创世纪》里说：

> 那天神洼弄拉，决心洗涤世间
> 下令大雨降落，洪水淹没大地
> 雨滴大如稻米，势如瓢泼降下
> 雨粒大像橄榄，浇灭大地之火
> 大雨落到大地，犹如天水倾盆
> 长达八千万年，大火仍在燃烧
> 要将万物洗涤，世间肮脏不净
> …………[2]

神祇看到人间的罪恶，主动降洪水于世，是对人类的告诫和警醒。从信仰的角度来看，这对于约束人类行为、增强对神祇的景仰大有裨益。故此，笔者认为洪水起因中人类由主动变被动，与南传佛教的传播与接受有着密切的关系。

---

[1] 周国茂：《布依族〈射日与洪水泛滥〉版本的形成与摩教仪式》，《广西民族师范学院学报》2016年第6期。

[2] 孟尚贤整理：《创世纪》（傣文），德宏：德宏民族出版社，2012年，第33页。转引自屈永仙《傣族创世史诗研究》，中国社会科学院研究生院少数民族语言文学系博士论文，2017年，第61—62页。

在东南亚信仰南传佛教的台语民族中，天神为了消除人类罪恶而让洪水没世的母题也很常见。这在前面第二小节中已有较详细的记录，在此不复赘述。

相较之下，台语民族中的盘古（伏羲）神话中也有不少遗失了有关洪水起因这一母题，直接讲述洪水之后盘古兄妹如何繁衍人类的内容。

其次，葫芦生人母题的变异多次或重复出现。台语民族葫芦生人母题出现了葫芦直接生人、葫芦作为避水工具两种主要内容，有的神话甚至出现妹妹生出葫芦的说法。有某些神话文本中，葫芦作为孕育生命的神器重复出现，形成了固定的意象。

葫芦生人的母题的分化主要出现在接受汉文化程度较深的壮、布依族等民族与信仰南传佛教的傣、泰、佬等民族之间。在壮、布依族等民族中，葫芦主要作为避水工具，是由雷神的牙齿种出来的，一般只出现一次。也有少量神话说葫芦从葫芦种生长结成，有的也提及葫芦里也有其他生物。相较而言，在受到南传佛教影响的民族中，葫芦则成为万物孕育的"母体"，并在神话中不断重复出现。如傣族傣泐人的《巴塔麻嘎捧尚罗》中，与造人相关的葫芦就出现了两次。第一次，天神布桑嘎西、雅桑嘎赛带到人间的葫芦里有万物的种子：

　　破开仙葫芦
　　喜坏两神仙
　　葫芦窝窝里
　　有亿万颗种子
　　像沙粒
　　像蚂蚁
　　密密麻麻
　　活蹦乱跳
　　粒粒是活种子

　　桑嘎西和桑嘎赛

手捧葫芦籽
朝大地抛撒
撒向北
撒向南
撒向东
撒向西
种子似落雨

这时大地上
长出一片绿
亿万颗种子
长出亿万棵树苗
跑出亿万种动物
飞的飞
走的走
爬的爬
游的游

有的飞进山
有的跑进林
有的爬进洞
有的游在水
万种动物都齐全
万种草木齐诞生
大地变了样
天下一片欢腾[1]

---

1 西双版纳州民委编：《巴塔麻嘎捧尚罗》，岩温扁译，昆明：云南人民出版社，1989年，第186—190页。

人类召诺阿、萨丽捧则由布桑嘎西、布桑嘎赛用"人类果"捏成。到了第三批人"葫芦人"出现的时候,神选取了一对兄妹作为人种放入葫芦,成为如今人类的始祖:

神挑了又挑
只留下一对
他俩是兄妹
刚脱离母体
还是婴儿身
神就来保护
藏进葫芦里
不让水淹没

海神吞地时
兄妹不遭灾
水涨葫芦浮
水流葫芦漂
人种兄妹俩
不哭也不叫
睡在葫芦里
漂了一万年

这时小葫芦
跟着水退走
漂到大地边
被定天柱拦阻
停在柱脚下
长达一千年

神不再发怒
天空变明朗
大地变温暖
葫芦成熟了
发出黄黄的光

接着黄葫芦
开始动起来
在地上打滚
碰在石头上
葫芦就炸开
滚出两婴儿

婴儿是一对
一男和一女
离开葫芦皮
吮吸着空气
天天在成长
长得一样齐

从此大地上
又有新人种
他们兄妹俩
都是葫芦人
眼睛明又亮
嘴唇薄又红
哥妹俩不离
生存在宗补

在林中觅食

像一对鹧鸪[1]

在这部韵体的神话叙事中,葫芦作为孕育生命的重要神器而多次出现,增强了它在傣族文化中的意象塑造。

德宏傣族傣讷人的《创世纪》中也出现了神把万物之种放入葫芦的说法:

世间人类万物,皆自葫芦中出
只因滔天洪水,毁灭人鬼三界
那滔天的洪水,一片波涛汹涌
吞没人间万物,都淹没在湖中
人类往哪逃走,洪水紧随其后
那天神洼弄拉,希望万物更新
造个神奇葫芦,装下男女诸神
洪水滚滚而流,葫芦随波漂浮
九万八千年后,洪水逐渐干枯
葫芦坠入深渊,撞击裂成两半
天神早已创造,人类和万物种
一对男女人儿,从葫芦中出走
身着彩色华服,犹如天神模样
这对男女人儿,正是人类之种
那对哥妹二人,他们从葫芦来[2]

---

[1] 西双版纳州民委编:《巴塔麻嘎捧尚罗》,岩温扁译,昆明:云南人民出版社,1989年,第237—239页。

[2] 孟尚贤整理:《创世纪》(傣文),德宏:德宏民族出版社,2012年,第135页。转引自屈永仙《傣族创世史诗研究》,中国社会科学院研究生院少数民族语言文学系博士论文,2017年,第64—66页。

值得注意的是，在上述傣族的葫芦生人母题中，葫芦要么是天神英叭让人类始祖从天上带下来的，要么就是天神造出来的，葫芦自身所带有的神圣含义得到增强，凸显了它作为"生人"利器的特殊之处。

除此之外，在很多不完整的散体神话叙事片段中也出现了葫芦直接生人的说法。这在傣族及东南亚台语民族神话中较为常见，而在壮、布依族的神话中则较为少见。笔者曾结合分子人类学的研究成果，推测葫芦直接生人的母题是人类起源神话中产生较早、影响最广的母题之一。这一观点将在第三节进行探讨。

最后，所涉及的仪式、风俗等相关内容更丰富。如今，台语民族中盘古（伏羲）兄妹婚神话异文姿态迥异，丰富万千。有的变异属于本民族文化的自我发展，有的融合了后来者的文化内容，有的则吸收了迁徙路上与定居地的新鲜文化血液。这些异文能够持续实现活态传承的语境语境各有不同，所涉及的仪式、风俗等内容都更为多元。例如，广西来宾甘东村的盘古兄妹婚神话以盘古庙的存在为物质依托，以每年农历六月十八的盘古诞辰日为主要活动，使相关的叙事得以代代相传。上林县三里一带壮族人民的盘古兄妹婚神话则与端午节的风俗有关，泰东北的盘古兄妹婚神话的部分情节则与放芒飞的传统有关。无论何者，身处各地的台语民族后裔都用自己的独特方式，牢记着自己的出处，缅怀着自己的始祖，并形成了自己独特的文化记忆。基于前两节的材料可看出，盘古（伏羲）兄妹婚神话活态传承的方式、所依托的语境五花八门，这也正是台语民族不断发展与吸收外来文化的璀璨成果。

第三节

中国台语民族兄妹婚族源神话新探

台语民族先民发源于中国南方，他们的盘古（伏羲）兄妹婚神话的传承与发展不断受到中国国内其他民族先民文化的影响。如今，中国台语民族传承的盘古（伏羲）兄妹婚神话，与国内其他民族的此类神话既有共性，又有差异。这些神话中的洪水、兄妹婚等典型母题，有独立与合并等多种变异。洪水是此类神话中常见的人类再殖的起因。有的神话文本缺失了兄妹婚母题；有的忽略了洪水的起因，着重叙述兄妹婚母题；有的则保留了洪水与兄妹婚母题相结合的典型形态。为了叙述方便，本小节将中华民族此类神话统称为"洪水神话"，并交替使用"兄妹婚神话"的说法。笔者将结合分子人类学的研究成果，从整个中华民族的视角对此类神话进行对比与探讨，以期能对台语民族盘古（伏羲）兄妹婚神话的文化底蕴、发展特点等有新的发现。

一、东亚族群的分化与中国洪水神话研究

近年，分子人类学成为探索人类起源与文化的利器。作为一门交叉学科，它以人类基因组为研究材料，综合遗传学、计算生物学、解剖学、历史学、考古学、民族学和地理学等多门学科的成果，引领学术界走向了一个新

的高峰。它的使命是解读人类群体的起源，研究人类群体多样化的历史。通过运用纯父系遗传的单倍遗传物质——Y染色体和只通过母系遗传的线粒体，分子人类学研究提出全世界现代人类的"非洲共同起源"说，认为现代人类都是约六万四千年前走出非洲的人类后裔。

在分子人类学研究者的努力下，人们对于东亚人群尤其是中华民族来源有了新的认识。复旦大学现代人类学教育部重点实验室对涵盖东南亚、大洋洲、西伯利亚和中亚的163个人群的12127位男性样本进行了Y染色体基因研究。基于大量的数据处理和缜密的探索分析，实验室提出，从父系角度来看，现存的东亚人都是从非洲迁徙而出的现代智人的后裔。现代人从南亚迁徙到东南亚的时间为六万至五万年前。[1]之后人类向北方迁徙，恰好赶上该地区冰川退去。早亚洲人首先进入东亚，晚亚洲人也在三四万年前到达东南亚地区，发展成为东亚人的主体。晚亚洲人在东亚演化出了各类原始语系，包括西南部的南亚（孟高棉）—苗瑶原始系群，东南部的南岛—侗傣原始系群，西北部的汉藏—乌拉尔原始系群，北方形成了叶尼塞—古亚原始系群，东北形成了阿尔泰原始系群。

复旦大学的这个实验室还重点对中华民族多民族的族源进行了研究，提出中华民族主要是晚亚洲人的后裔，Y染色体的类型主要为O型，还有少量的N型和P（Q和R）型。大约在两万年前的盛冰时期，晚亚洲人进入中国，并随着冰川的消退北进。在新石器时代晚期，叶尼塞、汉藏、苗瑶、侗傣四个系群率先在中国内地共同孕育了中华文明，其后，这四个语系的人群与古亚、乌拉尔、南亚、南岛及阿尔泰的人群彼此之间交流、融合，形成了现代的中华民族分布格局。在族群分离的时间节点上，研究也取得了突破。根据Y染色体上单倍群的情况，复旦大学的实验室认为东亚人进入中国南方的时间在二万七千年前左右。具体来看，中华民族先民分南北两条道继续扩散到九州。一是东线从北部湾进入扬州区域。这一支人群形成了百越祖先族群。此后，他们向南迁徙，形成了南岛语族群；往北也曾到达徐州、青州及幽州。百越族群发展了稻作文化，创造了以良渚文化为代表的文化传统。目

---

[1] 李辉、金力：《Y染色体与东亚族群演化》，上海：上海科学技术出版社，2015年，第180页。

前，广西柳江人是已知的最早东亚现代人。二是西线从缅甸进入梁州区域，发展出了孟高棉、藏缅、汉等族群。两支迁徙人群继续北上，与中亚等其他人群相遇，融合成为西北与北方的族群。[1]

与迁徙的复杂性相呼应的，是中华各民族传承的洪水神话异文。它们以其独特魅力与多样性受到学界的高度重视，研究者多，成果丰厚。对于中华民族这些神话明显的区域性表现，学者观点较为一致，但对于这些区域性特征的形成却众说纷纭，涉及民间文学与民俗学、人类学及语言学等诸多理论流派。例如，梁启超认为中国洪水神话母题，其特色来源于中国人不屈服于自然、意欲"以人力抗制自然"的理念，故而没有上帝惩罚的观念。钟敬文指出中国洪水神话与中华原始的文化因素"梦应""预兆"等的关联。芮逸夫提出东南亚洲文化区洪水神话"兄妹配偶型"的特点，并推测它起源于中国西南地区。闻一多则认为此类中国神话与龙图腾有关，与部落战争有关。神话中常出现的葫芦正是伏羲女娲的原型。鹿忆鹿总结出中国此类神话中的洪水母题以黄河流域为中心，洪水与生人、伏羲与女娲结合是后面才合二为一的。[2] 王宪昭曾指出，南方民族的洪水神话数量多于北方地区，这是自然环境影响、文化背景差异、民族及其支系文化发展等原因的结果。[3] 吴晓东认为中国的洪水神话是旱与雨斗争的隐喻。[4] 上述的研究成果与观点，对研究国内台语民族的盘古（兄妹婚）神话有着重要的借鉴意义。由此出发，笔者试图结合分子人类学对中华多民族源流的研究，挖掘洪水神话与民族迁徙、发展之间的对应关系，探讨台语民族洪水神话的区域特点及其成因。

---

1 李辉、金力：《Y 染色体与东亚族群演化》，上海：上海科学技术出版社，2015 年，第 1—2、20、22、177 页。
2 转引自陈建宪《论中国洪水故事圈——关于 568 篇异文的结构分析》，华中师范大学博士论文，2005 年，第 15—18 页。
3 王宪昭：《中国民族神话母题研究》，中央民族大学博士论文，2006 年，第 115 页。
4 吴晓东：《从〈山海经〉看〈易〉的起源》，《民族艺术》2018 年第 3 期。

二、中华民族先民洪水神话的发展

在分子人类学及其他学科的证据支持下，神话学研究也将人类最早的神话回溯到了现代人类尚未走出非洲的时期。早在那个时候，现代人已可发声，产生了早期的语言。根据对全世界语言的比较与提炼，研究认为早期人类所使用的语言已包含对神祇、创世、神话内容的指涉。哈佛大学的麦克·威策尔教授在世界各地神话材料的基础上构拟了六万五千年前、现代人非洲共同祖先的神话——泛古陆神话（Pan-Gaean）。泛古陆神话有六个主要母题，包括一个遥不可及的、多余的最高神，他直接或间接创造的人类、人类的狂妄自大，人类遭受的道德惩罚和大洪水，以及一系列创造了人类文化的造物主或计谋之神（trickster）。[1] 这一早期神话在"非洲夏娃"时期可能就已经存在。此后，泛古陆神话随着现代人类的祖先走出非洲，分成南、北两大体系，即劳亚古陆神话与冈瓦纳古陆神话。

劳亚古陆神话得名于南非地质学家杜德瓦（A. L. Du Toit）提出的原始古大陆"劳亚古陆"，包括欧亚大陆、北非、波利尼西亚和南北美洲四大区域的神话，产生年代为四万年前或更早一些。通过整理与比较劳亚古陆神话各种文本的内容，麦克·威策尔概括出一个叙事线（Story Line），包括15个神话素（Mythemes）。[2] 冈瓦纳古陆神话得名于原始古陆"冈瓦纳"，它的内容主要流传在次撒哈拉非洲、澳大利亚、安达曼群岛和新几内亚等地区。它的出现早于劳亚古陆神话，并可上推至六万年前。它与劳亚古陆神话存在较大的差异，有自己独特的关注点。它往往不去追问宇宙和世界的形成，整体内容缺少原初创世和最终毁灭两大部分——尤其是"真实的"创世故事（出现于无/混沌），并且无法形成一个连续的叙事线（从创世到毁灭）。冈瓦纳古陆神话最关注的是人们所赖以生存的土地或人类的起源及其状况。它的叙事线雏形由六个主要的母题（阶段）组成，体现了该地区人类的"宇宙

---

[1] Michael Witzel, *The Origins of the World's Mythologies*, New York: Oxford University Press, 2012, pp.357-370.

[2] Ibid, p.64.

进化论"[1]。

根据上述观点，中华民族的神话最早也从非洲而来，属于从冈瓦纳神话分化而出来的劳亚古陆神话的组成部分。它也是麦克·威策尔教授所总结的、从泛古陆神话到劳亚古陆、冈瓦纳神话中一脉相承的稳定母题。"劳亚古陆和冈瓦纳洪水神话共享某位神祇或超人类的惩罚主题。这种惩罚通常由某一个或一些早期人类所犯下的某种错误而引起，通过暴涨的大雨来执行。一些人靠漂浮物或船逃生，通常逃到了一座或更多的高山上。在一些例子中，新一代的人类从幸存的原始人进化而来。纵观这些主要的相似性，我们不得不视洪水神话为早期的神话，它真正是全人类所共有的神话，并属于现代智人走出非洲之前的泛古陆时期。"[2] 这样的结论有着坚实的多学科研究成果作为支撑，可以为我们重新审视与探讨洪水神话提供新视角。它是笔者后续讨论的基础。

东亚人通过东南亚北上进入中国，分化出不同的族群，故此，中华民族先民共享最初的洪水神话叙事。笔者将尝试借鉴分子人类学的研究新成果，探寻中华民族这一神话的世界性特征与自身特色，解读其独特发展历程，并对中国台语民族与其他民族此类神话之间的关系进行考察。在此，笔者将重点考察葫芦生人、雷公报复与兄妹婚、石龟（狮）避水与地陷、人类与天女婚配等母题。

（一）葫芦生人

葫芦生人是中华民族洪水神话中的一个特殊母题，在孟高棉语民族中流传较广。孟高棉族群至今分布于中华民族先民北上通道的入口，"可能最接近整个东亚人群的起源系群"[3]。通过考察他们的洪水神话，可以上溯东亚人早期此类型神话的部分内容。

中华民族属于孟高棉语民族的只有佤族、布朗族和德昂族。佤族布饶支

---

[1] Michael Witzel, *The Origins of the World's Mythologies*, New York: Oxford University Press, 2012, pp.279-347.

[2] Ibid., p.355.

[3] 李辉、金力:《Y染色体与东亚族群演化》，上海：上海科学技术出版社，2015年，第22页。

系的神话里说,人从山洞(葫芦岩)中出来,后洪水泛滥,神仙把万物放在葫芦里,水退之后,神仙砍开葫芦,人才能出来。[1] 布朗族的洪水神话中也常见葫芦生人母题。在王宪昭罗列的5个神话中,有3个提到葫芦生人。其一为大河里的肉葫芦堵住了入海口,天神派天鹅啄开葫芦,葫芦中走出人类、飞禽和走兽。其余2则洪水神话则说兄妹婚后生下葫芦,葫芦里走出了各民族的祖先。而德昂族的7个洪水神话中,都说葫芦是避水工具,从葫芦中走出了人类。[2] 总的来看,中国国内孟高棉语族的洪水神话以葫芦(石洞)生人为特色。

黎族也有着与东亚祖先最接近的遗传结构。晚亚洲人在经过东南亚时,安南山脉将孟高棉族群与侗台语族群的先民分隔开来。侗台语先民往东迁徙,最早从中被分离出来的是海南岛的原住民——黎族和仡隆人,居住在海南岛上的历史已超过一万年,被认为是"现代人最初迁移群体的直接后裔"[3]。黎族当中也有瓜类生人的母题,说造物主伟代决定重新创世,于是发了一次大洪水。事前,他把人和各种动物都雌雄配对放进大瓜壳里。洪水退后,人和动物才从瓜里出来。[4] 此外,中国少量民族也保存了葫芦生人的母题,包括傣族、阿昌、彝、哈尼、基诺、拉祜、傈僳等。有的混合了兄妹婚的内容,说兄妹婚后生下葫芦。与此同时,在东南亚的孟高棉、侗傣语族群中也共享葫芦生人这一母题。如越南奠边府亮村黑泰巫师韦文哲[5]曾讲述过一个"葫芦生人"的神话,讲述的是孟高棉、苗瑶、壮侗等不同民族从一个葫芦中出来的内容。神话还解释了不同民族的文字、文化等缘何不同。

葫芦(瓜)生人母题在沿东西线进入中国的古老民族中都有发现,尤其是在孟高棉语族的人群中十分兴盛,可见这一母题在中华民族先民尚未分开迁移之时可能已存在。这一母题的产生有其独特的社会环境背景。中华民族

---

1 高健:《表述神话——佤族司岗里研究》,云南大学博士论文,2015年,第25—26页。
2 王宪昭:《中国民族神话母题研究》,中央民族大学博士论文,2006年,第203页。
3 李辉、金力:《Y染色体与东亚族群演化》,上海:上海科学技术出版社,2015年,第213—214页。
4 王海:《黎族神话类型略论》,《广东技术师范学院学报》2009年第5期。
5 访谈时间:2012年7月15日,采访者:吴晓东、李斯颖、屈永仙。

先民曾停留的东南亚及北部湾地区，江河湖泊众多，葫芦生长茂盛，葫芦果实用途广泛，常成为渡河、浮水的工具。同时，葫芦也带有母题的隐喻，与人类早期生存的山洞意象叠加在一起，就产生并传承了"葫芦（洞）"生人的说法。

（二）雷公报复与兄妹婚

如前所述，雷公报复与兄妹婚母题特别注重讲述洪水的起因是由于人祖与雷公的斗争，导致雷公发洪水淹没天下。此类型神话以兄妹婚母题为主，并以难题考验、生下怪胎、剁碎怪胎变成人类等母题而闻名。神话中的葫芦常常只作为避水工具，极少有葫芦直接生人的神话。在王宪昭搜集整理的27个苗族洪水神话中，有17个以葫芦或其他瓜类作为避水工具，有20个兄妹（姐弟）婚母题，1个父女婚母题。15个瑶族洪水神话中，有8个神话以葫芦作为避水工具，有7个有兄妹婚母题，有2个姑侄婚母题。兄妹婚后所生或为怪胎或为冬瓜，被切碎变成人类或多民族始祖。这些苗、瑶族的神话中均无葫芦生人的母题。[1]陈建宪认为此类型神话分布区"以黔东南雷公山为中心向四周辐射，主要见于黔、桂、湘三省操苗瑶壮侗语的民族[2]及与他们杂居的民族中"[3]。可见此神话母题与苗瑶语民族关系密切。苗瑶语民族先民是孟高棉语民族先民越过巫山到达荆州的后裔，他们创造了大溪文化传统。如今，孟高棉和苗瑶族群独享较高频率的Y染色体单倍群O3a4-M7。根据研究，大约在一万年前，苗瑶族群从孟高棉族群中分化出来，"云贵高原的丛林和峡谷是孟高棉和苗瑶之间的过渡层"[4]。相较之下，孟高棉语民族的洪水神话中有一定比例的兄妹婚情节，而几乎没有对洪水起因的描述。可见雷公

---

[1] 王宪昭：《中国民族神话母题研究》，中央民族大学博士论文，2006年，第326—331页。

[2] 国内侗台语民族又被称为"壮侗语民族"，台语民族又被称为"壮侗语民族壮傣语支民族"，在行文中会交替出现。

[3] 陈建宪：《论中国洪水故事圈——关于568篇异文的结构分析》，华中师范大学博士论文，2005年，第121页。

[4] 李辉、金力：《Y染色体与东亚族群演化》，上海：上海科学技术出版社，2015年，第179—180页。

报复导致的洪水起因，或许是苗瑶语民族神话叙事的新发展。

藏缅语民族的洪水神话中普遍也有兄妹婚母题。根据分子人类学的考察，中华民族沿西路迁徙的先民有一支从云贵高原继续往东北发展，形成了藏缅语民族先民。他们首先到达四川盆地，发展成彝族的祖先。一万年前，这一支继续北上，在羌塘高原形成了古羌人族群。相较于孟高棉语民族，藏缅语民族将葫芦作为避水工具或葫芦生人的母题却很稀少，但还留有些模糊记忆。如彝族神话有洪水后葫芦直接生人的神话，也有的文本把葫芦生人放在兄妹婚之后，说兄妹成亲后妹妹生下一个葫芦，从里面走出了人类及万物。[1] 葫芦母题的减少或许与环境的改变有很大关系。而兄妹婚母题却依然兴盛。以王宪昭搜集到的5个羌族神话为例，4个大同小异的洪水神话都说，猴子打翻或倒下金瓶（盆）的水，导致洪水泛滥，后姐弟或伏羲兄妹成婚，生下肉砣或肉块繁衍人类。[2] 根据中华民族先民东线的迁徙路径，苗瑶语民族与藏缅语民族先民分离之后，彼此之间进行神话交流与融合的可能性很小。故此，可以推测他们在进入云贵高原分化之前就已经共享了兄妹婚母题，在后裔民族中兄妹婚、姐弟婚、姑侄婚等繁衍人类的多种说法普遍存在。西线迁徙的先民在洪水起源上或许还没有进行阐释，因此，后裔民族对此母题的说法不一，不少神话中洪水起因不明。

侗台语民族从东线进入中国，其后裔也传承着大量的雷公报复与兄妹婚神话母题，尤其是壮族、布依族、侗族、仡佬、仫佬、毛南等民族的洪水神话与苗族、瑶族的大同小异。王宪昭所搜集的6个壮族神话中，4个以葫芦为避水工具，5个有兄妹婚母题，婚后所生肉团或怪物，被剁碎后变成世界上的人。和苗瑶语民族的洪水神话相似，兄妹婚的兄妹常为伏羲或盘古兄妹。然而，在壮侗语民族中也有特例。水族是侗台语族群中的核心成员，历史悠久。[3] 水族虽然和苗族杂居在一起，有对女性雷神的信仰，但在王宪昭搜

---

1 王宪昭：《中国民族神话母题研究》，中央民族大学博士论文，2006年，第314页。

2 同上书，第310页。

3 徐杰舜、李辉：《分子人类学的视野：广西世居民族源流新论》，《广西师范学院学报》（哲学社会科学版）2017年第4期。

集的4个水族洪水神话中均未出现雷神,却都有兄妹婚母题。[1]傣族信仰南传佛教,虽无雷神信仰[2],依然有兄妹婚母题。经过分子人类学的研究,台湾高山族起源于中国的侗台语族群,并直接从中国大陆迁移过去。[3]王宪昭搜集到的台湾高山族的洪水神话虽然没有雷神出现,兄妹婚的母题却也比较普遍。[4]

可见,从东线进入中国的侗台语民族后裔,即分布在桂北、黔南、黔西南、湘南一带的壮、布依、侗、毛南、仫佬、仡佬等民族,与相邻的苗瑶语民族共享这类特殊的雷公报复与伏羲(盘古)兄妹婚型洪水神话。根据对基因组的研究,在中国南方民族分化之前,侗台语民族与苗瑶语民族先民或许同源。[5]这就可以解释他们所共享的雷公报复与兄妹婚类型的神话母题。这些民族同样受汉族道教文化影响深厚,雷神信仰浓重。此外,傣、水、高山族等没有雷公报复的母题,而以洪水后兄妹婚母题为叙述重点。由此,推测兄妹婚母题是侗台语族群先民洪水神话的早期共同母题。

纵观中华民族先民东线与西线迁徙人群后裔多形态的洪水神话,兄妹婚母题是他们所共享的一个重要内容,应在他们分化之前就已存在。洪水起因、避水工具等母题形态各异,有地域性的特点,或许在东亚人进入中国之前未产生该类共同母题,故而为各民族留下了丰富的阐释空间。

(三)地陷成湖等

除了上述葫芦生人、雷公报复与兄妹婚等神话母题,在中华民族大家庭内比较典型的、具有地方特点的洪水—兄妹婚神话母题有中原汉族的石龟(狮)避水与地陷、西部藏缅语民族的人类与天女婚配、台湾高山族的木臼避水神话母题等。中国西北及北方民族的洪水神话较少,且受到基督教《圣

---

1 王宪昭:《中国民族神话母题研究》,中央民族大学博士论文,2006年,第322页。
2 有雷神神格的天神帕雅英、坤西迦等。
3 李辉、金力:《Y染色体与东亚族群演化》,上海:上海科学技术出版社,2015年,第179—180页。
4 王宪昭:《中国民族神话母题研究》,中央民族大学博士论文,2006年,第204页。
5 徐杰舜、李辉:《分子人类学的视野:广西世居民族源流新论》,《广西师范学院学报》(哲学社会科学版)2017年第4期。

经》和伊斯兰教《古兰经》洪水故事影响较为普遍,在此暂不进行讨论。

汉族此类神话比较突出的是石龟或石狮载兄妹避水母题,并与地陷成湖母题相结合。洪水后兄妹婚配,通过捏泥人或者切碎畸形子再殖人类。根据分子人类学的研究,汉族与羌族同出自古羌人族群。在七八千年前,部分古羌人沿着渭河、黄河往东迁徙,到达雍州、豫州,逐渐发展成华夏族,发展了粟作农业。五六千年前,华夏族与羌族分道扬镳,逐步形成了汉族先民。[1] 从汉族、羌族神话母题中多有伏羲(盘古)兄妹婚母题来看,羌与汉族祖先可能很早就共享对伏羲(盘古)的信仰。随着汉族先民吸纳其他到达中原地区的人群而逐步形成汉族共同体,其神话也形成了新的特点。中原汉族的洪水神话对洪水起因常语焉不详,在王宪昭搜集到的25个汉族洪水神话中,仅有9个提及洪水原因。其中,又只有1个提到雷公,说因为雷公想淹死盘古兄妹而降雨。有3个神话以葫芦为避水工具。8个神话有伏羲、女娲兄妹婚母题。[2] 尽管雷神在汉族道教中的地位崇高,是一位重要的天神,与氏族的起源相关,却没有成为神话中常见的洪水发难者。葫芦作为避水工具的记忆依然存在。从迁徙地图上看,汉族先民处于东亚人类早期迁徙的一个末端,他们在中原地区发展壮大,成为中华民族的主体,创造了以裴李岗为代表的文化。其洪水神话带有浓厚的汉文化道德标准,将洪水神话与地陷成湖母题相结合,形成了自己的特色。

中国西南部藏缅语族群此类神话核心是木柜避水、人类与天女婚配母题,以纳西族《创世纪》为代表。[3] 人类与天女的婚配成为洪水后人类再殖的主要方式。以这一母题为核心的洪水神话文本被陈建宪称为"藏缅亚型洪水神话"。这是藏缅语民族对中国洪水神话发展的新贡献。可以看出,随着东亚人在西线迁徙路上越来越往北,葫芦生人神话日益减少,而人类与天女婚配母题盛行。此类神话更为注重洪水起因,即兄弟(妹)"几个白天开荒夜晚平复,他们发现是一老头(或其他人和动物所为),老头告诉他们由于天

---

1 李辉、金力:《Y染色体与东亚族群演化》,上海:上海科学技术出版社,2015年,第1—2页。
2 王宪昭:《中国民族神话母题研究》,中央民族大学博士论文,2006年,第332页。
3 同上书,第123—124页。

神相争或惩罚人类即将发大洪水"[1]。人类的多代更迭也成为一个重要特点。

结合中华民族先民进入中国的迁徙与发展路线重新审视各民族如今流传的洪水神话，可以看出中华民族先民的此类神话曾共享葫芦生人、兄妹婚等母题。此后，随着先民迁徙往东北、北部与南部推进，中华各民族逐步在该神话中注入具有民族品格与个性的新母题，形成了包括藏缅语民族的人类与天女婚配、苗瑶壮侗语民族的雷公报复、汉族的石龟（狮）避水与地陷成湖、台湾高山族木臼与织布机避水等母题。

三、洪水神话传承的"丛林过滤"效应与时间分层

虽然神话属于人类精神文明成果，它的传承与发展也可试用分子人类学的"瓶颈效应"进行观察。从遗传学的角度来看，人类基因组在遗传过程中因为复制错误而产生各种突变，没有危害的突变会在群体中积累起来。当环境发生改变时，有的突变由于不适应而导致个体的减少，适应新环境的突变使得相关个体增加。"在群体的延续历史当中，各种突变都会以一定的概率传递到后代中。当群体越小，各种突变的传承概率就越不均衡，它们的频率就会随着世代传递而波动，这被称为遗传漂变。当群体小到一定程度，遗传漂变的效应非常强烈，有些突变的频率可能突然波动到零，这些突变就消失了，这种现象在遗传学上叫作瓶颈效应。"[2] 这就如同一群人通过一个狭小的瓶口，能过去的人数非常少，通过瓶口的人数的基因组就会更为单一，多样性丧失。当人群在迁徙途中翻越地理障碍或者遭遇战争、瘟疫等导致人口骤减时，都会产生这样的瓶颈效应。随着人口的增长，基因组新的多样性才能继续积累。新旧基因组的多样性产生了更大的差异，新发展起来的基因组形成了自身的新特点。

---

1 陈建宪：《论中国洪水故事圈——关于568篇异文的结构分析》，华中师范大学博士论文，2005年，第122—123页。

2 李辉、金力：《Y染色体与东亚族群演化》，上海：上海科学技术出版社，2015年，第15页。

以中华民族先民的洪水神话为例，随着人群在东、西两条迁徙路线上不断前进，该神话中的母题随着人群的前进而遭遇了若干次的"瓶颈"，使得不同支系先民之前共同传承的某些母题经历了多次"漂变"和丢失，新产生的母题随着族群的发展而不断得到强化。其中，葫芦生人母题在苗瑶语民族中已基本消失，雷公报复型洪水起因异常丰富。相较而言，藏缅语民族仍留有葫芦生人母题的些许记忆，人与天女婚配母题得到青睐。汉族先民从自身所提倡的道德准则出发，结合陷湖传说完成了对洪水与人类再殖神话的再加工。汉族与羌人共同的伏羲（盘古）信仰在洪水神话母题中多有体现。

李辉提出的"丛林过滤"效应有助于辨别神话产生的时期，对神话的层累进行剥离。在东亚人从东南亚往东亚迁徙的途中，经过了大量的山岭和丛林，群体在穿越这个区域时，人口的增长呈缓慢和均匀的状态，"新生的单倍型只出现在新生的群体中，而不会回流到较早的母群体中，而旧的单倍型在新生群体中却会丢失，以至于在迁徙方向越前方的群体的单倍型处在整个网络结构的越外围。这种现象就像是遗传标记被过滤一样，新的单倍群才会被滤过"。这就是所谓"丛林过滤"效应。[1] 中华民族先民早期神话的发展规律，可以参考其传承者的基因组发展规律。在迁徙途中形成的新族群，有山岭丛林阻隔以及新族群认同增强等诸多原因，与旧族群之间没有或较少往来，他们所创造的新神话内容一般不会回流到旧族群之中，因此神话内容更为鲜明，具有较高的辨识度。藏缅语民族的人类与天女婚配、苗瑶与壮侗语民族的雷公报复与兄妹婚、汉族的石龟（狮）避水与地陷成湖、台湾高山族的木臼与织布机避水等母题，都属于这类情况。根据分子人类学对族群分化研究的成果，我们可以估算与族群相伴而生的神话母题大概的产生时期。比如藏缅语民族的人类与天女婚配母题，产生时间应该在他们从孟高棉族群先民中分化出来之后、藏缅族群分离之前，即距今二万七千年到一万年以前。汉族的石龟（狮）与地陷成湖母题则最早只可能出现在其先民与羌族分开发展之后，即距今五六千年前。雷公报复的洪水母题最早只能产生于苗瑶语民

---

[1] 李辉、金力：《Y染色体与东亚族群演化》，上海：上海科学技术出版社，2015年，第180页。

族先民离开孟高棉语民族先民之后、与汉藏民族先民分离之前，即一万六千年前至七千年前之间。又或者，可能产生于壮侗语族群与黎族分离后，到达湘黔桂并分离出壮、侗、布依等不同民族之前。由于兄妹婚母题在中华民族多民族中普遍存在，我们不得不认为它产生的年代更久远，至少在中华民族先民进入中国，出现族群分离与迁徙之前就已经出现了，时间大约为二万年前。孟高棉语民族所传承的葫芦生人母题，同样可以被回溯到孟高棉语族群先民与壮侗语族群先民尚未分开的、在东南亚的聚居时期，时间为四万至二万年前。[1]

当然，随着时间的推移，交通的便利以及战争、灾难等情况的出现，中华民族在近几千年间的迁徙与发展路径更为繁复。在这段时期，随民族迁徙、交流而发生的神话传播与融合也是需要我们注意辨别的。以汉文化的传播为例，分子人类学的研究指出，汉族往中国南方的扩张不是文化传播和同化的结果，而是人口扩张的结果。"在汉族和南方原住民的融合过程中有相对较多的当地女性融入南方汉族中。"[2] 人口的扩张带来了汉文化在新移民地区的扩散。比如汉文化传统的伏羲（女娲）信仰就被深植到了多民族洪水神话的兄妹婚母题之中，伏羲（女娲）成为兄妹婚母题的主角。这些情况需要对神话的母题作更为深入细致的解析。总体来看，运用分子人类学对东亚人群Y染色体进行研究，需要提高特异单倍群的解析度、支系和群体分化时间估算的精确度。毋庸置疑，分子人类学的发展将会为我们的神话研究带来更多元的视角。

综上所述，分子人类学的研究不但能对族群的历史进行追本溯源，还能助力神话的探索。通过考察中华民族先民进入中国的迁徙与发展路径，可从新的视角解读各类典籍记载中的、活态传承的神话，挖掘出更多的民族历史与文化信息。分子人类学对族群分化年代的测定，为解开神话产生的时间之谜，揭晓神话的层累关系，有着特殊的贡献。中华民族的洪水神话在麦克·威策尔所提出的世界早期神话体系中可找到一席之地，发展出了自身鲜

---

1 李辉、金力：《Y染色体与东亚族群演化》，上海：上海科学技术出版社，2015年，第19页。
2 同上书，第107页。

明的民族特色。葫芦生人母题、兄妹婚母题或许是中华民族先民所共享的早期母题。国内台语民族的盘古（伏羲）兄妹婚神话也是它们发展的结果，并与苗瑶语民族的神话有着深厚的文化与较近的族群基因渊源。

第四节

"盘古"含义探索

本章所讨论的盘古(伏羲)兄妹神话,其主角与"开天辟地"的盘古名称相同,叙事内容却大为迥异。这或许是同一神祇名称借用的结果。前者为人类之始祖,兼有盘古、伏羲两种主要的名字;后者为"开天辟地"的盘古,在民间则多见创世、化生之说。人类始祖"盘古"与"伏羲"名称之间的演化,在吴晓东《盘古名称源于羲和考》[1]中已有了较为清晰的梳理。在此基础上,笔者试图从认知语言学的角度出发,通过整理相关的古籍文献与活态神话内容,探索创世神祇"盘古"一词的演化,以便更深入地理解创世与造人盘古形象的不同。

一、"开天辟地"的盘古

目前,关于盘古的最早叙述见于唐初《艺文类聚》引三国吴人徐整的《三五历纪》:"天地混沌如鸡子,盘古生其中。万八千岁,天地开辟,阳清为天,阴浊为地。盘古在其中,一日九变,神于天,圣于地。天日高一丈,地日厚一丈,盘古日长一丈,如此万八千岁。天数极高,地数极深,盘古极

---

[1] 吴晓东:《盘古名称源于羲和考》,《长江大学学报》(社会科学版)2016年第4期。

长。后乃有三皇。数起于一，立于三，成于五，盛于七，处于九，故天去地九万里。"¹ 仔细审读，文中只说到了盘古生于混沌的天地之中，并随天地的生长而变化，变得"极长"，并没有说盘古是开天辟地之神。盘古更像是天地"鸡子"中的"蛋黄"，处于核心，随天地而生长、变化，处于自为发展的一种状态。

明代前典籍中的盘古神话多绘声绘色地描述了盘古如何化生万物的细节与功绩，并提及了各地的盘古氏墓、盘古庙、盘古国、盘古山等，但这些记载均没有提及盘古开天辟地之行为。² 如清代马骕编撰《绎史》所载三国《五运历年纪》中，盘古有了"垂死化身"之功："元气蒙鸿，萌芽兹始。遂分天地，肇立乾坤。启阴感阳，分布元气，乃孕中和，是为人也。首生盘古，垂死化身：气成风云，声为雷霆，左眼为日，右眼为月，四肢五体为四极五岳，血液为江河，筋脉为地里（理），肌肉为田土，发髭为星辰，皮毛为草木，齿骨为金石，精髓为珠玉，汗流为雨泽，身之诸虫，因风所感，化为黎甿。"³ 根据这则史料，元气萌芽后天地分离，盘古化身为世间万物，这万物既包括了风云雷霆、日月星辰、草木金石等物质，也包括人类等生物。与《三五历纪》中的盘古神话一样，该条目中并未描绘开辟天地的内容。晚明董斯张撰《广博物志》所引《五运历年纪》增添了盘古"龙首蛇身"之说，说他"嘘为风雨，吹为雷电，开目为昼，闭目为夜"。也依然保持了盘古死后身体分别化为山林、江海、淮渎、草木的说法，亦无盘古开天地的内容。⁴ 南朝梁代任昉所撰《述异记》中记载的盘古化身更为具体，有头为东岳、腹为中岳、左臂为南岳、右臂为北岳、足为西岳之说，并记录下了"盘古氏夫妻"的说法。⁵

---

1 袁珂、周明编：《中国神话资料萃编》，成都：四川省社会科学院出版社，1985年，第6页。
2 同上书，第7—8页。这些史料包括：《述异记》、《汉唐地理书钞》辑《梁载言十道志》、《录异记》、《路史·前纪一》罗苹注、《广博物志》卷九引《元丰九域志》、《古今图书集成·岁功典》卷三十八引《补衍开辟》等。
3 同上书，第7页。
4 同上。
5 同上。

目前关于盘古"开天辟地"行为的记载最早出现在明代周游所撰《开辟衍绎》第一回"盘古氏开天辟地"之中:"(盘古)将身一伸,天即渐高,地便坠下。而天地更有相连者,左手执凿,右手持斧,或用斧劈,或以凿开。自是神力,久而天地乃分。二气升降,清者上为天,浊者下为地,自是混茫开矣。"[1]在《开辟衍绎》附录《乩仙天地判说》之中,对盘古氏开天辟地的描绘更加生动,将天地合闭比喻为"大西瓜",并出现了金木水火土熔化产生的"五色祥云""五色石泥"等丰富内容。由于缺乏其他资料的佐证,虽然无法断定盘古开天辟地神话出现的最早年限,却可断定其最晚在明代就已经形成了。

从三国时期"生于混沌""化身万物"到后期"开天辟地",盘古神话内容不断丰富发展,并成为中华民族中最为有名的创世神祇之一。

二、"盘古"语义之名词化

宋代罗泌《路史》罗苹注中记载了战国《六韬·大明》里有"盘古"一词:"召公对文王曰:'天道净清,地德生成,人事安宁。戒之勿忘,忘者不祥。盘古之宗不可动也,动者必凶。'"[2]这里出现了盘古二字,却未明言盘古为何物。且《路史》中说:"虽然治故荒忽,井鱼听近,非所详言。而往昔载谍又类不融正闰、五德终始之传,乃谓天地之初,有浑敦氏者出为之治,继之以天皇氏、地皇氏、人皇氏。在《洞神部》又有所谓初三皇君,而以此为中三皇,盖难得而稽,据然既揄之矣。此予之所以旁搜旅撮,纪三灵而复著夫三皇也。浑敦氏之世,但闻罕漫而不昭晰,有不得而云矣。"[3]此中所提及"浑敦氏"与天、地、人三皇,均无盘古之名。只是在罗苹的注中才说浑敦氏"代所谓盘古氏者,神灵一日九变,盖元混之初,陶融造化之主也"[4]。

---

[1] 袁珂、周明编:《中国神话资料萃编》,成都:四川省社会科学院出版社,1985年,第8页。
[2] (宋)罗泌:《路史·前纪一》,北京:中华书局,1911年,第11页。
[3] 同上。
[4] 同上。

可见，上古的"浑敦氏"并不一定就是"盘古氏"，故才有必要去专门对其进行注解，且于句首使用了"盖"字，"盖"通"概"，意为"大概""可能"，带有不确信的态度。

上古至今，"盘古"之"盘"与"古"具有多重含义。"盘"字既有名词词态，也有动词词态。根据《汉语大词典》[1]，"盘古"之"盘"主要具有以下含义：1. 用于沐浴和盥洗或盛食承物的敞口、肩浅器皿；2. 形状或功用如盘之物；3. 娱乐，欢乐；4. 蛰伏，隐居；5. 盘绕，盘旋，盘曲；6. 游串；7. 攀登；8. 涉水；9. 用刀雕刻或用彩线镶绣成花纹；10. 计算，查点；11. 追问，查究；12. 旧指产业的转让或承接；13. 剥夺；14. 行情，价格；15. 垒，砌；16. 溢出；17. 搬，运；18. 方言：抚养；19. 栽培；20. 广大貌；21. 食品，礼品；22. 量词；23. 通"磐"，大石；24. 通"叛"；25. 围棋术语；26. 姓。从以上26个释义中也可看到，"盘"字作为动词使用的含义多达16种，占了该词各类含义的百分之六十。最早作为动词记录下来的"盘"字在西周（前1046—前771年）《尚书·无逸·卷四十一》中已经出现，作"娱乐、欢乐"解，为周公对成王所述："文王不敢盘于游田，以庶邦惟正之供。"[2] 而作为名词使用的"盘"字最早记录于西汉（前202—8年）戴圣所作《礼记》："沐用瓦盘，抠用巾，如它日。"[3] 从记载中看，"盘"字的名词用法比动词用法要晚了七八百年。故可推测，"盘"在汉语之中作为动词使用为常见形态。直至今日，各地汉语中依然如此，并且"盘"字多有"开辟、整饬"之意。如"盘田"："犹整田。《中国农村的社会主义高潮·浠水县鸡鸣区星星农业社第一生产队是怎样实行队内包干的》：'实行了小包工，计划安排了割油菜、盘田、撒粪等七种活路。'"[4] 又如，河南济源市王屋山乡愚公村有"愚公盘山"之说，盘为"开辟、劈开"之意。[5] 云南方言也有"盘田"一词，意为"挖

---

[1] 汉语大词典编辑委员会、汉语大词典编纂处编纂：《汉语大词典》（第七卷），上海：上海辞书出版社，1986年，第1458－1459页。

[2] 同上。

[3] 同上。

[4] 同上。

[5] 怡安选编：《愚公盘山：地方传说》，北京：中国社会出版社，2010年，第1－2页。

地""开田","盘"即"开""挖掘"等意思的动词。盘古之"古",历史上也有多重含义,其中对本文讨论内容而言较为特殊的含义,是作"天"来解释。《逸周书·周祝解》:"天为古,地为久。"《后汉书·李固传》:"臣闻君不稽古,无以承天。"李贤注引郑玄注曰:"古,天也。"清俞正燮《癸巳类稿·光被四表格于上下古文说》:"《诗》云:'古帝命武汤。'正是经训古为天。"[1]因此,结合盘古为开天辟地之神的形象,我们可以推测"盘古"二字其实为动宾结构的"修整天""挖天""开天"等含义。

基于以上阐释,笔者大胆推测"盘古"一词或为动宾结构转化成名词使用的结果。在汉语中,动词用作指称语因为常见所以被称为"名化"或"名词化"[2],动宾结构也是如此。如典籍中所记载的"有巢氏""刑天氏""开路神"等神祇之名,都是"动宾"结构转为名词使用的结果。又如"司马""司徒""司空""司士""司寇"等职位,也是因为掌管(司)何种工作而形成的动宾结构作名词。此外,还有"拂尘""干事""盖头"等名词,也是由动宾结构转化而成。进一步说来,转指的意义"跟谓词所蕴含的对象相关","在 S 关系(指施事—动作—受事这种典型的语义关系)的范围内,动词及动宾结构可以名词化并指称各种与它们有关系的成分"[3]。其中既有动词转指施事的"摆设、藏书"等,也有转指与事的"同学、同事"等,还有转指工具的"补贴、救助"等。[4] 按照转指的规律,"盘古"中的"盘"作为动词,"古"指"天","盘古"作为动宾结构发展为与该行为有关的人物,"修整天""挖天""开天"的行为转指成为一位"开天辟地"的人物之名,则存在发生的可能。故盘古多有"盘古氏"之称,带有动宾结构转化为名词时加上后缀的规律,符合汉语里"凡是真正的名词化都有实在的形式标记"[5]的

---

[1] 汉语大词典编辑委员会、汉语大词典编纂处编纂:《汉语大词典》(第三卷),上海:上海辞书出版社,1986年,第18页。

[2] 沈家煊:《汉语里的名词和动词》,戴庆厦编著:《汉藏语学报》,北京:商务印书馆,2007年,第35页。

[3] 王冬梅:《动词转指名词的类型及相关解释》,《汉语学习》2004年第4期。

[4] 同上。

[5] 同上。

特征。

如今,各地汉族民众仍传承着丰富的盘古神话。王宪昭搜集整理的《汉族神话500篇》中,与盘古创世有关的就有甘肃静宁县的《盘古制世》、湖北黄冈县的《盘古斩蟒开天地》、江苏海安县的《盘古造日月》、河北青县的《盘古造人》、湖南衡山县的《盘古与衡山》、甘肃徽县的《盘古王开天地》、浙江淳安县的《盘古生团囵》、湖北的《盘古杀雾神》、福建的《盘古女娲成亲》、黑龙江的《盘古开天辟地》、广东的《盘古开天辟地》等30余篇,神话中均提及盘古"开天辟地"的母题。[1] 如流传在河北青县的《盘古造人》说:"很古的时候,没有天,也没有地,只是混沌一团。有一位盘古爷,手拿一把大斧子,使足了力气,一斧子一斧子地砍,一气砍了七七四十九天,天和地就分开了。接着又用斧子把天顶得老高老高。从这天起,天和地再也合不到一起了。盘古爷开天辟地累得倒在地上就睡着了,一睡睡了三年。"盘古开天辟地的方式和具体情节也十分丰富,在此不复赘述。

中国壮、布依、侗、苗、瑶、土家、仡佬、彝、白、毛南等南方少数民族中也不乏丰富多样的盘古创世神话,相关母题涉及盘古的产生(如盘古被贬人间、如来造盘古等)、盘古的诸多特征(盘古身高三丈六、虎头人身、浑身长毛等)、盘古的工具(开天斧、开天钻和辟地斧等),还描绘了他的寿命、居所、化生过程以及名字来历等。[2] 在武鸣壮族师公唱本《唱盘古》中,盘古是父母所生,他造天造地、造狗造米、造牛造鸡、造东西南北、造五行八卦、造五座天柱。从整体来看,虽然不同少数民族都有符合自己民族审美和生活方式下的盘古神话,但盘古开天辟地的神话母题传承还是较为稳固的。

综合汉族典籍及各民族口传的盘古神话可以发现,盘古开天辟地的神话母题虽然深入人心,传播范围很广,但由于口传资料年代难考,它其实只能上溯至明代。"自从盘古开天地,三皇五帝到如今"的普遍观念,也许并没

---

[1] 参见王宪昭民俗学博客《汉族神话500篇》,https://www.chinesefolklore.org.cn/blog/?uid-2072-action-viewspace-itemid-22908。访问时间:2022年10月1日。王宪昭所整理神话来源于已出版的《中国民间故事集成》等资料。

[2] 王宪昭:《中国神话母题W编目》,北京:中国社会科学出版社,2013年,第131—140页。

有我们想象中的那么久远。"盘古"这个名词，存在由动宾短语转化为名词的可能。"盘古氏"与其他早期动宾结构的神名，如"刑天氏"等，应表示他们的行为。

三、"盘古"含义新探

从上述内容可以看出，盘古开天辟地的神话母题不一定产生得很早，但传播得很快，流传的地域十分宽广。这与后世道教、文人及统治阶层的推崇有着密切关系。

盘古在道教神谱中出现的时间亦不是很早。在道教最早的、最为系统的神谱《真灵位业图》（南朝梁代）中，七个层次中第一层以元始天尊为首。元始天尊名号为虚皇道君，"生于太元之先，禀天然之气，冲虚凝远，莫知其极"，是虚无的"道"之象征。[1] 这时候的元始天尊还未被解释为盘古。此后，依托为葛洪所撰的《元始上真众仙记》（南北朝）[2] 中始有盘古出现："昔二仪未分，瞑滓鸿蒙，未有成形，天地日月未具，状如鸡子，混沌玄黄，已有盘古真人，天地之精，自号元始天王，游乎其中。溟滓经四劫，天形如巨盖，上无所系，下无所根，天地之外，辽属无端，玄玄太空，无响无声，元气浩浩，如水之形，下无山岳，上无列星，积气坚刚，大柔服结，天地浮其中，展转无方，若无此气，天地不生，天者如龙，旋回云中。"[3] 此后，元始天尊与太元圣母相遇，生天皇（扶桑大帝东王公）、太真西王母（西汉夫人），天皇后生地皇，地皇生人皇。这里面从天地混沌说起，盘古是"天地之精"，飘摇于天地之间，与《三五历纪》中记载的盘古神话差别不大。同样地，它们都没有记载关于盘古开天辟地的神迹，这或许是因为该神话母题产生得很晚。在道教神谱系统中，被套上"元始天尊"称谓的盘古地位虽然

---

1 葛兆光：《道教与中国文化》，上海：上海人民出版社，1987年，第57页。

2 《元始上真众仙记》与《枕中书》为一卷。枕中书旧题晋葛洪撰，虽是上清派著作，但被认为系后人伪撰。因此，从编撰时间上考证应比《真灵位业图》晚。

3 （明）张宇初主编：《清河内传·滕六·元始上真众仙记》，上海：上海涵芬楼影印，1923年。

高,但典籍记载上出现的时间却比太上老君、灵宝天尊要晚,其融入道教体系的年代或许并不早。

由于盘古信仰的普及,各地多有盘古庙宇、盘古墓冢及盘古山等。《述异记·卷上》记载桂林有盘古氏庙、南海有盘古氏墓,《路史》中说零都、成都、淮安、京兆皆有盘古庙祀,《元丰九域志》说广陵有盘古冢、庙等。甚至历朝历代的皇帝也多祭祀、修建盘古庙,如《元史·本纪第十·世祖七》中有云,元世祖"修会川县盘古王祠,祀之"。尤其是盘古化身"玉清元始天尊"之后,得到了更多帝王的青睐,这从各地道教庙宇及其信仰的兴盛可见一斑。

可见,盘古信仰及其开天辟地神话的出现,是在漫长历史中逐步丰富的一个过程。这个过程的最终实现,与人们需要一位创世大神有关。早期华夏文化信仰与道教信仰相似,已有的"以天、地或方位为坐标系统的神鬼谱系,没有与宇宙起源与结构图式相契合,它不能解释'宇宙怎么形成的''人是怎么来的''自然、社会、人的结构如何'等人们心中带有根本性的疑问,因此它不能充当这个世界的'总的纲领'"[1]。这给了"盘古"一个机会。那么,最初的"盘古"是如何完成这个转化的呢?

这要从盘古的早期含义说起。盘古的"盘"素有"追问;查究"之意。元代郑光祖《王粲登楼》第二折里有:"我盘盘他的跟脚,把文溜他一溜。"[2]从陕西、四川的汉族到云贵川的壮、苗、瑶等少数民族,都有一种最常见的民歌对唱形式——盘歌,它通过男女之间一问一答,考验对方的知识与应变能力。如壮族的盘歌《唱古情》,男方唱:"哥你总把古情讲,我今问你讲分明;开天辟地是哪个?谁个投胎哪个人?"男方答:"盘古继天首为王皇,开天辟地就是他,天星有记来做证,天仙投胎是不差。"[3]在歌圩中,这样的问答可以一直持续下去,直到双方尽兴。从这首歌我们也能看出,中华民族是十分注重溯源和历史的族群。有文字的华夏先民素有尊古之俗,历代

---

1 葛兆光:《道教与中国文化》,上海:上海人民出版社,1987年,第64页。

2 汉语大词典编辑委员会、汉语大词典编纂处编纂:《汉语大词典》(第七卷),上海:汉语大词典出版社,1991年,第1458—1459页。

3 农冠品编注:《壮族神话集成》,南宁:广西民族出版社,2007年,第13页。

重视修史，正所谓"盘古之宗不可动也"[1]，此处的"盘古"也可理解为"讲古"。而没有文字的少数民族，则通过歌谣等方式记忆和传承历史。因此，从"盘"字所具有的"追问，查究"这个动词词性出发，笔者认为，人们常说的"盘古开天辟地""盘古开天"不过是"讲古开天辟地""追古开天辟地""追古开天"之意，"盘"字不过为"追问""盘问""讲述"等意思。人们追述历史、重视历史之源，往往要从鸿蒙时期的混沌讲起，讲述天地如何形成，常说"盘古开天辟地""盘古开天"等，久而久之，就将"盘古"理解为一个神祇"盘古氏"，并由于汉语本身所具有的多重丰富含义，将盘古等同于"混沌"，同时添加了开天辟地的神迹。"盘古"的形成，认知图式起了很大的作用。

从认知语言学上来分析，追溯天地形成的认知图式使"盘古"一词的语义发生了变化。所谓认知图式，是"一个理论性的心理结构，用来表征贮存在记忆中的一般概念，它是一种框架、方案或脚本"[2]。图式影响人们对过往事件的印象，提供统一的内容主题，并具有派生能力。[3]在追溯世界起源的认知图式下，"盘古开天辟地"的词汇发生了变化，图式随着时代的发展进行了调整，使"盘古"这个动宾结构的行为演化为了"开天辟地"的主角，并得到广泛的接受。这同时满足了上古华夏文化需要一位"创世大神"的需求，使"盘古"二字之含义得以华丽地转身，以全新的神祇面目在各民族心目中逐步稳固下来。

在追问世界起源的认知图式下，"盘古"作为神祇出现，转喻与隐喻均发生了作用。转喻是"相接近或相关联的不同认知域中，一个凸显事物替代另一事物，如部分与整体、容器与其功能或内容之间的替代关系"[4]。在这个过程中，更多的是具体的、有关联的事物代替抽象的事物。一个具有开天辟地具体行为的、形象鲜明的神祇盘古，替代了原先模糊不清的天地"混沌化生"的概念，使"开天辟地"具有了明确的主语与施动者。因此，盘古也

1　（宋）罗泌：《路史·前纪》（第一卷），北京：中华书局，1911年，第11页。
2　卢植编著：《认知与语言》，上海：上海外语教育出版社，2007年，第144页。
3　同上书，第154—156页。
4　赵艳芳编著：《认知语言学概论》，上海：上海外语教育出版社，2000年，第116页。

被视为混沌。同时，隐喻被誉为新的语言意义产生的根源，"在隐喻结构中，两种通常看来毫无联系的事物被相提并论，是因为人类在认知领域对它们产生了相似联想，因而利用对这两种事物感知的交融来解释、评价、表达他们对客观现实的真实感受和感情"[1]。如前所述，由于"盘古"一词也带有"挖天""修整天"等含义，人们或在"讲古开天辟地"时产生了相似性的联想，使"盘古"这个动宾结构替代了开天辟地的内容，并作为一个人物形象应运而生。在这里面，转喻和隐喻的发生并不分先后，或为同时发生、相互促进的结果，需要在今后进一步探索。总而言之，转喻和隐喻的表达，促成了"盘古"一词新语言意义的产生，并使之得以固化，并在中华多民族文化中传承至今。

四、从"盘古"到"盘古兄妹"

如前所述，汉文献记载中的创世盘古与兄妹婚神话中的盘古大相径庭。值得注意的是，盘古创世与盘古兄妹繁衍人类的母题传承区域多有重叠，并没有什么明显的区隔。然而，以"盘古"为姓名的创世与兄妹婚的母题往往分属不同的叙事文本或语境，并没有造成叙事上的混乱。创世母题中的盘古以创世为主，偶尔有造人之说，多为自己捏泥人的结果，流传在河北青县和浙江永康县的两个《盘古造人》神话都是如此。河北青县的《盘古造人》神话说：

> 很古的时候，没有天，也没有地，只是混沌一团。有一位盘古爷，手拿一把大斧子，使足了力气，一斧子一斧子地砍，一气砍了七七四十九天，天和地就分开了。接着又用斧子把天顶得老高老高。从这，天和地再也合不到一起了。盘古爷开天辟地累得倒在地上就睡着了，一睡睡了三年。醒来后，看这天底下地上头就他盘古一个人，这咋

---

[1] 赵艳芳编著:《认知语言学概论》，上海：上海外语教育出版社，2000年，第101页。

整呢！

  盘古爷想了一个办法，他弄来了土和水，和成泥，捏起泥人来。他捏的泥人，有男的，有女的，有高的，有矮的，有胖的，有瘦的。捏一个又一个，捏一个又一个。开头捏得精细，捏出来的泥人挺好。可这样捏太慢，盘古爷着急了，捏得快了，三团两捏就是一个。快是快了，捏出来的泥人就不那么好了。盘古爷还嫌慢，干脆，弄一块泥往地上一撮一捏，就算一个泥人。世上的人，为什么有聪明的，有笨的，有痴傻呆苶的呢？就是因为盘古爷捏泥人时，捏得有好有赖。

  过了九九八十一天，这些泥人就都活了。盘古爷把他们分派到四面八方去居住，生儿养女，一代代往下传，一直传到今天。[1]

这个神话中，盘古捏泥为人，并没有纳入兄妹婚母题。

有的兄妹婚母题也融入了创世盘古神话之中，但主角的姓名发生了变化。创世盘古与兄妹婚母题的其他主角构成了新的神祇与始祖信仰体系。例如广西德保县壮族人民传承的《盘古歌》里，先说盘古开天辟地：

  盘古造天地，
  造星星太阳。
  古代造不错，
  后代多谢见光明。
  造做耙和犁，
  开做田和地，
  造做坡，
  造做河相通。

当洪水淹没大地之后：

---

[1] 王宪昭民俗学博客：https://www.chinesefolklore.org.cn/blog/?uid-2072-action-viewspace-itemid-22907。访问日期：2022年12月1日。

> 多谢古代，
> 造做葫芦。
> 放弃道理不要，
> 才有我们这一代。
>
> 人家搬肥料放田，
> 腊（人名）搬肥料放葫芦。
> 若他们两个不活，
> 现代去哪里要人？
>
> 生育成磨刀石，
> 拿去砍块，
> 撒四方八面，
> 方方都有人。[1]

一般来说，创世盘古承担的主要职责是为人类在世间的生存创造适宜的物质条件，神话里着重赞颂盘古力量之大、坚忍不拔、自我牺牲的精神，以此让后人感念。盘古形象的丰富性主要表现在他的困顿、劳累、伤痛、自我斗争和想尽办法创世等方面。

相较而言，繁衍了人类的盘古兄妹，其行为常常是受神祇等引导的结果，缺乏主动性。神话一开始着重描绘其父与雷公等天神的斗争，对他们的叙述较少，他们年幼而富有同情心（才犯下了错误），容易害怕和受骗，后按照雷公或者其他神祇的安排才在葫芦里活了下来。在这些情节里，他们的性格和形象多是模糊不清的。只有到了二人要婚配的阶段，总有一方（以妹妹为主）提出反对，并提议通过穿针、烧火、滚磨盘等方式来获得许可。在这些叙事中，突出的是他们拒绝成亲的坚决，只有通过考验，二人才改变了心意。

---

[1] 农冠品编注：《壮族神话集成》，南宁：广西民族出版社，2007年，第9页。

综合考虑，创世盘古与繁衍人类的盘古兄妹两种形象的背后是不同的深厚叙事传统，是创世盘古的名称成为动宾短语转化的结果。兄妹婚神话之中的盘古兄妹，则是太阳"羲和"语音演变的结果。

附录：对兄妹婚神话演述人蒙文忠的访谈（节选）

2017年7月间，笔者到桂中地区南宁市上林县、河池市大化、都安等县市调查盘古（伏羲）神话，与十余位掌握相关信息的壮族、瑶族民众进行了访谈。他们有的是师公、道公，有的是十分了解本民族文化的知识分子。

上述桂中诸县的盘古（伏羲）神话与其他地方的神话内容大同小异。它主要是通过师公、道公的手抄文本得到传承，在丧葬等仪式上进行演述。在上林县镇圩瑶族自治乡，笔者与师公蒙文忠（男，1963年生）进行了访谈。他对本地的道、麽等文化十分了解，故此与他了解了相关信息。在此摘抄一段与盘古（伏羲）兄妹婚神话有关的访谈。

被访谈人：蒙文忠（M）
访 谈 人：李斯颖（LSY）
在场人员：李渊其（LYQ）
地　　点：南宁市上林县镇圩瑶族自治乡排红屯
时　　间：2017年7月18日

LSY：阿叔，我听说这边有说，盘古开天地的有两兄妹，下雨了，有人……

M：我听见老人家说，盘古开天地，有一个老人和两个孙。那个时候呢，天上打雷下雨，这个老人家就对付雷公，拿雷公去关，被关之后呢。他去就上街了，他关以后呢不给他喝水，不给喝水他就……后来他就去睡了，他们关这个雷不给他喝水。后来那个他就问他们，我太口渴了，能给我点水，他问这两个孙要水喝。他说你们给我一点水喝得不得，他们就给他半勺水，喝完之后呢。他就有力气了，喝完第一次水，他就出来了。他出来之后呢，老人家还在街上，关不得他。他就从街上回来，这个人叫什么名字我就不懂了。应该那些老人家知道，回来之后他一看问："你们给他水喝了？"他们说没有，他自己喝的雨水，后来呢，就有大水，天上人间都死完了，就只有一个葫芦（beuj），这颗葫芦呢……雷公就说，你们两个啊，给你们种这个葫芦。到时候发水了，你们就住到这个葫芦里面。我们叫他们伏依姐妹，伏依姐妹到上林嘛。人们死完了，就剩下他们两兄妹，他们两兄妹呢，为什么呢，就是说近亲不能结婚，以前的老说法都是这样。所以说，全国哪点都不得人，没有人了，就剩他们两兄妹了，怎么才能结婚呢，后来盘古就给他们兄妹俩结婚。

LSY：谁给？

M：盘古，天地盘古，就是说多我们也不知道是什么了。就像玉帝形式一样的了。他就让他们两兄妹结婚了。书里，我们听老师讲，我们才知道，具体姓名我们就不知道了。他们结婚了，就造出人来了，就开始有人了。就是这样了。

LSY：这样啊。他们造人出来有分吗？壮族人啊，瑶族人啊。有吗？

M：也有啊，有我们也不知道啊。老人家讲出来，我们就也就听说，他们也不给我们讲完，就是这样。

LSY：哦，听老人家讲哦。

M：所以说，要去问他们。

LSY：嗯，是啊。这个是书里面唱的吗？

M：书里面有的哦。

LSY：还是说聊天听说的？

M：聊天他有说。有啊。我们没见这个书，老师傅才会有这个书。

LSY：是去做什么的时候唱到这个呢？

M：这个呢一般是做丰年。

LSY：丰年是不是从盘古开天辟地唱起来？

M：哪个都有，各自都有各自的经。你讲这个唱，你想了解这个文化，有非常多的。他从盘古开天地下来，就到什么什么，以后就更多了。

LSY：还唱有董永的吗？

M：有哦，到后面都有的。

LSY：董永啊？董永也有啊？

M：父母死了不给吃人肉。从那个时候开始吃猪肉。到西天取经出来完，孙悟空取经回来清楚后，才开始吃猪肉。

LSY：董永怎么写呢？冬天的冬是吗？

M：不是。他从董永出来，他就开始有。

LSY：（你来写）哦，懂了。

M：他从董永开始，他有24个孝道，董永出来，兄弟见呢，就比如说你家杀了父母，把肉分给我吃，他不吃，他把他得到的肉都腊起来，然后到他父母死了，他们想把他父母杀了吃，他就把他妈妈拿去藏。他妈妈生病即将要死了。他就把他妈妈拿去藏，藏了之后，他把原来他们分给他的肉，哪一份是谁的，全部都写字标清楚了。他们来了就杀牛来补给他们。

LSY：嗯，杀牛。

M：嗯，杀牛补兄弟清楚之后，他就去做孝道。

LSY：做孝道吗？

M：嗯，之后呢，就开山做道场，做孝给父母，这个故事就多了。

LSY：嗯，这个故事我听过。你讲的也有这个。

M：董永拿他妈妈去埋，就守孝6到7天，哦，72天，之后，天上看到守孝他妈妈，然后就派七仙女下来。

LSY：哦，是这样。

M：鬼怪，玉帝派鬼怪，这个叫鬼怪。鬼怪就是说，在乡里当差的人。专门去问他的事情。鬼怪就是问今天你去山里干什么。董永说，今天我妈妈去世，我没有钱，我就去拿笋子去卖给别人，意思就是说，卖笋子拿钱去买棺材回来放我妈妈去葬，然后七仙女下来，好了，就没有了。就是从这个故事出来，他就有书有故事出来。董永和七仙女的故事。清楚后，七仙女就回去了。故事就是这样。

LSY：七仙女回去？

M：有一个，小的那个有了一个孩子。就剩一个小的。这个故事，我就不记得了。他有书，我记得了。

LSY：这个是唱丰年的时候唱？

M：你做道都唱。

LSY：做道都唱。

M：人去世都要唱这个？

LSY：哦，一去世就唱。

M：汉字从哪里出来，就从这里出来。

LSY：意思是说董永这个就是人过了，就是这里……

M：哦，董永。就是为什么他不吃父母肉。他有出来之后，她送他去读书，读书回来之后呢，去后院摘菜，看见羊有小羊，羊生小羊辛苦啊，跪上又跪下，他回来就问他妈妈，今天我不吃午饭了，他妈妈问他，你为什么不吃粥，他说他去院子摘菜，我看到羊在后院生小羊，羊生小羊太辛苦了，跪来跪去地生小孩很辛苦，他讲这个故事，世间一切人物都是这样，动物和人都是一样的。当初我出生也是这样，晚上让你睡干的地方，我睡湿的地方。董永说妈妈也是辛苦了。我就养你，他妈妈去世之后，孝顺了，不吃父母肉了。所以他就有这个。所以说为什么去做道，一定要唱这个。就是教儿子、孙子，子孙万代孝顺。

LSY：孝顺，是啊，是啊。

M：这个也是一个故事了，越说越多。

LSY：这个是有人过世唱这个，那有唱丰年是刚才讲的故事……

M：伏依姊妹啊。唱丰年啊。伏依姊妹就是，天地造，天地造人民，人从哪里来就是从这里来了。

LSY：嗯，是了，是了。阿叔讲得好啊。讲得特别生动。

M：你们想收集这些。

LSY：就是讲故事嘛。

M：有时间先，找那些老人家过来，找书出来，他才真的有多少种故事，他有多少万卷，有多少故事。有多了。

第四章

布桑嘎西、雅桑嘎赛的神话

第一节

布桑嘎西、雅桑嘎赛神话的
传承区域与主要内容

布桑嘎西、雅桑嘎赛是一对创世、造人的始祖神,又有"布桑嘎"与"雅桑赛"、"布桑嘎"与"雅桑嘎"、"布桑该"与"雅桑该"、"莱桑西"与"婻桑赛"、"布桑嘎洒"与"雅桑嘎西"等稍微变异的称呼,有的亦是简称。其中,"布""莱"是对男性年长者的尊称,而"雅""耶""婻"则是对女性长者的尊称。"桑"则是"神"的意思,"嘎""该""西""赛"的含义则较为模糊。

一、传承区域与历史文化传统

有关布桑嘎西、雅桑嘎赛的神话与信仰主要盛行于中国西双版纳傣族自治州及周边的傣泐人,受傣泐文化影响的傣绷、泰痕、傣连人等,以及东南亚部分台语民族之中。笔者曾选择中国西双版纳和孟连、老挝琅南塔府、泰北、泰东北等地进行了相关调查。从总体上看,西双版纳是该族源神话叙事与信仰的中心。随着傣族先民的迁徙和文化传播,它逐步向四周尤其是南方辐射。

西双版纳傣族以傣族中自称为"傣泐"的民众为主,因主要生活在西双版纳地区而得名,人数大约在296万(2000年)。历史上,西双版纳傣族源出百越，后又被称为"滇越"，在历史上又有"芒"等称呼。根据相关史料记载，景龙金殿国是傣泐先民建立的早期地方政权。景龙金殿国以如今的西双版纳景洪市一带为统治中心，同时包括中国孟连市区与景谷、景东县、泰国北部、老挝北部等地，被称为"兰纳""猛老""猛交"等。分布在这些地区的傣族傣泐支系的民众，共享着更为深厚的民族文化渊源，往来密切，保持着长期的经济、姻亲关系。例如，历史上西双版纳召片领的女儿婻罕介曾嫁到景海（泰北兰纳故地），是兰纳著名的孟莱王的母亲。[1] 直至今日，在泰北清迈等地依然传承着布桑嘎西的神话及其变形。故此，笔者将以西双版纳傣族傣泐人为中心来论述布桑嘎西与雅桑嘎赛的神话。

历史上，西双版纳傣族曾建立起较为稳定的地方政权。从有记载的景龙金殿国开始，到此后由中央王朝册封的土司统治，都为西双版纳傣族文化的延续提供了诸多保障。根据考察，早在宋朝时期，景龙金殿国的领袖叭真就曾接受宋朝赐予的虎头金印成为一方之主。他的儿子匋钪冷就已"归顺天朝"，按时向中央王朝的进贡，为自己在地方统治的稳固提供了保障。此后，元明时期的中央政府在西双版纳地区设立车里宣慰司，几经分合大致不变。明代，车里宣慰司使刀应猛将所辖区域划分为12个"版纳"，以此作为基本的行政单位，从此有了源自傣语的"西双版纳"这一名称。一直以来，被中央王朝认可的傣族上层统治者在西双版纳地区长期发挥着维系民族传统、与中央王朝有效沟通的重要作用。

西双版纳傣族的社会制度形态曾经历从奴隶制到封建领主制的漫长过程。从早期的相关记载，早在1至2世纪时西双版纳就已逐步迈入奴隶制时期。在唐代，西双版纳的统治者就拥有大量的奴隶，大小领主之间彼此征战，掠夺奴隶和财产。到了元代，史料中依然记载大小车里互相劫掠，出兵人数达到十五万，争抢地盘和奴隶。近代，西双版纳逐步进入封建领主制阶段，奴隶主对奴隶的占有形式改变为领主与农奴之间的关系。农奴为领主提供各种各样的劳动服务，从做饭、种田到榨糖、坳盐、纺织、打铁、制作银器等，并从领主那里获得生活所需的各种物资。新中国成立后，西双版纳地

---

[1] 高立士：《西双版纳傣族的历史与文化》，昆明：云南民族出版社，1992年，第127页。

区在1956年底完成了土地改革工作，封建领主制被彻底废除。

西双版纳傣族文化延续了早期百越文化的精髓，包括稻作、制陶、纺织、舟楫、文身、铜鼓、干栏建筑、从妻居等。百越作为世界上最早进行人工栽培水稻的族群，在西双版纳傣族社会中得到了延续。西双版纳土地广阔平坦，适合水稻种植，故傣族人民在此定居下来，并依靠得天独厚的地理条件，以先进的稻作技术养活了大量的人口。勐海县的傣族人民制作的陶器，技术精良，造型美观且延续了传统的审美特征。西双版纳傣族人民制作的"丝缦帐""绒锦"等都是工艺精美的贡品。至今，当地傣族人民还有崇尚文身的习惯。他们的民居也保持着传统的干栏结构格局，地面一层架空，二层才是住人的地方。在西双版纳地区长期保持着"从妻居"的婚姻形式，婚后以在女方家居住为主。诸如此类的生活与文化习俗，都是百越传统的承继与变异。

与此同时，佛教文化对西双版纳傣族社会产生了极为深刻的影响。早在魏晋南北朝时期，南传佛教就已经进入西双版纳地区。后经历了漫长的过程，佛教逐步与当地傣族先民传统的民间信仰相融合，成为西双版纳及周边地区傣族与其他世居民族的主要信仰内容。跟随佛教而传来的文字、神祇与佛教教义等在西双版纳也本土化，形成了西双版纳傣文、具有本土化特点的神祇等。佛教文化同时也影响了神话的内容与传承模式。例如，记录了布桑嘎西、雅桑嘎赛神话的"巴塔麻嘎捧尚罗"就常以佛经的形式出现。

历史上，西双版纳地区其他族群的文化亦影响着傣族文化的发展，尤其是世居的布朗、佤等民族文化对傣族的影响较大，而反过来，他们也受到傣族文化的深刻影响。由此，形成了多民族共享的神话叙事母题、茶文化等。

二、布桑嘎西、雅桑嘎赛韵体神话的内容与演述

布桑嘎西、雅桑嘎赛始祖神话在西双版纳一带流传甚广，具有韵文体和散文体两种传承形态。韵文体多为章哈的唱本，采用章哈演述为主的传承

方式。散文体则以寺庙抄写的经文、民间叙事的形态存在,讲述者或为"波占"[1],或为知识较为丰富的长者,受限制较少。在下文分别进行探讨。

西双版纳傣泐人在进新房仪式上演述族源神话(李斯颖摄)

韵文体的布桑嘎西、雅桑嘎赛神话以整理成文本的《巴塔麻嘎捧尚罗》(1989)为代表。涉及布桑嘎西、雅桑嘎赛创世、造人的大部分内容。根据研究,"巴塔麻"为巴利语借词,意思是"开初","嘎"是傣语的连词"和","捧"是神的意思,"尚罗"为"创世"之意。整个"巴塔麻嘎捧尚罗"的意思就是"神创世"之意。[2]

1. 布桑嘎西、雅桑嘎赛神话内容

西双版纳的布桑嘎西、雅桑嘎赛始祖神话叙事主要被记录在《巴塔麻嘎捧尚罗》中。"巴塔麻嘎"指的是"开初""天地之初"的意思,"捧尚罗"则是"神创世"的意思。通常,神话内容以绵纸抄写成韵文形式,由民间歌手"章哈"来演唱。

---

[1] "波占"为傣语,"波"为"男性长者"之意,"占"为"领头人、导师"等意,指的是西双版纳傣族社会里主持村寨各种活动、协助寺庙运转的男性长者。

[2] 玉康、岩温龙编著:《西双版纳傣文图书内容概要》,昆明:云南民族出版社,2007年,第136页。

《巴塔麻嘎捧尚罗》被西双版纳傣族人民视为知识的宝库和智慧的凝结，是他们世界观和人生观的集大成者，在民间被视为经典。它的内容包括了三个主要的部分。第一部分是以"英叭"为代表的神的时代，讲述诸神的出现和天地万物的形成。第二部分的主角是人类，讲述人类出现并经历数次更迭。第三部分是讲述傣族社会早期的文化与物质生产发展。

有关布桑嘎西、雅桑嘎赛的部分讲述了二人创造人类生存的物质世界并创造人类的过程。当英叭把天地建造出来后，天地还很不完善。于是，他派出布桑嘎西和雅桑嘎赛来修补世界，并创造人类。[1]

布桑嘎西和雅桑嘎赛被英叭指定来当万物的父母。他们神力广，还智慧超群。雅桑嘎赛女神身如银花，夜间身体也会发光发亮。一笑起来如同明月般美丽。她是所有女神中排在第一位的，被英叭赐予做"土型"的万物母亲。布桑嘎西更是智慧超群，"主意办法多"。在亿万天神中神力最大，被英叭赐予做"火型"的万物父亲。他体大胸宽，神耳听力超群。他的两眼像太阳一样，能望到万座山之外。布桑嘎西嘴角长着大犬牙，两腮长着长长的胡须，手臂又粗又长，双腿结实。走起路来，头顶天满身福气。夫妻二人并不食人间烟火，靠喝风饮气露而肚子不饿、长生不老。

布桑嘎西、雅桑嘎赛来到世间先做的第一件事就是用了十万年来修补天地。英叭神之前造出来的"罗宗补"已经被火焚烧得残缺不全，如同一片枯叶，需要他们来修补。他们学习英叭造"罗宗补"的样子，搓下身上的污垢来补天补地。桑嘎西用身上的泥垢做了大大的地盘，如同厚厚的草席。地盘被抛入水中和幸存的大地粘拢在一起，大地具有了雏形。布桑嘎西又让它变大亿万倍，变成了"罗宗补"。但是地盘还是摇摇晃晃，需要固定下来。他想上天寻找神树来固定地盘，却空跑一场，没有找到。雅桑嘎赛看到他嘴里的神牙，便提议用他的神牙来固定大地，来当神柱。布桑嘎西拔下六颗门牙，又拔了一颗犬牙。他用犬牙做地中心的轴心大柱，又用六颗门牙埋在大地边，把地盘固定得稳稳的。英叭又施以神力，这些牙柱变得又高又粗，

---

[1] 西双版纳州民委编：《巴塔麻嘎捧尚罗》，岩温扁译，昆明：云南人民出版社，1989年，第144—252页。

把大地固定得稳稳的。大地造好之后，布桑嘎西、雅桑嘎赛把英叭给的绿、黄、红、白四颗宝石埋入四大洲的地下，以此代表四个方向，区分四洲的颜色。从此，世间才分出了东南西北，才有了不同的颜色。

天地已经修补好，但大地一片荒芜，布桑嘎西、雅桑嘎赛又开始造万物。他们把英叭给的仙葫芦打开，把万物的种子撒向四方。于是，世间有了各种动植物。"亿万颗种子/长出亿万棵树苗/跑出亿万种动物/飞的飞/走的走/爬的爬/游的游"[1]，从此大地生机勃勃，一片盎然。无奈仙葫芦里的种子不够用了，还有一半的大地没有撒上。布桑嘎西、雅桑嘎赛又商量着合作分工，丈夫拔树苗去种树栽花，雅桑嘎赛用海底的黄泥巴，捏出各种各样、多达九亿种的动物。其中，有陆地上行走的和天上飞翔的各种动物，如蛇、蟋蟀、蝗虫、蚱蜢、蜗牛、土蜂、狮子、大象、犀牛、麒麟、花虎、黑熊、豹子、野牛、马鹿和小鹿、松鼠等。还有各类水里的动物，包括水蛆、蝌蚪、鱼虾、螃蟹、田螺、水豹、水象等。

布桑嘎西和雅桑嘎赛二人拉犁要种树。他们用石块当石犁翻土，让大地有了各种各样的坑，这样才能把树苗栽种下去。从此，大地也变得高低不平，形成了大山小山、谷盆山菁。布桑嘎西、雅桑嘎赛流下的汗汇成了江河湖海，滋润了大地。布桑嘎西这才动手种树，他把亿万棵树苗覆盖了大地，种类多达九万亿。其中有栗树、杧果树、椿树、木棉树、波沙莱、竹子、花树等。

天地万物都造好了，布桑嘎西、雅桑嘎赛这才开始造人。由于葫芦籽已经用完，两位神祇经过仔细商量，不但要造出模样像天神的人类，还要会繁衍后代。这样的话，就需要上天找"人类果"来造人。布桑嘎西在神王山上翻越万处山，看过亿棵树，才找到了这种仙果。"果有七个眼/果有七层皮/果有七个瓣/瓣里有花蕊/果名叫作'麻奴沙罗'。"[2] 布桑嘎西把人类果带回人间，和雅桑嘎赛一起开始做人。他们把人类果碾碎，用仙药来搅拌，还用

---

1 西双版纳州民委编：《巴塔麻嘎捧尚罗》，岩温扁译，昆明：云南人民出版社，1989年，第188页。

2 同上书，第206页。

双手不停地揉搓，使仙药仙果变得像黄泥一样柔软而有黏性。布桑嘎西、雅桑嘎赛做了四对人，第一对是马脸形的人，第二对是猴面人，第三对是牛面人，最后一对是神面人。他们把四对人种分别放在不同的大洲，最后一对神面人放在最美丽的宗补洲。

布桑嘎西和雅桑嘎赛给这对神面人取了名字，男的名叫召诺阿，女的叫作萨丽捧，希望靠他们来繁衍人类。召诺阿和萨丽捧受鸟兽启发，想要结为夫妻。然而，萨丽捧给召诺阿提了三道隐语："所谓天底下 / 最黑是什么"，"所谓天底下 / 数什么最亮 / 天底下酸甜苦辣 / 咸淡涩馊是什么"？过了十万年，召诺阿还是没有回答出来。后布桑嘎西、雅桑嘎赛来到人间，将隐喻的答案告诉他。于是，萨丽捧同意和召诺阿结为夫妻。他们一年生三对子女，子女婚配繁衍了人类。这代神面人繁衍得越来越多，人心却变坏了。有个父亲破坏了伦理道德，娶自己的女儿为妻。天上的神生气了，叫海神把这代人都淹死了，洗去邪气。与此同时，宗补洲也被吞了一大块。

神为了人类繁衍，保留了"人类种"。神挑选的这对人类种是一对还是婴儿的兄妹。天神把他们藏在葫芦里，避免被洪水吞没。葫芦在水中漂了一万年，终于洪水退去，葫芦里出来了两个小婴儿，长成了一男一女。"他们兄妹俩 / 都是葫芦人 / 眼睛明又亮 / 嘴唇薄又红。"

这对葫芦人，哥哥叫作约相，妹妹叫作宛纳。约相向妹妹求婚，想要结成夫妻繁衍人类。妹妹不同意，却经不起哥哥的请求，便祈求神的旨意。通过抛针线、滚磨盘的测试，兄妹俩结为夫妻。他们一年生下六对儿女，婚配为夫妻。此后二十年，世间就已经有几千几万对人。这一代的人，"他们头不昏 / 他们眼不花 / 双耳垂着生 / 双眼横着长 / 见面就微笑 / 言语很顺耳 / 神感到满意 / 让他们主宰大地 / 从此天地永牢 / 神开创人类成功"。

就是这样，布桑嘎西和雅桑嘎赛终于完成了造人的伟大计划。人类经历了"神变人""药果人""葫芦人"三次更替，终于成为世间的主宰。

2. 布桑嘎西、雅桑嘎赛神话的活态演述

以韵体形式存在的布桑嘎西、雅桑嘎赛神话主要由章哈来完成演述。章哈是西双版纳傣泐人较为特殊的专业歌者。"章"是专业人士的意思，"哈"有多种意思，包括"韵文诗歌""赶走"等含义，亦有学者写作"赞哈"等。

章哈脱胎于傣族社会早期的巫师，正如屈永仙的研究指出："傣族文化还处于诗、歌、舞尚未分工的阶段，会唱歌的人（章哈）和会祭祀的人（摩赞）仍然合二为一，歌手即巫师。随着傣族社会的发展，章哈与摩赞出现了新的分工，章哈不再兼管祭祀，只管为村民生活仪式中唱歌；而摩赞则放弃了唱歌的职能，专管祭祀。这样，章哈便从摩赞中脱胎而出，成为一种新型的社会职业，并跟章列（铁匠）、章埋（木匠）、章恩（银匠）、章老（酿酒）和摩赞（祭师）等一起成为傣族古代社会中的能者、技师而受到整个社会的尊敬。"[1] 早先，有关祭祀、驱邪、祈福等仪式原先由"章哈丢拉"来主持并演唱相关内容。"丢拉"在傣语中就是"神"的意思，可能是源于佛经里的巴利文"Devānām"（泛指天神）的简称。在早期社会，还曾有女章哈在祭祀仪式上献唱的传统。如祭祀寨神和勐神时对章哈身份有特殊要求——必须是未婚处女。[2] 随着时代的变迁，西双版纳地区的"章哈丢拉"逐渐消失，相关演述由一般的章哈来主持完成。

历史上，西双版纳章哈作为一种职业已发展形成一定规模。在领主时代，上层社会就曾推崇、鼓励章哈的发展。土司衙门设立有管理章哈的机构，并组织章哈进行演唱比赛。根据章哈们的表现，分成勐、叭、鲊、先四个等级，其中最高级别的"章哈勐"，就是专门为土司服务的。土司家中的婚丧嫁娶等各类活动，均由"章哈勐"来进行相关的演唱。章哈作为专职歌手，不承担额外的赋税和徭役。在这种激励制度下，西双版纳的章哈人数增多，日益兴盛，章哈文化为整个社会所推崇，为布桑嘎西等民间神话的传承创造了良好的条件。能成为专业章哈的人，多是拥有一定文化知识、掌握傣文并曾当过僧侣的男性。而如今，女性章哈的人数也多了起来。

从今日的状况来看，西双版纳章哈主要处于半职业化的状态。平日没有演述活动时，他们依然从事农业生产或其他生计行为。但章哈的精力通常仍主要放在演述活动及其准备活动中，有时的活动通宵达旦，平日里学习演述

---

[1] 屈永仙：《傣族创世史诗研究》，中国社会科学院研究生院少数民族语言文学系博士论文，2017年，第61—62页。

[2] 杨民康：《佛韵觅踪：西双版纳傣族安居节佛教音乐民俗考察》，南宁：广西人民出版社，2007年，第101页。

的曲调和相关内容也耗费了大量的时间。

章哈的演述有简单的乐器伴奏，曲调较为固定，并使用一些道具。传统的章哈伴奏乐器主要是"筚"，有专门的吹奏人员，一般是一个人就够了。调子主要采用"章哈调"，主要包括三种旋律：其一为旋律平缓、语速较慢的"包快摆"（傣语，汉语即"摆动的椰子树叶"的意思）调，产生历史可能更早，较受中老年人欣赏；其二为旋律委婉柔美、拖长音为主的"侧开贡甩"（傣语，汉语即"香茅草"的意思）调，受众最广；其三为节奏明快轻盈的"梅溜兰快"（傣语，汉语即"水上漂着的柠檬果"的意思）调，得到年轻人的青睐。[1]

章哈演述布桑嘎西、雅桑嘎赛神话的情形可分为大型和小型仪式两种。大型仪式如以集体形式组织的祭祀寨神、勐神等，一般两到三年举行一次。在这类仪式上，章哈演述的内容较为丰富，包括了创世、造人等篇幅较长的韵体神话，讲述世界的来源和今日要遵守仪式规章的各种缘由。小型仪式主要是以家庭或个人为主导的入新房、婚庆及丧葬仪式等。所演述的神话内容篇幅较为有限，而且可以根据听众的需要选择相关内容。例如，入新房时偏重讲述傣族先民首领桑木底教人们造房的内容，但章哈也根据需要演述布桑嘎西、雅桑嘎赛创世、造人的篇章。在傣族人的观念之中，两位始祖也是各类仪式规范的制定者之一。

如今的各类节庆场合中，章哈主要承担着"歌者"的身份，而不是仪式主持人的身份。相关的仪式活动，比如给寨神上香等活动，祭品的准备，由村寨的负责人、长老和传统祭祀人来完成。总体来看，西双版纳章哈基本完成了从仪式主持和演述人到民间歌者的身份转换。这种身份的转换其实也就是近几十年文化变迁发展的结果。

---

[1] 杨民康：《佛韵觅踪：西双版纳傣族安居节佛教音乐民俗考察》，南宁：广西人民出版社，2007年，第103页。

调查西双版纳傣泐人的布桑嘎西、雅桑嘎赛神话（玉罕摄）

三、布桑嘎西、雅桑嘎赛散体神话的内容与演述

散文体布桑嘎西、雅桑嘎赛神话的演述，主要有佛教寺庙和民众口耳相传两种方式。这两种传承方式，各有特点和优势。前者利于神话内容的保存，受众面更广。后者则在讲述时间和形式上更为灵活，对民族传统文化的传承起着"润物细无声"的作用。

保存在佛教寺庙里的布桑嘎西、雅桑嘎赛神话散文手抄本，主要靠"波占"在"入夏安居"等佛教活动中演述，使民众受到教育。在"入夏安居"等活动中，波占需要带领傣族民众礼拜佛祖，带领大家诵经，并阅读存放在寺庙中的其他手抄本。这些手抄本往往是民众为了积福而请人抄写、敬献到佛寺之中的。手抄本中就包括了布桑嘎西、雅桑嘎赛始祖神话的内容。在佛寺这种神圣环境和特殊仪式场合之下，始祖神话的讲述更容易为民众记入心间，有利于代代相传。在这种语境下，始祖神话叙事的内容受手抄本的限制，一般是固定不变的。

例如，记录于《中国贝叶经全集》第10卷的《创世纪》手抄本就记录了布桑嘎西、雅桑嘎赛创世、造人的历程。其内容与韵文体的《巴塔麻嘎捧尚罗》内容大同小异，但在细节展示上更加丰富生动，这或许和体裁的容载力有关。经书中描绘，布桑嘎西、雅桑嘎赛创世造万物后：

> 紧接着，神通广大的布桑嘎尸（即布桑嘎西，笔者注），去水界里取来了与大地相配的，有七个眼七层瓣的人类果"芒萨大哈"集中在一个槽里，用碓窝将它舂细成末，用双手揉合，再掺入仙药，而后用它捏做了男女六个人，让他们成双对，即：马脸形的人捏两个，男女各一个；黄牛脸形的人捏两个，男女各一个；猴脸形的人捏两个，男女各一个，三对男女人形捏好后，布桑嘎尸就对他们念动咒语，吹仙气，祷告说："动啊动，起啊起！"这样祷告了七次，仙药的威力真大，这三对人形同时站立起来，开口呜呜哇哇讲话。这时布桑嘎尸就把牛面人的那一对，拿去放留在兰伽洲里；把马面人的那一对，拿去放留在阿腊玛哥冉洲里；把猴面人的那一对，拿去放留在布拔惟迭哈洲里，并让这三对

人，在他们各自居住的地方繁衍后代，接祖传宗。这时布桑嘎尸心想：至于宽阔的宗补洲啊，是智慧绝顶、通晓一切的如来佛祖要来诞生的圣地，也是将来人们积德求福的伟大地方，更应该有成双成对的人居住，我还要再捏一对好男女居住在这里。布桑嘎尸想到这里，就拿仙药来拌揉，揉好后就用它捏了两个猴面人，一个是威严俊俏的男人形，另一个是美丽漂亮的女人形，让他们相配成双。

再说雅桑嘎赛女神，得知丈夫又新做了一对宗补人，就高兴地跑过去看，觉得这一对男女人形，他们的身材和相貌都非常好看，但发现那女人没有乳房，于是就告诉丈夫说："您捏的这女人，是一个最美的姑娘，可惜她没有一对乳房呀！"接着雅桑嘎赛又仔细观察，又发现新做的女人没有阴蒂，新做的男人生殖器过大过长，很不雅观，就对夫君说："这样做不行，还得再修整才好。"这时布桑嘎尸才觉察到自己太粗心大意了，说："我真糊涂，忘了装阴蒂和乳房了。"说完，就从新做男人的两手掌心中抠下了一些药泥，捏成乳房，装在新做女人的胸脯上，很快就变成一对丰满挺立的乳房了。接着又从新做男人生殖器的龟头下部，抠攫下了一点药泥，做阴蒂，贴在新做女人的阴道口边，成了完好的阴蒂。该修整的地方都修好了，布桑嘎尸就对新做的男女药人念了七次咒语："动啊动，起啊起！"接着又口含仙药，对他们吹了仙气，这对男女药人就同时站起来，睁开眼睛，开口讲出人话，说着"你，我，他"这类的语言，成为宗补洲大地上的首创之人。他们长得活泼可爱、漂亮俊俏，男的显示出美少年的魅力，女的显示出妙龄美女的迷人光彩，布桑嘎尸和雅桑嘎赛于是给男的取了金子般的名字叫"召诺阿"，给女的取了珍珠般的名字叫"喃西丽捧"。女子长得苗条美丽，体态袅娜，比仙女还漂亮；面颊像黄金，眼珠像水星，脖颈圆成节，脸庞白又润。乳房丰满如雁儿，皮肤柔嫩如蜂蛹，正是美气十足的妙龄姑娘，福气使她身体有三种颜色：一色呈绿茵，招引男人眼；一色闪光如雷电，刺得男人难睁眼，仿佛双眼遇上了照火筒；一色粉红如石榴，招引男人争相看，都想挨近来献情，但如果被她身上的光彩照映着，目光就会骤然变得暗淡模糊，使人心惊肉跳，昏死过去。布桑嘎尸和雅桑嘎赛对他

们很满意,就让召诺阿和喃西丽棒结为夫妻,并按祖先的习俗,行男女道德标准,为这对新夫妻拴线祝福……[1]

除此之外,在民间仍有长者以口耳相传方式,向子孙后辈讲述布桑嘎西、雅桑嘎赛始祖神话。讲述者多为年长者,以娱乐或闲聊的形式向下一代传授民族传统文化知识。这些长者从小就听着这些神话长大,很多人也曾在佛寺听过相关手抄本念诵、听过章哈演唱。这种讲述较少受时间和地点的限制,内容也随着讲述者的文化水平层次、记忆力的好坏等而变化不定,形成了大量稍纵即逝的异文,难以一一追踪。但在这种情形下传授的布桑嘎西、雅桑嘎赛神话虽然变异较大,却使始祖多了人间烟火气息中的脉脉温情。

有关傣族拴线习俗起源的神话提及了人类的起源,说布桑嘎西以泥巴捏三十个男子,雅桑嘎赛用泥巴捏三十个女子,让三十个男子往北边去寻找野茄子,让三十个女子往南边去寻找水香菜,他们去了很长时间才返回到原地团聚。由于布桑嘎西和雅桑嘎赛生怕他们再次分离,难以繁衍后代,于是在男女的手腕上分别系上细小藤子,希望他们不再分开,永远在一起。[2]

《泥垢泥人》则说傣族始祖布桑嘎、雅桑嘎是天神英叭用自己身上的泥垢搓捏而成,被放到大地上来繁衍人类。情节的发展又形成了两个异文,第一个说布桑嘎、雅桑嘎挖来地上的黄泥,捏成两个和自己样子差不多的泥人。他们又向这对泥人吹了一口神气,两个泥人便活了过来。布桑嘎、雅桑嘎又让他们婚配繁衍人类。第二个异文则说布桑嘎、雅桑嘎婚配生人:

布桑嘎和雅桑嘎来到大地后,最先并不住在一起,一个朝着太阳出的方向走,一个朝着太阳落的方向转,一万年后,两人在水边相遇了,布桑嘎向雅桑嘎提出两人结成夫妻的要求。雅桑嘎回答说:"可以,只要你能回答我的问题,我们就可结成夫妻。"布桑嘎问是什么问题,雅

---

[1] 《中国贝叶经全集》编辑委员会:《中国贝叶经全集》(第10卷),北京:人民出版社,2006年,第59页。
[2] 岩温龙编著:《西双版纳傣族文学》,昆明:云南大学出版社,2014年,第109页。

桑嘎说:"世上什么东西最黑、什么东西最亮?"布桑嘎回答不出来。两人只好又走开。又过了一万年,两人又相遇了。可是,布桑嘎仍然回答不出来,两人又一次走开。没有办法,布桑嘎只好去问创造他们的英叭神该怎样回答。又过了一万年,当两人第三次相见的时候,布桑嘎说:"世上最黑的是人心,最亮的也是人心。"雅桑嘎笑了,两个便结为夫妻,生下许多儿女。从此,世上便有了人类。[1]

另外一则《布桑该·耶桑该》说的也是布桑嘎西、雅桑嘎赛婚配成人。传说在古代,地上只有一个女子和一个男子,女叫耶桑该,又称喃那叫,男是布桑该。二人结为夫妻,生一男一女,一男一女再结婚,又生数目对等的男女,依此相续,直到三千人,然后发展为六千人,最后发展到八万四千人。[2]

与始祖相关的散体神话更为贴近民众生活,出现了始祖生人的异文。血缘上的一脉相承使得始祖的形象更为贴近民心,为西双版纳傣族人民所喜闻乐见。

---

[1] 岩峰、王松、刀保尧:《傣族文学史》,昆明:云南民族出版社,2014年,第82—83页。
[2] 云南大学中文系少数民族语言文学教研室:《云南民族文学资料》第十一集,内部资料。转引自宋恩常《西双版纳傣族神话和古代家庭(初稿)》,云南大学历史研究所民族组,1977年,第4页。

第二节

布桑嘎西、雅桑嘎赛始祖神话的特质

西双版纳傣族人民传承的布桑嘎西、雅桑嘎赛神话有着本土的鲜明特点，这主要包括南传佛教的影响、口头程式的特征、始祖以"智慧"取胜的形象塑造、口传与书面文本的变异等。

一、南传佛教的影响

如前所述，西双版纳傣族人民在新中国成立前基本是全民信仰南传佛教的情况，故南传佛教对于始祖神话的内容和演述形式等有着全面的影响。

从内容上看，布桑嘎西、雅桑嘎赛来到人间创世造人的行为多是受天神英叭等的指派，而不是他们自发的选择。《巴塔麻嘎捧尚罗》中说他们"是英叭派下来 / 叫老夫妇二神 / 专下来补天 / 补天又补地 / 开创新人类 / 做人类始祖 / 当人类父母"。散体神话《布桑该雅桑该》说：

> 传说，在天地初初形成的时候，地球上没有人，没有其他动物，也没有花草树木，只有光秃秃的土地和茫花无际的海水。整个地球，到处是一片沉寂与昏暗。
>
> 为了使地球有新的活力，使它蓬勃兴旺起来，英叭神王就让德高望

重、心地善良、神通广大的布桑该、雅桑该夫妇携带着仙葫芦来到地球上，创造人类和万物。[1]

这都展示出始祖神话受佛教文化形式纳入的趋向。与此同时，神话中依然保存了始祖自发创世的说法。如记录在贝叶经中的散体神话说：

若干个亿亿年前，天意使他和雅桑嘎赛女神有缘分，结为夫妇，成为一对最早的创世神始祖。

且说有知识，有智慧，神通广大的布桑嘎西大神，此时睁开眼睛，朝宇宙的四面八方观望，发现在天宇的下方，有一片广阔无垠的空间。这时他就想：在这样一个无限广阔的空间里，到底有什么东西存在呢？我要仔细瞧瞧。于是他把眼睛睁得很大，看了西边和东边，看了南边和边，天底下所有的各方都仔细观察过了，却看不到有任何物体存在。视线下，全是一片浩瀚的茫茫大水……这时，布桑嘎西思索着：天下海域如此广垠，没有动植物和人类在那里生存，真是万分可惜呀！于是就对妻子雅桑嘎赛说："亲爱的贤妻啊哥的好妹妹，请你好好想一想，天下水面如此宽大，却白白让它空荡着，真是太可惜了呀。所以，哥哥我要做一个大地盘。留给将来人类住，我要在地面上种数亿万棵树，让树木长遍大地；我要捏做千万种动物，让它们在大地上生长繁殖；还要捏做成双成对的人，让他们生活在大地上繁衍生息，传宗接代。而妹妹你啊，就来做五大江河、湖泊以及生活在江河、湖泊里的各种鱼、螺、蟹、虾和水中所有的动物吧。"[2]

虽然被记录在贝叶经中，但这个文本依然保留了民间叙事的精髓，没有把始祖的行为视为受佛教神祇指派的结果。这是十分难得可贵的。

---

1 《西双版纳傣族民间文学》编辑组编：《西双版纳傣族民间文学》，昆明：云南人民出版社，1984年，第240页。
2 《中国贝叶经全集》编辑委员会：《中国贝叶经全集》（第10卷），北京：人民出版社，2006年，第29—30页。

布桑嘎西、雅桑嘎赛亦有着从生人到造人始祖身份的转换,这与佛教信仰对祖先神祇形象的神化、拔高和重塑有关。受佛教文化影响的神话异文多以布桑嘎西、雅桑嘎赛为造人始祖,强调的是他们历尽千辛万苦而制作出人的过程。如《巴塔麻嘎捧尚罗》中说,布桑嘎西上天入地才寻来人类果,还要经过自己加工,从碾碎到搓揉制作才完成。上述《中国贝叶经全集·第10卷》的散体神话《创世纪》里,两位始祖夫妻也是用人类果和仙药的混合物来制作出人的。这或许是佛教对始祖形象提升与神化的结果。而受佛教影响较小的民间叙事中则更常见二人婚配生人模式,这种生人方式更符合人类对自身生理与社会文化的认知,也以血缘联系的方式拉近了后人对始祖的感情。例如,神话《布桑该·耶桑该》就说布桑嘎西、雅桑嘎赛婚配成人。二人结为夫妻,生育了子孙后代。[1]

从形式看,受佛教文化影响而产生的西双版纳傣文为族源神话的传承发展提供了重要的条件。西双版纳傣文来源于南传佛教使用的巴利文系统,是傣族五大文字系统之一,形态为圆形字母。根据研究,傣泐文字早在明代前就已经形成一定的体系,用于翻译佛经、记录本族群的历史神话、天文历法、农业医药等,极大地促进了傣族社会的文化发展。傣族大量的早期神话叙事,都以傣文的形态被记录于贝叶、绵纸和竹片上。尤其是贝叶,由于其耐久、防潮、耐磨损的材质特征,成为傣文重要的书写材质。无论是韵文还是散文体的族源神话的叙事,都能在傣文中找到记载。

二、始祖形象的特点

在西双版纳傣族人民心中,布桑嘎西、雅桑嘎赛作为创世、造(生)人的始祖,其最突出的特征是聪明智慧、坚忍不拔、肯于牺牲等。

---

[1] 云南大学中文系少数民族语言文学教研室:《云南民族文学资料》第十一集,内部资料。转引自宋恩常《西双版纳傣族神话和古代家庭(初稿)》,云南大学历史研究所民族组,1977年5月,第4页。

(一) 聪明智慧

与其他可以为所欲为、靠咒语或者一个想法就能实现计划的天神不一样，布桑嘎西、雅桑嘎赛二人最突出的形象特点是他们二人靠自己的聪明才智，想尽一切办法来完成修补天地、创世造物的任务。这一过程不是一蹴而就的，而是他们根据各种复杂多变的情况，结合自己已有的材料而不断解决难题而实现的。以《巴塔麻嘎捧尚罗》为例，对布桑嘎西、雅桑嘎赛的描述就是以"智慧""聪明"为主的。一开始，"智慧的桑嘎西/聪明的桑嘎赛/是英叭派下来/叫老夫妇二神/专下来补天/补天又补地/开创新人类/做人类始祖/当人类父母"。尤其是丈夫桑嘎西，"智慧更浩广""主意办法多"。[1]

一来到大地上，两位始祖就面临如何修补天地的难题："老夫妇二神/携带仙葫芦/走到天下层/仔细作观察/边看边思考/怎样来补天/怎样来补地"，[2] 雅桑嘎赛提议用自己身上的泥垢来补天地，得到了布桑嘎西的认可，他"称赞妻聪明"，便开始用泥垢做大地。"智慧老神仙/补地办法好"，做了很大的地盘。地盘在水中不稳，怎么办呢？雅桑嘎赛就想着找来大神树稳住大地，他上天入地都找不到这棵神树，着急万分。这时，"善良又聪明"的雅桑嘎赛冥思苦想，找到了好办法。她建议布桑嘎西用嘴里的神牙来固定大地。他们用四颗宝石定四洲，"有智慧的"布桑嘎西和雅桑嘎赛给四大洲都定下了名称，修补天地的工作这才结束。

接着，他们将仙葫芦里的种子撒到四方，诞生了万种动物、万种草木，然而种子不够用了，还有半个大地没有种子撒，还光秃秃的。二位始祖神又开始商量该怎么办，雅桑嘎赛建议布桑嘎西去种树种花，她比较心细，则来造动物。雅桑嘎赛"聪明手巧"，捏出了世界上的各种动物。而布桑嘎西"有的是智慧"，他想出用石块、石犁来刨坑、翻地，才把树苗种好了。

天地万物造好，布桑嘎西和雅桑嘎赛便商量如何造人。经过仔细商议，确定了人的样子、造人的方式、造人的材料之后，才开始行动起来。例如在

---

1 西双版纳州民委编：《巴塔麻嘎捧尚罗》，岩温扁译，昆明：云南人民出版社1989年，第149—153页。

2 同上书，第153页。

造人的材料上,他们没有选择用泥垢来造人。布桑嘎西说:"妻子哟/你想过没有/要是我们俩/用泥垢捏人/就算捏成了/也只会是神/跟我俩一样/不会繁衍后代/不能生儿育女/最终天下的人类/还是造不成",于是,他们决定用人类果来造人。他们造出了三对药果人之后,还要在宗补洲造一对神面人。二位始祖"有的是神力/有的是办法/有的是主意",捏出了一对神面人。他们仔细打量、对照两个人,发现女药果人没有乳房,便从男药果人的掌心取下两团药果做成了乳房。药果人召诺阿想要和萨丽捧结成夫妻,但却遭到萨丽捧的考验。"她想试试召诺阿/看他有没有智慧",向对方提了三个隐语。召诺阿答不上来,"这时他明白/要做人真难/要建世不易/自己没本事/自己没智慧/越想越不安"。直到十万年后布桑嘎西、雅桑嘎赛前来探望,才把隐语的答案告诉召诺阿。隐语的三个答案中,"所谓天底下最亮/莫过于智慧/没智慧的人/有眼也无用/有智慧的眼/能通观万变/智慧胜双眼/天下它最亮"。[1]当葫芦人宛纳和约相想要造人时,约相说"要创建人类/事情不容易/你得有智慧/还得有眼力",经过考验二人才结为夫妻。可见,人类对智慧的推崇,是生存的需要。从根本上说,人类的智慧来源于二位始祖,并不断受到他们的指点。

记录在贝叶经中的散体神话中,也多次强调布桑嘎西和雅桑嘎赛的聪明才智。例如说布桑嘎西是"智慧非凡"的、"有智慧的"的、"智慧超群"的。他"懂得全部世规礼仪","知晓一切,主意和办法很多"。对应地,雅桑嘎赛则是"聪明的""聪明绝顶的"。[2]

（二）坚忍不拔,肯于牺牲

在聪明才智之外,布桑嘎西、雅桑嘎赛始祖还有着坚忍不拔的品格特征。他们在面对各种困难时,锲而不舍地寻求解决方案,并冒着千辛万苦去解决问题,肯于做出牺牲。

---

[1] 西双版纳州民委编:《巴塔麻嘎捧尚罗》,岩温扁翻译,昆明:云南人民出版社1989年,第153—228页。

[2] 《中国贝叶经全集》编辑委员会:《中国贝叶经全集》(第10卷),北京:人民出版社,2006年,第29—58页。

当二位始祖来到大地上时，地变薄了，神柱也倾倒了，天垮地塌，只有茫茫水一片。在这种恶劣的情境之下，布桑嘎西、雅桑嘎赛没有气馁，他们想尽办法，先做泥垢盘，捏出大地，抛入水中做成了大地"罗宗补"。布桑嘎西又上天去寻找固定大地的神柱，他飞到天上神山没有找到，又飞到更高层的神王山去寻找，此后，又到水里、海底去找，"寻遍茫茫水域／不见树影子"，还是没有找到。雅桑嘎赛让布桑嘎西用嘴里的神牙固定大地。布桑嘎西心里犹豫："这可不能够／这主意不好／我把牙拔了／嘴里就无牙／我两腮凹陷／岂不变难看啦"，后经雅桑嘎赛解释，他毅然拔下了自己的一颗犬牙和六颗门牙，把大地固定好了。此后，他们还不厌其烦地在四大洲埋下宝石，为它们确定性质、取了名字，创世才算完成。

在造万物的时候，两位始祖神面临了更大的问题。葫芦里仙籽数量不够，只撒了半个大地。于是，他们只能自己捏制动植物，自己栽种树苗把大地填满。地上的树苗树种多，"叶嫩杆又细"，但就算是如此烦琐，布桑嘎西依然耐心细致地"拔了又拔／从东栽到西／从南栽到北"，把树苗全都栽满，"所种的植物／种类多达九万亿"。他们认真地挖沟犁地栽种树种，不顾自己疲惫不堪："他俩累极了／鼻尖流下汗"，汗水汇成了大地上的江河湖海。

在造人的时候，始祖更是极具耐心，付出万千的艰辛来制作人种，呵护人类的成长。布桑嘎西更是费尽力气才找来人类果："到了神王山／仔细来找寻／看过亿棵树／找了万处山／好不容易才找到／孕育人种的仙果。"他们耐心地把仙果碾碎，揉捏搓揉成黄泥一样有黏性，捏出形状，还要对药果人吹仙气、做祷告，药果人这才成活。此后，他们还要让召诺阿和萨丽捧结为夫妻，帮召诺阿解答隐语。都是有了始祖的细心呵护，人类才最终繁衍起来。

三、神话演述与文本的分离

如今，随着章哈的日益职业化，布桑嘎西、雅桑嘎赛神话的演述人与文本撰写者之间日益分离。这种现象的出现，为神话文本的丰富提供了创作的活力。

受自身学识的限制，章哈会请学识丰富的"康朗"帮助他们创作韵文体的演述文本。"康朗"是傣语的记音，指的是那些"出家修行到大佛爷僧阶然后还俗的男子"[1]。康朗熟读佛经，掌握多种文字，能够将民间流传的神话故事等按照傣族传统的韵文格律，结合佛经的内容与形式完成韵体神话文本的创作。不同的康朗根据自己丰富的经历和独特的领悟力，会创作出精彩纷呈的神话叙事文本。之前提及的《巴塔麻嘎捧尚罗》就有不少文本是他们创作的。在这种情形之下，神话文本的大量涌现为神话的传承提供了活力，文本叙事以精英加工的方式实现了对民间的反哺，在词句、韵律、情节等方面都有着美学上的提升。如根据屈永仙的调查，勐海县勐遮镇的女章哈玉旺叫就曾请当地的康朗洪为她创作过不少章哈演述文本。这些文本内容丰富，既包括了各类民众喜闻乐见的神话内容，还包括各类传说、反映现实内容的题材等。[2] 如康朗洪为玉旺叫所创作的章哈叙事文本中就有一首短歌，反映了勐遮镇的历史变迁。歌中融入了民间有关青鸟栖榕树的传说，把青鸟的来去和勐遮的兴衰进行了勾连。歌中歌颂了新时代下勐遮经济的恢复，游人如织，令人充满了期待。

与此同时，有的学识渊博的章哈依然可以自己完成演述文本的创作。但就目前的状况来看，这种章哈的人数越来越少。这也使章哈这个职业所传承的内容日益偏离传统的叙事内容，而是与时代的需求相结合，根据听众的需要来撰写文本。

四、百越文化传统的遗存

根据相关研究，傣族的形成是百越族群不断往东迁徙并与滇地土著居民相融合而形成的族群。[3] 百越文化作为傣族文化的重要源头，依然是当前各地

---

[1] 屈永仙：《傣族创世史诗研究》，中国社会科学院研究生院少数民族语言文学系博士论文，2017年，第46页。

[2] 同上。

[3] 岩峰、王松、刀保尧：《傣族文学史》，昆明：云南民族出版社，2014年，第7页。

傣族文化的底色。西双版纳傣族的布桑嘎西、雅桑嘎赛神话叙事依然处处彰显出这些特征，这包括脚腰韵的使用、稻作农耕的传统和越巫的渊源等。

（一）韵律格式：脚腰韵的使用

百越族群的歌谣有自己的用韵传统。从典籍中对《越人歌》的记载中可见，脚腰韵是他们传统的主要用韵方式。直至今日，在《巴塔麻嘎捧尚罗》等涉及布桑嘎西、雅桑嘎赛始祖神话的韵文叙事中，脚腰韵的使用依然是主流。如屈永仙搜集到的口传韵体神话《捧尚罗》[1]的内容，依然以押脚腰韵为主：

ဘးး ဂၠုဳθә ငၠုဳဗ်ၩε εလၠဒ ငၠၥ၍ၕ ပၟ၄ မှθ ၊၊တ၍ၕ သၠဒ **သၕ**，phɔ³³pə:³³pɯn11lok³³ kwa:ŋ¹³bau³⁵mi:⁵¹hɛn³⁵jaŋ⁵⁵saŋ⁵⁵

因为天底下一片荒芜

ၵ၃၄ ၊ε၊ မၠ **εၕ** ၨ၆ တၠ ဘွင် ၃θ သၠဂၕ εလ တၠ εလၠဒ **ၕၵ်ε**，ta:n³³ kɔ:¹¹ma:⁵¹faŋ⁵¹tsai⁵⁵ha:⁵⁵ʔan⁵⁵di:⁵⁵sa:ŋ¹³lo:⁵¹ka:⁵⁵lok³¹jai³⁵

他思考如何创建人间

မှθ ၆ၕ တၠ၃၄ တε **ၕၵ်၆** ၊ၵ၊၄ ၊ၠၠ၄ ၊ၠ၄ လမှ ၊သၕ် ၃ၠ ၃θ ပၟ၄ မှθ သၕ **ၵၠုၖe**，mi:⁵¹taŋ⁵¹tun¹³kɔ:⁵⁵mai¹¹sɛn⁵⁵lau⁵⁵pan⁵¹lam⁵¹jin⁵¹xam⁵⁵tsai⁵⁵bau³⁵mi:⁵¹ja:ŋ⁵¹tsə:¹¹

他忧愁何处找寻树木种子

ၵ၃၄ ၊ε၊ မၠ ၵပ်ၕ **ၵεၖθε** ၃ၠε ၊မှθ တၠε ၆ၕၕ တၠ၃ε မှ ၊၊ၵၠုၕ，ta:n³³ kɔ:¹¹ma:⁵¹kɯt³³phə:³⁵vai¹¹mə:⁵¹na:¹³tha:m⁵⁵nɔ:³⁵me:⁵¹pɛŋ⁵¹

他前往向妻子求助办法

特殊的押韵方式，激发着对传统的不断复刻和再现，展现出傣族人民在历史中形成了的特定思维方式和审美取向，成为他们文化中独特的一个组成部分。

---

[1] 屈永仙：《傣族创世史诗研究》，中国社会科学院少数民族语言文学系博士论文，2017年，第35页。

（二）稻作农耕文化传统

百越种植水稻的历史悠久，是世界上最早种植水稻的族群之一。在长江以南的百越先民居住区，发现了江西仙人洞、马家浜、河姆渡等文化遗址，这些遗址中出土的稻谷、稻谷壳以及稻草、农具和陶器等，最早可追溯到一万二千万年前。百越民族后裔继承了这一文化传统，并使它生发出不同的生命活力。

作为百越后裔的西双版纳傣族人民同样秉承了稻作农耕文化传统。他们在水稻生产为主的农业经济之中，形成了自己独特的"勐"文化传统，并发展出了庞大系统的领主制度，维系了西双版纳傣族社会较为稳定的发展。

在布桑嘎西、雅桑嘎赛神话叙事中，稻作农耕文化传统在叙事内容、叙事技巧等方面都展露无遗。例如，叙事内容多有对水稻耕作生产过程、稻作生活的模拟。尤其是布桑嘎西和雅桑嘎赛一起用石犁来松土挖沟，然后才栽下树种，形象生动地再现了傣族先民的耕作生活，与此同时，始祖汗水所形成的河水成为灌溉植物的重要来源。再现了百越族群"亲水"的生产生活习性。又如修补大地时要经过搓泥、和泥、拍打、塑形、放置等过程，与稻作文化中产生的陶器制作颇为相似。

叙事内容中各类烦琐的创世过程体现了稻作农业生产者耐心细致、无微不至的性格形成。无论是创世还是造物造人，两位始祖不厌其烦地探讨最佳的方案，并上天入地寻找原材料，制作过程中异常耐心细致，并不断查漏补缺，力求完美。这样繁复的过程，映射了傣族先民在稻作生产生活中形塑而成的行为模式和思维习惯。例如在历尽千辛万苦制作出人偶之后，还要"对药果人吹仙气／对药果人作祷告／祷告了七次／吹了七次气／三对药果人／就有了生命"，并使用了祷告仪式，马、猴、牛面人才活了起来。如前所述，"神面人"的制作过程则更为复杂。

在始祖造人之后，《巴塔麻嘎捧尚罗》继续叙述了谷种的出现。人类受到鸟、鼠的启发，搜集他们的粪便，使用其中发芽的秧苗进行栽种，从此开启了稻作农业的生产历程。由此可见，无论是始祖创世造人还是此后的人类生活，都是傣族先民对稻作生产生活的记忆和记录。

第三节

布桑嘎西神话与布洛陀神话的比较

傣族和壮族同为百越族群的后裔，在共同的文化起源基础上，这两个民族发展出彼此形态各异、内容璀璨多姿的始祖神话。通过比较，可以看出二者始祖神话始终保持着一些共性，同时又被注入了新的文化内容，展示出两个民族不同的文化发展道路和成就。

一、布桑嘎西和布洛陀神话母题的对比

作为傣族与壮族的始祖神祇，布桑嘎西和布洛陀的神迹既有重合又有不同。除了布桑嘎西，傣族神话中另外一位名气很大的首领——桑木底的神迹也与布洛陀高度相似。

桑木底被视为天神嘎古纳转世，同样还是以"智慧"特质取胜的首领。他"满脑有智慧/说话有道理/做事有办法"，故此被选为领袖，成为"帕雅桑木底腊扎"。他的神迹主要是使与诸神分家、分谷种、制婚姻、划分耕地、造犁、饲养动物、烧制瓷器、炼制铜器铁器及造房子等。笔者曾采录到的傣族分家母题里说，桑木底与恬神（Phaya Thaen）、那伽三兄弟都是天神的孩子。他们志向各异，恬神喜欢天空，就住到天上去了。桑木底喜欢人

间，就留在人间。另外一个兄弟那伽，喜欢水，就跑到水里去生活了。[1] 桑木底受天神变成的凤凰启发，最终做成了以凤凰坐姿为基础的干栏房屋。在制造陶器时，他教人们用黑土、黄泥等来做成碗、锅的形状，并烧制成形。他又教人们烧铜炼铁，制作出刀、斧、锄、犁、耙、弓、箭等。[2] 与布桑嘎西和桑木底神迹对应的神话母题在壮族信仰中都被合并在布洛陀身上，使得布洛陀融合了创世神和文化创造神的双重角色身份。以表格的形式，可以更清晰地看到布桑嘎西、桑木底神迹与布洛陀神迹的相似与差异之处。

表 1　傣族、壮族始祖神迹对照表

傣族		壮族	
始祖	神迹		
布桑嘎西	修补天地	布洛陀	顶天撑地
	固定地盘		
	到四洲埋宝石，分方向		
			造日月
	犁地种树、造山河		用犁耙犁出山河
	造（生）人		造（生）人
	制婚姻		制婚姻
桑木底	与恬神、那伽分家		与雷王、水神图额、老虎分家
	分谷种		寻谷种
	制婚姻		制婚姻
	划分耕地、造犁		造犁耙
	饲养动物		造动物
	烧制瓷器		
	炼制铜器、铁器		炼制铜器、铁器
	造房子		造房子
			寻火
			教人会说话
			创制麽仪式与经文
			制定动植物生活规则

1　采录时间：2014 年 10 月 25 日；采录地点：云南省西双版纳傣族自治州景洪市勐龙镇曼栋村；采录对象：傣族章哈岩拉（男，50 岁）；采录人：李斯颖。
2　西双版纳州民委编：《巴塔麻嘎捧尚罗》，岩温扁翻译，昆明：云南人民出版社，1989 年，第 366—425 页。

从表中可以看到，布洛陀的神迹呈现出从创世到造物、文化创造、秩序规定的过渡，侧重于文化方面的发明创造。布桑嘎西的神迹更侧重于创世和造万物，桑木底的神迹侧重于傣族社会的规则制定与文明创造。对比之下，在壮族史诗与神话叙事中的布洛陀合并了与布桑嘎西和桑木底神迹对应的母题，使得他融合了创世神和文化创造神的双重角色身份。

综上考察，布桑嘎西、桑木底的神迹范围较为清晰，侧重各有不同，在神祇性质方面似乎存在一种前后延续的关系。而布洛陀则显示出神迹涵盖更为广泛、形象和职能融合更为宽泛的倾向。这与傣、壮两个民族的文化个性与不同审美倾向有着密切关系。

二、始祖形象的塑造

傣族、壮族始祖神话中的始祖形象各有特色，但依然可以辨析始祖形象的"智慧"共性。从对偶始祖对名字的对称上还可以看出其形象"一分为二"的相似过程。

（一）以"智慧"为主导

傣族和壮族的始祖神祇，其最根本和最重要的特征其实都是"智慧"。他们创世、造人造物等过程，充满了艰辛复杂，并不是一蹴而就。其中遇到的各种困难，需要他们用自己的聪明才智去解决。

如前所述，傣族的《巴塔麻嘎捧尚罗》中多次提到布桑嘎西、雅桑嘎赛"聪明""有智慧"。他们解决创世造物造人过程中的各种难题，并不像英叭等天神靠拍着脑袋想想就可以完成。他们两个人互相商讨，陈述遇到的各种困难和障碍，并提出切实可行的方案。在行动的过程中，面临新的问题和困境时，二人互相鼓励，提出新的方案，并寻求其他天神的帮助，直至完成任务。他们还发挥自己的聪明才智，为新创造出的四大洲安名定性，这样世界才有了不同的方向。

壮族的布洛陀和姆洛甲始祖，被壮人誉为"无所不知、无所不晓"的祖先。他们不但凭自己的聪明才智来创世,解决创世造物过程中的各种障碍,更帮助人们解开日常生活中遇到的各种难题。人们遇到各种麻烦事,都要去祈请他们,"去问布洛陀,去问姆洛甲(姆洛甲)",找到问题出现的根源,并顺利地恢复生活的常态。

在早期百越先民的生活之中,生存与发展的艰辛使他们把问题的解决更集中于自身智慧的运用。百越先民以自己的聪明才智去开拓了水稻的人工栽培,开创了稻作农耕的生产生活方式,并创造了蔚为大观的稻作文化。这种积淀在基因之中的以崇尚"智慧"为重的传统,扬长避短,不强调单纯以力量或神力取胜,而强调了发挥自身优长之处、以智慧破解难题的思维模式。

以"智慧"为根基,傣族、壮族的始祖形象塑造又各有侧重。从内容上看,傣族始祖布桑嘎西、雅桑嘎赛注重于创世、造物和造人,他们依靠自己的亲身行动,佐以天神及神葫芦等的帮助,完成了人类世界、物质世界的创造。在文化创造方面,他们主要完成了四大洲的方向、属性的确定,为万物和人类安名定性,主导人类的繁衍兴旺。相较而言,壮族始祖布洛陀、姆洛甲创世的内容则显得没有这么详尽,主要集中于布洛陀和姆洛甲顶天增地方面。相关神话叙述的重点主要放在造物造人、创制文化、安排秩序等内容上,突出了始祖在社会形成方面的贡献。尤其是创制文化、安排秩序等方面,与傣族神话中的另外一个祖先神——桑木底的内容多有重合与相似之处。例如四兄弟分家、造房子、祭寨(心)、开创定居的农耕生活、教人们饲养家畜,制作器皿等。这些异同之处,反映了傣族与壮族民众在传统社会中的不同精神需求。

(二)始祖形象的"坚韧"特征

无论是壮族还是傣族的始祖,都以"坚韧"见长。虽然他们身材伟岸、神力超群,但始祖叙事更注重强调他们在创世造人等历程中百折不回、细致耐心的精神。这种精神,蕴藏着百越早期稻作生产生活对民族品格的凝铸。

傣族的布桑嘎西、雅桑嘎赛始祖拥有坚忍不拔的品格特征。他们在面对各种困难时,锲而不舍地寻求解决方案,并冒着千辛万苦去解决问题,肯于作出牺牲。在二位始祖来到大地上时,地便薄了,神柱也倾倒了,天垮地塌，只有茫茫水一片。在这种恶劣的情境之下，布桑嘎西、雅桑嘎赛没有气馁，他们想尽办法，先做泥垢盘，捏出大地，抛入水中做成了大地"罗宗补"。布桑嘎西又上天去寻找固定大地的神柱，他飞到天上神山没有找到，又飞到更高层的神王山去寻找，此后，又到水里、海底去找，"寻遍茫茫水域／不见树影子"，还是没有找到。雅桑嘎赛让桑嘎西用嘴里的神牙固定大地。布桑嘎西心里犹豫："这可不能够／这主意不好／我把牙拔了／嘴里就无牙／我两腮凹陷／岂不变难看啦"，后经雅桑嘎赛解释，他毅然拔下了自己的一颗犬牙和六颗门牙，把大地固定好了。此后，他们还不厌其烦地在四大洲埋下宝石、为它们确定性质、取了名字，创世才算完成。[1]

在造万物的时候，两位始祖神面临了更大的问题。葫芦里仙籽数量不够，只撒了半个大地。于是，他们只能自己捏制动植物，自己栽种树苗把大地填满。地上的树苗树种多，"叶嫩秆又细"，但就算是如此烦琐，布桑嘎西依然耐心细致地"拔了又拔／从东栽到西／从南栽到北"，把树苗全都栽满，"所种的植物／种类多达九万亿"。他们认真地挖沟犁地栽种树种，不顾自己疲惫不堪："他俩累极了／鼻尖流下汗"，汗水汇成了大地上的江河湖海。[2] 在造人的时候，始祖更是极具耐心，付出万千的艰辛来制作人种，呵护人类的成长。布桑嘎西更是费尽力气才找来人类果："到了神王山／仔细来找寻／看过亿棵树／找了万处山／好不容易才找到／孕育人种的仙果。"他们耐心地把仙果碾碎，揉捏搓揉成黄泥一样有黏性，捏出形状，还要对药果人吹仙气、做祷告，药果人这才成活。此后，他们还要让召诺阿和萨丽捧结为夫妻，帮召诺阿解答隐语。都是有了始祖的细心呵护，人类才最终繁衍起来。[3]

壮族始祖布洛陀在创世、造物时亦全心全力，不达目的不罢休。他并没有因为偶然的失败而放弃努力，而是通过多种方式，以坚韧细致的精神完成创世造物的过程。例如在造牛时，他耐心地完成有关细节的每一个过程。从用黄泥、黑泥做出牛的身体，还需要"用杨乌木做大腿，用酸枣果做乳头，

---

1 西双版纳州民委编：《巴塔麻嘎捧尚罗》，岩温扁翻译，昆明：云南人民出版社，1989年，第153—231页。

2 同上。

3 同上。

用紫檀木做牛骨，用野蕉叶做牛肠，用鹅卵石做牛肝，用红泥来做牛肉，用马蜂巢做牛肚，用鹅卵石做牛蹄，用刀尖来做牛角，用枫树叶做牛舌，用树叶来做牛耳，用苏木来做牛血"[1]造出了牛模型，放到土坑壅埋，九天后才长成活牛。布洛陀又指点人们用麻绳穿牛鼻，把牛牵回饲养，牛繁殖很快。此后，遇到牛生病时，还要举行赎牛魂仪式，使牛魂回归附体，才能继续繁衍。

傣壮民族性格中坚忍不拔、耐心细致的特点在始祖形象上得到了充分体现。与强调神祇无限扩大的神力、征战英雄无穷的力量和速度等不同，史诗更注重展示的是始祖这种基于生产生活实际而养成的民族习性。

三、始祖名称与内涵中的日月崇拜本源

傣族和壮族的两对始祖在名字与内涵上都呈现出对应关系，这是台语民族常见的对偶始祖崇拜的特征再现。对偶始祖的名字相互呼应，具有同源属性。

首先，从始祖名字与内涵上分析，他们都与早期的日月崇拜有关。从名字上看，傣族的布桑嘎西和雅桑嘎赛呈现对称关系。除去性别词头尊称、表示神祇身份的"桑"，二人的名字则是相似的。无论是"布桑嘎西"与"雅桑嘎赛"、"布桑嘎"与"雅桑赛"、"莱桑西"与"婻桑赛"、"布桑嘎洒"与"雅桑嘎西"，"西"、"洒"与"赛"都具有语音上对应、演化的可能。[2]更不用说其他的始祖名称如"布桑嘎"与"雅桑嘎"、"布桑该"与"雅桑该"等始祖名字中，"嘎""该"都是完全相同的。

从语音上探讨，布桑嘎西（pu:^{35}saŋ^{55}ka^{33}si:^{55}）、雅桑嘎赛（ja:^{33}saŋ^{55}ka^{33}sai^{13}）的名字带有日月的痕迹。西双版纳傣泐语中，"光""线"称为"sai^{55}"，无

---

[1] 张声震主编：《壮族麽经布洛陀影印译注》（第一卷），南宁：广西民族出版社，2004年，第281页。

[2] 受个人学识限制，在此只能使用汉语音译名称来进行比较，但由于记音的变化不大，不影响此处的研究分析。

论是"日光""月光",使用的都是这个词。比如"日光"为"sai^{55}dɛt^{35}"。[1]

从两位始祖的形象来看,他们与"日""月"的关系越发明显。例如布桑嘎西"在亿万天神中/数他神力大/英叭神恩赐/赋予他火型/所以他性情/贪婪又急躁/心刚烈似火",他"两眼像太阳/望穿万座山",更不用说身宽体大,听力发达,嘴边长着大犬牙,两腮长的胡须又重又长,犹如太阳的万丈光芒。[2]还有神话说他"周身长满黄毛","终日以热浪和空气为食"。[3]又如布桑嘎赛的形象,"肉色像银花/夜间身发光/笑脸像明月/不打扮也美/在所有的女神中/要数她第一/英叭神恩赐/赋予她土型/做万物的母亲"。[4]她的肤色"洁白娇嫩",宛如"一朵银色的缅桂花,夜里也闪烁着迷人的光彩"。她"椭圆形的脸庞"犹如月亮一般,"就是在夜晚,她的肤色也会闪烁金光"。[5]从内容来看,桑嘎西对应的是月亮的形态,并和代表阴性的"土"是相对应的。可见,布桑嘎西的形象来源于太阳(火),而雅桑嘎赛的形象则来源于月亮(土),特征十分鲜明。

笔者也曾经对布洛陀和姆洛甲名字的对应关系进行过分析,根据神话内容的重叠等特点,推测他们的名字及神格具有内部的一致性,为同一神祇分化的结果。

布洛陀、姆洛甲的名称来源于日月。无论是"洛""陀",还是"甲"都是壮族"日""月"的语音演变。其中,"洛"最初源自早期台语"月"的发音,李方桂构拟的原始台语"月"为[ʔbl/rɯen],梁敏则拟为[ʔmblɯen]。[6]这个词还与"日""眼"有关。后来由于语音演变而与"鸟"

---

[1] 由于名字在流传过程中可能存在音转、音变的可能,故暂时不将音调列入考察范围。

[2] 西双版纳州民委编:《巴塔麻嘎捧尚罗》,岩温扁翻译,昆明:云南人民出版社,1989年,第151页。

[3] 《中国贝叶经全集》编辑委员会:《中国贝叶经全集》(第10卷),北京:人民出版社,2006年,第29页。

[4] 西双版纳州民委编:《巴塔麻嘎捧尚罗》,岩温扁翻译,昆明:云南人民出版社,1989年,第151页。

[5] 《中国贝叶经全集》编辑委员会:《中国贝叶经全集》(第10卷),北京:人民出版社,2006年,第29页。

[6] 陈孝玲:《侗台语核心词研究》,华中科技大学博士学位论文,2009年,第134页。

相同或相近，便产生了其为鸟的相关传说。而"陀"则来源于 ta，"甲"来源于 kjaŋ，都具有"眼睛""日月"的含义。在历史的漫长发展过程中，布洛陀和姆洛甲的含义又不断丰富，内涵逐渐增多，但其根源依然是台语早期的日月（眼）崇拜。[1]

具体来看，布洛陀带有早期"日—鸟"崇拜的特征。在神话《布洛陀四兄弟分家》中，布洛陀有四兄弟，老大是雷王，老二是蛟龙，老三是老虎。布洛陀是老四。[2] 布洛陀和以"鸟"形象著称的雷王是兄弟，亦带有鸟图腾的基因。他和雷王针锋相对的斗争，体现出"日—雷（雨）"的对应关系。布洛陀神话中说世界由三黄蛋分裂而成，天上由雷王管，人间由布洛陀管，水界由雷王管。卵生的叙述是早期壮族先民鸟崇拜留下的痕迹。

姆洛甲形象亦体现出"月—鸟"崇拜的浓厚色彩。与姆洛甲一脉相承的"达汪"形象，在壮族民间广为人知。她被视为"月神娘"，传说她因为被土司陷害含冤而死，鸟雀把她的尸体葬在月亮上。[3] 在西林等地，传说娅王是造物之神，造出了世界万物。娅王每年农历七月十七就开始生病，七月十八病重，七月十九去世，七月二十出殡安葬，七月二十一重又生还，年年如此。这与月亮的阴晴圆缺有着直接的对应关系。"起死回生特点，与月亮的性质是一致的，月亮因为围绕地球转，并被地球带着围绕太阳公转，所以每月都会出现圆缺的变化，人们对此现象不理解，便以为月亮具有死而复生的能力。基于这样的认识，由月亮衍生而出的西王母才拥有不死药，可以起死回生。"[4] 壮族先民对月亮的崇拜凝聚在姆洛甲的形象之中，并延续于后续的相关角色。

姆洛甲还保留着早期的日崇拜痕迹。如云南文山州西畴县的壮族人民将太阳称为"汤温"，在每年农历二月初一过"太阳节"。节日当天正午，村中18岁以上的女性要到河里沐浴更衣，着盛装到当地太阳落下的太阳山祭祀太阳神树，并由年长者领唱《祭太阳歌》。"汤温"与"达汪"在发音

---

[1] 吴晓东：《"布洛陀""姆洛甲"名称与神格考》，《百色学院学报》2020年第4期。
[2] 农冠品编注：《壮族神话集成》，南宁：广西民族出版社，2007年，第49页。
[3] 同上书，第196页。
[4] 吴晓东：《"布洛陀""姆洛甲"名称与神格考》，《百色学院学报》2020年第4期。

上相接近。"在人类的早期,太阳与月亮往往是同一名称,都被视为人的眼睛",日月从根本上是统一的。[1] 有关"太阳节"起源的另外一个神话异文《乜星与太阳》则说太阳是男性。他化身为壮族小伙子躲在歌场,壮族首领鸟母乜星找到他后,托着他飞到空中,从此只要雄鸡一叫,她就托着太阳准时地在空中翱翔。乜星的女儿,则变成月亮,追随着她的情人——太阳。[2] 由此,姆洛甲形象中所带有的日崇拜基因也是十分鲜明的。

其次,有关布桑嘎西与雅桑嘎赛、布洛陀和姆洛甲的神话突出展现了人类日月神话的特征。两对始祖均是创世、造物、制文化的大神。"纵观世界上诸如希腊神话、印度神话等神话圈,这类大神多源于对人类产生过巨大影响的日月神话,换言之,这样的大神多是由日月拟人化之后演变过来的。在汉族神话中,伏羲女娲、后羿嫦娥、黄帝嫘祖这些创世夫妻神或文化英雄夫妻神,也都是从日月神演变发展过来的。"[3] 由此可见,两对始祖神信仰的源头可上溯至台语民族的日月崇拜。

再次,壮、傣两个民族的始祖神话在细节上也有相互呼应之处。如傣族布桑嘎西是负责种树的神祇,而云南文山的壮族人民认为布洛陀寄生在树下,以树为形象。这或许源于古代人认为太阳攀木而出有关。而无论雅桑嘎赛还是姆洛甲,都蕴藏并延续着花崇拜的传统。雅桑嘎赛以花为食,而姆洛甲从花中生长而出,并以"花婆"的形象掌管为人间送花(子)事宜。作为女性,雅桑嘎赛和姆洛甲常常是创造各类动物或生育人类的伟大母亲。而直接生人的母题则主要以散体的形式在民间口耳相传,少有进入典籍记载之中。这些细节之处,都使得两个民族的始祖在文化性质上有了更多的共性。

壮、傣两个民族的始祖在本民族民众心目中享有崇高地位,在神祇地位上高度相似。他们与最高的天神往往具有亲缘关系,出身高贵而且隐喻着他们的天体(日月)属性。壮族的布洛陀与雷王具有血缘关系,还曾战胜过他,与后者构成了"日—雷"斗争的模式。壮族神话里说,天地之初,世

---

1 吴晓东:《"布洛陀""姆洛甲"名称与神格考》,《百色学院学报》2020年第4期。
2 王明富搜集整理:《乜星与太阳》,内部资料。
3 吴晓东:《"布洛陀""姆洛甲"名称与神格考》,《百色学院学报》2020年第4期。

界由三黄蛋分裂而成,天上由雷王管,人间由布洛陀管。[1]在神话《布洛陀四兄弟分家》中,布洛陀有四兄弟,老大是雷王,布洛陀是老四。[2]可见,布洛陀与天上的雷神具有亲属关联。与此同时,他与雷神的斗争,被视为他的徒弟的布伯与雷神的斗争,都构成了"日—雷"相斗的永恒母题。这一系列神话的出现,又是壮族先民对华南自然现象观察总结而衍生出的神话描述。

傣族的布桑嘎西则是最高天神帕亚英(英叭)的"兄长",而"英叭"的身份里就带有太阳神的身份与信息。例如,《巴塔麻嘎捧尚罗》中记载布桑嘎西到天上找英叭寻求帮助时,称他为"尊敬的'帕亚南领'王弟",而英叭则称布桑嘎西为"尊敬的兄长帕雅捧大王"。[3]二者的关系十分亲密,似有亲缘关系。屈永仙曾经对"英叭"一词进行过探讨,认为"西双版纳傣族创世神'英叭'与太阳有关","他用泥垢造了一辆如凤凰一样的飞车,然后乘坐飞车翱翔和观察宇宙,这正是太阳神的形象"。"傣族本土原来有太阳神格的英叭,后来南传佛教传入对傣族文化产生了全方位的影响,外来的 Indra 与本土的太阳神极有可能融合在一起了。"[4]可见,从布桑嘎西与英叭或许存在的亲缘关系考察,布桑嘎西身份中与太阳具有一定渊源的推测是合理的。

四、承载仪式与演述者的相似性

傣族和壮族的始祖神话多与各类仪式相结合,成为仪式中的韵体叙事文本。这既是始祖神话得以保存的重要方式,也是他们日益经典化的表现。笔者曾经在前文对傣族与壮族的相关仪式进行过较为细致的介绍。值得注意的

---

1 农冠品编注:《壮族神话集成》,南宁:广西民族出版社,2007年,第47—48页。
2 同上书,第49页。
3 《中国贝叶经全集》编辑委员会:《中国贝叶经全集》(第10卷),北京:人民出版社,2006年,第30—31页。
4 屈永仙:《傣族日月神话概说》,引自吴晓东主编《日月神话文论集》,北京:学苑出版社,2021年,第99—100页。

是，傣族和壮族的此类叙事仪式分别受到佛教与道教的深刻影响，故此形成了一些表现上的差异。这些内容不复赘述。

首先，傣壮民族始祖神话叙事所依托的仪式步骤具有相似性。仪式既要驱走邪祟，又要传递祝福。如屈永仙观摩的傣族入新房仪式中，人们要先做出各种邪祟之物的塑像，并在波占念经后将之送走。与此同时，僧人也来屋中念经并用犁、锄等工具驱邪，并挥洒圣水洁屋。驱邪结束之后，则要进行祈福环节，波占、僧人为屋主诵经，亲朋好友也跟着祈福，并给将要居住在新屋里的一家人拴白线。唱诵有关始祖神话的章哈前来表演时，要请寨长代为敬告寨神，才能开始自己的演诵。按照传统，他们是不能边演唱边看手抄本的，必须完全脱稿。[1] 章哈所演唱的内容，则要讲述始祖造人、桑木底盖房等内容。

相较之下，壮族涉及始祖神话内容的仪式亦包含了驱邪、祈福两大内容。在仪式一开始，要先请始祖神等入座，然后根据所举行的仪式挑选神话叙事中相关的篇章进行演述，以此陈述与仪式起源、传统相关的内容，让民众理解神话内容与仪式之间的关系，感受始祖伟力的神圣不凡，增长始祖的威望。在吟诵结束后，要驱邪扫晦，并请始祖等神祇返回自己的居所。

其次，主持仪式的傣族"章哈丢拉"与壮族"布麽"的身份与职能高度相似。根据相关的研究，章哈起源于早期负责主持各类祭仪的祭司。随着时代的发展，章哈逐步脱离仪式，成为以"娱人"为主要目的的专业演述人员，演述内容在神话的基础上加入了更多民众喜闻乐见的成分。"'章哈'是傣/泰民族的史诗演述者，他们最早是从'布摩'（巫师、祭师）演变而来的。……章哈丢拉是在祭祀仪式上演述史诗的人，他们具有巫师、祭司的社会职能。"如今的章哈，其主要功能在于"助兴娱人"；而"章哈丢拉"的职责则主要为"娱神和禳灾。"[2]

总之，无论是傣族还是壮族有关始祖神话的韵文演述，都来源于早期宗

---

1 屈永仙：《傣族创世史诗研究》，中国社会科学院研究生院少数民族语言文学系博士论文，2017年，第147—148页。

2 屈永仙：《傣/泰族群的史诗传承人：从布摩到章哈的发展》，《黔南民族师范学院学报》2020年第4期。

教仪式活动。随着时代的发展和民族的需要,逐步走上了不同的演化途径,形成了面貌迥异的表现形式。历史上,傣壮民族的始祖神话演述分别受到佛教和道教的深刻影响。这是二者表现差异的主要原因。

五、差异日益扩大的传承模式

傣族与壮族始祖神话传承模式的差异日益扩大。这既反映了两个民族人民不同的精神需求,又与社会诸多力量的作用有关。

傣族的始祖神话演述日益世俗化,不但可以在传统仪式中演述,还可以在各类节庆表演中出现。例如在西双版纳泼水节庆典上,章哈可以随着游行队伍,在旱船上为大家进行表演。[1] 章哈演唱的内容形式更为灵活,可根据不同场合而进行创编和调整。章哈的伴奏乐器也有所革新,如杨民康在调查中就曾看到章哈歌手以吉他来进行伴奏,因为觉得这种乐器更为时髦、更受年轻人欢迎。[2]

相较而言,壮族的始祖神话演述依然以仪式传承为主,布麽对仪式和韵体神话进行改变与创新空间极其有限,依然以唱诵手抄本、按照既定仪式规则来操持为主。而受传统观念限制,仪式上演述的始祖神话则很少会在日常场合中出现。这就极大地限制了韵体神话的传承。与此同时,仪式之外的散体始祖神话传承缺乏革新动力,逐步从人们的口耳相传之中淡化,年轻传承人较少。

由此,不同的传承模式影响了始祖神话传承的生命力。傣族的始祖神话演述中,文本创编与演述者之间日益分离,这既有演述者方面对傣文、傣族文化掌握情况不佳的情况,但也使得文本生命力增强,依靠更为适合的创编人不断获得新鲜血液,融入新的叙事内容和个人色彩,逐步走向仪式之外。

---

1 杨民康:《贝叶礼赞:傣族南传佛教节庆仪式音乐研究》,北京:宗教文化出版社,2003年,第164页。
2 杨民康:《佛韵觅踪:西双版纳傣族安居节佛教音乐民俗考察》,南宁:广西人民出版社,2007年,第129页。

创编人可以根据时代和听众的需要，不断调整书写内容，使之更为适应当下的需要。而壮族的始祖神话传承人——布麽，本身就是仪式操持者和民间信仰的坚持者。他们对于传统的坚持，对于信条的坚守和信仰的执着，使得始祖神话演述的内容较少会被改变。布麽奉祖传的手抄本为经典，新的文本尽量按照传统来抄写，也基本不示外人，很难突破既有的框架去创新。此外，布麽所述的始祖神话内容逐步变成以"娱神"为主，以向神陈述祈祷为主，较少去考虑听众的感受，也就没有那么急迫地需要去进行符合时代的革新。这就极大地限制了它的发展，难以跟上社会的进步，不易受到年轻人的接受和喜爱。

第四节

壮傣始祖神话的骆越文化之源

根据相关研究，壮族和傣族的主体均源自百越中的骆越先民。江应樑在《傣族史》中就明确指出，壮、傣等民族均源出早期的百越族群，无论是"越"还是"瓯""骆"，"是同一族的不同称谓"。[1]他们底层文化中的日月崇拜、越巫与稻作文化根源，是理解两个民族文化同中存异的基础。

一、壮族、傣族是骆越后裔

根据研究，壮族先民的主体来源于骆越。国内外的专家学者对于壮族来源的看法都较为一致，认为他们主要来源于百越中西瓯、骆越两大部族，是岭南的土著民族。徐松石曾说过："僮"或称为"西瓯""骆越"。[2]《壮族简史》中曾指出："分布于广东西部和广西境内的西瓯、骆越等支系，则同壮族有着密切的关系"，"壮族主要来源于土著的西瓯、骆越"。[3]《壮族通史》认

---

[1] 江应樑：《傣族史》，成都：四川民族出版社，1983年，第24—26页。
[2] 徐松石：《粤江流域人民史》，《徐松石民族学文集》，桂林：广西师范大学出版社，2005年，第73页。
[3] 《壮族简史》编写组编：《中国少数民族简史丛书·壮族简史》，南宁：广西人民出版社，1980年，第7—8页。

为:"在众多的越人种属之中,壮族乃渊源于西瓯、骆越人。"¹大致在邕江、右江界限以南,沿玉林到南宁一线延伸向至文山地区,都是骆越人生活的主要区域。如今这些地域大部分仍为壮族的主要聚居地。且从古到今,骆越人虽然有部分发生迁徙,但综合历史记载、考古学、民族学、人类学、语言学、文化等多方面的信息,其主体部分仍是当地的土著民族,经过漫长的历史发展后,形成了今日的壮族。

傣族先民中的主体部分也来源于骆越。根据分子人类学的研究,"壮傣族群的大规模西迁肯定是汉朝时南越国灭亡之后,傣族进入元(笔误,应为'云'字,笔者注)南和泰国据证也只是唐朝的事情。而从云南的勐卯国西迁至印度则是公元1215年。所以西部越族发源于广东的历史是清晰的。"²故此可推测,傣族的主源是广东的骆越先民。从广东省广州市之南、高州市、茂名市直至海南省等地,都属于古骆越国的东部疆域。后晋时的《旧唐书·地理志》、清代的《康熙字典》都记录了广东骆越人的活动。至今,在广东西部仍有少量骆越后裔——壮族分布。³

壮族、傣族都继承了骆越的重要文化特征,包括稻作农耕、凿齿、断发文身等。骆越是最早种植水稻的民族之一,北魏郦道元《水经注·叶榆河》引《交州外域记》说:"交趾昔未有郡县之时,土地有雒田,其田从潮水上下,民垦食其田,因名为雒民。设雒王、雒侯、主诸郡县,县多为雒将,骆将铜印青绶。"唐代司马贞在《史记索隐·南越列传》曰:"姚氏按:《广州记》云:交趾有骆田,仰潮水上下,人食其田,名曰'骆人'。有骆王、骆侯。诸县自名为'骆将',铜印清绶,即今之令长也。后蜀王子将兵讨骆侯,自称安阳王,治封溪县。"可见,骆越之民很早就掌握了水稻种植技术,并以此为生。骆越善于制作精美的铜鼓,《汉书·马援传》曾提到:"(马)援好马,善别名马。于交趾得骆越铜鼓,乃铸为马式。"根据研究,骆越铜鼓以太阳纹、翔鹭纹、羽人纹为主要特征,与今日壮族地区使用的铜鼓一致。⁴

---

1 张声震主编:《壮族通史》,北京:民族出版社,1997年,第288页。
2 李辉:《百越遗传结构的一元二分迹象》,《广西民族研究》2002年第4期。
3 梁庭望、厉声主编:《骆越方国研究》,北京:民族出版社,2019年,第141—142页。
4 蒋廷瑜:《壮族铜鼓研究》,南宁:广西人民出版社,2005年,第44—47页。

骆越人盛行凿齿、断发文身、二次葬。他们还善于因地制宜，采集珍珠玑、毒冒（玳瑁）等海产品。

二、"骆越"一词的日月信仰内涵

"骆越"一词同样具有日月崇拜的内涵。根据吴晓东的研究，"骆"的上古音构拟为［g·ra:g］，到了中古才演变为［lak］。这个字与月神女娲的"娲"可能同源，"呙"可念kuo。"骆越"的"越"字，目前与"月"同音，而其上古音构拟为［ɢʷa:d］，与女娲的"娲"读音几乎一样。"骆越"一词很可能与日月有关，骆越民族一开始便可能是因为崇拜日月而以日月命名。[1] 由此可见，作为骆越后裔的壮族、傣族人民的日月崇拜原有出处，一脉相承。

由日月崇拜而衍生出的乌、鸟信仰在骆越文化中根深蒂固。骆越典型的铜鼓上亦多有羽人、鹭鸟、渡船的纹饰。《越绝书·记地传》谓："禹忧民救水，到大越……教民鸟田。"又载："大越海滨之民，独以鸟田，大小有差，进退有行。"《交州外域记》说："交趾昔未有郡县之时，土地有雒（鸟）田，其田从潮水上下，民垦食其田。"可见，骆越对鸟类的崇拜来源于日常生活中的重要对象。在天空层面的天体（日月）到鸟类都是影响骆越先民生存之道的传统延续。

傣、壮民族始祖神话也继承了骆越文化中的鸟崇拜传统。傣族文化虽受佛教文化影响深厚，但依然隐藏着早期鸟类崇拜的一些内容。如前所述，与布桑嘎西似有血缘联系、带有太阳属性的英叭就驾驶着一辆凤凰鸟（或大鸟）驱使的飞车。[2] 布洛陀、姆洛甲中隐藏的鸟图腾信仰和骆越文化所体现的鸟崇拜相一致。布洛陀经诗里曾写到天下十二个种族、"二六个部族"，其中

---

[1] 吴晓东：《"布洛陀""姆洛甲"名称与神格考》，《百色学院学报》2020年第4期。
[2] 屈永仙：《傣族创世史诗研究》，中国社会科学院研究生院少数民族语言文学系博士论文，2017年，第24页。

就包括了鸟部落、鸡部落（禽类）。布洛陀[1]从语音上来考察，原始侗台语构拟的"鸟"，发音为 *mrok 或 *mlok，[2] 经书中的鸟发音多为 l（r）ok⁸，与布洛陀之"洛"lu（o/ɔ/ə）k 的发音也较为一致。

三、越巫的传统

傣族和壮族先民都曾经历了共同的原始信仰生活，传承并发展了"巫"（mo）信仰的内容，在"麽"文化的基础上形成了本民族独特的信仰体系。如今，傣语里"巫师、算命师"也被称为"mo"，男巫为"bo mo"，女巫为"me mo（mot）"。壮语里仍称巫师为"麽"（mo），男巫为"布麽"（boux mo），女巫为"乜末"（me mot）或"牙禁"（yahgimq）。两个民族的这类共同词汇发音十分相似。无论是傣语还是壮语中的"mo"，都表达了傣族、壮族先民"巫"信仰的观念，其含义也较为一致。如前所述，傣族和壮族的巫师所从事的仪式或活动，有祭祀谷魂、赎生魂、祭祀树神、扫寨等，但又各有不同。

傣族和壮族先民的巫信仰可上溯至骆越先民的"越巫"传统。骆越先民早期的思维观念崇尚各类巫术。如《列子·说符》有云："楚人鬼而越人禨。"禨，即是行卜术来选定需要祭祀的鬼魂，再采取巫术手段，通过有针对性的行为力图实现自己的愿望。明朝邝露《赤雅》记载了汉代京师的越巫活动："汉元封二年（公元前109年）平越，得越巫，适有祠祷之事，令祠上帝，祭百鬼，用鸡卜。斯时方士如云，儒臣如雨，天子有事，不昆命于元龟，降用夷礼，廷臣莫敢致诤，意其术大有可观者矣。"[3] 可见古时的越巫，在民众眼中可通达天际与人间、鬼界与人界，行鸡卜之术，在社会中有威望，受人尊重。越巫的行为和观念也在傣族和壮族文化中有着无形的深远影响。

---

1 农冠品编注：《壮族神话集成》，南宁：广西民族出版社，2007年，第47—48页。
2 陈孝玲：《侗台语核心词研究》，成都：四川出版集团巴蜀书社，2011年，第32页。
3 （明）邝露：《赤雅》，北京：中华书局，1985年，第52页。

傣族、壮族的始祖神话亦浸淫着浓厚的越巫文化传统。二者都依托或曾经依托于各类来源于早期巫信仰的仪式。在演述过程中涉及大量的早期本民族神祇信仰内容，并展示出本民族传统巫信仰的思维方式。例如傣族拴线系魂习俗，被说成始祖的发明创造。拴线系魂"由原始宗教文化、巫术文化和南传佛教等文化不断交际、交织和交融的综合性演化而成的"。[1] 拴线最初的动因与治病有关，在巫师看来，灵魂容易受到伤害从而丢失，只有找回灵魂并将之系稳，"人灵统一时人就平安无事，健康长寿"，此后"巫术文化中成熟的拴线系魂文化也由原来的治病随之出现异化"，[2] 人们在搬入新居、远离家乡、结婚等时候均要拴线系魂，不但为病人、长者系魂，还要为新生婴儿、水牛等人和动物系魂。拴线多拴在手腕处。线的颜色也因为对象不一而各异，如为病人拴线使用白线，为新婚夫妇拴线则使用红线。而壮族的"绞"观念则是部分地区残存的"系魂拴线"传统巫术习俗的思维基础。壮族的布洛陀韵体神话则表现出较成体系的巫术操持观念，尤其是"绞"与"扶持""拴""剪""拆"等构成了一套循环闭合的体系。无论是拴线还是"绞"观念，其产生都与两个民族先民曾经的"万物有灵"、"灵魂不灭"及"互渗律"等观念密切相关。

---

[1] 艾罕炳:《西双版纳傣族拴线系魂文化》，昆明：云南大学出版社，2011年，第1页。
[2] 同上书，第3页。

第五节

国外台语民族的布桑嘎西、雅桑嘎赛神话传承

国外台语民族中也有布桑嘎西、雅桑嘎赛始祖神话的传承。传承的族群主要是从中国迁徙而经过老挝、泰国等东南亚国家的的傣族傣泐支系人民，受傣泐传统文化影响较深的泰国北部泰阮（Yuan）人，从西双版纳历史辖地迁徙到缅、泰、老等国家的泰痕（Khwn）人等。在此小节介绍笔者搜集到的不同台语族群的布桑嘎西、雅桑嘎赛的神话内容，从中同样可以看出布桑嘎西、雅桑嘎赛所带有的日月崇拜基因。

一、傣泐族群的布桑嘎西、雅桑嘎赛神话

泰北地区的傣泐人，主要分布在清莱（Chiang Lai）、帕尧（Phayao）、楠（Nan）、南奔（Lamphun）、南邦（Lampang）等地区，他们最早来自中国的西双版纳，后从19世纪初至20世纪70年代又陆续从老挝迁入泰北，普遍信仰南传佛教。他们的族源神话中也有很鲜明的祖先信仰，有的地方叫布桑嘎西、雅桑噶赛，有的地方又称其为布桑该、雅桑该，或者布桑嘎赛、雅桑嘎西。有的傣泐神话叙事中没有保留他们的名字，统称其为琵布雅（Phi Pu Ya），直译则为"男女祖先鬼"。其神话内容与国内傣泐支系的布桑嘎西

和雅桑赛神话内容差别不大，包括造人、造物等。泰国清莱府傣泐神话《原初世界》中说，布桑西和雅桑赛捏了12种动物。就是后来的12生肖动物。[1]

在泰国东北部黎府清刊一带的傣泐人从中国迁徙到老挝琅勃拉邦，最后定居于此。他们也视布桑嘎赛、雅桑嘎西为傣泐人的祖先，同时认为二者是参与了创造世界与万物的创世神，有的村子还保存有相关叙事文本。艾勘（女，65岁）向我们讲述的布桑嘎赛、雅桑嘎西的神话是这样的：从前，天上有神在到处乱飞，风、水、火、土等物质交相混合，形成了地球，天上的神来到地球上，被香土的气味所吸引，就吃了土，吃完之后他们的身体渐渐变重，吃多了后就飞不回天上去了。他们留在地上变成了一男一女，成为世界上第一对人，即布桑嘎赛、雅桑嘎西，他们两个相爱并结为夫妻，繁衍的后代就是傣泐人等。[2] 她说，布桑嘎赛、雅桑嘎西来自西双版纳，早于佛教，当人们还没有信仰佛教的时候，人们一般都到山中选择大的树木，以此朝拜山神、树神、布桑嘎赛和雅桑嘎西等。现在信仰佛祖之后，人们就不去野外祭拜了。村里的人依然坚信自己为布桑嘎赛、雅桑嘎西的后代，认为他们是真实存在的祖先，而不是虚构中的人物。[3]

二、泰阮族群的布桑嘎西、雅桑嘎赛神话

泰北的泰阮人与中国西双版纳傣泐人有着悠久的文化往来历史。西双版纳傣文和泰国兰那文具有渊源关系。巫凌云先生的论文《西双版纳傣文和兰那文》，通过对西双版纳傣文和兰那傣文字母、元音、声调表示法、缩体字和合体字等进行了系统的对比研究，所得结论是西双版纳傣文和兰那傣文同出一源，而且可以看出语词中书写结构上的一致性。

1　刀承华：《傣泰民族创世神话中的原始观念》，《民族文学研究》2005年第3期。
2　2015年5月7日搜集，屈永仙翻译。
3　2015年5月7日，李斯颖、屈永仙访谈他里米村村长与村民。

泰阮人认为自己是布桑嘎西和雅桑嘎赛的后代[1]，对他们又有"布双西"和"雅双西"、"布桑嘎洒"和"雅桑嘎赛"等对偶称呼的变异。相关的神话内容与中国傣族傣泐人的大同小异，主要包括二人创世、婚配繁衍人类、捏泥造动物（和人）等，还与其他神话母题"神吃香土"等又有交叉。如清迈美东县的老人说，布桑嘎和雅桑赛是第一对建地球的人，他们有12个孩子，6男6女，二人捏了12只动物给12个孩子玩，繁衍生息为多个民族，形成多种语言。清迈美林县的泰阮人神话里叙述，布桑嘎洒和雅桑嘎赛是第一对创立世界的人，是庄稼的保护神，收稻谷后要祭祀他们。他们有两个孩子。流传在清迈府三巴东县通东镇的泰阮人神话则说，以前地球上一片荒芜，后来有了两个太阳，两个又增加到了六个，最后地球上出现了七天七夜的火灾，火灾消失后，又出现了大风、大雨。泥土的香味飘到了天上，四面神下来吃泥土，男性的四面神叫 Nai sang si，女性的四面神叫 Nang sang sai，他们结为夫妻生了一个男孩，还用土捏了一个动物给孩子玩。后来 Nang sang sai 怀孕又生了12个孩子，6男6女。他们又按照孩子的生肖捏了12种动物，12个孩子繁衍生息至今。流传在清迈府万恒县扁王镇的泰阮人神话则说，地球产生了，泥土的香味直冲神界，仙子布双西和仙女雅双赛两个人下来吃泥土，不能返回天界，后来就繁衍生息。清迈杭东县的泰阮人则说，以前地球上什么也没有，布恬、雅恬创造了布双西和雅双赛，后者繁衍了人类。清迈杭东县班晚镇的泡内潘车拉帕说，布桑西和雅桑赛创造了人。他们有14个孩子，后繁衍生息成为人类。

清莱府美公镇的泰阮人说，布桑西和雅桑赛创造了世界，又创造了两个人。这两个人婚配繁衍了人类。清莱府万巴宝县泰阮人的贝叶经上记载，原来世界空无一片，一个女子从四种物质中产生。她用泥捏动物，每种动物捏出公母二只。后来布桑族桑嘎西又从四种物质中产生，他跟这个女子结为夫妻，所生的子孙遍布了全世界。帕劳府的泰阮人神话说，布桑西来自北方，

---

[1] 以下有关泰阮人族源神话的介绍均引自 ศิราพร ณ ถลา: การวิเคราะห์ตำนานสร้างโลกของคนไท : รายงานการวิจัย, จุฬาลงกรณ์มหาวิทยาลัย 2539, pp.46—50.（莎拉潘·那·塔琅:《台语民族创世神话研究》，朱拉隆功大学博士论文，1996年，第46—50页）张磊翻译。

雅桑赛来自南方，两个人遇到之后结为夫妻，生了7个孩子。其中，有3个是男孩，3个是女孩，还有一个是人妖。男孩和女孩互相婚配，生了很多孩子。二位始祖用泥土捏成鸡、猪、狗、象、马、黄牛和水牛。

帕劳府宋美县泡内里赛楠言说，原来世界上只有风和水，风吹拂水变成了水泡，水泡变成了泥土，雅桑赛出生了。她以花为食，后来遇到了布桑西。他们结为夫妻，生了13个孩子。雅桑赛还用泥土捏出了各种动物。南奔府孟哲镇本塞庙泰阮人的贝叶经上记载，原来地球上空无一物。后来，热风冷风吹到一起产生了四行。后来有个女子生于土中，以花为食，名为依桑该雅桑嘎西。十二生肖就是她用泥土捏成的。后来，一个男子生于火，名为布桑该雅桑嘎西。这两个人婚配后生出了最早的3个人。然而，这3个人心眼很坏，两位始祖决定通过发洪水毁灭地球。后来的几个世纪，人类知道了什么是好什么是坏，佛祖诞生并涅槃。

三、泰阮人的布些、雅些始祖神话

如今，在清迈活态传承的布些（Pu Saek）和雅些（Ya Saek）始祖信仰与祭祀被视为布桑嘎西、雅桑嘎赛信仰的演变。在泰国清迈城附近西南方向的金山（Doi Kham）地区，有一个祭祀布些和雅些夫妻的传统仪式，也是祭祀森林之神，来源于拉瓦人较为传统的山林崇拜习俗。根据网上的资料[1]，布些和雅些被拉瓦人视为素贴山和金山地区的守护神灵，其相关神话叙事与佛祖有关。传说，布些和雅些和他们的孩子苏德拉·日施（Sudeva Rishi），都是吃人的巨大妖魔，吃人类血肉的欲望从未停止。他们试图要吃佛祖，但佛祖知道了这个计划，劝诫他们不要再吃任何活物的肉。他们的儿子立刻同意了，成了一个和尚。但布些和雅些请求允许他们至少一年吃一头水牛的肉。佛祖没有同意，金山当地的人认为必须满足这两个神灵的需求，因此每年杀水牛对他们进行祭祀。人们害怕如果他们想要吃肉的愿望没有得到满足，他

1　PU SAE YA SAE FESTIVAL：http：//chiangmaibest.com/pu-sae-ya-sae/.

们可能会回到老地方作怪。该仪式一般在每年农历七月满月时在金山山脚下举办，标志着雨季的开始。祭祀时，被选中的水牛在黎明前被杀死。头、骨头、肉、内脏和血被分开并被放置在席子上。旁边的树上要悬挂佛祖的肖像。作为仪式主角的萨满在某一刻被这两个神灵附体，开始吃生肉和水牛的内脏、喝它的血。之后，得到满足的神灵离开了萨满的躯体，萨满就会倒在地上。经过这样的仪式，居住在素贴山和金山地区的人们才能安心生活。当地人在村头的三岔路口为布些和雅些建造了一间寺庙，庙中供奉着他们的雕塑，参拜者络绎不绝。庙旁也立有牌匾，说布些和雅些原来是山上吃人的妖怪，后来受佛祖感召，皈依佛法不再吃人，所以人们就在此祭祀他们。[1] 村寨里的来康（Wat Phrathat）佛寺，除了供奉佛祖之像，还有在森林中修道的和尚、布些、雅些及其子的塑像等。

笔者认为，有关布些、雅些的神话和信仰是清迈一带原住民拉瓦（Lawa）人的神话被融入泰北泰阮人族源神话的结果。根据语言学及民族学材料，拉瓦人为泰国清迈金山、素贴山地区的土著，其语言属于南亚语系的佤德昂语支。如今，素贴山和金山地区信仰布些和雅些的拉瓦人已经集体转用了泰语泰阮方言，在一定程度上被"台语化"，信仰南传佛教。同时，拉瓦人的布些、雅些信仰也被融入泰北泰阮人的始祖神话叙事体系中。清迈皇家大学的学者万瑞媛就把布些和雅些视为泰阮人始祖神布桑嘎西和雅桑嘎赛的变异，并向我们讲述了相关族源神话故事：原来世界一片混沌，只有火、风、水、土等，布些是世界上第一个人，他出现之后感到很寂寞，就把泥土放到一棵树上，捏成了雅些。他们两个人并不是天天见面，而是一年才见一次，布些想和雅些结婚，但雅些考验他，让他回答："世界上什么是最黑的也是最亮的？"布些思来想去找不到答案，却听到两只鸟对话时说出了问题的答案。于是，等他再遇到雅些的时候，就把问题的答案说了出来："世界上最黑的是人的心灵，最明亮的也是人的心灵。"雅些看他答对了，就和他结为夫妻并生下孩子。他们的孩子繁衍壮大，就是今天的泰阮人。布些和雅

---

[1] 牌匾内容由在泰访学的壮族人廖汉波翻译，关于拉瓦人的信息也是作者与他沟通时获得的信息，特此感谢。

当地群众在朝拜布些、雅些（李斯颖摄）

些十分聪明，他们创造了世上的万物，包括谷物和各类动物等。最早创造的动物就是现在的十二生肖动物。[1] 另外一则神话则说天神帕雅因、帕雅雍派（Pu Chang Saek、Ya Chang Saek）从神界下来造人类，后来他们有了2个孩子，一直繁衍生息到现在。[2] 上述神话母题与泰泐人的布桑嘎西、雅桑嘎赛的神话母题有诸多相似的母题，明显是受到泰阮文化影响的结果。

除此之外，布桑嘎西、雅桑嘎赛在泰阮、泰痕等相关台语民族中传承，

---

1 2015年5月12日泰国清迈皇家大学万瑞媛副教授讲述。由于调查时间紧迫，没有进一步和拉瓦人访谈了解其内部的族源神话内容。

2 ศราพร ณ ถลาง：การวิเคราะห์ตำนานสร้างโลกของคนไท：รายงานการวิจัย，จุฬาลงกรณ์มหาวิทยาลัย 2539, p.46.（莎拉潘·那·塔琅：《台语民族创世神话研究》，朱拉隆功大学博士论文，1996年，第46页。）张磊翻译。

传播甚广。神话母题差异较少，一致性程度高。笔者认为，这既与佛教经典的形塑有关，又反映了这些族群共享的布桑嘎西始祖信仰传统时间悠久、分离发展的时间短暂。

四、泰痕、掸族群的布桑嘎西、雅桑嘎赛神话

除此之外，从缅甸景栋移民到清莱美塞的泰痕人说远古时候，地球发生了水灾，一直漫到了四面佛所在的天界，四面佛下来用黏土捏了人，添加了风、水、火变成了布桑嘎西，雅桑嘎赛，他们有8个孩子，分别是太阳、月亮、金星、木星、火星、土星、水星和拉胡神，这个8个孩子在天的不同方向。另外一个神话则说，一开始地球上就只有布桑嘎西和雅桑嘎赛，他们创造了各种生物，而植物则是自己长出来的。[1]

缅甸景栋的掸族人则说，一开始没有地球，布桑嘎西和雅桑嘎赛创造了地球。他们用身上的污垢变成厚24万瑶（1瑶=16千米）的地球，后来又把水果打破，拿去种出几十万种植物、四千万种动物。他们还用水果舂成1男1女，施魔法后变成了人，这对男女成为夫妻，每年生6个孩子。[2] 另外一则神话说，布桑嘎西在神界，想要给人类建一个大地，就跑去问梵天是否有77万瑶大的树，他拿去建大地。梵天说没有，布桑嘎西就去找雅桑嘎赛，雅桑嘎赛拔下布桑嘎西的7颗牙齿。布桑嘎西把这些牙齿放到水里，变成了7种硬木。布桑嘎西把身上的污垢搓下来祈祷，泥垢变成大地，污垢掉到水里变成了44万瑶的大地，布桑嘎西和雅桑嘎赛来到人间，用泥土捏成动物和人，念诵咒语使他们有了生命。

屈永仙曾经在缅甸掸邦大其力镇采访过一位泰痕老人。他曾讲述过一个"布桑该与雅桑该"的故事，说布桑该与雅桑该夫妇是创世大神。他们用

---

[1] ศิราพร ณ ฉลาง: การวิเคราะห์ตำนานสร้างโลกของคนไท : รายงานการวิจัย, จุฬาลงกรณ์มหาวิทยาลัย 2539，pp.44—50.（莎拉潘·那·塔琅：《台语民族创世神话研究》，朱拉隆功大学博士论文，1996年，第44—50页。）张磊翻译。

[2] 同上，第46页。

身上的泥垢来做大地。为了稳定大地，布桑该将自己的两颗牙齿折成四瓣，立在地下作为支撑。大地下则是一片汪洋。创世之后，他们又捏人。他们捏出来的男女形象没有差别。于是，他们从男人身上取一点泥巴粘在女人的胸上，女人才有了乳房。[1]

总的来看，东南亚台语民族的布桑嘎西、雅桑嘎赛神话变异较小，从始祖名称、神格、神迹等母题来看，与国内台语民族的相关神话区别不大。其发展和变异主要体现在受南传佛教影响更深，吸收了东南亚孟-高棉等族群的文化内容等方面。

---

[1] 屈永仙:《傣族创世史诗研究》，中国社会科学院研究生院少数民族语言文学系博士论文，2017年，第105－106页。

附录：对泰国清迈皇家大学教师万瑞媛的访谈（节选）

时　　间：2015年5月12日
地　　点：清迈皇家大学兰纳研究中心
访 谈 人：屈永仙（Q）、廖汉波（LHB）、李斯颖（L）
访谈对象：万瑞媛（W），清迈皇家大学兰纳研究中心研究人员

Q：我们是要找壮族、泰族、傣族周边，还有老挝、越南这些傣泰民族的创世神话，还有神灵的信仰这些，还有相关仪式。我们想了解都有这些。然后来到这边，我们就找布桑嘎赛、雅桑嘎西这个神话。

W：布桑嘎西、雅桑嘎赛。

Q：嗯，对对对。就是现在有一个问题哦，我们问了很多泰北的人，他们基本上都不知道了。

W：特别是年轻人是吧？

Q：嗯。对。

W：但是，老人啊，大概40岁以上就有可能认识。但是因为布桑嘎西和雅桑嘎赛，他的名字……

Q：叫法不同。

W：对，他的名字，有的地方叫他布桑嘎洒、雅桑嘎西。有的叫布桑嘎西、雅桑嘎赛。有的就是，如果是那个清迈的，就是布些雅些。

Q：雅些。

W：布些、雅些，这样。

LHB：清迈的这样叫？就是……

W：在金山（Kham Dong）那边的。

LHB：金山，哦。

W：在金山那边的，每一年都有拜祖先的那个典礼，是吧？

LHB：拜什么的？

…………

W：拜祖先，就是把牛，把猪，在他拜祖先的那个地方，杀掉。

Q：你说的是不是"皮布雅"（Phi Bu Ya）。

W：皮布雅，对。

Q：就跟这个布些、雅些是一样的吗？

W：对。有关系。但是关于他创始世界的内容也是不一样的。在那个泰国，特别是那个北方人，因为北方人，我们是叫兰纳人，是吧。在北方有好几个那个，怎么说呢，北方的民族，还有傣泐，清迈人就是傣兰那。

LHB：泰阮。

W：傣阮就是泰兰那。叫傣阮更好。好的。泰阮、泰泐，傣阮、傣泐，傣庸，傣瑞就这些。

LHB：泰痕。

W：泰痕也有。

…………

W：呃，如果，是傣瑞，就不叫布些、雅些哦，叫……

Q：布桑该雅桑该？

W：布桑赛、雅桑赛。

Q：哦，布桑赛、雅桑赛。

W：对。

Q：布桑赛、雅桑赛。

LHB：那布些、雅些，它的内容和布桑嘎西、雅桑嘎赛一样的吗？

W：呃，差不多。

LHB：差不多。

W：一样的。但是，叫的名称，叫法不一样。名称不一样。

…………

LHB：和皮布雅是一样的吗？

W：是一样的。因为他（泛指的某个"人"）有的，他的亲人是吧。就是说 Phi Bu Ya 和布些、雅些都是一样的。是他们的祖先，是一样的。

Q：是泰泐还是泰阮？

…………

W：泰泐就是布桑嘎西、雅桑嘎赛。

Q：泰阮。

W：哦，这个是泰泐。泰泐、泰痕就是差不多。

LHB：就是刚才我们说的是泰阮，就说布些、雅些。

…………

Q：哦，好吧。然后泰泐讲的是布桑嘎西、雅桑嘎赛了。

W：对。

Q：然后老挝那边，叫布热、雅热。

W：布热、雅热，对。

Q：都是一个？那两个神，都是这个一起了。

W：是，是。但是，每个地方，他拜的布些、雅些，就是拜他的祖先的典礼都是不一样的，都是有差别的。

L：清迈这边的特色是什么啊？

W：就是他在那个，森林里做的，他有他的地方，我们叫"晃"，"晃"就是圆圆的地方……他相信如果在这个地方做这个典礼，他的祖先会很满意这样的，不可以在别的地方做，不可以。只是在这个地方。

LHB：在"晃"这边做。

Q：是圆圈形的那种场地是吧？

W：对对。

LHB：他一定是在树林里面吗？

W：对。

Q：森林是吗？

W：是的。

W：做这个典礼只是一个地方嘛，但是有别的小村，关于对他的那个布桑嘎西、雅桑嘎赛，呃，尊敬他，每个小村他也有自己的典礼，他的典礼也在村里的"晃"或者这个院子里啦。

…………

LHB：哦，是这样。在村子里边的小树林里面。树林里面有些小空地之类的。

Q：是不是有点像壮族的竜林？

W：嗯嗯嗯。差不多。

LHB：对，很像文山的那个竜。

…………

W：如果要看那个布些、雅些的那个塑像，就去金埂。

…………

Q：现在清迈还有贝叶经吗？就是关于这本史诗的贝叶经。

W：有，有的。但是呢，他记录的是文字吧，都是那个傣阮和傣痕的。

…………

Q：意思是，泰阮和泰痕，如果我们去问泰阮和泰痕的话，他们就会说，啊我们知道，然后有文本。如果问了泰泐的话，他们就很少知道了，是吗？

W：呃，关于布些、雅些吗？

Q：嗯。

W：不算是那个少或者多。但是呢，按照他们的岁数吧，如果大概40岁以上都认识，因为他长大的社会，就跟他的奶奶、爷爷住在一起，但是现在的人就是不在家乡住了，从小在城里，城里上学或者什么什么这样的。用电脑就不在乎老人了，是这样的。所以他们的老人……

LHB：很少人知道嘛。

W：对。他们年轻人就比较远了。如果近的话，老人就，就是有小孩来说话，讲故事什么的，关于他们以前的祖先，或者他们以前的，就有好多好多的神话故事这样。

…………

W：按照我的研究啊，《甘拉甘赛罗》就是在泰国有，因为从贝叶经每个时代都有他们那个时代的增加，或者添写内容进去，所以在泰国我们也叫，（上述贝叶经名称）都有。但是如果按照民族来分，《捧罗》（是）泰泐、泰痕（有）。《捧尚罗》泰泐、泰痕也有。好像那个……对这个是从泰泐来的，这是西双版纳的。创始世界，他们分了上和下（部），上就是那个《巴通玛嘎勐泐》，里面开始就是布桑雅西、雅桑嘎赛，然后下（部）呢就是关于《捧桑罗》，那就是说关于"篷"（神）了，不说到关于布桑雅西、雅桑嘎赛了。好像是两个不同的故事。

Q：大体明白了。

……………

W：本来是世界没有什么，没有什么……

Q：一片虚空。

W：对，一片虚空的，然后就是布些，或者布桑嘎西出生……

LHB：布些先出生。

W：先出生的。从那个风水啊，有火有风有水有土，这些在一起生来的。

Q：混在一起变成他是吧？

W：对。他生了以后，他觉得很寂寞嘛，一个人住在世界上没有什么，所以他就把土放入了一种树的壳。（这种树）叫吉塔拉树，吉塔拉树可能就是天空里神圣的树，混入土中，然后拌，捏捏捏，就变成雅些。哦，捏了以后，他就念，念经"生来可以走，可以……"这样的。本来他说那个女人没有……

Q：没有胸部。

W：对。咦，怎么样呢？怎么没有呢？所以就用土捏了……就变成女的。世界就有的女的，这是所说的故事，这是第一（个）故事。第二（个）故事有了雅和布，有了男有了女，男的是布些，女的是雅些。有了布些有了雅些，但是本来布和雅还没有住在一起。最后，就是一年才可以见到雅一次。见到了，雅（些）问布些：要跟我结婚吗？如果要结婚的话呢，就回答我的问题，如果回答对的话，我就跟你结婚。好几百年好几千年这样，（布些都没有回答出来）。有一次（布些）就回答得对了。回答正确了，所以就住在一起（结婚）了。

Q：那个问题，你还记得是什么吗？

W：问题，关于鸟……怎么有人……

LHB：人心……

Q：是不是什么是最黑的，什么是亮的？

W：嗯嗯，对，是这样的。本来布也不知道她的那个答案是吧，听那个鸟，因为以前是吧，人和动物可以……

Q：对话。

W：可以说，对话，对。听得懂。说得懂。他（布些）偷（听）的两只鸟说话。说关于，哎，布知道答案吗？不知道，知道（还是）不知道？那两只鸟啊就说了答案，正确的答案。布（些）偷听到，哦，然后下次（见）到了雅些，就把这个答案告诉她，就正确了。然后就有了孩子、孙子这样……这是第二。第三，可能大部分就是这两个大的故事了。然后有了孙子就，就有小的故事，关于那个生来，就变成十二属相的故事……

LHB：十二生肖。

W：属相，对，十二生肖的那个意思。然后关于《捧桑罗》啊，也对（应）那个十二生肖或者十二属相有关的。……布些雅些他的孩子，然后他的孩子生出来是哪个生肖……（于是世界上便有了十二生肖）。

第五章

九位天神、坤鲁与坤莱等神话

第一节

传承地区与主要内容

有关"九位天神""坤鲁与坤莱"等族源神话主要盛行于云南省德宏傣族景颇族自治州及周边的台语民族之中。德宏一带的台语民族以自称为"傣呐"（Nwa）、"傣卯"（Mau）或"傣龙"（Lung）的傣族为主，人数在35.79万人左右（2022年）。相关族群则包括从德宏迁入缅甸的掸族，从缅甸迁往泰国、老挝等东南亚其他国家的掸人等。

历史上，德宏傣族傣呐人从滇北迁徙而来，他们沿着金沙江的支流向西翻越云岭山脉，经红河上游及其以北地带，抵达澜沧江的河谷，后又顺澜沧江西侧的支流进入怒江流域，再翻越高黎贡山脉，进入南鸠江流域中下游的河谷地带。[1] 他们进入滇北之前，来源于百越的哪个区域仍存在争议，何平认为，傣泰民族"他们的发祥地就在今天的壮族及其各支系的先民分布的地区，具体来说，最有可能的地方就是中国的广西西部和云南东部及其与越南交界的这一带地区。这一带地区也正是今天狭义的壮侗语民族与傣泰民族的交汇区"[2]。杨永生认为"广西和贵州的西江流域，是傣族的发祥地"[3]，有的认

---

1 杨永生：《傣族历史文化研究文集》，芒市：德宏民族出版社，2007年，第21页。
2 何平：《傣泰民族的起源与演变新探》，北京：社会科学文献出版社，2015年，第132页。
3 杨永生：《傣族历史文化研究文集》，芒市：德宏民族出版社，2007年，第11页。

为德宏的傣族与南越丞相吕嘉及其后人的迁徙有关。[1]在此基础上可以确定，德宏傣族并非德宏的土著民族，而是经过艰辛的迁徙才来到这个地区的。他们与分布在缅甸、泰国、老挝等东南亚各国的掸人在文化与血缘上有着更为亲近的关系。

纵观傣族傣讷人及其他台语民族的族源神话叙事，其地域与族群文化共性突出。从人数及传承情况等综合考虑，笔者以傣族傣讷人为中心来讨论九位天神、坤鲁与坤莱等族源神话。2016年9月底，笔者着重对德宏州芒市、瑞丽市、陇川县、梁河县、盈江县等地的傣族傣讷人进行了为期一个月的族源神话调查，获得了丰富的资料。访谈对象以掌握傣文与汉文、主持民间各类仪式的"活鲁"[2]居多，还有一些是熟悉民间口传故事的中老年妇女、常在佛寺帮忙的人员。对神话文本与口传叙事的搜集，使笔者对德宏州及周边台语民族的族源神话有了较为深入的认识。

一、九位天神

族源神话"九位天神"与傣族早期的天神信仰息息相关，民众称呼这个神话母题为"桑高布""布桑套雅桑套"[3]等，通常以"九位"天神作为关键词。它被吸收进佛教体系，在佛寺赕佛等仪式活动中被讲述，还被记载在各种傣文抄本（包括佛经与民间历史文本）之中，故而妇孺皆知。"九位天神"的神话主要讲述了为天神降临人间、造天造地造人的内容。其中，造人又分成两种模式：其一是天神化身男女始祖，直接生人；其二是男女天神被放入葫芦之中，变成了一对兄妹来到人世间繁衍人类。

---

1 云南省少数民族古籍整理出版规划办公室编：《勐果占璧及勐卯古代诸王史》，昆明：云南民族出版社，1990年，第83—87页。
2 "活鲁"为德宏傣语，"活"指首领，"鲁"指赕佛、做功德等行为，"活鲁"指的是带领佛教信徒进行赕佛、举行各类村寨仪式的人。
3 "桑高布"的傣语意思是"九个天神"，"布桑套雅桑套"的傣语意思是"天神爷爷、天神奶奶"。

第一种造人模式较为普遍，如芒市户育村的李波水庄（男，75岁）说，七次火烧天地之后，天神下来造世。下来的九个神就是"坤鲁坤莱"。走在最后面的天神吃了香土之后就飘到天上去了。剩下的八个神变成了四男四女，结为夫妻繁衍人类，其中就有傣族。坤鲁坤莱用宝石做成了太阳，用银子做成了月亮。他们定下年日月，一年360天12个月，每三年加一个月，有的月份加上五天，有的月份减去五天。因此，傣族人的一年被分成了三个季节，而汉族人的一年却是四个季节。回到天上的那个天神是"坤桑汗"，他被砍下的头由四个女子轮流抱着，所以人们今天要为她们过泼水节。[1]

盏西镇的屈在明老人会吟诵一首入新房时才用到的歌谣："古时火烧天地，世间万物毁灭，天下没有生物，只有汪洋一片。天神把荷花籽撒向人间，花籽抽出嫩芽长出枝叶，开出金色四瓣荷花。荷花的四瓣成为东西南北四方。又有高山峻岭成为世间的脊梁。湖水分裂为五条大河，河水淹没了大地。那时还没有人类，也没有各种大树，只知黄金藤最早出现，在大象之前，藤条缠绕在树枝上。只知毛管草出现在水牛之前，水牛吃光了草叶，剩下光秃的枝干。那时候人间还没有王，只有玉兔在月亮上，月亮也有时圆时缺。后来有桑鲁桑赖（即坤鲁坤莱）八神，他们从天而降。四个变为女，四个变为男。人类不断繁衍。"[2]

章凤村的刀庄瓦（男，65岁）讲述的"桑高布"神话则与葫芦母题相结合。他说，从前一个太阳生下了新的太阳，使得天空有七个太阳。大地被热得烧了起来，后又有风吹下雨，变成水灾。水干了之后才出现土地、山川，最后大地上自己长出一个葫芦来，这是天地神鬼做出的葫芦。葫芦裂开之后，出来了九个男人（天神）以及各种动植物等。九个天神修补天地之后，就下凡来到人间。有一个飞回天上，成为泼水节的魔王。剩下的八个天神吃了香土之后身体变重，不能飞回天界。于是，他们变成了四男四女，互相配对生下了人类。[3]

---

[1] 2016年9月29日搜集，屈永仙翻译，李斯颖整理。

[2] 屈永仙整理翻译。引自屈永仙《傣族创世史诗研究》，中国社会科学院研究生院少数民族语言文学系博士论文，2017年，第74页。

[3] 2016年10月13日搜集，屈永仙翻译，李斯颖整理。

九位天神的神话在德宏流传广泛，有的甚至与具体地点联系在了一起。如前人所搜集到的关于瑞丽傣族的神话是这么说的："瑞丽在几百年前，据说是一个大坝子，没有人住。天神云游看到后，便叫了九个天神到这个坝子来，下来后他们中的八个就不愿再回去，只有一个回到天上去。后来八个天神配成了四对，生了孩子一代代地传了下来，就成了现在的瑞丽傣族。"[1]

笔者曾在瑞丽搜集到了一个相似的族源神话文本，说："古时候有九个天神，他们从天上飞下来，闻到地上烧焦的土很香，就吃了起来。吃了香土后身体逐渐沉重，没法再飞回天上了。有八个天神变成了四男四女，他们结为四对夫妻。还有一位成了一个独特的神，他就做其他八位神的主。时间过去很久，四对男女成亲传人类后，子孙后代不断多起来，可是没有人来照顾这个主神，于是他就飞回了天上。这个天神后来娶了七位妃子。这个天神使天地干旱，人间怨声载道。他最小的儿子最后把他给杀死了。这个儿子是在周六出生的，所以到现在人们都担心有周六出生的儿子。"[2]

屈永仙曾在泰国掸人佛寺住持那里见到有关始祖神话的《桑果帕腊果勐》的手抄本，其中说，天神从勐皮勐桑（天上）飞到凡间。其中八个男女闻到地上的泥土很香，就忍不住就吃了。然而，吃了香土之后他们再也不能飞回勐皮勐桑，只好留在世间。他们彼此互生爱意，结为四对夫妻并繁衍人类……[3]

上述有关"九位天神"的神话母题集创世与生人于一体。九位天神中的"八位"既被视为修整天地、制造万物的神祇，也被视为傣族先民的血缘始祖。其中，从九位到八位天神的变化、神吃香土的母题受到南传佛教的影响，尤其是"吃香土"的母题，在东南亚台语民族神话中较为常见。

有时候，九位天神造人也与葫芦有关。韵体神话《创世纪》也将族群的起源与葫芦相关联，说："那天神洼弄拉，希望万物更新／造个神奇葫芦，

---

1 瑞丽市史志办公室编：《瑞丽傣族文学发展概况》，芒市：德宏民族出版社，2012年，第6页。

2 屈永仙：《傣族创世史诗研究》，中国社会科学院研究生院少数民族语言文学系博士论文，2017年，第83页。

3 同上书，第104－105页。

德宏州芒市傣讷人佛寺的庆典（李斯颖摄）

装下男女诸神/洪水滚滚而流，葫芦随波漂浮/九万八千年后，洪水逐渐干枯……葫芦坠入深渊，撞击裂成两半/天神早已创造，人类和万物种/一对男女人儿，从葫芦中出走/身着彩色华服，犹如天神模样/这对男女人儿，正是人类之种/那对哥妹二人，他们从葫芦来。"[1]

对九位天神也有"布桑套""雅桑套"的叫法，在民间传说中，人数又有所变化。盈江县弄璋镇广云村的方召龙（男，73岁）说，火烧天地之后，天神派布桑套、雅桑套八位神祇下凡，他们用火炭灰堆成大地，此后才有了民族、动物以及国家等。因此，人们在吃新米的时候要供奉这些创世者。佛巡视世界，看世界各地适合哪个民族住，安排傣族、汉族等住在不同的地方。[2]而盈江县弄璋镇下芒桑村的岳小保老师则有不同看法，说布桑套、雅桑套是两位天神，他们创造天地，用泥巴造人。布桑套整天，雅桑套整地，地比天大，男的一手顶天，一手抓地，使二者相合，所以现在地面上有山有谷。[3]

二、坤鲁与坤莱

坤鲁与坤莱作为带有神话色彩的英雄祖先与德宏地区的勐卯古国（勐果占璧）并存，不但在口耳相传之中被傣族人民世代记忆，且通过本地和尚使用傣文记载而进入被纳入"正史"的经典化过程。坤鲁与坤莱是德宏傣族神话中的英雄祖先，记载于一些傣文历史文献及佛经之中。根据傣文本的《银云瑞雾的勐果占璧简史》[4]，"公元567年，坤鲁与坤莱在勐卯（今瑞丽）崛起，替代了达光王国而建立果占璧王国。他们把王国的版图向东跨越南宏江，扩展到南晃江（澜沧江、湄公河）流域的勒宏地区及景线、景迈（今泰

---

[1] 屈永仙：《傣族创世史诗研究》，中国社会科学院研究生院少数民族语言文学系博士论文，2017年，第65—66页。

[2] 2016年10月4日搜集，屈永仙翻译，李斯颖整理。

[3] 同上。

[4] 云南省少数民族古籍整理出版规划办公室编：《勐果占璧及勐卯古代诸王史》，昆明：云南民族出版社，1988年，第16页。

国北部）一带地区"[1]。根据《勐卯大泰纪年》（泰文译本），坤鲁与坤莱是从天上降到人间的两位仙人，坤鲁是勐塞銮王，坤莱是泰卯王。《勐卯大秦纪年》（法文译本）说，坤鲁和坤莱分别是天神的长子和次子，"扶黄金之梯而下降于瑞丽江谷道"[2]。坤鲁与坤莱是否真实历史人物还有待进一步考证。可以肯定的是，傣族人民所记忆的这些英雄祖先，是他们对"过去"的一种集体回忆，故笔者将坤鲁与坤莱视为族源神话中的英雄祖先。民间并无专门对坤鲁坤莱的祭祀，只是以文字和口头讲述的方式传承。

德宏傣族对于坤鲁与坤莱的记忆较为深刻，但对于他们身份的认知同样在神话与历史之间摇摆，有的人把他们当作天神，有的人把他们当作历史人物。芒市户育村的李波水庄（男，75岁）说，坤鲁与坤莱是人祖人王，四方的勐王、皇帝都是他们的后代，而葫芦里出来的就是低等一些的人类。坤鲁与坤莱建造傣族村寨，谷种也是他们从老鼠国拿回来的。民间并没有为了纪念他们而举行的祭祀仪式。[3] 瑞丽市的傣族妇女帅喊应、阮喊红说坤鲁与坤莱是两父子，坤鲁（又称岩等）与龙女结婚，生下坤莱。他们是从"勒宏隆惹"来的傣族首领，后代自称为"傣卯"。[4] 芒市菩提寺的银宗德（男，87岁）说"坤鲁坤莱"即"桑鲁桑莱"，是傣族历史上的祖先。他们的后代迁徙到各地，繁衍生息。[5] 盈江县弄璋镇下芒桑村的岳小保老师说，坤鲁与坤莱比九位仙人出现的时间要晚很多，他们与傣王国勐卯龙的历史有关。[6] 屈永仙认为，有关坤鲁坤莱的叙事与信仰以瑞丽为中心，其祖先神的身份占主导。[7] 笔者赞同这个观点，坤鲁、坤莱与瑞丽曾经作为"勐卯"统治中心有着密切关系。

---

1 杨永生：《傣族历史文化研究文集》，芒市：德宏民族出版社，2007年，第65页。
2 德宏州傣学会：《傣族达光王国和果占璧王国研究》，芒市：德宏民族出版社，2013年，第24页。
3 2016年9月29日搜集，屈永仙翻译，李斯颖整理。
4 2016年10月14日搜集，屈永仙翻译，李斯颖整理。
5 2016年9月28日搜集，屈永仙翻译，李斯颖整理。
6 2016年10月3日搜集，屈永仙翻译，李斯颖整理。
7 屈永仙：《傣族创世史诗研究》，中国社会科学院研究生院少数民族语言文学系博士论文，2017年，第84页。

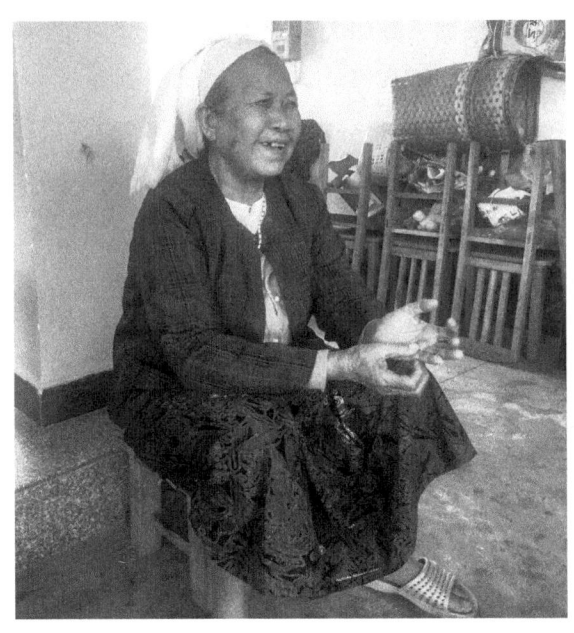

瑞丽市傣讷人老奶奶（李斯颖摄）

三、其他族源神话

独立的"葫芦生人"神话母题在德宏州傣族中流传得比较广，讲述葫芦中直接走出人类祖先。葫芦神话中常出现蛋生葫芦、孕育葫芦的牛、螃蟹为什么没有头等内容，与老挝佬族、泰国泰族的神话母题更为相似。但德宏地区傣族的葫芦神话多讲述人类的共同起源，而不是以多个民族的出现为重点。该母题和"天神生人"母题一样，常被纳入傣文的佛经或民间历史典籍之中，在佛教与民间仪式上被讲诵。

德宏傣文《创世纪》中说，天神让母牛和鹞子来到地上，母牛生下三个蛋，鹞子把蛋孵化。其中一个蛋孵出了一个葫芦，人类从里头出来。[1] 瑞帅喊

---

[1] 德宏傣文《创世纪》为德宏傣族孟尚贤老师搜集整理，目前汉文版正由屈永仙、孟尚贤进行翻译。

应、阮喊红说,古时候火灾、洪水之后,天地毁灭了,只留下一棵葫芦,它长满了世界并结了一个葫芦果。葫芦里有一男一女,他们结婚繁衍人类,才有了世界上的各种人。[1]有的"葫芦生人"神话则与"弟兄祖先民族"神话母题结合在了一起。如盈江县弄璋镇广云村(寨)的曹咩贵安(女,58岁)、曹咩贵富(女,60岁)说,人是从葫芦里出来的,有汉族、傣族、德昂族等。[2]

德宏傣族的葫芦生人神话注重解释为什么螃蟹没有头。比如,芒市户育村的李波水庄(男,75岁)说,最高的天神"坤桑龙"造天地万物之后,就把万物种子放到葫芦里送到人间,包括人类。为了放万物出来,他朝葫芦砍了一刀,劈到了螃蟹的头,所以现在螃蟹没有头。[3]有的葫芦生人神话提到葫芦里的"一对男女"繁衍了人类。如盈江县盏西镇关上村旧城寨(姐告)的岳品礼(男,88岁)说火烧天地、洪水后地上遗留下一个葫芦,葫芦里有一男一女。他们的孩子在大树的帮助下成为夫妻,从此人类才繁衍起来。[4]

德宏傣族还流传着"弟兄民族祖先"神话,多讲述傣族、景颇族、汉族的祖先为三兄弟,后在不同地方居住,具有了不同的生活以及信仰习俗,生活条件等也产生了差别。这类神话多为口述流传,不见于书面记载,且内容较为简短,展示的是傣族民间对德宏地区族群特征的解读。在德宏州搜集到的傣族"弟兄民族祖先神话"以盏西镇为多。盏西镇芒练村的屈在和(男,78岁)说,从前天上掉下来六只虫,其中三只是公的,三只是母的。第一对"蒙寻"是毛毛虫,变成了汉族老大,居住在中心,比较有文化。第二对"蒙林"是豆狗(一种虫子),变成了傣族,是老二,所以在田间种稻。第三对是"蒙炯",这种虫子有毒,人触碰到的话会蜇伤人并很快弹走,它们变成了景颇族,是老三,住在山上。[5]盏西镇支那乡中寨村孟有德(男,59岁)说,当地的汉族、景颇族和傣族是三兄弟。景颇族是老大,住在山头。汉族

---

[1] 2016年10月14日搜集,屈永仙翻译,李斯颖整理。
[2] 2016年10月4日搜集,屈永仙翻译,李斯颖整理。
[3] 2016年9月29日搜集,屈永仙翻译,李斯颖整理。
[4] 2016年10月5日搜集,屈永仙翻译,李斯颖整理。
[5] 2016年10月6日搜集,屈永仙翻译,李斯颖整理。

是老二，住在街上。傣族是小弟，住在坝子上。

德宏傣讷人中流传的"九位天神""坤鲁与坤莱"等族源神话母题，内容上存在部分交融的倾向。虽然侧重点不同，这些神话又彼此呼应，构建了德宏傣族族源神话的"历史记忆"叙事体系，在仪式与文字的记录与经典化过程中彰显出叙事的多元性与认同的选择。

第二节

九位天神、坤鲁与坤莱等神话的文化特质

在德宏傣族中传承的九位天神、坤鲁与坤莱等族源神话，既受到汉文化的深刻影响，又浸入了南传佛教的精髓。与此同时，傣讷人对本民族传统的民族民间宗教与文化的坚守与创新，使日益本土化的族源神话彰显出别样的光彩。

一、汉文化的影响

有史以来，德宏傣族人民素与中原王朝交往频繁，传说德宏傣族先民建立的达光王国就曾向东汉皇帝进贡，并得到封赏。[1]当时德宏地区诸多邦国国王也曾信奉大乘佛教，从中原来的汉族僧人曾为他们主持国中寺院。元朝时，德宏地区先后设立了金齿安抚司、茫施路军民总管府、镇西路军民总管府、平缅路军民总管府、麓川路军民总管府。明王朝三征麓川后，在德宏地区分设孟养、孟定、木邦、干崖、潞江等土司政权，汉文化在德宏地区得到了更迅速的传播与接纳。

在部分德宏傣族地区，寺庙中有阴阳八卦之图，民众保留着祭拜关帝等习俗，活鲁所使用的经文中有大乘佛教之《金刚经》等。这些现象都与

---

[1] 杨永生：《傣族历史文化研究文集》，芒市：德宏民族出版社，2007年，第55页。

德宏州梁河县的傣剧表演（李斯颖摄）

傣族人民接受汉族文化有关。依据受汉文化影响的深浅，德宏的傣族有"汉傣""水傣"之分。"汉傣"多居住于德宏州北部地区，如盈江县、梁河县等。这些地方的傣族人民受汉文化影响深，家里堂屋中多有供奉汉文祖先神位，并声称自己来自"南京应天府""河南上蔡"等地。不少家族中都有汉文族谱，追忆自己从何处而来。而水傣则居住在德宏州的南部地区，如瑞丽、陇川等，家中没有祖先神位，说自己来自"贺宏陇勒"。史有记载旱摆夷"山居性勤，男子衣及膝，女高髻帕首，缀以五色丝"，"水摆，性情柔懦，居多近水，结草枝居之，男女皆浴于河，以春季为岁首"。[1]关于"汉傣""水傣"的划分并不是确定不变的，这只是接受汉文化程度不同而产生的一种相对概念，现已逐渐淡化。傣族人民对于中原汉文化持有吸纳、学习的积极心态，对于汉族人相对而言的富裕、文化水平高等现象都有所关注，并在"兄弟祖先民族"神话中有所反映。

---

[1] 转引自瑞丽市史志办公室编《瑞丽傣族文学发展概况》，芒市：德宏民族出版社，2012年，第2页。

二、佛教文化的影响

如前所述,德宏傣族人民接受佛教的时间较晚,[1]佛教在传播的时候,积极吸收傣族的传统民间文化。当地的佛教人士或者知识精英根据佛教教义,改写各类民间口头传统叙事,以此获得傣族民众对佛教的认可。

德宏傣族族源神话或多或少都受到佛教文化的影响。"九位天神"神话提到的开天辟地、创世造人等内容,是傣族先民世界观的阐述,是他们集体的创造。侗台语族群先民自古有对"天"的崇拜与天神的叙事,这已获得学界共识。[2]从目前的流传情况来看,该神话母题已被融入佛教经典之中,并通过佛寺内的抄写和诵读活动,以书面和口传的形式得到世代传承。当地的傣族人民通常以"桑告布""桑果发拉果林""布散发雅散林"等概括性的语词作为对经文手抄本与相关神话内容的概括,因此不论是宗教人士还是一般民众,都会通过在佛寺宣讲、日常讲述等口传方式对该神话有所了解。"九位天神"神话中,九位天神之中的一位"坤桑汗"还与佛教节日泼水节(宋干节)紧密相关。为了不让"坤桑汗"的头颅掉到地上引起火灾,女子们轮流抱着他的头,因此人们要在这天为她们泼水去污。因为吃香土而导致无法返回天界的说法,也是来自佛教的影响。"葫芦生人"神话中创世时期的火灾、水灾等,来源于佛教的创世观。"坤鲁与坤莱"神话的傣文手抄本亦受到佛教思想的深厚影响,如《勐果占璧简史》中把坤鲁说成"活似一位菩萨临世"[3],他耳朵肥大下垂及肩、额头圆似满月,带有佛教神像的特征。至今,佛教依然是德宏傣族重要的信仰,故各类族源神话受到佛教文化思想的改编和吸收是一个正常现象。

---

1 瑞丽市史志办公室:《瑞丽傣族文学发展概况》,芒市:德宏民族出版社,2012年,第170页。
2 范宏贵:《同根生的民族——壮泰各族渊源与文化》,北京:民族出版社,2007,第265页。
3 云南省少数民族古籍整理出版规划办公室编:《勐果占璧及勐卯古代诸王史》,昆明:云南民族出版社,1988年,第19页。

三、民族传统叙事的本土化

虽然受到汉文化、佛教文化的长期影响,德宏傣族的族源神话依然传承着本民族文化传统的基因,保持了本土地域性特征。德宏傣族与西双版纳傣族,甚至老挝、越南、泰国的泰民族属于彼此文化相近、分离较晚的同源族群,通过比较相似叙事可以追溯德宏傣族的早期神话母题及其个性。

德宏傣族的葫芦生人神话母题在西双版纳傣族、老挝、越南及泰国的泰民族中均普遍存在。葫芦所具有的生殖意义在这些族群中十分鲜明,意蕴悠长。在德宏民间信仰中,葫芦与妇女的生育能力相挂钩。按照习俗,不能生育的妇女去坟头祭祀祖先时,回家时背上一个葫芦,就可以获得生育能力。在日常生活中,他们也有不能切葫芦做凉拌菜的禁忌。如前所述,德宏傣族的葫芦生人有两类模式,一类是无性生人,葫芦中直接出来人类。这一类神话中没有强调出来的人类有什么差别,而老挝、泰国等地的泰族却通过此类神话强调了不同族群之所以存在肤色、生活地理空间的差别。另一类是说葫芦中有一男一女,他们从葫芦里出来后繁衍人类。这类葫芦生人神话并没有强调葫芦中出来的是兄妹,也少见关于兄妹婚的内容。这在老挝、越南及泰国泰民族的葫芦生人神话中也较为普遍。葫芦生人神话作为独立的神话母题,在德宏傣族中保持了较早期的叙述形态。

九位天神的神话母题带有浓郁的德宏地方色彩,与当地的德昂族族源神话更为相似,或为两个民族文化互相借鉴、分享的结果。德昂族古歌"达古达楞格莱标"中就讲述了天帝选择八位神仙作为人种的内容,说八位神仙被天帝混西迦放在宝葫芦里,经历三灾之后来到人间,吃了香土之后变成男人女人,自行婚配为四对夫妻繁衍子孙,又各选一个大洲居住。[1] 屈永仙则对两部史诗做过比较,认为除了"茶树、粮种和衣饰的来历"和"漫漫坎坷迁徙路"两部分是德昂族特有的历史文化,其余的章节内容在傣族民间几乎都有

---

[1] 芒市非物质文化遗产保护中心:《达古达楞格莱标诗画集》,芒市:德宏民族出版社,2016年,第20—31页。

相应的流传。[1]

虽然在"神变人""吃香土"等细节上,德宏傣族的"九位天神"神话与西双版纳傣族,老挝、越南及泰国的泰民族神话仍存在共性,但其地域性特征更为明显。除此之外,"弟兄民族祖先"以及"坤鲁与坤莱"神话母题牵涉的是傣族之傣讷人如何在德宏地区扎根、发展以及维系多民族关系的内容,具有傣呐历史发展的个性与地域性特点。

---

[1] 屈永仙:《傣族创世史诗研究》,中国社会科学院研究生院少数民族语言文学系博士论文,2017年,第71页。

第三节

九位天神、坤鲁与坤莱等神话的传承特点与功能

九位天神、坤鲁与坤莱等族源神话的传承，体现出仪式与文字并行的特点，并具有多重的社会功能。

一、仪式与文字并行

正如王霄冰指出，"由文字形成的文本文献只有在仪式化之后才能发挥集体记忆的功效……管束人们思想行为的经典文本，也必须将其内容转化为可见可感的仪式规范之后才能发生作用"[1]。实际上，文字与仪式并行是德宏傣族社会中常见的文化记忆状态。

在傣族贺新房仪式上，仪式与文本分别在不同场域发挥着记忆作用。被收录在佛经中的"天神生人""葫芦生人"神话母题，保持着在仪式与文字文本之间传承的摇摆不定。只有特定的佛教活动——比如赕佛、节日等大型仪式，才会吟诵涉及族源神话的经文，从而向内部成员传递记忆信息。这些文化记忆内容不但被放置在仪式中被传承，也通过文本得到固定，处于被"经典化"的过程。被记录在傣文历史手抄本中的"坤鲁与坤莱"神话母

---

[1] 王霄冰：《文字、仪式与文化记忆》，《江西社会科学》2007年第2期。

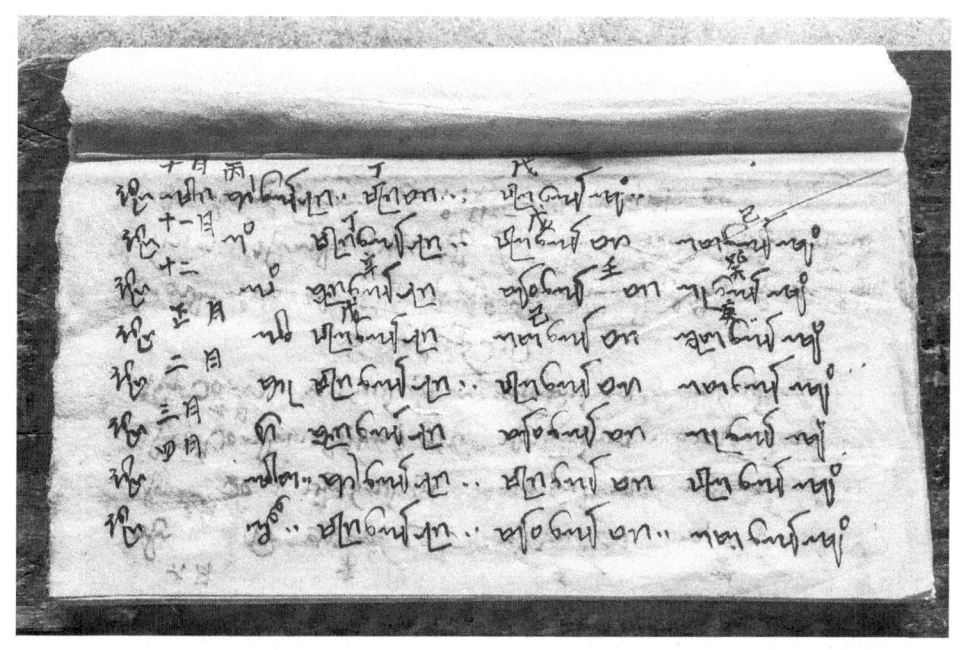

德宏州傣族傣讷人的历法手抄本（李斯颖摄）

题则脱离了相关仪式传承的方式，进入了以文字与文本传承为主的阶段。这时，虽然口头传承依然在民间发挥着不小的作用，仪式的规则却已经不适用。参考《嘿勐沽勐——勐卯古代诸王史》，作者在文末写下这段话：

> 傣历乙丑年，我这个知识浅陋的勐卯人，才动笔整理傣族的这些历史。我要写的就到此结束。请你们看一看，听一听所记述的这些历史。我死了以后，请后代不要遗忘了。而且以后还要请有知识的人，把我们未来的历史继续写下去。我搜集了许多资料，大多是不知名的前人记录下来的；我只是把这些资料集中、选择、充实后，加以整理而编写。
>
> 我是勐卯弄冒人，名叫卞章嘎，是"幢"寺中的二佛爷（和尚），姓帕。我的叙述就到此结束。[1]

---

[1] 云南省少数民族古籍整理出版规划办公室：《勐果占璧及勐卯古代诸王史》，昆明：云南民族出版社，1988年，第171页。

这段描述可被视为文化记忆进入文字"文本化""经典化"阶段的脚注。文化记忆多是经过权威性的机构或人士进行整理，并被确定为典范。[1] 在这段文字中，这位有着高贵文化身份的"二佛爷"通过整理各种文献，力图完成对傣族"回忆形象"的塑造，文化记忆的形成与传递，与文化精英个人的喜好、宗教信仰与政治偏向都有着密切的关系。记录着"坤鲁与坤莱"神话的《勐果占璧简史》文本，虽然没有保留作者信息，但其经典化的过程也大概如此。

神话之外，德傣民众中还有从"贺宏陇勒"迁徙而来的说法。通过"贺新房"仪式及诵词，他们生动地再现了自己从"贺宏陇勒"[2]来到德宏本地的历史。在仪式上，房主要带着家庭成员来到新房门口，通过屋内外对答诵词之后才能进入屋内。如这首屋外人的诵词："我们来自遥远的地方，听我慢慢追溯我们的根源。我们从天的那边来到这里，你们问起我们的祖先，那我将细细说给你们。我们的先辈曾经讲述，他们从遥远的贺宏森林往下走，他们一路不曾停歇，直到遮放……我们从瑞丽走到陇川又来到户撒，户撒只是个寒冷的地方，我们只是路过，在那里借宿。谁也没有在那里落户，又一起走到勐腊盏达，人们说那也是勐的下游。从石头寨到并很村，我们日夜不停地赶路……"[3] 通过仪式上的展演和叙事，人们传承着先民苦难的迁徙记忆，追忆着自己的来源。作为文化记忆的"首要组织形式"，仪式现场的集体参与给予人们接受并传承文化记忆的身体体验，并通过一次次的仪式重复，使成员获取了共同的文化记忆，认可了彼此作为内部成员的身份。在仪式的口头演述之外，主持仪式的活鲁、村中长老也保存着相关的傣文抄本，这些被视为经典文献的傣文抄本具有地方的权威性，在仪式之外成为族群记忆的教材，并为仪式提供参考。

此外，汉文书写系统进入德宏傣族社会，并带来了新的文化记忆建构倾向。部分德宏傣族人民声称自己来自"南京应天府""河南上蔡"等地，并

1　王霄冰：《文字、仪式与文化记忆》，《江西社会科学》2007年第2期。

2　"贺宏"在傣语里是"南宏江（怒江）源头"的意思，"陇勒"在傣语里是"上方的莽莽森林"的意思，故"贺宏陇勒"为"南宏江（怒江）源头上方的莽莽森林"之意。

3　屈永仙：《寻找傣族诗歌》，昆明：云南民族出版社，2016年，第164—165页。

拥有与汉族相似的"家谱"。如盈江县新城乡傣龙村下芒弄小组的活鲁哏柳生（男，68岁）展示了其家族编修的傣、汉双文的《银姓族谱》，族谱讲述"哏"姓实为"银"姓，家族根源统一从琅琊郡改为西河郡，而滇西银姓先祖为明朝的将军银庞。明洪武十二年，银庞将军奉命出征滇西，平定内乱，到达腾越后在此以身殉职。银庞的三个儿子银悔、银恒、银恤平定滇西后，就地安身，成为本地人。"在腾越，是银恤，银恒银悔盈江奔。银恒来把景颇变，银悔变傣把汉更。景汉傣，一家亲，同宗共祖无区分。"[1] 在哏柳生本人撰写的进新房仪式诵词中，哏姓人从山西经过下关、宝山、怒江、腾冲、大盈江，最后来到曼龙寨。[2] 这样，汉族的祖先变成了景颇族、傣族，三个民族有着共同的祖先。这种缺乏实证的攀附汉族姓氏的现象，多出于各种目的的需求。它展示出当事者对文化记忆文本进行"一致性"和"连续性"的经典化诉求，也暗含着文化记忆受到政权影响的结果。如前所述，中原中央王朝对德宏傣族的征服与管辖在文化记忆的转向中发挥了至关重要的作用，使傣族人民主动选择汉族历史上的名人作为自己的始祖，使族谱成为掌握在知识分子手中的"神圣文本"。[3] 这类通过汉文文本确定下来的族源叙事，缺乏仪式的支撑，但却更容易在少数民族地区被誉为更真实的"历史"，建构出新的文化记忆。

文化记忆的文字形式并不一定具有持续性，而存在被遗忘、自动消失、过时和被尘封的危险。这从傣文与汉文族源叙事的博弈中可见端倪。两套叙事系统为傣族族源神话的传承造就了一定的张力，催生着"弟兄民族祖先"这类族源神话的产生。传统的仪式依然与傣文书写传统相呼应，发挥着传承、维系文化记忆的功能。在遭遇汉文系统书写时，旧的仪式被赋予了新的内涵，与汉文神位、族谱与宗亲联谊会等共同服务于新的文化记忆。族源神话的多元叙事，是德宏傣族人民历史上接受多重文化影响、处理复杂民族关系时所形成的表述，多种族源神话与叙事的杂糅并存，是文化记忆在不断重

---

[1] 银氏族谱编撰委员会：《银氏族谱》，内部资料，2004年，第7页。
[2] 2016年10月5日搜集，屈永仙翻译，李斯颖整理。
[3] 与此同时，对汉族祖先的认同来自民族融合的记忆。

塑民族"历史"时能动性构建的结果。

二、九位天神等神话的多重功能

德宏傣族族源神话"九位天神"等实现了族群内部的认同功能，提升了族群整体的凝聚力，构建了族群与外部的边界。以群体的方式来生活是更好维持生存、获取资源并保障安全的必要方式。"节日和仪式定期重复，保证了巩固认同的知识的传达和传承，并由此保证了文化意义上的认同的再生产。"[1]作为文化记忆的族源神话，通过在不同仪式场合中讲述自己族群的高贵起源（如"九位天神"神话），或讲述自己的英雄首领（如"坤鲁与坤莱"神话）的经历，使民众强烈感受到彼此都是共同祖先的后代，共享着祖先的光辉与成就，并以此产生强烈的认同感和责任感，积极维系族群内部的发展和兴盛。德宏傣族一路迁徙而来，从"新进入群体"发展成当地的主体民族，内部的凝聚力与认同的强化发挥着作用。

族源神话对于德宏傣族人民传授传统知识、记忆"历史"而言有着不可替代的重要性。"一种经过共同的语言、共同的知识和共同的回忆编码形成的'文化意义'……即共同的价值、经验、期望和理解形成了一种积累……继而制造出了一个社会的'象征意义体系'和'世界观'。"[2]德宏地区傣族人民的族源神话高度凝练着他们的世界观、哲学观。在"九位天神"的神话中，九位天神同时也是创世的英雄，天地的形成是劳动创造的结果。在"葫芦生人"神话中，天地万物均来源于一处，是葫芦的"孩子"，故共处于大地之上。这些内容，都反映着傣族人民对于世界的认识和解释，并长期指导着他们的生活态度，包括对祖先的尊敬、对万物的宽容，等等。迁徙而来的经历虽然有虚构的部分，但不可否认其有着历史的基础，并被傣族人

---

1 ［德］哈拉尔德·韦尔策：《社会记忆：历史、回忆、传承》，季斌等译，北京：北京大学出版社，2007年，第57页。

2 ［德］扬·阿斯曼：《文化记忆：早期高级文化中的文字、回忆和政治身份》，金寿福等译，北京：北京大学出版社，2016年，第146页。

民长期视为真实的"历史"。通过贺新房等仪式叙述,傣族人民祖祖辈辈记忆着本民族的"历史",并以此为鉴,继往开来地创造新的生活。

德宏傣族族源神话暗含着地方资源的分配与民族关系问题,建构了对应的地方知识体系。在"弟兄民族祖先"的族源神话中,傣族与汉、景颇来源于一处,分别居住于田坝、街镇与山上。汉族人有钱而不用祭祀那么多鬼神,而傣族、景颇族是不同程度的贫穷,祭祀更多的鬼神。该神话符合曾经的历史状况,是对共处民族血缘关系、空间关系、信仰状况、资源分配情形等现实问题的解释。然而,这种描述却与历史事实相左。在历史上,德昂族是德宏的土著,傣族和汉族都是后来才迁徙而来的,在傣族的族源叙事中却把三者说成血缘上的"兄弟"关系,没有老居民与新移民之分。这就是族源神话对民族相处及其关系所起到的一种"规范"功能。通过这种描述,各民族拥有自己的生存领地,保持不同的信仰习惯、资源分配传统。各民族人民在这种模式下生活,在不同的区域居住,存在着合作、区分与竞争的关系,不逾越获取资源的"边界",达成族群和谐共存的目的。这类族源神话构建了傣族人民所认可的地方知识体系,在历史上对于维护地方的稳定有着重要作用。

总的来看,德宏傣族及相关民族源神话叙事丰富,涉及四个主要神话母题,至今仍在传承。较为专职的文化记忆承载者、仪式专家(活鲁、村寨长老等)对"九位天神""葫芦生人""坤鲁与坤莱"等族源神话内容进行了文字文本化与经典化的处理。德宏傣族族源神话的传承,具有文本与仪式并行的特点。通过对历史的选择性记述、书写和仪式展演,"历史才拥有了可持续的规范性和定型性力量,从这个意义上讲,也才变得真实"[1],这是文化记忆实现的关键要点。随着傣文与汉文文本及相关仪式的经典化(Kanonisierung)过程的完成,德宏傣族塑造了自身的民族整体意识与独特气质。

德宏傣族族源神话叙事潜藏着巨大的张力。它深植于民族迁徙与文化交

---

[1] [德]扬·阿斯曼:《文化记忆:早期高级文化中的文字、回忆和政治身份》,金寿福等译,北京:北京大学出版社,2016年,第47页。

流的悠久历程,最终形成的表述是艺术的真实,记忆历史的真实,而非现实的真实。它展示着族群内部对文化记忆的能动选择,构建了德宏本土的地方知识体系,并以此达到凝聚傣族内部认同、区分"我者"与"他者",传承传统历史文化知识、表述地方资源分配状况等深层功能。无论何种族源神话叙事,最终都是德宏傣族人民根据实际需要对历史进行整合、自我调适而形成的一种"文化记忆"。

德宏州傣讷人佛寺中礼佛的老年女性(李斯颖摄)

附录：德宏傣族族源神话调查日志节选

2016年9月28日，芒市

傍晚和屈永仙到菩提寺找银宗德老人，他有87岁了。老人家是活鲁。活鲁或贺鲁，"活""贺"那个字就是"头头"的意思，鲁是"赕佛""做功德"的意思。

他给我们讲述了很丰富的神话内容，主要包括以下方面。

1. 进新房要唱的创世歌：从前世上是宽广的海洋，只有很小一块陆地。天上的8个神仙下来，分成4男4女，造土地繁衍人类。

2. 人和万物都是从葫芦里出来的。

3. 认为：缅甸那边的属于傣龙，这边的傣族属于傣讷（Nwe），虽然这边的被人称为"汉傣"。

4. 没有听说过：天地增高的事情；没有听说过天神和青蛙打架的事情。

5. 坤西迦：天神，地位比昆尚还要高，昆尚则是造人的神。

6. 坤鲁坤莱：即尚鲁尚莱，被视为历史上的祖先。后代迁徙到各地。

7. 据说原来大理、保山、昆明等地原来也是傣族的地方，后来发洪水后就迁徙下来。

8. 火烧天地：是佛祖留下的预言。

9. 物质来源：经文上的创世部分记录是老鼠带来的谷种。以前谷子很大，寡妇鳏夫收割谷子的时候很粗鲁，随便搓揉稻穗，导致稻谷变小。在日军侵略前，还有个地方保留了很大的谷壳。

10. 没听说过布桑该、雅桑该的故事。

11. 文字：从印度传来，在印度还有使用傣族文字的。

12. 桑木底：没有听说过。

13. 兰嘎西贺：兰嘎是魔王的名字。

2016年9月29日，芒市

早上和屈永仙骑摩托车去芒市的户育村，该村有300多户。

我们找到该村的贺鲁，李波水庄，75岁。他同时也是"摩嘎拉"。据屈永仙介绍，贺鲁是负责佛教组织、念经等事务的人，一般懂得各种佛教经文。摩嘎拉则与原始宗教有关，负责算命、选日子、起名等。

到老先生家里的时候，有四五人在等他帮算日子。第一拨是要装修，第二拨好像是要为孩子选日子。老先生看日子使用了好几种历法，既有带图片的，有傣文、巴利文的，还有汉文的图书，甚至有农历的日历。可见受汉文化影响比较深。

得知我们要找创世神话方面的内容，他拿出一个手抄本念给我们听。先解释说，这本是有韵律的傣文，而抄自巴利文经文（红色本）则只是叙事，没有韵律。他告诉我们这个是过年的时候到佛寺拜佛时念的。他强调说这是属于《金刚经》第28部，让我们去找一下就能找到。此外，我在他家中神台下看到有关羽的神像。可见大乘佛教、汉文化都在这一地区有所影响。

之后我们依次问了他一些与族源神话相关的问题，他的回答如下：

1. 七次火烧天地，神下来造世。

2. 壮族：傣龙，大傣族，最早的支系。西双版纳：傣阮，水傣族，第二个出现。芒市：傣讷，汉傣，挨着缅甸，建立勐卯，挨着缅甸，第三个分出来。

3. 坤鲁坤莱：历史上做天地的神。以前火烧水淹天地，水干了之后山谷河流才形成。蜘蛛网下沉变成金银，中间的变成轻的金属，最上面的变成煤炭等。

从天上下来的9个神就是坤鲁坤莱，走在最后面的人闻到土的香味，吃了香土之后就飘到天上去了。而剩下的8个神则变成了4男4女，他们结为夫妻繁衍人类，其中就有傣族。

坤鲁坤莱用宝石做成了太阳，用银子做成了月亮，他们定年日月，一年360天12个月，3年加一个月，每个月有的多5天，有的少5天。他们把一年分成了三个季节，而汉族是4个季节。坤鲁坤莱负责建造傣族村寨，谷种也是他们带来的，从老鼠国拿来的。没有对他们的专门祭祀。

跑上天的那个神则是坤尚汗，他的头被砍了之后，由4个女子轮流抱着，所以人们今天要为她们过泼水节。（泼水节的来历）

4. 桑木底：没有听说过。

5. 布桑该、雅桑该：没听说过。

6. 从前谷子很大，这是从老鼠国拿回来的2粒大谷子。寡妇嫌它们不好剥皮，就拿来舂，因此就变碎了。之前有菩提果那么大。以前谷种在堆梢发（ndoi sao fa）那里，那是世界上最高的山，里面是空心的。

7. 坤尚龙（Sanglung）：是最高的天神，又造天地，造天地之后又就造万物。他把万物种子放到葫芦里，为了放它们出来，然后朝葫芦砍了一刀，劈到了螃蟹的头，所以现在螃蟹没有头。

8. 坤西迦（khun Sit Jia）和坤尚龙（Sanglung）没关系，坤西迦主要管

活鲁李波水庄（李斯颖摄）

人间，是皇帝变成的神。

9. 创世纪有不同的时代：大荷花时代是摩龙甘帕（mo long kan pha），大老鼠时代是卢龙甘帕（lu long kan pha）。文字出现时，是荷花开着的时代，有字出现，有大佛5座。

10. 日、月和青蛙是三兄弟，他们三个抢一朵能使人长生不老的花，被月亮偷走吃了，青蛙就骑着车子互相撞，所以有"蛙吃月"，即月食，这是不好的日子。因为太阳没有偷吃这个药，所以和太阳没有打架。

11. 额（ngwk）就是龙王，会变成人。和那伽神是差不多的，只是来自不同的语言。护佑佛祖挡雨的蛇，名字叫作廓里瓦（Koliwa）。

12. 姓名的来源：以前有101朵花，吃了101只螃蟹，所以人类有101个姓。

13. 贵族的出现：坤鲁坤莱是人祖人王，四方的勐王、皇帝都是他们的后代，而葫芦里出来的就是低等一些的人类。

14. 管小孩哭闹之事的是花神乜莫娅（Me Mot Ya）。

15. 户育：傣语念作 hot yot，因为是星期日搬来，属于老鹰日。寨神：泛泛的神，没有名字。

16. 水：土地变来的。火：做太阳的宝石的影子变成了火。世间有水、土、火、风等物质，与佛教五蕴相似。

下午回程路上进了龙门村，村中佛寺正在赕佛。参加活动的老年妇女们很热情地接待了我们，并把我们介绍给活鲁。

门口有弥勒佛的塑像，一般来拜佛的都会先来拜弥勒佛。

他们新请回了一尊佛，让我们去看。说佛像是动乱时候埋到田里的，现在又请出来了。我们过去拜了佛，和一群五六十岁的阿姨们聊了聊。之后和活鲁赕罕（男，70岁）、叶恩（男，67岁）聊了聊。

叶恩会念诵入新房时的颂词，他给我们念了一遍。说书上记录他们是从怒江上游来的。坤尚造人，最早的人都是一种，后来分成很多种人。后面部分主要讲述以前怎么建造村寨，人多分到各地，变成多个民族，傣、傈僳、德昂、景颇等民族。这些一般由老人念诵，口耳相传。

赕罕告诉我们8个神下凡变成4男4女，就是坤鲁坤莱。俗语把这个故

傣讷人佛寺中礼佛的中老年女性（李斯颖摄）

事叫作"尚（男）果（堆）法（天）拉（女）果（堆）林（地）"。"勐焕"这个地名是所有人聚在一起的意思。傣族人从南京、天津等地方来的。这边的傣族只根据住地分成上、下游的傣族，有傣讷（Nwa）、傣德（De）等。"傣龙"的称呼则不知道什么意思。

我们还继续和他请教了一些傣族的族源神话，获得信息如下：

1. 没有听说过撑高天地的故事。

2. 洪水神话：没有听说过，没有葫芦生人的故事。

3. 谷种：老鼠带来的，人去请谷种，经过12个动物（生肖）国家到达人类世界。这些动物帮助人类，如水牛犁田，蛇帮做田沟，人才能插秧。

4. 谷种太大不好剥皮，就被捣碎了。

5. 没听说过鸡帮鸭孵蛋的事。另外一个穿蓝白条衣服的老人家说只念过类似的口头禅，不知道来历。

6. 没听说过青蛙和天神打架的事。只有神奇的金色青蛙的故事。

7. 没有听说过布桑该、雅桑该的故事。没有听说过桑木底。

第六章

"来自勐恬"的神话

第一节

"来自勐恬"神话的传承范围、主要内容与叙事特点

一、传承范围与主要内容

从越南至老挝、泰国东北部的台语族群多传承着"来自勐恬"（Muaeng Thaen）的族源神话，并有着较为集中的"恬"神信仰。这些族群主要包括分布在越南、老挝的布泰（Tai）族群，和主要分布在老挝、泰国东北部的佬族（Lao）、普泰（Phu Thai）等。

布泰[1]族群主要包括黑泰（Tai Dam、）、白泰（Tai Khau）、红泰（Tai Daeng）三个自称不同的族群，其下又可以分出更多的支系。如老挝的黑泰就可分为黑泰（Tai Dam）、青泰（Tai Keu）、泰么（Tai Meur）等。[2]其划分原则有服饰、自称、生活区域等不同依据的诸多说法。据说，华潘省的红傣是因为逢遇丧事，家中的妇女都必须穿着鲜红的服饰，故而得名。布泰人保持着本民族自身的传统信仰，包括万物有灵、祖先崇拜等，受汉、京族文化影响较深。部分人群如今改信南传佛教，还有的信仰基督教。

---

[1] 学术界常使用"泰"（Tai）人来统称这部分台语族群，为了与泰国的"泰人"相区分，本章节使用"布泰"来统称。

[2] Lao Front for National Construction: *The Ethnic Groups In P.D.R*, Department of Ethnic Affair, 2008, p. 14.

布泰人把勐恬视为祖先的居所和来处，或者认为勐恬就是最高天神——恬神（Phi Thaen，Zao Thaen，Zao Fa）居住的地方。例如，老挝琅南塔省东里村的黑泰布摩说，勐恬的大葫芦是世间人类出来的地方。[1] 老挝黑泰人塔古朗（Taguluan Guang，男，30岁）说，天界的恬神（Zao Fa）为了清洗人类的罪恶而降下滔天洪水。洪水退去，地球上只剩下一对夫妻，他们生下了一对子女，子女又婚配生下七个孩子，繁衍了如今世上的人。[2] 如越南奠边府的黑泰人也依然流传着天神下凡变人的的故事，说的是十位男女天神从葫芦里下凡成为人类的始祖。[3]

越南白泰人的神话里说，雅门、雅卖将泥做的万物装进葫芦里。恬神将葫芦戳破世上才有了人。[4] 老挝琅南塔省琅村的红泰老人说，恬神发大洪水淹没了天地，人类都灭绝了。只有一个大葫芦留在天地间，从里面走出了人类。[5]

佬族、普泰等民族主要分布在从越南、老挝到泰东北的广大地区，以老挝至泰国东北部为分布中心。老挝的佬族是该国的主体民族，据统计有240多万人（2008年），又可被分为普安（Phuan）、嘎楞、波、幼、育等支系。而生活在泰国东北部的佬族（包括 Lao Isan 和 Lao）人口最多，达2300多万人（1995年）。[6] 在越南的佬族人大概有1万余人（1985年）。老挝的普泰人大约有2万人（2008年），泰国的普泰人大约有7万人（1999年）。这些族群以信仰南传佛教为主，彼此之间的文化交流更多，文化共性更大。

---

[1] 访谈时间：2012年7月12日。

[2] 访谈时间：2012年7月13日；访谈地点：老挝琅南塔省勐醒县南勘村；讲述人：韦艾梭；访谈人：李斯颖、吴晓东、屈永仙；翻译：屈永仙。

[3] 刀承华：《傣泰壮创世神话核心观念的比较研究》，《中央民族大学学报》2011年第5期。

[4] 同上。

[5] 访谈时间：2012年7月11日；访谈地点：老挝琅南塔省勐醒县南勘村；访谈对象：韦幸珊（女，73岁）访谈人：李斯颖、吴晓东、屈永仙；翻译：屈永仙。

[6] 何平：《傣泰民族的起源与演变新探》，北京：社会科学文献出版社，2015年，第153页。

泰东北普泰人的服饰（吴晓东摄）

佬、普泰等民族也传承着"来自勐恬"的族源神话，保持着对恬神的崇敬。老挝的佬族人中流传的《葫芦出人》《老挝民族的祖先》《两个南瓜生初民》等神话[1]，都以恬神为天上最大的神祇。其中，《葫芦出人》与泰东北佬族、普泰等民众中流传的《恬神创造世界》大同小异。神话里说：

> 在远古时候，恬神住在天上，人类还能与恬神相互交往，地面上有三个很伟大的人物，他们是布朗丞、坤克、坤堪。他们三人不尊重天上伟大的恬神，不遵照恬神的吩咐举行祭祀活动，恬神生气就发洪水淹世界惩罚他们，世界上所有的人全部死光了，只剩下他们三家人，因为他们三人做了很大的竹筏，把妻子儿女带到竹筏上，一直漂流到勐恬，也就是天堂，恬神警告教育他们要遵照恬神的指示做，并叫他们三人住在天堂。当洪水退去，世界恢复了原先的状况，他们三人就去请求恬神允许他们返回世界，他们说："我们不能待在天上，我们不会在天上玩得开心。"

---

[1] 张玉安主编：《东方神话传说》（第六卷），北京：北京大学出版社，1999 年，第 111—114 页、119 页。

于是恬神把他们送到地面上,并给他们一头牛。他们三人用牛犁田耕地种庄稼维持生活。三年以后牛死了,不久牛死的地方长出一棵葫芦苗,葫芦苗结了三个很大很大的葫芦,叫作"南岛绷"。当葫芦在藤上老了的时候,发出很嘈杂的人的叫喊声,布朗丞就把尖利的铁棍烧烫以后来戳葫芦,许许多多的人从葫芦里出来,像沙子一样多,像水一样多。坤克、坤堪用凿子把另外两个葫芦凿通,同样有很多人从葫芦里涌出来。从铁棍戳的洞出来的人叫"泰仑"和"泰里",这两群人就是"佧族"。从凿子凿的洞出来的人肤色较白,叫作"泰塄""泰咯""泰框"。

布朗丞教那些人种田种地织布,教他们结婚成家,他们就有了很多子孙后代。布朗丞还教他们尊重父母,尊重长者。所有的人包括泰人和阿佧人都属于他们三人统治。后来人越来越多,他们三人统治不过来,就去禀报恬神,请求派坤库神和坤框神下来做人类的君主。

坤库神和坤框神下来统治人类,但他们不顾地面上的人们的疾苦,不关心人民的生活,每天只顾喝酒,喝得醉醺醺的。布朗丞、坤克、坤堪就去禀报恬神,说坤库神和坤框神下来统治地方,地方也不兴旺发达,请恬神把他们叫回天上去。恬神把他们叫回去,又派坤坤木昏来统治人类。[1]

佬族"来自勐恬"的神话又常与英雄始祖坤布隆有关。有的说,坤布隆是恬神的孩子,他们都住在高高的勐恬上。勐恬在如今越南奠边府那边,又叫作"勐堂"(Muaeng Thaeng)。坤布隆从勐恬来到人间,生了七个儿子。他是一个很好的国王,教会人们建造房子,设立城市,对人们进行管理,还教育人们不要吵架,要相互爱护。他把他的儿子分封到各地做王。[2] 其中,大儿子坤罗(Khun Lo)就被分封在琅勃拉邦,建立了澜沧国(Lan Xang)。第二个儿子差亚平瑟(Chaiyapongse)去到泰国北部并在那里建立了庸那国

---

1 刀承华编译:《泰国民间故事选译》,北京:民族出版社,2007年,第2—3页。
2 访谈时间:2017年11月6日;访谈对象:老挝国立大学教师勘朴依;访谈人:李斯颖;翻译:裴文。

（Yonok）。[1]其他的儿子还被分封到如今老挝的桑怒、川圹，泰国的曼谷，缅甸等四面八方建立了自己的王国。

黑泰也传承着有关坤布隆的一些神话，但尚无法确认是受到佬族文化的影响还是本民族传统文化的内容。如黄兴球在老挝琅南塔省南塔县峒地村调查时，当地的黑泰老人就曾拿出一本用黑泰文字抄录的《坤布珞》，即有关坤布隆的文本。但笔者暂时无法得知其内容，在自己的研究中亦尚未发现更多布泰族群中有关坤布隆的更多叙事。[2]

泰国东北地区的普泰族也保留着对"勐恬"记忆与对"恬神"的信仰。泰国那空拍侬府塔帕侬县的普泰人差伯林（男，58岁）说，普泰人对恬神的崇拜是本族群的传统信仰，对他的信奉早于佛教信仰。在普泰人的神话里，或是恬神送药或是送葫芦籽，促成了人类的出现。在泰国东北部还流传着恬神与青蛙神斗争的神话——《青蛙神的故事》，讲述了恬神与青蛙神相争，失败后不得不给人间降雨的内容。[3]

除了上述族群，在台语西南语支民族中也偶尔能见到有关恬神的叙事，或为与上述族群文化交流的结果，不具有代表性。例如，从中国迁徙到印度的阿洪泰人流传着有关恬神的族源神话。神话里说，一开始世界上什么也没有，空空的一片，只有恬神。恬神创造了螃蟹、乌龟、蛇、白象、山、金色蜘蛛，之后创造了一位女神作为妻子。他们生了4个孩子，管理着天界。后来天神发现没有人来管理人间，就派孙子坤朗和坤莱来管理人间，坤朗和坤莱爬铁梯下来人间，各族泰人也从这个梯子下来人间，在靠近山的峡谷地带修建家园。[4]另一则族源神话则说，在以前，下大雨造成了严重的水灾。后来一个南瓜破裂，有人从南瓜里面出来。但是，出来的人还不多，恬神的儿子

---

1 Joachim Schliesinger, *Tai Groups of Thailand*, Volume 1. Bangkok：White Lotus Co., Ltd. pp.32.

2 黄兴球：《老挝族群论》，北京：民族出版社，2006年，第151—153页。

3 刀承华编译：《泰国民间故事选译》，北京：民族出版社2007年，第5—6页。

4 ศิราพร ณ ถลาง：การวิเคราะห์ตำนานสร้างโลกของคนไท：รายงานการวิจัย, จุฬาลงกรณ์มหาวิทยาลัย 2539, p.41.（莎拉潘·那·塔琅：《台语民族创世神话研究》，朱拉隆功大学博士论文，1996年，第41页。）张磊翻译。

又造了很多人。后来恬神派坤朗和坤莱统治人间。他们顺着天梯来到人间，并把侍从、生活用品、动物等也一起带了下来，建立了城池坚固的国家。[1] 又如，笔者曾在田野调查中搜集到一则西双版纳傣族傣泐人的神话说，人类的英雄祖先桑木底与恬神、那伽是三兄弟，都是天神的孩子。后因志向各异而分家。[2] 此外，孟连的傣族泰痕人说，天上最高的神是帕雅因，恬神也归他管。恬神不满人间供奉不足，七年不给人间下雨。癞蛤蟆神和他打了一仗，斗智斗勇，打败了恬神。从此，恬神才乖乖给人间下雨。[3]

有些地方的恬神也分成了对偶神。如泰北泰阮人族源神话中的恬神变成了一对夫妻。流传在清迈美林县美沙镇的神话说，火吞没了地球，布恬和雅恬捏了一对人。这对人成为人类的首领，有11个孩子。他们分别统治了101个大的城市，后来变成了印巴人、中国人、欧美人、柬埔寨人等。清迈杭东县韩庚镇通奥龙庙的通素·素塔诺和尚则说，以前地球上什么也没有，布恬和雅恬创造了布双西和雅双赛，繁衍后代，成为泰阮人。帕尧府的泰阮人则说布恬和雅恬用泥土捏成人形后晾干，泥人就变成了二人的孩子，成为世界上的人。[4]

二、叙事特点

根据上述族源神话材料及相关的文化信息，可以发现其叙事有着较为核心的母题与多种演变。其中，"来自勐恬"是最核心的母题，成为黑泰、白

---

1 ศราพร ณ ฉลาง : การวิเคราะห์ตำนานสร้างโลกของคนไท : รายงานการวิจัย, จุฬาลงกรณ์มหาวิทยาลัย 2539, p.41.（莎拉潘·那·塔琅：《台语民族创世神话研究》，朱拉隆功大学博士论文，1996年，第41页。）张磊翻译。
2 2014年10月24日，云南省西双版纳州景洪勐龙曼栋村，傣族章哈岩拉（男，50岁）讲述，李斯颖搜集。
3 2014年10月30日，云南省孟连县勐马镇勐啊村会江村岩砖（男，65岁）讲述，李斯颖搜集。
4 ศราพร ณ ฉลาง : การวิเคราะห์ตำนานสร้างโลกของคนไท : รายงานการวิจัย, จุฬาลงกรณ์มหาวิทยาลัย 2539, pp.47-48.（莎拉潘·那·塔琅：《台语民族创世神话研究》，朱拉隆功大学博士论文，1996年，第47—48页。）张磊翻译。

泰、红泰、佬等民族最基础的记忆。围绕这个中心母题，不同族群的神话继续融入了自身独特的历史发展内容与文化记忆，尤其是自己历史上有迹可循的创世与英雄祖先，形成了参差多态的"来自勐恬"的族源神话叙事。

黑泰、白泰、红泰等保持民族民间传统信仰的族群，在"来自勐恬"的叙事前后多有恬神降下大洪水、葫芦生人等母题推进情节的发展，并形成完整的叙事。一首流传在越南奠边府的黑泰族源神话里说，从前天地很低，老祖父和老祖母砍掉了连接天地的绳索，天升高而恬神从此看得很远。在干旱之后，下起了暴雨，淹没到了天上恬神的地方。六个月后水才退去，地面上万物都灭绝了。只有一只小鸭子和一只它驮着的小鸡活了下来。恬神就让把人和万物放到葫芦里，让他们来到地上。神创和银王来到了地面，把房子一样大的葫芦里的人分开。这些人中有330个部落是山民，550个部落是泰人。他们有的去了中国，有的去了越南和老挝。布朗丞安置了王国，统治天下的马姆、哀、玛、萨和甘兰王国。他们在地面上人口扩散，代代相传。然后，有了布达禄和他的18个孩子，然后是布达勒和他的20个男孩。然后，他们分别轮流统治王国。其中，布达勒统治交州（越南），布达禄统治老州（老挝）等。[1]

黑泰人传统房屋造型（李斯颖摄）

---

[1] John F. Hartmann: *Computations on a Tai Dam Origin Myth*, Anthropological Linguistics, Vol. 23, No. 5（May, 1981）, pp. 183-202.

信仰南传佛教的佬族、普泰等民族则在"来自勐恬"的母题前后，突出了诸多有关恬神、其他天神与英雄首领的叙事。比如最早来到人间的布朗丞、坤克、坤堪等。其中，佬、普泰族"来自勐恬"的族源神话则与传说中的英雄始祖坤布隆联系在了一起。坤布隆既是恬神的孩子，又是老挝最早的立国者。根据《老挝史》等的描述，坤布隆被视为泰佬民族最早的"一统天下"的首领。澜沧王国的建国者法昂就宣称自己是坤布隆长子——坤罗的后代。在15世纪，僧王玛哈提帕銮还编写了《坤布隆的故事》一书，讲述老挝民族的产生、澜沧王国国王世系等内容。[1] 故此，佬族人视坤布隆为佬族古国的先祖，是本民族的英雄祖先。

此外，佬、普泰等民族还传承着大量《青蛙神的故事》这类讲述恬神与青蛙（或蛤蟆）神相斗的神话，并解释了芒飞节的起源。"芒飞"（Mang Fai），是笔者对老挝、泰东北台语中"火筒"的翻译，"芒"即"筒"的意思，"飞"即"火"的意思。因向天空放射"芒飞"的习俗形成了"芒飞节"，在泰国东北部、老挝等东南亚国家颇为盛行。在公历5—6月雨季来临时，台语族群民众择期举办芒飞节，以此祈求雨水丰沛。各村镇都会组织激烈的燃放芒飞的比赛，以祈求天神下雨，滋润作物，送来丰收。该节日也标志着新的水稻耕作季节的来临，在节日活动之后，大家就要投入繁忙的农耕劳作中去。如今的芒飞节不但被视为祈雨的必需仪式，也和村民的个人健康、整年平安吉祥相联系，对个人和集体而言都有特殊的寓意。

例如，流传在老挝佬族人民中的蛤蟆国王（Phya Khankhaak）的神话是这么说的：

> 很久以前，当佛祖还没有领悟的时候，他不得不再生来累积足够的功德成为佛祖。有一世，他以蛤蟆国王的身份重生了。因为他积的公德和爱心慈善，所有的人和动物都尊敬他。这让恬神很妒忌，觉得受了侮辱。为了毁坏蛤蟆国王的名声，恬神8年8个月都没有往地上降雨。人

---

[1] 郝勇、黄勇、覃海伦编著：《老挝概论》，广州：世界图书出版广东有限公司，2012年，第134页。

们没有水喝，也不能耕种，很多人和动物都死了。地球上所有幸存的动物决定为了雨水和恬神作战。在战斗中，那伽王和他的蛇队伍失败了，他们受了很多伤。伤好了之后，那伽和蛇的身体上就有了很多种颜色。然后，蜜蜂王和他的军队继续作战。战斗持续了很多天，大量的蜜蜂都被杀死了。蜜蜂王和他的军队遭遇了那伽王他们同样的命运，他们的身体也有很多种颜色。

其他生物都非常害怕。最后，蛤蟆国王决定来到阵前，他制定了非常聪明的三步计划。第一步，他派出白蚁去啃掉恬神及其军队的剑柄。第二步，他派出蝎子王和他的军队去到天空，藏到柴堆和天神们的衣服里，随时准备咬他们。早上，当恬神和他的战士们醒来，他们去取柴和穿衣的时候，就会被咬。当他们去抓剑柄时，所有的剑柄都被毁坏了，剑也就废了。第三步，蛤蟆国王命令他的军队开始战斗。因为恬神的战士都已经被蝎子咬了，他们就没有那么勇敢了。他们的武器又报废了。蛤蟆国王骑在马背上，追赶雨神；终于，恬神被抓住并捆绑起来。蛤蟆国王胜利了。蛤蟆国王和恬神制定了一个重要的条约，这就是和平的条约，主要的内容包括以下三点：

1. 用芒飞来实现地面上人类和雨神的讯息交流。每年雨季到来之前，地面上的人要准备芒飞并发射到天空以提醒恬神下雨到稻田和其他作物田地中。

2. 青蛙的叫声是雨水已降临人间的信号，所以，当雨水降临的时候，青蛙必须得大声叫，这标志着大量的雨水可以用于稻田耕作。

3. 风筝和长笛声标志着收获季节的来临。这时就不再需要雨水了。当恬神听到这些声音，他就会停止向人间降雨，直到他明年看到芒飞为止。[1]

1　Edeltraud Tagwerker. *Siho and Naga-Lao Textile: Reflecting a People's Tradition and Change*. Frankfurt am Main: Peter Lang GmbH International er Verlag der Wissenschaften, 2009，p.154.

又如，流传在泰国东北地区的台语民族[1]神话《青蛙神的故事》说：

恬神是非常伟大的神，按照节令向世界供雨。那时青蛙神是勐的首领，统治着人民群众，人们生活幸福美满。由于青蛙神威力大，影响也大，大大小小的动物都非常敬重他，赞美他的恩德。秃鹰和乌鸦原本承担着拿食物献给恬神的任务，后来也都来守候在青蛙神身旁，居然忘记了给恬神送食物。恬神得知事情的真相后，非常生气，他想减弱青蛙神的威望，于是就不让天上的雨水按节令下来。

崇敬青蛙神的民众和大大小小的动物由于干旱而忍饥挨饿，种田没有收成，粮食和水果都很少，动物找不到吃的东西，大家都去青蛙神处叫苦。青蛙神知道干旱的原因，他对民众和动物说，恬神绑住了龙王，不让龙王玩水，龙王不能玩水就不能喷水，龙王喷的水飘落到地面上就是雨水，所以天下干旱。青蛙神还和民众、动物商量说，必须和恬神发动一场战争，并计划派大大小小的动物作为军队到天上和恬神作战。他吩咐臣民们筑了高高的墙壁，然后从墙壁上造梯子，梯子一直延伸到恬神住的天堂。青蛙神率领他的兵丁踩着梯子一直爬到恬神住的地方，向恬神发起进攻。

恬神早已有戒备心理，秘密藏着武器准备应战。青蛙神知道恬神藏武器的地方，就派白蚂蚁到恬神的武器的柄上凿洞。于是，恬神的长刀、长矛、弓箭等的柄都被白蚂蚁凿空了，青蛙神还使恬神的刀、矛、梭镖等生锈不能使用。

第二天早上，恬神吩咐大臣拿武器来分发给士兵们，才发现武器已经坏了，全都不能使用了，恬神只好改变策略，想通过念咒语来制服和战胜青蛙神。青蛙神叫青蛙、田鸡、知了等大声叫嚷，干扰恬神念咒语。恬神又变出蛇把青蛙、田鸡、知了咬死。青蛙神见状又叫老鹰把蛇

---

[1] 泰东北地区的台语民族以本地原住民佬族（Lao Isan）和后迁徙而来的佬族（Lao）人为主，此外主要还有普泰（Phu Tai）、科拉泰人（Khorat Tai）、泰唷（Tai Yoi）等，普遍受南传佛教影响。

吃掉……

双方进行了一场又一场智慧和神力的较量,但始终不分胜负。最后,恬神和青蛙神进行斗象比赛,恬神输了,被青蛙神捉住,双方商定停战协议:恬神同意继续向世界供水,如果某一年恬神忘了供水,就让世界上的人燃放火筒,提醒恬神按照时令供水。

所以,如果哪一年雨水迟迟不下,东北部的人们就点燃火筒提醒恬神供水,天长日久就有了点火筒的习俗。[1]

此外,还有一则收录在《绿林世界民俗与民俗生活百科全书·第二卷·南亚与印度、中亚与东亚卷》的相似神话说:

恬神和一位人类国王——蛤蟆国王存在矛盾,因此后者不得不带领一支由人类、动物和世间生物组成的军队,来和恬神作战,逼迫他每年都要给人间降雨。到了这个时候,通常是在农历六月,泰东北地区的人民举行一年一度的仪式,也就是芒飞节(Bun Bagfai),作为对这个承诺的纪念。每个社区都要用火药和竹筒自制芒飞,芒飞被装饰起来,跟着大家一起游行,最后放置在特殊的地方直到它被发射。而发射芒飞,就是用来提醒恬神他的降雨义务。[2]

有意思的是,人神相斗的母题在老挝至泰国东北部台语民族的求雨神话和桂中洪水-兄妹婚神话中都有出现。这让笔者推测这类叙述或许有着共同起源,该问题将在下一小节进行分析。

---

1 刀承华编译:《泰国民间故事选译》,北京:民族出版社,2007年,第5—6页。
2 *The Greenwood Encyclopedia of World Folklore and Folklife*,Volume 2,South Asia and India,Central and East Asia,Middle East,Edited by William M. Clements,Thomas A. Green,Westport:Greenwood Press,2006,p.132.

泰国东北部芒飞节期间的花车游行(吴晓东摄)

第二节

"哀牢人"的记忆:"来自勐恬"的历史文化渊源

在越南奠边府、老挝、泰东北以及周边地区的泰、佬等民族中,关于恬神的崇拜较为突出,"来自勐恬"的族群记忆深刻,关于"勐恬"的地理空间留给了人们丰富的想象。布泰和佬等族群中流传的"来自勐恬"神话,与他们族群真实的来源有关。笔者认为,这是他们对于自身哀牢人身份的记忆与文化叙事。结合目前的历史学、分子人类学等多学科的研究成果,这一可能性的概率很高。

一、作为哀牢后裔的布泰、佬等民族

学界对"哀牢"人族属问题的认识日渐清晰。曾经,有学者认为哀牢属于氐羌民族族系,有的认为哀牢人属于濮人、缅甸克伦人。[1] 根据何平的研究,中国汉文典籍中记载的哀牢山或牢山,应是"今天云南南部元江流域的哀牢山一带。这一带地区正好和今天的越南和广西相近,是早期傣泰民族先民活动区域之一"[2]。这一带是哀牢人最早的活动区域,此后,部分哀牢人西

---

[1] 何平:《傣泰民族的起源与演变新探》,北京:社会科学文献出版社,2015年,第145页。
[2] 同上书,第146页。

迁，在汉文典籍中留下了记载。他同时指出，"还有一些哀牢人可能后来向南或者西南迁徙，迁到今天的老挝和越南西北一些地区去了"[1]。

根据相关史料记载，越南西北地区和老挝一些地方都曾被称为哀牢。如在越南，《越史通鉴纲目》前编卷四引黎阮廌《舆地志注》记载了哀牢后裔的信息："哀牢部落甚繁，在在有之，皆号曰牢。今考诸书，则哀牢今属云南，唯族类甚繁，散居山谷，故我国（指越南——笔者注）沿边、老挝万象以至镇宁、镇蛮、乐边诸蛮，俗皆以为牢。"[2] 在老挝，哀牢后裔曾建立过万象和琅勃拉邦两个国家。陶维英在《越南历代疆域》一书中曾指出："公元1290年，陈仁宗战败元军之后，计划征哀牢国，因为它经常和牛吼入犯沱江方面的我国边界。公元1294年，上皇陈仁宗亲征哀牢，生擒人畜甚众。公元1297和1302年，范五老受命击哀牢。到公元1330年，上皇明宗又事亲征。"《皇明象胥录》卷三还对"哀牢"有持续的记录，说明嘉靖九年（1530年），时安南（越南前身）"（莫）登庸立子方瀛为国大王，而僭称太上皇，率兵攻谯清化，谯败走义安及莢州，复穷追，走入哀牢国，哀牢即老挝也"。[3] 综合多学科的材料，笔者认为，这些曾有"哀牢"人出没的区域如今仍是哀牢后裔的主要居住地。如今的布泰、佬、普泰等族群被认为是哀牢人的主体后裔，主要分布在越南、老挝、泰国等东南亚国家与地区。

具体来看，布泰族群被认为是哀牢人的主要后裔之一。何平认为，"越南西北地区的岱泰族和中国云南的花腰傣等傣泰民族的先民中，有一些应该就是中国和越南史籍中提到的后来分布在当地的'哀牢'"[4]。斯图亚特·福克斯更直接地指出，哀牢是后来进入老挝东北部和越南西北部"西双诸泰"（Sip Song Chu Thai）的泰老民族先民。[5] 西双诸泰联邦在17世纪就已经存在

---

1 何平：《傣泰民族的起源与演变新探》，北京：社会科学文献出版社，2015年，第146页。
2 上述文献转引自何平《傣泰民族的起源与演变新探》，北京：社会科学文献出版社，2015年，第147页。
3 ［越］陶维英：《越南历史疆域》，钟民岩译，岳胜校，北京：商务印书馆1973年，第320—330页。
4 何平：《傣泰民族的起源与演变新探》，北京：社会科学文献出版社，2015年，第151页。
5 转引自何平《傣泰民族的起源与演变新探》，北京：社会科学文献出版社，2015年，第147页。

了。它的主体居民是黑泰人，其后，白泰人掌握了西双诸泰的统治权，并延续到了联邦解体之后。在1889年，该地区被纳入法国在越南东京保护区的范围，成为法属印度支那的一部分。在1948年在第一次印度支那战争期间，它成为法属联盟里泰联邦的一部分。1950年，这一地区成为阮氏王朝末代皇帝保大的属地。在1954年日内瓦公约之后，西双诸泰联邦彻底解体。[1] 乔吉姆·基辛格把西双诸泰作为泰人传统王国之一。他在 *Tai Groups of Thailand Volume 1 Introduction and Overview* 一书中，把西双诸泰和勐卯、勐渤、兰纳、琅勃拉邦、澜沧等王国相提并论。西双诸泰的统治中心在勐堂，即现在的越南奠边府。[2] 与勐堂不一样，勐恬主要是作为布泰人信仰中最高天神的居所而存在。西双诸泰地区曾出土两千年前的台语族群铜鼓，上有立蛙等图案。故此，施莱辛格等人把西双诸泰先民存在的时间上溯到了两千年前。当然，西双诸泰发展壮大是个漫长的过程，并不断吸收了历史上陆续南迁的其他台语民族的成分。[3]

"勐恬""勐堂"这些名词频频出现在布泰族群的传统文本与口传叙事之中。根据越南黑泰人的民间抄本《关都勐》（*Quam To Muong*），他们的祖先早在9—10世纪就已经到达越南，泰人的祖先沿着红河南下，最终来到西部的"勐堂"，成为当地的主体居民。[4] 越南奠边府的亮村黑泰人巫师罗门酷曾主持过勐堂祭祀勐神的仪式，仪式上要使用水牛、黑牛等。同村的董文代（男，70岁）老人则告诉我们，巫师给死者送魂时唱词分两部分：第一部分是在家守灵期间叙述黑泰人的历史，叙述他们怎么从中国的西双版纳到达今日的居住地；第二部分是在出殡之后在坟地唱的，指引死者的灵魂如何翻山越岭，沿着祖先迁徙的路线返回，回到越南山萝省，最后回到祖先居住的勐

---

1 维基百科词条："Sip Song Chau Tai"，网址 https://en.wikipedia.org/wiki/Sip_Song_Chau_Tai#cite_note-Michaud2000_54-2. 访问日期：2022年12月1日。

2 Joachim Schliesinger, *Tai Groups of Thailand*, *Volume 1 Introduction and Overview*, Bangkok: White Lotus Press, 2001, pp.31-35.

3 Ibid, pp.31-35.

4 黄兴球：《壮泰族群分化时间考》，北京：民族出版社，2008年，第230页。

越南奠边府乌巴村黑泰巫师做仪式(吴晓东摄)

恬。[1]除了越南，东南亚的黑泰人巫师在人去世后，都要沿着迁徙的路线，把死者的灵魂送回勐恬，和祖先在一起。比如老挝琅南塔东里（Ban Tongdy）村的黑泰布摩韦艾梭说，黑泰人去世后都要将其灵魂送回勐恬。本村的黑泰人去世后要回归祖地，要依次路过纳里、纳莫、马多姆塞勐冒等地，回到勐恬，最后回归天际。[2]

笔者曾经搜集到的黑泰人神话也保留了对哀牢先民的共同记忆。2012年7月6日在老挝川圹省纳溪村（Nasy），黑泰老人董诺依（Tong Noi，女，78岁）曾向我们解释黑泰和其他民族为什么信仰不同：

> 以前的国王和黑泰、普安人等都在一起。有一次，国王掉到水里去了，黑泰人就跳到水里去把他救了上来。然而，普安人等没有去救他。由此可见，黑泰人更为能干，所以别人称我们为"布傣"，"布傣"就带有很棒的意思。黑泰人很能干，帮了国王很多忙，而其他像普安人等都做不到。

而有的相似神话则以此解释黑泰人不信仰佛教的理由：

> 以前，佛祖掉进了水里，只有黑泰人跳进水里把佛祖救了出来，所以他们可以不拜佛祖。而其他的泰族人都没有能力去救佛祖，就信仰了佛教，请佛祖保护。[3]

从上述神话中我们能捕捉到黑泰人与佬族普安人等原属于一个国王、生活在一处，并没有产生信仰的差别。这或许是对哀牢先民早期在西双楚泰共同生活场景的记忆。

---

1 2012年7月16日搜集，阮氏梅香（女，27岁）翻译。
2 2012年7月12日搜集，屈永仙翻译。
3 搜集时间：2012年7月13日；搜集地点：琅南塔省孟新县那看村（Ban Nakham）；访谈对象：光乌蓝（Guang Uluan）；访谈人：李斯颖。

乔姆斯·施莱辛格在介绍西双诸泰时，把坤布隆说成西双诸泰的国王。[1]在笔者的调查与资料搜集中，较少见到布泰人中有关于坤布隆的介绍。有关坤布隆的神话叙事主要在佬族人之中流传。故此，笔者认为他把坤布隆的叙事放入西双诸泰中进行叙事，是作者对布泰、佬族等共同历史文化起源的一个认可。

佬族人普遍被视为哀牢人的主要后裔。正如申旭指出："哀牢属于百越，为滇越之后裔，是金齿、百夷、壮、傣民族的先民。部分哀牢人曾迁往老挝，演化成为今天老挝的主体民族——老族（即佬族，笔者注）。"[2]佬族人流传的《九龙的故事》说：

> 古时候，有一个部落居住在湄公河流域。部落中有一个名叫迈宁的妇女，她家有九个儿子。迈宁在生第八个儿子之后，去湄公河捕鱼。当她下水捞鱼的时候，有一根满是粗糙鳞皮的原木从湄公河上游漂流下来，她来不及躲闪，原木碰上了她的腿。过了不久，迈宁就怀孕，生下了第九个儿子，取名为九龙。九龙一生下来就会走路。一天，九龙跟着母亲去湄公河捕鱼，不多时，有一条蛟龙突然钻出水面，大声向九龙的母亲喊道："喂，我的儿子在哪里？"九龙的母亲大吃一惊，立即转身跑回家中。九龙来不及逃跑，蛟龙游过来，伸出舌头，反复舔着九龙的后背。此后，九龙聪明过人，力大无比，人们拥戴他为这个部落的首领。从此，这个部落世代繁衍生息，而迈宁的九个儿子就是现在老挝民族的祖先，称为艾老族。[3]

这则神话与记录在《华阳国志》《后汉书》等中国汉文典籍中有关哀牢人的神话大同小异。将它与《后汉书·西南夷列传》[4]中有关哀牢人得记载相

1　Joachim Schliesinger, *Tai Groups of Thailand*, *Volume 1 Introduction and Overview*, Bangkok: White Lotus Press, 2001, pp.11-35.

2　申旭：《老挝史》，昆明：云南大学出版社，2011年，第24页。

3　张玉安主编：《东方神话传说》（第六卷），北京：北京大学出版社，1999年，第111页。

4　（宋）范晔：《后汉书》（第10册），北京：中华书局，1965年，第2848页。

比较，两则神话最主要的母题与情节高度相似，所体现的台语民族早期文化特质亦异常明显。两则神话中"触木生子""木化为龙""以幼子为首领"等共同母题，展示出台语民族先民对水神的信仰与幼子传承等社会制度习俗。根据中国汉文古籍记载，哀牢人"皆穿鼻儋耳"，"土地沃美，宜五谷、蚕桑。知染彩文绣"，出产"帛叠""兰干细布"，服"贯头衣""种人皆刻画其身象龙文"，与其他地方台语民族"断发文身"以像"龙子"的习俗是一致的。妇人的名取"沙壹"之说，则与台语民族采取姓氏加数字一、二、三、四等来给子女命名的习俗十分相似。与此同时，推举最小的儿子为首领，这与台语民族传统的幼子继承制是十分吻合的。

根据现有材料，老挝先民应该是从历史上西双诸泰的领地不断南迁而到达了今天老挝、泰东北等地。他们曾建立了澜沧、万象等古国，并在此基础上不断发展，成为老挝至泰国东北部的主体民族。如前所述，他们极其重视有关坤布隆的族源神话叙事，并把它作为佬族在老挝和东南亚立足的重要根据。[1]

与布泰族群不同，佬族先民在南迁的过程中接受了南传佛教的信仰。根据老挝典籍记载和相关研究，在7世纪佛教传入老挝以前，除了本民族的传统信仰，佬族先民还信仰婆罗门教等。最初，佛教在老挝的影响并不大。到了14世纪中叶，法昂统一老挝建立澜沧王国，并迎娶吴哥公主为后。于是，一批柬埔寨僧侣到老挝传播南传佛教，法昂因此定南传佛教为国教。自此，南传佛教才在佬族先民中得到普遍接受。16世纪初，老挝国王将《三藏》从梵文译成老挝文，在国王的支持下，老挝佛教发展很快，并成为当时东南亚佛教中心之一。[2] 此外，佛教进入老挝的另一途径是从印度经缅甸、泰国进入老挝。佬族民间依然保存了传统信仰的不少内容，如自然崇拜和祖先崇拜等。由此推测，佬族先民与布泰族群同为从西双诸泰迁徙而出的哀牢后裔，后因信仰上的差异逐渐扩大，而形成了不同的族群。

除此之外，传承着"来自勐恬"叙事的普泰人主要分布在老挝甘蒙省和泰国东北部等地。他们同样继承了哀牢文化的内容。普泰人被认为是从广西来的台语民族后裔与西双诸泰居民结合而形成的台语民族支系。他们也是

---

[1] 2017年11月6日，老挝国立大学教师勘朴依讲述，裴文翻译。
[2] Arne Kislenko. *Culture and Customs of Laos*. Westport: Greenwood Press, 2009, pp.53.

哀牢文化的主要继承人。在不断南迁的过程中，他们亦接受了南传佛教的影响。至今，他们还秉承着对恬神的信仰和部分早期哀牢先民的传统信仰。[1]

2012年5月17日，在泰国塔帕农（That phanom）的历史村，笔者曾搜集到由萨哇依·讪米（男，78岁）讲述的普泰人射箭获胜的故事，其中就有对西双诸泰的记忆：

> 我们的祖先原来在中国云南，后来迁到越南的西双诸泰，有12个支系，哪个支系都想做老大。于是大家就打仗、比赛，弄得不和睦。后来，大家相约来到一个悬崖边进行射箭比赛，如果谁能够把箭射中，粘在悬崖上，他就是老大。结果，普泰人做了一个手脚，把橡胶粘到箭头上，射过去就粘到悬崖上，于是他就成了老大了。

在泰国调查普泰族神话（吴晓东摄）

---

1 Joachim Schliesinger, *Tai Groups of Laos. Volume 3 Profile of Austro-Thai speaking Peoples*, Bangkok: White Lotus Press, 2003, pp.97-103.

综上所述，传承着"来自勐恬"神话的族群主要是曾经以西双诸泰为政权和聚居中心的台语民族后裔。这些后裔中，既有布泰族群这一人数较多、掌握西双诸泰权力的主体，又有佬族这部分人数众多、在不断南迁过程中接受了南传佛教并在老挝和泰国东北部建立了若干古国的族群。普泰人融合了西双诸泰先民与后来从广西等地迁徙而来的其他台语民族群体，亦成为哀牢文化的主要继承人之一。反之，布泰、佬、普泰等台语民族早期族源神话叙事也从另外一个角度印证了哀牢文化从云南到越南、老挝等东南亚地区的传承与发展，为哀牢作为台语民族早期族群之一的观点提供了新的证据。

如前所述，中国傣族傣泐人、傣讷人和泰国北部泰阮人等也有对恬神的崇拜和零星叙事。笔者认为，这或许是这些族群中融入了哀牢后裔或与哀牢后裔长期往来与交流的结果。正如何平指出："今天西双版纳一带的傣泐人乃至德宏一带的傣族先民中应该也在不同的历史时期融合了一部分被称为哀牢的人。"[1]

二、"来自勐恬"的族源神话根植于台语民族对"天"的深层信仰

根据分子生物学、语言学、民族学等多学科的最新研究成果，台语民族的祖先在三万年前就可能形成于北部湾一带。此后，他们向北进入中国扬州区域。形成了被记录在汉文典籍中的"百越先民"这一族群。此后，他们不断向西、向南迁徙，形成了台语民族先民并分化出从中国南方到东南亚的不同支系。百越族群发展了稻作文化，创造了以良渚文化为代表的文化传统。目前，广西柳江人是已知的最早东亚现代人。[2]

台语民族虽经过数千年的迁徙，如今的不同族群依然坚守着先民的一些早期共同信仰。其中，对"天"的信仰就是哀牢后裔"恬神"信仰的基础。

---

[1] 何平：《傣泰民族的起源与演变新探》，北京：社会科学文献出版社，2015年，第151页。

[2] 李辉、金力：《Y染色体与东亚族群演化》，上海：上海科学技术出版社，2015年，第1—2、20、22、177页。

范宏贵先生曾归纳出台语西南语支民族对天神的普遍信仰:"中国壮、傣族,越南的岱、侬、泰族,老挝的佬龙族,泰国的泰族,都共同信仰一个民间的神,这个神的名称,声韵调都一样,各国各族都称为thεn,ε的开口度比e略大点,音译为'天'。"其中,越南泰族的"天"是创世神,其他民族的"天"是保护神。[1] 笔者所讨论的"恬神"也属于范宏贵先生所述的"天"神范围,或许受到汉文化"天"信仰的影响,但为了避免造成混淆,故翻译成"恬"字。

具体来说,台语民族对天神的信仰和表达崇敬的方式又不一样。越南布泰族群掌管人间事物的天神一共有12位。其中,最大的天神是"大天",主宰一切。权力最大。佬族人在信仰南传佛教之前普遍信仰"天神"。即便在把佛教视为国教之后,开国者法昂依然在琅勃拉邦祭祀天神。传说那里有连接天地的梯子或石柱。老挝和泰东北的普泰人至今仍有祭祀天神和向天神祈雨的习俗。壮族南部方言的民众常通过"天婆"祭天的形式祈祷风调雨顺、五谷丰登。西双版纳傣族傣泐人则在傣历十二月上半月祭祀勐"天"神,祭祀地点则较为特殊,选在景洪市澜沧江北岸曼德寨的后山上。云南金平县勐拉的傣族人民则在正月期间祭祀天神。根据屈永仙的介绍,云南德宏的傣族民众虽然不使用"恬神"这个概念,也没有相关的神话叙事,但依然保留了对"天"(恬)的信仰,以及在传统节庆中的祭天习俗。越南的岱、侬族则在农历正月期间请"天师"祭祀"天神",以此祈求来年阖家安康、日子富足。有的则为了消灾祛病。[2] 有的台语民族则只保留了对"恬"的记忆,主要是作为至高的天神而存在。又如,印度的阿洪泰人认为恬神是掌管天地的天神,而统治者坤朗和坤莱则被视为天神的后裔。

范宏贵先生没有提到壮族北部方言民众对"天神"的信仰。笔者认为,如今壮族北部方言地区对雷神的普遍信仰是这些地区台语民族先民天神信仰与汉文化尤其是道教信仰结合的结果。在壮族北部方言的民众之中,雷神被视为掌管雨水、主持人间善恶的天神,地位很高、权力很大。虽在他们的信

---

1 范宏贵:《同根生的民族》,北京:民族出版社,2007年,第265—271页。
2 范宏贵:《壮泰各族对"天"的信仰与崇拜》,《广西民族研究》1996年第3期。

仰体系中，同样出现了玉皇大帝、太白金星等角色，但真正对人类产生影响，并在族源神话叙事中扮演了重要角色的，就是雷神。而且，与雷神相关的叙事在哀牢后裔这部分台语民族中有着明显的呼应。在下一小节，笔者将着重进行此方面的叙事与信仰比较。

三、哀牢后裔与壮族族源神话叙事与信仰的比较

布泰、佬等有着较为明显的哀牢文化记忆的族群，其族源神话内容依然根植于台语民族的早期传统文化之中。笔者通过研究发现，他们的神话与壮族的神话母题有着较为明显的相似性，应为早期共同叙事吸收了不同文化元素之后的变异。在此，根据前述的族源神话内容，笔者选择这些族群中相似的母题进行对比，以加深对这些台语民族共同的文化基因的理解。为了对比的需要，以下的母题并不是按照某篇神话叙事发生的先后顺序来排列的，而是笔者整理之后的一种排列。

表2 哀牢后裔与壮族族源神话母题比照表

共同母题	哀牢后裔族源神话及相关母题	具体族群	壮族族源神话及相关母题	具体族群
天神不满	佸神不满布朗沵等人不祭祀；佸神不满地上的青蛙神更受欢迎，导致动物忘了给他进供；天神和地上的蛤蟆国王有矛盾	布泰、佬、普泰等	雷王不满人间供品少；雷王不管人类死活；雷王只顾从人间索取，导致被骗	桂中红水河流域壮族
天神不让下雨	佸神（让帕雅那）不给人间下雨；佸神把那迦关起来，不让他下雨	佬、普泰等	雷王（让龙王）不给人间下雨；雷王把天池闸起来	桂中红水河流域壮族
通知天神下雨	人们需要雨水的时候就发射芒飞来通知佸神	佬、普泰等	布伯敲锣焚香向雷王祈求下雨；布伯烧香秉烛，敲锣打鼓，向天上求雨向地下求水	桂中红水河流域壮族
天神拒绝降雨	佸神拒绝下雨	佬、普泰等	雷王还是不下雨	桂中红水河流域壮族
人间上天评理	青蛙（蛤蟆）神带领动物们去找佸神评理	佬、普泰等	布伯杀上天与雷王理论	桂中红水河流域壮族
天神被抓住	青蛙神靠小动物，多次毁坏佸神的武器，佸神最终失败了，被抓住	佬、普泰等	雷王多次化身都被识破，被布伯抓住	桂中红水河流域壮族

(续表)

共同母题	哀牢后裔族源神话及相关母题	具体族群	壮族族源神话及相关母题	具体族群
天神赠葫芦籽	佤神给布朗派等一头牛，牛死后结出一个大葫芦；佤神给人们一粒葫芦籽；发洪水时漂过一个大葫芦	布傣、佬、普泰等	雷王给伏羲兄妹一颗牙齿，种出葫芦	桂中红水河流域壮族
天神发洪水	佤神发下大洪水惩罚人类；佤神想要清洗地球，更换人种	布傣、佬、普泰等	雷王发下大洪水，淹没世界	桂中红水河流域壮族
葫芦避劫	姐弟俩在葫芦中躲过一劫	布傣、佬、普泰等	兄妹俩在葫芦中逃过一劫	桂中红水河流域壮族
婚配考验	姐弟俩经过各类考验后结为夫妻	布傣、佬、普泰等	兄妹俩经过各类考验后结为夫妻	桂中红水河流域壮族
妻子怀孕生怪胎	姐弟俩结婚后，姐姐生下一个大葫芦	布傣、佬、普泰等	兄妹俩结婚后，妹妹生下一个肉球	桂中红水河流域壮族
人类诞生	葫芦中出来老封三族群；万物从葫芦中依次出来	布傣、佬、普泰等	肉球被剖碎，变成天底下的人类	桂中红水河流域壮族

通过上述对比可以看出，哀牢后裔民族所传承的与勐恬、恬神有关的神话内容，在桂中红水河流域壮族地区的族源叙事中都能找到相似的对应母题。尤其是某些细节上的高度相似，带有共同起源的可能性。例如，在《青蛙神的故事》[1]中，恬神的武器被青蛙神的队伍毁坏之后，想要通过咒语来制服对方，展开了螺旋式上升的斗争。第一次，青蛙、田鸡等干扰念咒；第二次，恬神变出的蛇把青蛙、田鸡等咬死；第三次，青蛙神叫老鹰把蛇咬死……如此不断较量。这种若干次程式化的较量，与桂中壮族神话方不断变化相神似。壮族神话《布伯》的情节高度相似。当布伯与雷神相斗："雷王马上就变化，变做公鸡把头扬。布伯立刻就识破：'拿谷喂你好来剀。'雷公第二又变化，变做懒猪往下躺。布伯便叫伏羲儿：'铁钩钩住送屠场！'雷公第三又变化，变做骏马把头昂。布伯立刻又问儿：'配上马鞍骑它逛！'雷公第四又变化，变做水牛角弯弯。布伯又叫伏羲儿：'你拿绳子穿鼻梁。雷变水牛我也杀，雷变骏马我也剀。'"[2]其中包括"变鸡—撒米""懒猪—铁钩钩""骏马—配鞍""水牛—绳穿鼻梁"等变化，呈不断螺旋上升的状态。此类描述相似度之高，或许来源于早期台语先民求雨巫术的展演，表达出他们企图通过巫术控制自然的决心。

从总体上考察，布泰、佬、普泰等哀牢后裔族群的族源神话中与桂中壮族神话相似的母题被打乱重组，形成了新的叙事体系，并与相关风俗的发展形态"芒飞节"结合在了一起。母题中所蕴藏的深层台语民族文化与信仰被赋予了新的样貌，却依然透露出厚重的历史信息。其中包括了烧崇科、"Mo"信仰的仪式操持、稻作农耕文化传统等。

哀牢后裔种佬族、普泰等信仰南传佛教的族群神话中屡屡提及青蛙国王、蛤蟆神等，并把他们作为神话叙事中的主角来歌颂。神话中形成了"恬神—青蛙、蛤蟆神"的对立，并依托芒飞节得以保留。该叙事中的大部分母题与桂中壮族布伯斗雷王的母题相似，后者是以"布伯—雷王"的对立为基础。在临近本表中的红水河上游地区的壮族人民，依然每年春季庆祝蚂

1　刀承华编译：《泰国民间故事选译》，北京：民族出版社2007年，第5—6页。
2　农冠品编注：《壮族神话集成》，南宁：广西民族出版社2007年，第268—271页。

蚂节，这是他们祖先对蛙类崇拜的结果。

哀牢后裔中依然保持传统信仰的布泰族群，虽然没有类似芒飞节起源的神话叙事，却传承着有关蛙类为天神（恬神）之子的信仰。在日常的生活中，黑傣人仍然相信青蛙与恬神有着特殊的关系。老挝的黑泰巫师艾苏说，[1]青蛙叫作"勒皮法"，直译就是"恬神的儿子"。老挝琅南塔省的黑泰[2]妇女说，青蛙是恬神的儿子，每有干旱来临，人们就要去祈求他。当青蛙一叫，恬神就知道人间干旱了，就会降雨。同村的另一位妇女对此表示赞同，说雨水降下来，小青蛙们往往两只两只地叠在一起，它们是有神力的。越南奠边府孟来县的白泰人，亦将蛙类视为天上下来的神物。当地的巫师毛万坚曾肯定地说，蛙是从天上掉下来的，没有父母亲，所以具有神奇的力量。[3]

哀牢后裔不同族群对蛙类的叙事其实都是源自早期台语民族对蛙类的信仰。通过聚拢这些看似零碎的信息并对其进行还原，我们可以窥见很早就进入稻作农耕社会的这些族群，他们的生产生活与雨水密切相关，而蛙类作为气象的"晴雨表"，作为雨水来临的特殊"使者"，被赋予了神圣的光环。蛙类曾经是仪式的主角，或者是各类口头演述的主角。

那为什么在信仰南传佛教的佬、普泰族群中存在着与桂中"布伯斗雷神"如此高度一致的母题，在布泰族群中却没有普遍传播呢？如前所述，学者们认为西双诸泰先民在历史发展过程中也不断融入了从北面迁徙而来的其他侗台语民族后裔。笔者猜测，这其中主要是桂中传承着"布伯斗雷神"早期叙事的这部分先民。被视为佬族支系的普安人，他们的传统服饰与今日红水河流域壮族民众的服饰颇为相似。无论是男性还是女性都有以帕包头的习俗。尤其是女性的包头帕，使用了白色的帕子搭在头上形成帽子的形状，并将帕角垂坠于两耳之后。无论是所使用的颜色还是形状，与壮族服饰的共性特征十分明显。黄兴球也曾指出，老挝普泰人的干栏房子采用与中国文献中"上人下畜"的居住格局，"从这个情况看，普泰族同中国的壮侗语民族应该

---

1 搜集时间：2012年7月12日；搜集地点：老挝琅南塔省东里村（Ban Dongli）；访谈对象：韦艾梭；访谈人：李斯颖、吴晓东、屈永仙；翻译人：屈永仙。

2 搜集时间：2012年7月10日；访谈人：李斯颖、吴晓东、屈永仙；翻译人：屈永仙。

3 搜集时间：2012年7月17日；访谈人：李斯颖、吴晓东、屈永仙；翻译人：屈永仙。

是有关联的"。[1] 正是由于来自红水河流域台语民族先民的融入，为佬、普泰等族群带来了"布伯斗雷神"母题的早期雏形，随着这些族群对多元文化的吸收与对南传佛教的普遍接受，形成了恬神与青蛙（蛤蟆）神相斗的精彩情节，并融合发展成了求雨的"芒飞节"。

相较而言，布泰族群被视为形成最早、传统维系较好的台语民族部分，他们吸收其他台语民族先民的数量或机会较少。故此，他们依然传承着早期台语民族的蛙信仰内容，而没有接受桂中壮族先民有关"布伯斗雷神"母题的早期叙事。

综上所述，同为哀牢后裔的佬、普泰等民族与普泰族群虽然同样传承着有关"来自勐恬"的族源神话，但相关的叙事却显示出较大的差异。前者演变出了"恬神—青蛙（蛤蟆）神"之间的对立，在此基础上促成了传

广西天峨县纳洞村壮族庆祝蚂蚜节（李斯颖摄）

---

[1] 黄兴球：《老挝族群论》，北京：民族出版社，2006年，第26页。

统叙事的新发展；后者保持着恼神为蛙类之父的信仰，并维系着较为传统的葫芦生人与万物、兄妹婚[1]的族源神话。布泰族群与桂中壮族地区的蛙类崇拜更为类似，往往与人类的死亡起源有关。[2]

老挝佬族普安支系的传统头饰与红水河中上游的壮族服饰头饰高度相似（图片来源：Joachim Schliesinger, *Tai Groups of Laos. Volume 3 Profile of Austro-Thai speaking Peoples*, Bangkok：White Lotus Press，2003. 插页）

---

1 相关神话内容在第三章已有介绍与分析，在此不复赘述。
2 详见拙文《从侗台语跨境民族的死亡起源神话到左江岩画》，《广西民族师范学院学报》2012年第5期。

中国红水河流域的壮族服饰(李斯颖摄)

中国红水河流域的壮族服饰(李斯颖摄)

第三节

布热、雅热神话

一、布热、雅热神话的分布与内容

以布热（Pu Nyeu）和雅热（Nya Nyeu）为主角的族源神话流传在从老挝到泰东北的佬族、普泰、黑泰等台语民族之中。如前所述，这些民族主要是哀牢人的后裔。目前笔者搜集到的布热、雅热神话以信仰南传佛教的哀牢后裔为主。在布泰族群中搜集到的资料较为有限，尚不清楚布泰族群对于布热、雅热的信仰是受其他民族影响的结果，还是自身文化本身的内容。布热与雅热的神话母题与"来自勐恬"、坤布隆、葫芦生人等均有交织，在前面已经进行过部分介绍。有的神话里说布热和雅热从天上得到了葫芦种，葫芦里走出了人类。在琅勃拉邦，对布热和雅热的祭祀一年有两次，一次是在公历4月宋干节期间，一次是在11月佛塔节期间。[1]

布热和雅热的形象更带有创世始祖的性质，与作为"开国始祖"的坤布隆不同，相关叙事强调的是他们开天辟地、为人类带来光明等内容。老挝国立大学的女教师说，恬神送布热、雅热来人间查看，看到好的地方后，才送人类来地面上。他们权力不一样，布热、雅热比坤布隆还厉害。她认为，"布热就是在有关于坤布隆的信仰中的一个非常重要的人物，或者说是在坤

---

[1] Martin Stuart-Fox, Somsanouk Mixay. *Festivals of Laos*. Chiang Mai: Silkworm Books, 2010, p.25.

老挝佬族婚礼(裴文摄)

布隆的传说中的一个神通广大的祖宗神"。坤布隆一旦到哪个地方去创造家园，那个地方也就会有布热、雅热来降妖除魔，然后砍掉大树（开拓山林和荒地）以筑城建市，然后还是护佑一方的神祇。[1]

笔者目前搜集到有关布热、雅热的神话主要涉及创世、造人、寻火、找谷种和砍树等。布热、雅热这对大力神祖先不但创世造人，还心甘情愿牺牲自己去砍掉遮天的巨树藤蔓，让人类重见光明。为了纪念他们，佬族人民在吃饭、做事的时候都要提到他们的名字。[2]

（一）创世造人

布热和雅热住在天上，但他们丑陋的外貌吓到了恬神的孩子们，因此，他们被恬神所驱逐。那时候，地球还不存在，但是到处都有水。恬神给这对老夫妻下了任务，让他们用脚踩踏水面创造出世界来。但居住在新创造的地面上，他们感觉到十分孤独，于是他们返回天界请求给他们一些同伴。他们又把恬神的孩子吓着了，因此又被送回地面；但在离开天界之前，他们收到了三颗南瓜种子作为礼物。

后来，这三粒种子长出了三个大南瓜。当他们成熟的时候，这对老人家听到了里面的声响，因此他们回到天界询问该怎么做。恬神的孩子又被吓到了，恬神十分愤怒。这对老人家被告知南瓜里有人，他们还拿到了一个钻子、凿子和斧子，这些工具是用来打开南瓜的。从第一个南瓜里出来了阿卡族（Kha），从第二个南瓜里出来了佬族（Lao），从第三个南瓜里出来了汉族（Mandarins）。恬神给了他们衣服、工具和三对泥做的动物——水牛、老虎和癞蛤蟆。[3]

---

1 访谈时间：2017年11月6日；访谈地点：老挝国立大学文学院办公室；被访谈人：勘朴侬；访谈人：李斯颖、裴文；翻译：裴文。
2 同上。
3 John Clifford Holt. *Spirits of the Place: Buddhism and Lao Religious Culture*. Honolulu: University of Hawaii Press, 2009, pp.37-38.

（二）寻火

笔者曾在老挝国立大学文学教材第二册中找到"布热寻火"的神话，与被翻译成中文的《布纽祖先》一文大同小异。在此引用后者的译文。

有一天，耶纽老太太独自一人坐在地上，默默地遥望着远方的一座大山。正当她聚精会神地看得发呆的时候，她的儿子突然从背后走过来，急切地问：

"母亲呀，我的父亲呢？他在哪儿？为什么别人都说我是没有父亲的孩子？母亲，快告诉我吧！"

耶纽听到儿子的问话，心中一阵痛楚，她疼爱地望着孩子的脸，然后摇摇头说：

"孩子呀，你的父亲就在那边。"她一边说，一边用手指着远方的那座大山。儿子顺着母亲手指的方向问望去，奇怪地问道：

"啊？我的父亲就是那座大山？！"

耶纽老太太缓缓地点头，满腔悲愤地讲述了多年积压在心头的往事：

孩子，你的父亲名叫布纽，他和我原来都不是凡人，是天上神仙的后代。神仙派我们下凡到世上管理人类。在我们下凡到人间之前很长时间里，人类满身长毛，没有衣穿，露宿野外，没有房住，生活在一片黑暗寒冷的世界里。太阳很久才出来一次，太阳出来时，地上一片光明温暖，树木花草生长繁茂，飞禽走兽生气勃勃。可是当太阳落下去后，大地又漆黑一团，寒冷无比，树木花草纷纷枯萎凋落，飞禽走兽也被冻死饿死，人类经受着生活的煎熬。人们成群结队地寻找太阳，追求光明。他们找啊找啊，经不住饥饿和劳累，在半路上纷纷倒下死去，一个也没有到达有太阳的地方。你父亲见到这种惨状，对人类充满了同情，决心帮助人类摆脱苦难。于是他长途跋涉，来到一座远在天边的高山。在那里，他看到响声隆隆的瀑布、浓密的云雾笼罩着的山峰。那里寒气袭人，冷风刺骨。

就在云雾缭绕的高山顶上长着一棵巨大的神树，树上结满了红红的果子。你的父亲爬上树,摘下好几个果子吃了,立即感到浑身是劲,力大无穷。于是他走遍各地,帮助人类与寒冷和妖魔鬼怪作斗争。但人类仍然没有摆脱苦难。他感到十分忧伤,但他立志要千方百计为人类谋幸福。他不顾天帝的禁令,毅然飞上天庭,寻找太阳。在天空中,他看到一个光芒四射的巨大火球,便勇敢地靠近,然后挖下一团烈火,带着它迅速飞回大地,把这阳烈火塞进大地的中心。烈火便向四周蔓延,使大地变得温暖起来。从此大地重新恢复了生机,到处是一片欢声笑语,人们歌颂你父亲给他们带来的恩惠。

后来,天神透过云层,往大地望去,看到在一片辽阔的森林中盛开着五颜六色的鲜花,人类像蚂蚁群那样在忙碌地耕田种地,建设着自己的家园。天神立即得知,这是你父亲偷了天火带回人间的结果,便怒火中烧,马上召回你父亲到天庭,给予惩罚。天神把一团烈火塞进你父亲的肚中,烈火顷刻把你的父亲烧死。后来,他的尸体变成了一座巨大的火山。

虽然你的父亲去世了,但他仍一直惦记着受寒冷威胁的人类。人们铭记着他的恩德,不断地呼唤着他的名字,但他再也不会回来了。

你的父亲去世以后,为了躲避恬神对我们母子俩的惩罚,我们悄悄逃进了深山老林。现在你已长大成人,要以你的父亲为榜样,继续帮助人类脱离苦难,使他们过幸福的生活。

儿子听了母亲的话,对父亲十分钦佩,表示一定要继承父亲的遗志,完成父亲未竟的事业,为人类谋求幸福。[1]

(三) 找谷种

泰国东北部地区解释谷粒变小的神话《谷粒为什么那么小》,讲述了"叫谷魂"仪式的起源。神话里面也提到布热和雅热:

> 在远古时期,谷物会自己生长,不需要人工栽种,颗粒有南瓜大,

---

[1] 张玉安主编:《东方神话传说》(第六卷),北京:北京大学出版社,1999年,第114—116页。

当成熟时会自动滚进粮仓，因为有谷神咩颇索安排、照管。

一个寡妇寡居多年，心情极为不佳，当看到成熟的谷物自动滚进她家，堆满了她家的楼上和楼下，她更是心烦意乱。于是一边拿起刀子砍谷子，一边赶谷子出门。谷物神咩颇索听了她的骂声非常气愤，觉得她不懂得谷物的恩德，于是跑到山里和隐士住在一起，致使村里的谷子不知不觉消失，人民群众忍饥挨饿，死了不少。

一对老夫妻常年住在森林里，丈夫叫布热，妻子叫雅热，好几百年没有和人联系，当粮食吃光时，他们饥饿难耐外出寻找食物，来到隐士住的岩洞，隐士告诉他们谷物消失的原因是咩颇索因人类不懂得谷物的恩德而生气逃离世人。出于同情，隐士为他们向咩颇索讨要谷种，咩颇索将小粒谷种赐予老夫妻。老夫妻拿回家种植，但谷种不会长出庄稼，因为咩颇索没有跟随而至。老夫妻去禀报隐士，隐士将咩颇索的翅膀折断，叫她和谷粒一起，于是老夫妻才种出庄稼。隐士告诉老夫妻要尊重咩颇索，种田时要先到田里祭咩颇索，秋收时节用牛踩谷子使之脱粒时，要向咩颇索请求饶恕。从那以后，稻谷长得茂盛，粮食获得了丰收，人们纷纷向老夫妻讨要谷种去种，大家生活富足美满，繁衍了很多后代。从此以后，人们尊重咩颇索，牢记咩颇索的恩德，在秋收用牛踩谷子使之脱粒时要祭祀咩颇索，将粮食挑回家时要举行"叫谷魂"仪式，祭祀咩颇索，并请布热、雅热一同享用美味佳肴，感谢他们将谷种分发给大家。[1]

老挝琅南塔省的黑泰人神话则说，恬神将谷种交给布热、雅热夫妇，后者又将谷种撒给人类，所以才有了粮食。

（四）砍树

布热、雅热为了民众的幸福，不惜牺牲自己的性命来砍倒遮天的大树：

---

[1] 刀承华编译：《泰国民间故事选译》，北京：民族出版社，2007年，第8—9页。

榕树很大，遮住太阳，坤布隆问谁可以去砍掉它。布热、雅热就告诉他说他们可以，但需要一些东西才能去完成。布热要求说，如果我们死了，要让人类记住他们为人类做的事情。树里是有魔鬼的，布热、雅热和它们打仗，砍掉树。树倒到布热、雅热的身上，他们就被压死了。从此以后人间才有太阳照耀。所以佬族人在口语里，特别是琅勃拉邦的人们，喜欢用 yer 来作为一个句子结尾的语气词，表示对布热、雅热的纪念。比如吃饭，就说"jin yer"，走了，就说"bai yer"。[1]

除此之外，在黑泰人中还有《丢石成人》的神话：

布热、雅热从天上丢下一个石磨盘，掉到人间就变成了黑泰人。因此，黑泰是可以出入水域的一族，也是天神赐福的一族，他们不用去佛寺赕佛求佛，只需要在家里祈求恬神和家神就可以保证五谷丰登。[2]

二、布热、雅热叙事的太阳崇拜根源

根据布热、雅热的神话内容及相关线索，可追溯出布热、雅热信仰的太阳崇拜起源。理由主要有以下三点。

第一，布热为人们从天空带来火团，并被火团塞入肚中，其实是将太阳拟人化的想象叙事。他能够从空中的火球中挖下一团火，与火同在，为人间带来温暖，这都是对太阳本身鲜明特质的强调。布热千辛万苦寻找太阳的历程，与壮族广为传颂的神话《太阳鸟母》《妈勒访天边》等都属于"寻日"母题的异文。这些叙事中的主角——布热、太阳鸟母等，都呈现出与太阳相呼应的叙事结构。[3]

---

[1] 2017年11月13日，裴文翻译老挝国立大学文学教材第二册神话内容。
[2] 访谈时间：2012年7月10日；访谈地点：老挝琅南塔省帕萨林；访谈对象：罗甘·琅芝（Logam Langmang，女，103岁）；访谈人：李斯颖、吴晓东、屈永仙；翻译：屈永仙。
[3] 李斯颖：《壮族布洛陀神话研究》，北京：中国社会科学出版社，2017年，第125—142页。

笔者（左一）与老挝社会科学院文学所所长鲍莱（右二）等学者访谈（侬凯摄）

第二，布热、雅热名字中的核心词"热"，依然可被纳入吴晓东所提出的日月语音演变的范畴。[1] 根据他的研究，汉文化中被称为"羲和"（ji-uo）的太阳，在中国各地汉族尤其是少数民族中有广泛的音变，并形成了不同的神话形象。同样的，布热、雅热中的"热"是太阳"羲和"一词急读后逐渐演变而成的，正如"尧"是"羲和"（yiwo）或"爷窝"（yiawo）急读的产物。"热"的发音为［jə］或［jeu］，其声母延续了羲（ji）的声母"j"，韵母的发音出现了扁平化的演变。诸如此类的韵母音变同样出现于侗台语民族——水族之中，他们带有太阳崇拜的创世女始祖"妮航"，其名称亦来源于"羲和"（ni-uo），"航"［xɤ］亦是"和"发音扁平化的发展。又如，汉语中嫦娥的"娥"也发生了从［uo］到［ɤ］的演变，它虽然在普通话中读成［ɤ］，但在很多汉族方言中依然读成［uo］。可见，"热"［jə］或［joeu］的音变的是成立的。[2]

秉持布热、雅热信仰的佬族、布泰族群等，其起源于中国南方，有可能在迁徙之前就已经受到了中原汉文化太阳崇拜的影响。也有可能，在侗台语民族先民与汉族先民未分开之前，他们就已共享这种对天体的信仰。无论是汉藏语族的语言比较，还是东亚太平洋语言与印欧语的比较，都揭示了"日"字发音的一些共性，以及其中蕴含的太阳崇拜。"亚欧语言'太阳'的说法与'火''热''发光''亮的''神'等说法有词源关系。亚洲地区的一些语言用'白天的眼睛'代指'太阳'，印欧语和美洲印第安语也有这样的说法。如梵语'太阳'表示的意思也是'白天的眼睛'，'月亮'表示的意思'夜里的眼睛'。"[3] 与此同时，根据分子人类学的研究，中华民族先民从东南亚进入中国时才形成了两条迁徙路线，故在分化之前，他们很有可能已形成对太阳"羲和"崇拜的雏形。布热、雅热两个神祇名字的核心词"热"来源于"羲和"一词，只是由于分化成对偶神，被冠以

1　吴晓东：《从"日"的语音变化看中原与周边民族神话的关系》，《贵州民族大学学报》（哲学社会科学版）2016年第1期。

2　吴晓东：《中原日月神话的语言基因变异》，《民族文学研究》2014年第3期。

3　吴安其：《东亚太平洋语言的基本词及与印欧语的对应》，北京：商务印书馆，2016年，第156页。

台语民族中常见的、分别表示男性与女性长者的词头"布"和"雅"。

第三，布热、雅热作为由太阳崇拜演变而成的始祖形象，其神话内容以创世、造物等为主。人类历史上，由日月崇拜而塑造出来的神祇形象，多承担了与世界形成、事关全人类福祉的重大使命。正如吴晓东指出，希腊、印度神话中的重要神祇多源于对人类产生过巨大影响的日月神话，是由日月拟人化之后演变的结果。在汉族神话中，伏羲女娲、后羿嫦娥、黄帝嫘祖这些创世夫妻神或文化英雄夫妻神亦来源于日月神的演变。[1] 相较之下，布热、雅热同样带有浓厚的创世神祇色彩，与被视为佬族人开国始祖的英雄始祖坤布隆等比较，他们的这种"创世"属性越发鲜明。

三、布热、坤布隆神话与壮族布洛陀神话的比较

基于上述"来自勐恬"的神话内容，我们可以看到布热、坤布隆神话与壮族布洛陀神话之间有较多的共性，存在不少相似母题。与布热、雅热神话的相似母题主要集中于创世内容上，而与坤布隆神话的相似母题则主要集中于社会治理与文化创造方面。在此用表来做一个简单的概括：[2]

表3 布热、坤布隆神话与壮族布洛陀神话叙事比照表

	"来自勐恬"神话	壮族布洛陀神话
布热	布热、雅热创世	布洛陀开天辟地
	布热砍掉遮住天空的大树和藤条	布洛陀用柱子顶天撑地
	布热到天空中挖下一团火，塞入地心	布洛陀用泥巴烧制太阳月亮
	布热、雅热种出三个南瓜，出来三拨人	布洛陀指导兄妹（又说娘侄）俩把肉团剁碎，变成人类
	布热砍掉大树，被倒下来的树压死	布洛陀死后寄生在树下

---

[1] 吴晓东：《"布洛陀""姆洛甲"名称与神格考》，《百色学院学报》2020年第4期。
[2] 图表中的资料来源于本书不同章节与笔者的访谈所得，在此不一一注明。

（续表）

	"来自勐恬"神话	壮族布洛陀神话
坤布隆	坤布隆建造国家、建城市	布洛陀造皇帝造土官，造城市
	坤布隆生育繁衍了人类	布洛陀和姆洛甲生育了人类
	坤布隆分封孩子到各地为王	布洛陀的子女到各地发展
	坤布隆的妻子主管人类生孩子的事	布洛陀的妻子姆洛甲主管人类生育，向人间送花就变成孩子
	坤布隆教人们盖房子	布洛陀教人们盖房子
	坤布隆给人们教授各种文化内容，教育人们不要吵架，要相互爱护	布洛陀教人们处理好家庭与社会的各种关系

从表3中可以看到，布热、坤布隆神话母题与布洛陀神话母题高度相似。作为创世神的布热、雅热并没有直接生人；同样，在韵体神话中出现的布洛陀叙事，亦少见布洛陀生育人类的说法。坤布隆作为老挝早期立国者，多作为王室的始祖，兼具了文化创造与社会秩序制定的功能，有时候又有繁衍人类之说；相较而言，布洛陀则较少体现出"王"的特殊性，常常只是作为聪明的长者或头人，作为"王"的指导者而出现。与坤布隆神话相似，在民间口传神话之中亦多见布洛陀与姆洛甲繁衍人类的说法。

总的来看，哀牢后裔传承的"来自勐恬"的神话涵盖了布热与坤布隆神话内容，前者是作为创世神话而存在，后者是作为文化英雄神话而存在；同时，它们都保留了族源神话的内容，差异在于前者造人，后者生人。布热、雅热形象与坤布隆形象的共存，前者是作为人类的保护者和帮助者而存在，后者是作为人类的统治者和文化制定者而存在，互为补充。相较之下，生活在中国的壮族人民逐步把创世、文化创造、秩序制定等多重功能赋予到布洛陀身上，形成了布洛陀这样一位集创世与文化创造于一体的英雄。

第四节

"来自勐恬"神话的发展
——以当代老挝为例

随着当代社会发展,"来自勐恬"的族源神话也随着国家和民族文化不断被塑造,被注入了更多的时代内容。从2012年到2017年,笔者曾经在东南亚的高地王国、曾经的赞米亚[1]核心区——老挝进行了佬、布泰、赫蒙(Hmong)、瑶等民族族源神话的持续调查。从今日的状况来看,老挝的民族分布依然大致保持着赞米亚时期的状态,呈现交错的状况。但正如斯科特所强调,他在书中讨论的生存方式与状况已不适用于"二战"后的该地区状况。依据笔者所搜集到的各类族源神话材料,老挝各族群的文化交流随着国家政权实际控制的深入而日益广泛。国家层面的族源神话叙事在政府力量的主导下呈现出交融的局面,相较之下,各民族内部的族源叙事依然维持着根深蒂固的差异,多种叙事的并存使老挝的族源神话呈现出新的发展趋向与张力。

---

[1] 所谓赞米亚,指的是美国人类学者詹姆斯·斯科特在《逃避统治的艺术——东南亚高地的无政府主义历史》(2016)一书中提出的概念,用以指示包括越南、柬埔寨、老挝、泰国和缅甸5个东南亚国家,中国云南、贵州、广西和部分四川在内的4个省,面积有250万平方公里,各族群人口多达1亿的特殊地理概念。斯科特认为那里的"地形阻力"使得山地民族能够远离国家的统治,选择自己喜欢的生活方式,保持自己的独立地位。参考[美]詹姆斯·斯科特:《逃避统治的艺术——东南亚高地的无政府主义历史》,王晓毅译,生活·读书·新知三联书店,2016年,前言。

一、族源神话：老挝各民族"兄弟关系"渊源的塑造

随着老挝民族文化资料的搜集和国家宣传力度的加大，"来自勐恬"的神话日益从佬、布泰等民族的族源神话变成了整个国家各民族共享的族源神话。尤其是该神话的结尾，普遍讲述了老挝三大族群的来源，并成为解释民族政策的重要依据。

如前所述，老挝佬、布泰等民族"来自勐恬"的神话多有葫芦中走出三大族群的母题。除了这些台语民族，在老挝境内生活的赫蒙、瑶、哈尼等民族族源神话中亦逐步融入有关三大族群的意识。万荣的赫蒙族（Hmong）说，葫芦里出来老听（大哥）、老龙、老宋三兄弟。用铁器戳开葫芦，第一批出来的是老听族群，皮肤黑；第二批出来的是老龙族群，皮肤白白的。[1] 在老挝中部琅勃拉邦市的白赫蒙（Hmong Khao）巫师说，远古时候，人类做了很多错事，天神耶绍（Yeshao）就降下大雨，用洪水清洗人类。地上的人类死光之后，天上的三对夫妻来到人间，各自生下一只葫芦。他们劈开葫芦，葫芦里走出了老松、老龙、老听三个族群。[2] 在靠近中国的琅南塔省，当地泰央人说，洪水之时，兄妹俩做了一面鼓，随水漂浮。后洪水退去，世界上只剩他们两人。兄妹俩只好结婚繁衍人类，生下一个大葫芦。他们用铁（棍）去戳开葫芦，第一批出来的是老听族群，皮肤比较黑，后面出来的才是其他族群，皮肤要白一些。[3]

有关三大族群共同起源的神话，是"弟兄祖先"族源神话在国家政策下受到影响的发展结果。"弟兄祖先"神话的概念出自王明珂的"弟兄祖先故事"[4]。"弟兄祖先故事"描述一个地域内不同族群（或家族）来源于一个祖先

---

[1] 被访谈人：宋金（King Song，男，48岁）、宋诺平（Naoping Song，男，68岁）、王泽坝（Zeba Wang，男，65岁）；访谈人：李斯颖、裴文；访谈时间：2017年11月9日；访谈地点：老挝万荣市楠波呐村（Nam Bo Nuc）。

[2] 被访谈人：雄中才（Zongcai Xiong，男，62岁）；访谈人：李斯颖、吴晓东、屈永仙；访谈时间：2012年7月8日；访谈地点：老挝琅勃拉邦市卡山村（Kasan）。

[3] 被访谈人：卢国本（Comu Lu，男，64岁）；访谈人：李斯颖、吴晓东、屈永仙；访谈时间：2012年7月11日；访谈地点：老挝琅南塔省南发村（Nam Fa）。

[4] 王明珂：《英雄祖先与弟兄民族》，北京：中华书局，2009年，第21页。

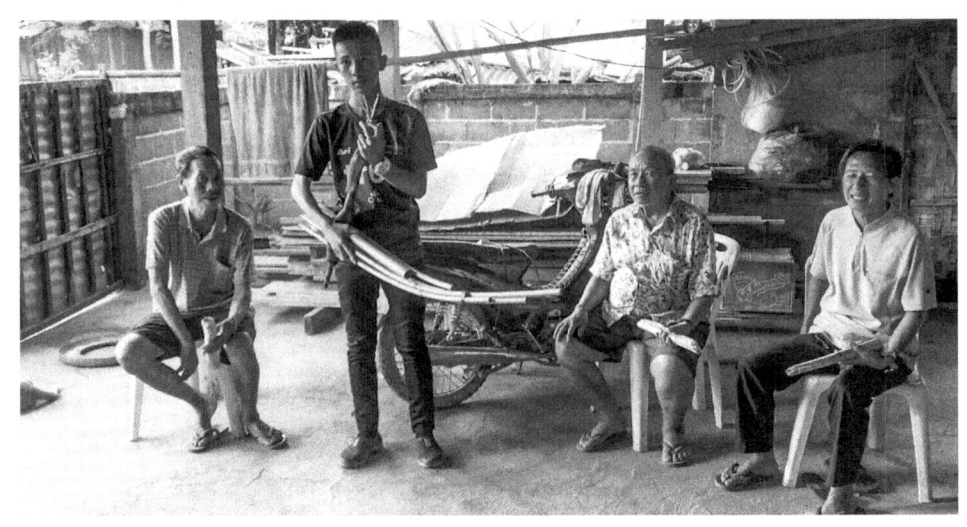

在老挝万荣市与赫蒙族人访谈（李斯颖摄）

的模式化叙事，而"弟兄祖先神话"则叙述一个地域内不同族群（或支系）有着共同出处（如出自一个葫芦）的特定叙事，无论是前者的"故事"还是后者的"神话"，其实质都与特定区域内各群体对彼此关系的理解、调适等有关，都是被讲述者奉为"历史真实"的叙事，故此将它们都视为同一类叙事模式的异文。"弟兄祖先故事"在老挝的各族群中也普遍盛行，"隐喻着人群间的合作、区分和对抗"[1]，客观上起到了规范老挝族群关系、分配社会环境资源、实现和谐共处的重要作用。

在笔者调查的期间，老挝这类"弟兄祖先"神话的内容多起源于"来自勐恬"的母题，而以三大族群的出现为结尾。神话中多与耕牛、洪水－葫芦神话、族群的概念相关。[2]

"弟兄祖先"神话中三大族群的出现与描述，与国家政策的宣传与导向有关。近现代史上，老挝的居民被简单地以"泰"和"佧"来进行划分。从老挝民族民主革命时期开始，"老龙""老听""老松"三大族群的称呼在社

---

[1] 王明珂：《英雄祖先与弟兄民族》，北京：中华书局，2009年，第24页。

[2] 被访谈人：勘朴依；访谈人：李斯颖、裴文；访谈时间：2017年11月6日；访谈地点：老挝国立大学文学院办公室。

会中被广泛使用，主要根据居住地域的不同而命名。从老挝迈入共和国时代（1975年），直到1985年前，政府一直使用这三大族群来称呼老挝国内的民族。老龙意为"谷地里的老挝人"，主要指操佬泰语的民族；老听指的是"居住在半山腰的老挝人"，包括操孟-高棉语的各民族；老松则为"居住在高处的老挝人"，囊括了操苗瑶、藏缅语族群的民族。直到2000年，老挝政府才确定老挝的民族数量为49个，分别归属佬泰族群、孟-高棉族群、汉藏族群和苗瑶族群。[1]在老挝国内出版的神话材料、大学教材中，"弟兄祖先"神话多以老龙、老听、老松三大老挝族群的形成为结尾。如在老挝国立大学中使用的文学教材第二册中记载的《葫芦的故事》说，人类因为忘记给天神进供，天神生气便发下洪水，把人类都淹死了，只有他派到人间的三个天神活着回到天上。他们想念人间的生活，天神便给他们一头水牛，让他们回人间种地。三年后，水牛死了，它的鼻孔里长出葫芦。葫芦里有人的叫喊声。天神布兰森用长的铁钎将葫芦戳开一个口，人出来得很慢。坤坎用凿子把葫芦的洞凿大，人类、各种动物和财物都出来了。三位天神就按照从葫芦里出来的顺序把人类分成三部分。先出来的第一批人叫老听，他们又被分成泰隆和泰维两部分。第二批出来的叫老龙，他们被分成了泰伦、泰洛和泰圹三部分。最后出来的那批人被称为老松。这三批人相亲相爱，繁衍生息，并都把三位天神看成自己的祖先。[2]

国家通过运用老挝各民族都普遍存在的"葫芦生人""洪水""兄妹婚"等神话母题，以政策宣传、通俗读物、学校教材等形式，增强了人们对三大族群的概念认识，并将之统一为老挝的"根基历史"，[3]以此实现全国人民对于国家整体的认同和情感，使各族群产生"同出一源"的共鸣。这虽然是个漫长的历史过程，但通过上述考察，这一过程仍然能够被清晰地呈现。神话叙事中政治导向日益凸显，国家的在场是一种"隐形"的状态。如今，老挝的族群划分标准又发生了改变，并确认了49个民族。在今后，"来自勐恬"

---

[1] 黄兴球：《老挝族群论》，北京：民族出版社，2006年，第133页。

[2] 被访谈人：裴文（男，35岁，老挝社会科学院研究人员）；访谈人：李斯颖；访谈时间：2017年11月13日；访谈地点：老挝万象市。

[3] 王明珂：《英雄祖先与弟兄民族》，北京：中华书局，2009年，第28页。

等族源神话又会发生如何的变化,我们可以拭目以待。

与此同时,老挝台语民族的族源神话亦有不少仍未融入三大族群的概念。如万荣地区的黑泰人说,在动物还会说话的时代,有一棵特别的树。很多人都要去砍这棵树,只有一对夫妻不同意砍。后来洪水来了,这棵树打开让他们进去躲避。洪水退去,地面上只剩下他们繁衍人类。后来又分出了黑泰、佬族、中国人等。[1] 此外还流传着人类从葫芦里出来的说法,说用刀砍开葫芦出来的是黑泰人,用钻子钻开出来的是克木人。[2]

以"来自勐恬"为代表的这类"兄弟祖先"族源内容,多根据肤色来区分生活在不同地域的族群,所涉及的多为本族群在日常生活中有过接触和交往的族群。通过这些叙述,人们得以找到自我与他者的共性与差异,其共性

万荣的黑泰受访人迈依(左二)(李斯颖摄)

---

1 被访谈人:迈依(Ban It,男,63岁);访谈人:李斯颖、裴文;访谈时间:2017年11月9日;访谈地点:老挝万荣市。
2 被访谈人:英旺(Ying Vang,男,52岁);访谈人:李斯颖、裴文;访谈时间:2017年11月9日;访谈地点:老挝万荣市村。

体现在出自同一个葫芦、一对夫妻或天上之人,差异则表现在肤色、居住区域等方面。此类神话叙述完成了对本民族自身特性的塑造,并提供与其他族群交往、共处的隐形边界。

二、对英雄祖先的强调:不同族源神话的个性再现

除了弟兄祖先神话,老挝各族群中也多流传着色彩纷呈的英雄祖先神话。英雄祖先神话往往通过英雄祖先的神异叙事,强调民族的世系和共同起源,以此获得民族内部的认同和"我族"的共同概念。其中,以佬族的坤布隆(Khun Bulom)、黑泰人的英雄祖先张炎(Zhang Yan)[1]、红泰人最早的祖先波伊玛(Bo Yit Mak)和甘伊戈(Gam Yit Ge)、瑶族的盘瓠(Phan Hu)等为典型。

如今,佬族人民依然传承着坤布隆、布热和雅热等英雄祖先的族源神话。这些神话内容在"洪水""葫芦生人"等母题上有交叉。如前所述,坤布隆被视为恬神的孩子,他受委托从勐天(Muang Thaen)来到人间,为人类制定了生活的规则和秩序,教会人们耕作和收获。他有九个儿子,被分封到各地为王。其中,大儿子坤罗被分封在琅勃拉邦。有关布热、雅热的族源神话,将在下一章进行讨论。无论是坤布隆还是布热、雅热,关于他们的神话叙事由佬族人传承,在其他台语民族中的知晓度并不高。根据笔者的调查,万荣的黑泰人并不知晓坤布隆、布热和雅热的神话,他们把张炎视为历史上第一个黑泰王。当地的红泰人虽然知道布热和雅热,但明确视之为佬族人的祖先,说红泰人的第一对父母是波伊玛和甘伊戈,在各类仪式中都要提及他们。[2]

---

[1] 被访谈人对于"张炎"二字的发音带有汉语发音的节奏和音调特点,与他们同时在使用的黑泰语差异明显,"张"甚至带有明显的卷舌音。

[2] 被访谈人:班滩、通勘、万通;访谈人:李斯颖、裴文;访谈时间:2017年11月9日;访谈地点:老挝万荣市。

万荣的黑泰妇女（李斯颖摄）

万荣松沙碗（Som Savat）村的瑶人迁到此处已有四五代人的历史，他们仍然信奉盘瓠为瑶人先祖，流传着盘瓠与三公主的源起神话。赵进华寿老人手里收藏着关于盘王叙事的汉文手抄本复印件。他说，平王的犬——盘瓠只吃一顿饭，就能渡海去到高王那里，咬掉高王的头。它回到平王这里后，平王把第三个女儿嫁给它。在结婚前，盘瓠被放到铁盘里蒸七天七夜，但三公主提前打开了铁盘，盘瓠身上的部分毛发还没脱落，所以后代和盘瓠一样，有头发、腋毛等。他们到高山上去生活，生了很多小孩，不需要给朝廷交税。瑶族的十二个姓氏都是平王赐给的。后来，盘瓠到山中打猎，被鹿顶下山崖，因此平王教盘瓠子孙做起了度戒仪式。此外，生了男孩要在其18岁后挂灯，将家里添丁的消息告知盘瓠，过"盘王节"。[1]此处瑶人所信仰的英雄祖先保持着更为独立的姿态，是老挝主流文化之外的、突出的民族内部认同的体现。

不同民族中的英雄祖先神话着重刻画的是英雄祖先的神力与伟大，突出的是他们的不凡之处，并阐明了后世纪念他们的原因。英雄祖先的行为，为

---

[1] 被访谈人：赵进华寿，男，1948年生；访谈人：李斯颖、裴文；访谈时间：2017年11月8日；访谈地点：老挝万荣市松沙碗村。

子孙后代的居住、生存、免税等行为提供了"特许状",具有了现实的价值。如坤布隆的高贵身份和他分封的九个儿子,使 12 世纪后才在老挝站稳脚跟的佬族人自动获得了在老挝境内诸多居住地的生存、居住权,源于这些地方都曾经是坤布隆分封其子孙管辖的范围。通过盘瓠神话的证明,瑶人在高山自由生活、耕作的权利得到了伸张,并且获得了"免税"的特权。在这些神话之中,甚至蕴含着一种社会秩序与规范的表述,将族群与"中央王朝"、周边其他政权的关系呈现与映射出来。[1]

裴文与松沙碗村赵进华寿老人(右)进行交流(李斯颖摄)

---

[1] 毛巧晖:《社会秩序与政治关系的言说:基于过山瑶盘瓠神话的考察》,《民间文化论坛》2017 年第 3 期。

三、"来自勐恬"神话的当代变迁

老挝诸民族有关英雄祖先的神话叙事，是一种被选择与塑造的文化记忆。尤其是坤布隆、盘瓠神话等，通过佬文、汉文等文字被记载下来，完成了文化记忆的"经典化"过程，成为激励族群成员、增强内部认同、区分"我者"与"他者"的有效叙事，甚至成为族人信以为真的"历史"。这种英雄祖先崇拜，是人类很常见的、维系社会成员彼此关系的信仰组织方式。它在凝聚民族认同方面起到了特别显著的效果，因此在权力更为集中的社会里表现得更为突出。比如，王明珂所强调的中华帝国的黄帝信仰，也曾经历过一个被塑造与整合的过程，成为华夏"想象群体"的共同祖先，是历朝历代统治者的"血缘起点"。[1] 英雄祖先的神话叙事暗含的强烈的"排他性"，很难被其他民族所共享。比如佬族人所信奉的英雄祖先坤布隆，很难被信奉盘瓠的瑶人所接受。国家难以控制的山地居民"在服饰、语言、仪式、耕作和宗教实践的丰富多样性"上显得多元而分散，保持了自身的特色而不容易被同化。"山地的……这些不同是作为文化选择来表达山地人的特异性和对抗。"[2] 更为多元的英雄祖先神话叙事、信仰与相关节庆仪式就是一个极好的明证。

相较而言，老挝多民族的文化与历史共性在"来自勐恬"的"弟兄祖先"神话上更容易得到体现。有流传最为广泛的"洪水""葫芦生人"等共同母题为基础，该叙事在老挝境内的认可度更高。于是，关于三大族群先民从勐恬产生、出自一个葫芦、是相亲相爱的兄弟姐妹的神话内容，被选择作为与各民族相关的、"统一的"共同"历史"来重复，通过各种行政渠道的凸显，成为一种国家层面的叙述，甚至出现在大学教材之中。这则神话的盛行，实现了三大族群从血缘关系到地域关系的认同，完成了意义和认同的再生产，表达的是一种国家话语的叙述，暗含着国家的在场。

---

1 王明珂：《英雄祖先与弟兄民族》，北京：中华书局，2009年，第48页。
2 [美] 詹姆士·斯科特：《逃避统治的艺术——东南亚高地的无政府主义历史》，王晓毅译，北京：生活·读书·新知三联出版社，2016年，第188、191页。

松沙碗村瑶人传统的织锦图案（李斯颖摄）

在当代老挝，英雄祖先神话与弟兄祖先神话的发展经历了新的变迁。王明珂认为，"英雄祖先历史心性"产生于"集中化、阶序化的社会"并形成相关叙事，比如华夏的黄帝始祖神话。与之相对，"弟兄祖先历史心性"产生于"多元族群对等结合"的社会，并形成相关叙事。[1] 结合老挝的历史发展来看，在老挝进入以"多元族群对等结合"为主导思想的人民民主共和国时期后，"弟兄祖先"神话叙事得到了国家层面的推崇和更广泛的宣传，代表"集中化、阶序化的社会"这一历史心性的"英雄祖先"神话在一定程度上受到了抑制。然而，不论历史如何发展，两种神话叙事至今都长期并存、相互呼应，单纯以社会的"历史心性"来圈定一个民族的历史叙事模式还是不够的。

总而言之，老挝族群神话与他们的历史经历、宗教信仰、思维特点等密切相关，展示着他们的哲学与世界观、文化记忆的选择与生存策略等。如今，当代老挝社会中的神话传承与国家认同的构建紧密相连，并在社会中依然发挥着积极的作用。在老挝的首都万象市，最核心的三条街道名称分别以澜沧王国的立国者法昂（Fa Ngum）、第二任国王桑森泰（Samsenethai）、定

---

[1] 王明珂：《英雄祖先与弟兄民族》，北京：中华书局，2009年，第48页。

万荣的黑泰人做扁米之后祭祀祖先（李斯颖摄）

都万象的国王塞塔提腊（Setthathirath）的名字命名。这既有着政治上的深意，也增强了老挝历史的纵深感，并指向佬族人所敬奉的英雄祖先——坤布隆。如此，族群的历史上升为国家的历史并被赋予了新时代的新内涵。老挝的族源神话传承与发展中，更多地出现了国家意志的介入与干预，形成了叙事中隐性的"国家在场"与显性的行政肯定。

附录：对老挝黑泰族源神话讲述人乜西等的访谈

时　　间：2017年11月9日

地　　点：万荣黑泰村（Mbnan Fak Song Tai Dam）

访 谈 人：李斯颖（L），裴文（P）

被访谈人：乜西（Me Si，缩写为M），老奶奶

迈依（Ban it，缩写为B）1954年生，63岁，男

英旺（Ying Viang，缩写为V），1965年生，52岁，老奶奶的儿子

访谈全过程由裴文翻译，在此不特别注明。

L：那他们现在是信佛教吗，还是信什么教？

B：只信鬼，不信佛教。

P：只有鬼了。

V：帕雅因（phaya In），帕雅篷（Phaya Phong），帕雅娜（Phaya Nak），三位帕雅（神）。

P：他们是保存最老。

L：嗯，传统。他们原来不是有那个书吗？

P：现在的神就多了。

B：对，都给他们祭品。

P：在（越南）山萝省有黑泰的历史（书）。

L：那他们现在自己用的文字就是老挝文吗？

P：他们说他们有自己的文字，现在也还有人在学这个。

L：那有没有故事说这个文字从哪里来的，谁造的？

P：（老挝语）

V：（老挝语）

B：（老挝语）

M：（老挝语）

P：他说是在这里（造的），但是不清楚是谁造的……

L：就是有没有（相关的）故事？

P：嗯，我知道。

P：（老挝语）

V：（老挝语）

P：好像是兰仓（Lan Chiang）。

L：哦，兰仓。

P：哦哦，不是兰仓，好像是张炎。

L：张炎是什么人？他是个人物还是什么？

P：（老挝语）

V：（老挝语）

P：人物，重要的人物。

L：哦，人。哦，知道了。

P：（老挝语）

V：（老挝语）

B：（老挝语）

M：（老挝语）

P：是黑泰的王。

L：哦。

P：（老挝语）

B：（老挝语）

V：（老挝语）

M：（老挝语）

L：这个张炎……

P：他们说有，有照片。说他在故事里面有。他从那个天上下来，然后跟黑泰女人……

L：结婚？

P：对，然后……

L：她是一个女人？

P：男人。

L：叫什么名字？不知道吗？

P：张炎。

L：就是他和黑泰的女人结婚了。然后就变成了黑泰的（大）人物……

P：噢，他有很多很多的妻子，但是和中国人结婚结不了。

L：噢，为什么？

P：因为，怎么说，不能跟其他人抢。不能跟其他的"领导"抢。

L：那就是中国人那边比他还要大，等于说是。所以他不能抢。

P：对，中国人是大（有势力）。

L：嗯。这个张炎跟刚才的兰仓，哪个先？张炎跟兰仓哪个比较早？

P：兰仓是后。

P：张炎是第一。

L：第一个王？

P：对，张炎是第一个王。

L：张炎是第二个？

P：第一。

L：兰仓是……

P：（老挝语）二。

L：第三还有吗？

V：（老挝语）

P：第三好像都是在越南。那个不是我们的。

L：是不是要先吃饭。那最后一个问题，坤布隆知道吗？

P：坤布隆不知道。

L：这个兰仓和张炎还有其他故事吗？就是他知道的。

P：知道兰仓这个是谁？是这样吗？

L：嗯，对。知道兰仓和张炎的故事吗？

P：张炎就是第一个王。他以前还没有国家。

P：兰仓想做，想建一个国家。想分很多很多个家，但是他没做成……

P：兰仓在很早死掉。死了很久，以前以前。

L：那他们现在还纪念这两个王吗？

P：没有人做了，只有祭拜爸爸妈妈神（去世的父母亲）。

L：嗯，爸爸妈妈神，就是上面（神龛）那个。

P：对。

L：那怎么知道这两个神的呢，他怎么知道的？是歌里面唱的，还是？

P：爸爸妈妈神？

L：不是，就是他从哪里听说张炎和兰仓的？

P：是传说。还有书保存在越南山萝那边。

第七章

对台语民族族源神话的文化解读

世界上的人类都会产生"我们是谁""我们从哪里来"的疑问，而内容丰富的族源神话则是人类在漫长历史时期里对这一问题最广为人知的解答。族源神话往往与特定的族群有特殊关系，它们或通过神话内容强调了族群的与众不同，或叙述了族群之所以得名的原因，或叙述了族群服饰、建筑等文化特色的来由，有的还突出了某些特定神祇的贡献……族源神话与特定的族群历史相关联，是叙述不同族群来源及其特点的重要组成部分。不同的台语族群保留了丰富的族源神话。这些族群从中国华南、西南地区迁徙而下，历经上千年历史。族源神话是他们维系传统族群文化、增强内部凝聚力、对抗外来文化侵蚀的重要精神力量。

第一节

台语民族族源神话的类型与传承形态

台语民族族源神话内容丰富多彩，各具民族与区域特征。尽管如此，根据前边叙事模式与母题的不同，依然可以将其大致分为三种主要类型。结合其承载语境与演述实况来考察，流传形态也有所不同。

一、台语民族族源神话的三种叙事类型

台语民族的族源神话叙事多样，内容丰富，依据其母题特点可分为主要的三类：其一是与始祖信仰关系密切的族源神话，叙述自己为始祖之后；其二是与洪水、兄妹婚、葫芦生人等人类起源母题类同的族源神话，突出自己与其他族群的关系；其三是英雄祖先神话，主要是与地方首领、具体族群发展相关的内容。三类神话各有自己的叙事特色与关注重点。

与始祖信仰相关的族源神话所占的比例较大，这是台语族群祖先崇拜的集中反映。各台语族群所提及的始祖都不太一样，如壮族的布洛陀和姆洛甲，西双版纳傣泐人、泰国泰阮人的布桑嘎西和雅桑嘎赛，德宏傣讷人的坤鲁坤莱，老挝佬族的布热、雅热，黑泰的始祖 Ba Dam 和 E Va 等，以对偶神居多。

对偶祖先神生人、造人是台语族群族源神话的常见母题。生人母题有直

接生人、生人后再完善等不同方式。造人母题则有泥捏等多种形式。如壮族人认为自己是布洛陀和姆洛甲的后代，流传在广西大化县的《姆洛甲生仔》[1]神话讲述的是姆洛甲与布洛陀婚配后生下人类，流传在广西西林的《巨人夫妻》[2]则说姆洛甲和布洛陀比试本领，遂结为夫妻。两人被视为壮族先民的配偶祖先。德宏州的傣讷人认为，坤鲁、坤莱是天上下凡的9个神，走在最后面的神闻到土的香味，吃了香土之后就飘到天上去了。剩下的8个神则变成了4男4女，他们结为夫妻繁衍人类，其中就有傣族。[3]西双版纳傣泐人的《巴嘎麻塔捧尚罗》篇章中说，布桑嘎西、雅桑嘎赛用泥土捏出召诺阿、萨丽捧，他们交配繁衍了人类。[4]泰国北部地区的泰阮人认为自己是布桑嘎（Pu Sang Ka）和雅桑赛（Ya sang sai）的后代。[5]泰国北部清刊（Chiang Khan）的傣泐人从老挝迁徙而来，他们也保留了天神布桑嘎西、雅桑嘎赛吃土变成人的神话母题，并视两人为真实存在的历史人物。他们认为，布桑嘎西和雅桑嘎赛在人间结为夫妻，繁衍了傣泐族群。[6]泰国东北部的佬族妇女荣猜（44岁）则说，天神布热、雅热生下了人类，他们是人类第一对始祖父母。[7]在泰国的普泰、些克、潘等台语族群中也有类似母题。泰国清刊那班纳村的黑泰人不信仰佛教，村民韦苏玛（男，64岁）说最早的一对人就是天神施法用泥造出来的。老挝佬族视布热、雅热夫妻为佬族始祖，老挝台语族群也多有此类神话。如老挝琅南塔省巴萨村（Pasak）的黑泰老奶奶说人类祖先为布热、雅热两夫妻。[8]

---

1 农冠品编注：《壮族神话集成》，南宁：广西民族出版社，2007年，第48页。
2 同上书，第28页。
3 2016年9月29日，李斯颖、屈永仙采访芒市的户育村李波水庄（男，75岁）。
4 西双版纳州民委编：《巴塔麻嘎捧尚罗》，岩温扁翻译，昆明：云南人民出版社，1989年，第214—229页。
5 ［泰］拉潘·那·塔琅：《台语民族族群创世神话研究》，朱拉隆功大学博士论文，1996年，第47页。
6 2015年5月7日，李斯颖、屈永仙采访塔里米（Ban Thalimi）村长与村民。
7 2012年5月19日，李斯颖、屈永仙搜集于加拉信府（Kalasin）古奇那莱（Kuchinarai）县古瓦（Kutwa）镇古瓦（Kutwa）村，屈永仙翻译，李斯颖整理。
8 2012年7月10日，李斯颖、屈永仙采集，屈永仙翻译。

  台语族群族源神话中也常见单个或多个非配偶始祖通过泥捏、植物制作等多种方式造人。壮族民间有姆洛甲单独造人的神话，如《姆洛甲造三批人》说姆洛甲用泥巴、生芭蕉、蜂蛋和蝶蛋三次造人，用辣椒、猫豆和槟榔、酸阳桃分男女。[1] 布依族神话说布依族是老祖先布灵的心变的[2]。越南黑泰神话《勐添的故事》则说远古时世界是一片虚空，天神才下凡成为黑泰人。[3] 越南白泰《雅门雅卖》则说洪水淹世界后，恬神派雅门雅卖下凡。他们两个用泥土捏人。[4]

  台语族群的族源神话也常与人类起源神话相重合，融入了洪水、兄妹婚以及葫芦生人等母题。兄妹婚母题盛行于不信仰佛教的台语族群，族源神话中多以葫芦等瓜类为避水工具，信仰佛教的台语族群多葫芦生人母题。在这类族源神话中，台语族群与周边族群的关系往往得到强调，并伴随着对族群特征的描述。如文山壮族侬人的神话说，洪水过后，只剩下躲入葫芦的娘侄俩活了下来，他们经布洛陀劝导结为夫妻，生下一个肉砖。布洛陀让他们把肉砖剁碎，变成了汉人、侬人、苗人、孟人、瑶人、土人等。[5] 西双版纳傣泐人神话中说，大火、大洪水过后，召诺阿和萨丽捧的后代——葫芦人约相与宛纳经过线穿针、滚磨盘的考验结为夫妻，繁衍人类第三代。[6] 在泰国塔帕依府，当地的普泰人认为恬神给的葫芦里出现了人。[7] 泰国清刊那班纳村黑泰的神话说，人类做坏事后，天神下了40天雨淹没世界，只剩下1对父母和他们的3对子女。后来，这对父母的孩子互相婚配，生下了更多的孩子。老挝佬族神话《老挝民族的祖先》说天神因不满人们忘记向他请示，便发洪水淹没人间，只有高山顶上一户人家的兄妹俩躲进葫芦里生存了下来并繁衍了

---

1 农冠品编注：《壮族神话集成》，南宁：广西民族出版社，2007年，第22页。
2 周国茂编：《布依族摩经文学》，贵阳：贵州人民出版社，1997年，第45—55页。
3 刀承华：《傣泰民族创世神话中的原始观念》，《民族文学研究》2005年第3期。
4 同上。
5 张声震主编：《壮族麽经布洛陀影印译注》（第六卷），南宁：广西民族出版社，2004年，第1833—2015页。
6 西双版纳州民委编：《巴塔麻嘎捧尚罗》，岩温扁翻译，昆明：云南人民出版社，1989年，第239—252页。
7 2012年5月17日，李斯颖、屈永仙搜集，屈永仙翻译。

人类。老挝的红泰人说因为人们骂天,天神生气发大洪水。洪水退后,葫芦中走出三批人。[1] 老挝琅南塔省琅村的红泰人、老挝琅南塔省汶普卡县南发村的泰央人,越南奠边府亮村(Liang)黑泰人、越南勐莱麻波村白泰人等神话中,都有类似的洪水母题。此类神话中也常见用南瓜等其他瓜类替代葫芦,作为生人或者避水工具。

台语族群的族源神话也常与本族群传说或现实中的优秀首领相关,比如老挝佬族的坤布隆、德宏傣讷人的坤鲁与坤莱、西双版纳傣泐人的桑木底、泰阮人的坎当王与孟莱王、泰国素可泰人的罗卡王与壮族的布洛陀等。此类族源神话往往突出英雄的奇异诞生,强调英雄对本族群的特殊贡献,将族群与英雄通过神话母题紧密地结合在一起。如佬族的坤布隆(Khoun Bulom)神话说,坤布隆是天神派到地上来的,他在勐堂立国,并将他的七个儿子分派管辖七个地方。这些地方都是佬族人的居住地。[2] 德宏州瑞丽市的傣族人则认为坤鲁、坤莱是当地的两个王,是传说中果占璧王国的首领。坤鲁是龙女与岩栋之子,名叫岩登。昆莱则是岩登与公主的的儿子。他们带领族人从"勒宏隆热"来到瑞丽一带,自称为傣卯、傣讷。[3] 西双版纳傣泐人的祖先桑木底委任诸多首领,让他们率领部下开辟新的生存地,人们分布到其他地方去,变成一百零一个族群。[4] 泰国清迈的泰阮人说,一个泰族王子,追着牡鹿来到了清迈城所在的城镇,他和一个精灵仙子生活在清迈的森林里,成为清迈地区泰阮人的祖先神。[5] 又有一说是,一批泰阮人跟随国王老卓从天上来到兰纳山区,25代之后,老卓的子孙孟莱王建立了清莱,之后又建立了清迈城。[6] 素可泰地区的泰族人说,有一个女神与森林中遇到的当地人结婚,生下

---

1 张玉安主编:《东方神话传说》(第六卷),北京:北京大学出版社,1999年,第113—114页。

2 Wajuppa Tossa with Kongdeuane Nettavong. *Lao Folktales*, edited by Margaret Read MacDonald. Westport: Libraries Unlimited 2008, p.134.

3 2016年10月14日,瑞丽市帅喊应讲述,屈永仙翻译,李斯颖整理。

4 西双版纳州民委编:《巴塔麻嘎捧尚罗》,岩温扁翻译,昆明:云南人民出版社1989年,430—431页。

5 Hans Penth. *A brief History of Lan Na*. Chiang Mai: Silkworm Books, 2004, pp.10-11.

6 Ibid, 2004, p.10.

了儿子。这个儿子就是后来的拉差王,是素可泰王朝的第一个统治者。[1]广西田阳区的壮族人民视布洛陀和姆洛甲为天神下凡,他们分派孩子们从敢壮山到其他山头建家立业,繁衍后代,当地才繁荣起来。[2]

此外,台语族群族源神话中还有各类动植物、器物生人、变人等神话,但不是主流。如黑泰人说自己是祖先布热、雅热从天上扔下来的石磨变成的,所以只有他们能够钻水、不怕水,而其他泰人就不行。[3]壮族神话中也有菜叶变成人等说法。[4]

台语民族中有些人口较少的族群,比如中国花腰傣、布傣,老挝泰央人等,保存着传统的祖先信仰。由于生活在汉文化、佛教文化等强势文化圈内,他们的族源神话更容易受到影响,由此也表露出更大的不稳定性。但总

老挝布发卡县南发村的泰央人(吴晓东摄)

1　Hans Penth. *A brief History of Lan Na*. Chiang Mai: Silkworm Books, 2004, p.12.
2　农冠品编注:《壮族神话集成》,南宁:广西民族出版社,2007年,第174页。
3　2012年7月10日,老挝琅南塔省巴萨村(Ban Pasak)黑泰老奶奶琅芒·罗甘(Langmang Logam,103岁)讲述,屈永仙翻译,李斯颖整理。
4　农冠品编注:《壮族神话集成》,南宁:广西民族出版社,2007年,第164页。

体来看，以花腰傣、布傣、泰央人为代表的台语民族中的人口较少民族，依然传承着最基本的祖先崇拜，并流传着关于洪水后兄妹婚繁衍人类、祖先造人等基本母题。与此同时，他们在迁徙路上的一些事件也成为他们族源神话的重要因素。笔者搜集到的"黑衣""射箭""救人""房屋"等与族源神话有关的母题，是台语民族在特定生活环境中，通过解释自身外在及行为特点的叙事，达到区别本族与他族、增强民族凝聚力、增强自信心的一种方式。

台语族群的族源神话以上述三类内容为主，母题的一致性较为明显，地域性特征也较为突出。涉及始祖信仰的族源神话主角不一，与族群各自的历史经历密切相关。涉及洪水、葫芦生人、兄妹婚等母题的族源神话在台语族群中十分常见。这类族源神话通常更强调人类整体的起源，认为天底下的族群同出一处，或有着某些割不断的联系。信仰佛教的泰、佬、泰阮、普泰等族群受佛教及婆罗门教的影响，兄妹婚等不符合相关教义的母题出现得少，葫芦往往作为生人之器。此类族源神话中被提及的其他族群，往往生活在台语族群周边，或与后者来往较多。涉及优秀首领的族源神话，与具体族群历史上特定的地方政权、迁徙经历有关，如关于清迈地区兰纳王国泰阮人的国王——孟莱王的叙述，关于佬族立国英雄坤布隆的叙述。其中一些英雄也是创世、造人的神祇或始祖，这是口传叙事变异发展、汇聚融合的体现。如德宏傣讷人的"坤鲁坤莱"有9位天神与国王父子两种说法，坤布隆、布洛陀等既是族群的始祖神，也是文化英雄首领。

二、台语民族族源神话的传承形态

台语族源神话内容纷繁复杂，传承途径丰富，手抄本、口传演述、节日与仪式等立体、多样的载体展示出其有效的传承机制。

台语族群族源神话叙事的传承既有散文形式，也有经过整编、成系统的韵文形式。散文多是以较平常的形式讲述，可以是人们聚会、闲聊时的谈资，也可以是长辈讲给晚辈听的故事。韵文形式则多见于各类经文或祭词之中。例如，壮族的族源神话多见于本土道教、麽教经文。例如，师公教[1]经文中常见洪水神话与兄妹婚神话母题；而麽教经文中常见布洛陀造人的神话母题。西双版纳傣泐的族源神话虽然也在民间传颂，亦多见于经典史诗《巴塔麻嘎捧尚罗》之中。德宏傣呐口传的坤鲁与坤莱的神话，也常融入民间史诗或佛教经文"桑告布""桑果发蜡果林"等片段中。东南亚台语族群的散体族源神话叙事亦多融合于各类韵文经典之内。台语各族群所使用的文字在族源神话的传承中发挥了重要作用。台语族群所采用的书写系统，一类是借鉴、模仿汉字而形成的方块壮文、方块布依文等，一类是受巴利文影响而产生的傣文、泰文、老挝文、黑泰文等。文字对于族源神话的保存与传播起到了非同寻常的促进作用，并使所借鉴文字背后的汉文化、婆罗门教及佛教文化等分别渗透到不同的族源神话之中。

台语族群的族源神话并不是单一平面的语言叙述，令人眼花缭乱的各类族源神话母题之后，发挥作用的是台语族群悠久的祖先与天神信仰。以族群信仰为核心的族源神话演述，涉及仪式、节庆、传统歌谣、雕塑及绘画等，通过多种渠道向族群成员传递关于本族群的"历史"知识，呈现出立体的传承与发展动态。尤其是仪式，经常与神话呈现出一种"互补"的状态，曾有神话-仪式主义学者秉持"一切的神话都伴随仪式，一切的仪式亦都伴随神话"的观点。[2] 虽然该观点尚可商榷，但如前所述，台语族群的多数族源神话韵文形式与仪式保持着或密切或松散的联系，仪式对于增强族源神话的传播、强调族群的历史有着关键的作用。如壮族的布洛陀神话在各类麽教仪式场合上由布麽吟诵，这些仪式既有日常的赎魂仪式，也有家族祭祖、村寨扫寨等活动。在广西田阳区的敢壮山上，壮族人民重建了布洛陀祖公祠、姆洛甲姆娘岩，立起了布洛陀、姆洛甲的铜像，每年农历三月初七至初九定期祭祀。布依族在贵州兴义的南龙古寨也立起了始祖布洛陀（报陆夺）的神像，供人们朝拜。西双版纳傣泐的《巴塔麻嘎捧尚罗》演述于祭寨心、进新房等

---

[1] 壮族道教、师公教为壮族人民吸收汉族道教文化后将之"本民族化"的结果。壮族麽教是壮族原生型民间宗教，受道教、儒家文化的影响较大。

[2] ［英］罗伯特·A.西格尔：《神话密钥》，刘象愚译，北京：外语教学与研究出版社，2013年，第228页。

特定生活仪式之中。泰国黎府的傣泐村文化博物馆门口供奉对偶祖先神。泰国清刊的黑泰族源神话由巫师在葬礼上演述，将死者之魂送回祖先之地。泰国清迈、清莱城中都有孟莱王的雕像，以此纪念他的丰功伟绩。老挝佬族人民在每年农历六月初八、新年时要举行纪念布热、雅热的仪式，有真人版的木偶表演以及各类游行、庆祝活动。市面上更有布热、雅热两人及其养子——一只狮子的玩偶出售。[1] 泰国北部、东北部及中部的部分地区亦有一种祭祀祖先的活动，时间在每年六至七月之间。届时，全村村民相约去宗祠集体祭祀，赞颂祖先的仁德。[2] 从上述介绍来看，台语族源神话传承的表现形式多样，既有多种多样的节庆和仪式作为传承语境，也有雕塑、玩偶、服饰图案等作为展示途径、记忆的符号。

台语族群族源神话的丰富形态与台语诸族群的历史经历、接触异文化、吸收多重信仰等因素都有关。"族群不只是或必然是以独占领土为基础；他们维持自己群体的不同方式，不仅是一劳永逸的人口自然增加，还有不断的表述和验证"[3]，族源神话就是这其中重要的表述之一。台语族源神话与仪式、节庆以及艺术等多种文化形态的内在关联使之得以立体呈现，其背后有特定的早期共同信仰作为支撑。族源神话在实现族群内部认同、增强族群凝聚力等方面发挥着无可替代的重要功能。

三、台语民族族源神话信仰的太阳（天体）崇拜之源

通过对前述不同台语民族族源神话内容的考察与分析，笔者认为，其叙事体系和信仰中很大一部分来源于早期的太阳（天体）崇拜。这里面包括了以中国壮、布依族为主的布洛陀、姆洛甲始祖信仰与族源神话，以中国桂中地区为传承中心的盘古（伏羲）兄妹婚族源神话，以中国傣族傣泐人为传承

---

1 Wajuppa Tossa with Kongdeuane Nettavong. *Lao Folktales*, edited by Margaret Read MacDonald. Westport: Libraries Unlimited, 2008, p.137.
2 戚盛中：《泰国民俗与文化》，北京：北京大学出版社，2013年，第154页。
3 同上。

主体的布桑嘎西、雅桑嘎赛始祖信仰与神话，以佬族为传承主体的布热、雅热的始祖信仰与神话。

这些来源于太阳（天体）崇拜的族源神话，其中的布洛陀等始祖以创世为主要功绩，并以"造人"作为人类繁衍的主要方式，而不强调其血缘关联。随着时代的发展和人民对血缘关系的强调，这些始祖"生人"的神话也逐渐多起来。

第二节

对台语民族族源神话的再认知

族源神话虽然以节庆仪式、艺术表达等展示出纷繁的姿态,但其最核心的传承动力来自台语族群的传统信仰。在这其中,比较引人注意的是台语民族的"Mo"信仰传统与对祖先、天神的崇拜。族源神话世代传承,主要是作为一种文化记忆、神话历史及心路历程而存在。

一、早期台语民族先民的共同信仰基础

台语民族先民曾共享族群早期的信仰文化,"越巫""郎火"等诸如此类出现在汉文典籍中的词,是对他们具体执行者的一种概括。例如,《史记·封禅书》曾记载,"是时即灭南越,越人勇之乃言,'越人俗鬼,而其祠皆见鬼,数有效。昔东瓯王敬鬼,寿百六十岁。后世怠慢,故衰耗。'乃令越巫立越祝祠"[1]。作为地方政权首领的东瓯王敬鬼用越巫,可见越巫信仰具有其深厚的地域基础,受到从上至下的推崇。明朝邝露《赤雅》也记录了汉代京师的越巫活动:"汉元封二年平越,得越巫,适有祠祷之事,令祠上帝,祭百鬼,用鸡卜。斯时方士如云,儒臣如雨,天子有事,不昆命于元龟,降用

---

[1] (西汉)司马迁:《史记》(第3卷),长沙:岳麓书社,1988年,第662页。

夷礼，廷臣莫敢致诤，意其术大有可观者矣。"[1]

"Mo"作为早期台语民族对"巫术"信仰的统称，在如今不同族群中都有对应的词汇。例如，壮语有"mo"（巫师）、"boux mo"（男巫）、"meh moed"（女巫师）、"ya gim"（女巫）、"mo lum"（末伦）等。布依语[2]中的"mo²⁴"指"摩经、摩术、超度"等意思。西双版纳傣语[3]的"mɔ¹"指的是"巫师、算命人"，"mε⁶ mɔ¹"指的是"巫婆"。德宏傣语[4]的"mo"指的是"巫师"，"bo mo"则指负责主持祭祀祖先神、龙神等的寨主，"ya mo"则指可"通灵"的女巫。在泰语里，"mo"指"巫师、医生"等，"me mot"则指"女巫"，"maw lum"则指脱胎于巫术仪式的民间说唱艺术。老挝语里的"mo phi"则指"巫师"。在东南亚的黑泰、白泰、红泰人之中，以及越南岱族、侬族语言里，"mo phi"都有"巫师、鬼师"的意思。可见，梁敏、张均如所构拟的原始侗台语"巫师"一词为mɔ，[5] 该词在侗台语民族中被使用的时间很早。笔者认为"mo"应属于台语民族早期共同的底层词。根据研究，"mo"与汉语的"巫"或为同源词。梁庭望先生曾指出，"觇壮话称为魔公（Mo，Bouxmo），mo实为巫的音译，故魔公实际是巫公，也就是男巫"[6]。"魔公"即"布麽"。周国茂也曾指出，"14世纪以前，汉语中'巫'的发音仍为'ṃ'，与'姆'（摩）近似"[7]。邢公畹更指出了"在汉族、藏缅族、侗台族和苗瑶族的……四族语言中义为'巫'的这个词都能在语音上互相对应"[8]。在台语族群里，"mo"（巫）文化衍生了丰富的表现形态。在壮族、布依族地区，男巫布麽（摩，mo）主持赎魂、丧葬等仪式，女巫me moed

---

1 （明）邝露：《赤雅》，北京：中华书局，1985年，第52页
2 吴启禄、王伟、曹广衢、吴定川编著：《布依汉词典》，北京：民族出版社，2002年，第377页。
3 喻翠容、罗美珍编著：《傣仂汉词典》，北京：民族出版社，2004年，第268、242页。
4 德宏傣语由屈永仙提供，特此致谢。
5 梁敏、张均如：《侗台语族概论》，北京：中国社会科学出版社，1996年，第948页。
6 梁庭望：《壮族文化概论》，南宁：广西教育出版社，2000年，第459页。
7 周国茂：《一种特殊的文化典籍：布依族摩经研究》，贵阳：贵州人民出版社，2006年，第8页。
8 邢公畹：《原始汉藏人的宗教与原始汉藏语》，《中国语文》2001年第2期。

（ya gim）主持"过阴"、求子等仪式；在东南亚不信仰佛教的台语族群中，男巫"mo phi"亦主持民间的各类祭祀仪式，信仰佛教的族群则和南部壮族地区一样，盛行由宗教仪式发展出来的"末伦"艺术。这种"同中存异"的现象，留给我们宽阔的比较语探索空间。台语民族人民将先民的"Mo"信仰在纷繁复杂的环境中顽强地保存下来，并使其成为本民族持续传承的重要动力。

在接受婆罗门教、佛教以及道教等宗教文化之前，台语族群的祖先与天神信仰已较为根深蒂固，这是他们虽迁徙分化却传承、维系着不同族源神话异文的重要支撑。祖先崇拜首先源于灵魂不灭的观念，人们在此基础上将已故的祖先加以神化。祖先神中有多个层次，包括远古祖或始祖、氏族祖先、部落祖先、民族祖先、家族祖先等，但"一般并不是所有已故亲长都是祖先，而是氏族长、部落首领、家族长、家长、继承人、有功的成员"[1]才能成为祖先。台语族群的祖先崇拜也是如此，其崇拜对象与祖先的地位、辈分、年龄和历史成就等有关，在族源神话中也多有反映。台语族群族源神话中所叙述的祖先神，既有远古氏族祖先，也有一个民族或族群甚至不同族群支系的祖先神等，层次丰富。有的祖先神经历了从氏族祖先到部落首领，甚至到民族祖先的发展历程，其所蕴含的历史文化内涵极为深厚。如壮族的布洛陀，原型为壮族先民骆越部落始祖首领，兼具巫师、祭师身份，今日则被壮族人民视为创世始祖和麽教祖师爷。与西双版纳傣泐支系关系密切的泰阮人，其所信奉的孟莱王为开国国君，历史功绩显赫，是独属该族群支系的英雄祖先，民间多流传关于其奇异诞生的族源神话。台语族群族源神话中纷繁复杂的祖先崇拜形态，既与他们早期的共同起源有关，更展示了他们分化、迁徙之后的特定文化个性。

如前所述在台语族群族源神话中，天神崇拜表现突出。[2]在台语族群尚未分化之时，他们可能就受到了这一观念的影响。在台语族源神话中，天神不但与世界的形成有关，通常也与人类或某个族群的起源有着密切的关系。天神常常是神话中葫芦的赐予者，或者是造人等行为的指导者。

1　钟敬文主编：《民俗学概论》，上海：上海文艺出版社，2009年，第191页。
2　乌丙安：《中国民间信仰》，上海：上海人民出版社，1993年，第15—16页。

从总体上看，由早期"Mo"（巫）信仰所激发出的对祖先与天神的崇拜，成为台语民族族源神话得以产生、延续并不断丰富的根本原因，孕育出滋养心灵、支撑希望、维系团结各类生动叙事。

二、作为文化记忆的台语民族族源神话

族源神话是台语民族人民在历史发展过程中逐步凝聚而成的一种族群文化记忆。"文化记忆"的概念由德国学者阿斯曼夫妇于20世纪80年代在集体记忆、社会记忆的理论基础上升华而出，指的是"每个社会和每个时代所特有的重新使用的全部文字材料、图片和礼仪仪式的总和。通过对它们的'呵护'，每个社会和每个时代巩固和传达着自己的自我形象"[1]。该理论注重记忆的文化功能，将记忆、文化、群体三个维度相关联，强调记忆形成过程中的诸多社会因素之影响，为审视和衡量历史提供了跨学科、全景式的广阔研究空间。[2]"记忆"问题关系着人们的过去、现在与未来。近二十年来，文化记忆理论在中国学术界得到译介和日益关注，并逐步与中国本土实践相结合，引发了文化记忆与文字、象征、非物质文化遗产、族群认同及媒介制约等多领域的阐释与讨论，出现了《文化记忆与歌乐舞韵：文化生态学视野下的云南古戏》[3]、《文字、仪式与文化记忆》[4]、《文化记忆与文化反思——抢救端午节原文化形态》[5]、《非物质文化遗产：文化记忆的展示、保护与实践》[6]、《被

---

1 ［德］哈拉尔德·韦尔策：《社会记忆：历史、回忆、传承》，季斌等译.北京：北京大学出版社，2007年，第6页。

2 刘慧梅、姚源源：《书写、场域与认同：我国近二十年文化记忆研究综述》，《浙江大学学报》（人文社会科学版）2017年第10期。

3 申波：《文化记忆与歌乐舞韵：文化生态学视野下的云南古戏》，昆明：云南大学出版社，2011年。

4 王霄冰：《文字、仪式与文化记忆》，《江西社会科学》2007年第2期。

5 乌丙安：《文化记忆与文化反思——抢救端午节原文化形态》，《西北民族研究》2005年第3期。

6 毛巧晖：《非物质文化遗产：文化记忆的展示、保护与实践》，《西北民族大学学报》（哲学社会科学版）2016年第4期。

"隐于市"的丛林——城市佛教建筑的文化记忆和当代境遇》[1]等专著和文章。《民间历史文化记忆中的湘西用坪还傩愿》[2]、《尔苏藏族和"还山鸡节"——基于文化记忆理论的阐释》[3]、《敖包、文化记忆与游牧社会》[4]等文中对少数民族还傩愿等仪式与节日的解读,强调了仪式作为文化记忆传承两大方式之一,在民族主体性形成与文化认同过程中所起的作用。遗憾的是,至今鲜有学者运用文化记忆理论对少数民族的族源神话进行探讨。

从文化记忆理论出发,对台语民族的族源神话进行叙事内容、仪式表达、信仰体系及传承途径等方面的审视,深化了我们对族群认同形成与变迁、回忆形象塑造及神话叙事功能等方面的理解。台语民族的族源神话叙事各有侧重,角度不一,有的突出了信仰的重要性,有的突出了英雄祖先的丰功伟业,有的突出了当时与周边民族的关系。在这类神话中,记忆的对象、空间等发挥着重要的作用。族群的文化记忆被书写在始祖、英雄以及"神圣地点"之中,并借助一次次的讲述与重复,通过对遥远的彼地的想象得到激活,同时,对神祇力量的感知得以增强。虽然这些叙事内容大相径庭,真实性有待商榷,但其世代传承的内在动力显示了族源神话在台语民族中的重要意义。这类叙事中既蕴藏着丰富的民族历史信息,又折射出民族诸多传统观念的留存与文化构建的持续进行。

从总体上看,台语民族的族源神话作为有关一个民族或民族支系来源的叙事,通过仪式专家的塑造以及文本的经典化等方式,形成了一种特殊的"文化记忆",使得"基于事实的历史被转化为回忆的历史,从而变成了神话"。[5]

---

1 邓启耀:《被"隐于市"的丛林——城市佛教建筑的文化记忆和当代境遇》,《城市建筑》2015年第34期。
2 刘兴禄、刘鹤:《民间历史文化记忆中的湘西用坪还傩愿》,《原生态民族文化学刊》2016年第3期。
3 唐佳:《尔苏藏族和"还山鸡节"——基于文化记忆理论的阐释》,《北方民族大学学报》(哲学社会科学版)2010年第3期。
4 额尔德木图:《敖包、文化记忆与游牧社会》,内蒙古师范大学民俗学硕士学位论文,2005年。
5 [德]扬·阿斯曼:《文化记忆:早期高级文化中的文字、回忆和政治身份》,金寿福等译,北京:北京大学出版社,2016年,第46页。

三、作为"神话历史"的台语民族族源神话

族源神话是"神话历史"的叙述,其中保留了丰富的历史信息,是我们考察和理解无文字时期台语民族社会与文化发展的重要材料。神话作为人类最早出现的人类口头传统,对于传承者来说,是一种"真实"的叙述。吴晓东在《〈山海经〉语境重建与神话解读》一书中提出了以"真实"为标准的神话界定:"作为神话,必须具有一个基本条件,就是要有两群观念迥异的人,一群人对某个关于生活超自然物的故事信以为真,而另一群人则认为极为荒诞,在后一群人眼中,前一群人所深信不疑的故事就是神话。对一个故事的信与不信,有一个维度,如果某一个故事无人(包括古人或当今缺乏知识的原始部落的人)相信为真,那只能是普通的虚构故事,一个故事曾经有人信以为真,或如今依然有一部分人信以为真,而已经有一部分对其可信性加以怀疑或否定,那这个故事已经沦为神话,也就是说,神话,只是对某一部分人而言,不能针对所有的人。"[1] 运用这种"真实性"来看待族源神话时,其历史性特征更为明显。通过叙述祖先的起源和经历,族源神话传递着被信以为真的民族"历史",并实现了多重社会功用的整合。例如,田阳区流传的布洛陀、姆洛甲神话讲述两位神祇如何从天上来到人间,并在敢壮山一带繁衍生息,孕育和发展了壮族。虽然布洛陀、姆洛甲并不是真实存在的始祖,也不可能从天上降临,但这样的叙述与壮族先民在田阳一带发展、壮大的历史是吻合的。在壮族人民看来,布洛陀、姆洛甲就是自己的始祖,神话叙述的是民众认可的"史实",而不是"神话"。

族源神话不等同于真实的历史,又有部分来源于真实的历史,带着更多文化想象色彩。台语民族族源神话亦然,它并不等同于台语民族的真实历史,亦不是完全虚构的叙事。它涉及部分真实的人物和历史,记录了台语族群曾经历的诸多历史事件和不同社会发展阶段,"我们不能否认,历史与自然环境必然要在一切文化成就上留下深刻的痕迹,所以也在神话上留下深

---

[1] 吴晓东:《〈山海经〉语境重建与神话解读》,北京:中国社会科学出版社,2013年,第203页。

刻的痕迹"[1]。但族源神话与真实的历史叙述之间仍有距离，呈现出彼此纠缠、互映的"剪不断、理还乱"状态，让史学和神话学研究人员都颇为头疼。

如前所述，族源神话是台语族群文化记忆的表现，不必苛求其是不是真实的历史。"文化记忆包括被客观化的文化，即文本、仪式、图像、建筑和为了回忆集体史中的重大事件而设计的纪念物。"[2]该类文化记忆不能被完全等同于历史，甚至"在对证据要求方面，历史和记忆是截然对立的"[3]。该现象在族源神话中表现得尤为明显。台语族源神话中所叙述的内容多被当代科学常识所否定，却在族群叙事中享有一席之地。这种附着更多主观想象和自我创造痕迹的族源叙述，是带有"神圣"色彩的台语族群"历史"。它为族群提供了一个有特定意义的历史和生存依据。"神话……是神圣的历史，这不仅取决于它的内容，而且取决于它具体发出的神圣力量。……讲述人类的起源是为了有助于人类的生存，亦即加强公社或部落。"[4]在节庆、仪式以及特定场合中被演述的族源神话，一遍又一遍地强调着其"神圣"的特质，重复着本族群的"过去"，传播着"真实"的历史，它是有助于族人生存与繁衍的有力精神武器。台语族源神话虽然有早期的共同信仰作为支撑，主要的若干母题高度一致，但其叙事的细节却存在或大或小的差异，有的族源神话只与后来分化的族群支系有关，不具备共性。这种异文斑斓庞杂的情况，是由台语各族群不可复制的漫长发展史决定的。历史上从同源到分化迁徙、与诸多异文化接触交流、特定事件与人物出现的过程，都为族源神话锦上添花的细节提供了丰富的素材。居住于祖先故地的壮族、布依族，注重通过神话强调对祖先的祭祀，其族源神话较少迁徙内容，受汉文化影响深，多出现道教神祇或掺杂道教意识。傣族、佬族、泰族等族群，族源神话中突出了带领

---

1 ［英］马林诺夫斯基：《巫术 科学 宗教与神话》，李安宅译，北京：中国民间文艺出版社，1986年，第118页。

2 ［美］沃尔夫·坎斯特纳：《寻找记忆中的意义：对集体记忆研究一种方法论上的批评》，张智译，载李宏图、王加丰选编《表象的叙述》，上海：上海三联书店，2003年，第144页。

3 同上书，第147页。

4 ［美］阿兰·邓迪斯编：《西方神话学读本》，朝戈金等译，桂林：广西师范大学出版社，2006年，第178页。

族群在异乡扎根、立国的英雄祖先,多出现佛教神祇,佛教教义色彩浓厚。台语族群族源神话的传承,更重要的是作为一种集体的文化记忆,是他们实现内部认同的重要表达。

"神话历史"的概念可以帮助我们更好地理解族源神话的特殊之处。"神话的内容和神话讲述活动本身都显露出充分的历史性,历史叙事中也显露出充分的神话性。"[1]族源神话中夹杂着祖先群体和个体不同时期、不同地域的经历,需要仔细辨认和考证,曾经的历史成了神话的一部分,与想象、情感等融为一体,不可分割。因此,"神话历史不宜简单理解为'神话'加'历史'。……这个词在古代的对应称呼应是'历史的神话'(historical myth)。……'历史的神话'或'神话历史'概念的再提出,可以驱散'历史科学'说造成的假象,消解历史和神话的截然对立。将神话从狭小的文学本位的学科概念局限中释放出来,使它发挥文化编码和神圣叙事的方法论作用,成为探索中华文明本源的一把观念钥匙"[2]。这个观点对于研究台语民族族源神话研究同样也是适用的。虽然台语民族族源神话与实际的历史有着明显的差距,但它作为一种"历史的神话",具有自己独特的社会价值和艺术魅力,在民族中世代传承。

四、台语民族族源神话的凝聚功能

台语民族族源神话建构了游走于"真实"与"想象"之间的族群历史,其功能主要在于完成族群的界定,实现集体记忆下的认同与内部凝聚,以此区分"自我"与"他者"。台语民族族源神话中对始祖神化、英雄祖先奇异诞生、族群特定产生方式等的描述,增强了族群内部的凝聚力,使族群内部相互依附和扶持,表达出对自身文化的肯定,激发更大的民族自豪感和自信

---

1 叶舒宪:《"神话历史":当代人文学科的人类学转向》,《社会科学家》2013年第12期。
2 廖明君、叶舒宪:《中华文明探源的神话学研究——叶舒宪教授访谈录》,《民族艺术》2012年第1期。

心，族人也随之"拥有自我认同和被他人认同的成员资格"[1]。这对迁徙异地、需要维系基本生存，不但要在新开辟之地站稳脚跟，还要壮大力量、繁衍生息的族群来说尤为重要。"认同具有身份性归属的意义，而这种身份认同恰恰是在复合性、多边界的情形中的选择或被选择，——根据自己的族源和背景自己来进行确认。"[2] 在台语族源神话中多见对自己与其他族群之所以不同的描述，如因葫芦被凿开时所使用的工具不同，导致泰、佬与居住在山腰、山顶的苗、克木等族群有了肤色、生产技能与工具、服饰等方面的区别。族源神话中所提及的"他者"，常常是在现实生活中与自己毗邻而居或有往来的族群，如德宏州傣呐的族源神话中常提及景颇和汉族，壮族、布依族神话中常提及苗族、瑶族和汉族等。有些神话中提及的族群名称甚至与现代国家的族群划分相一致，比如佬族神话中的老龙、老听与老松族群。可见，这部分内容的形成较晚，族源神话的细节与内容随着民族生活的实际在不断地增减、变化。

台语族群的族源神话向其成员强调着自身的文化特质，最终实现成员与外来者之间的二元区分。这里所说的文化特质主要有两个层次。其一是显性符号或标志，这类可分辨性的特征"往往包括服饰、语言、房屋式样或者一般的生活方式"，[3] 如族源神话中常提及因为神的旨意，台语族群在服饰、语言上与其他族群产生了差别；黑泰的房屋是为纪念耕牛而形成了十字交叉的屋顶装饰。其二是基本的价值趋向，即"评判行为所依据的道德和优秀的标准"[4]。如始祖、英雄祖先为了民族的生存而创造大地、寻找水火等而付出艰辛劳动，甚至为此牺牲生命。从历史的角度来看，族源神话里实现"二元区分"的文化特质，随族群生活的发展而流动，族源神话所构建的"边界"的

---

[1] ［挪威］弗雷德里克·巴斯主编：《族群与边界——文化差异下的社会组织》，李丽琴译，马成俊校，北京：商务印书馆，2014年，第2页。

[2] 彭兆荣：《共同体叙事：在真实与想像之间——兼说京族的故事》，《百色学院学报》2015年第3期。

[3] ［挪威］弗雷德里克·巴斯主编：《族群与边界——文化差异下的社会组织》，李丽琴译，马成俊校，北京：商务印书馆，2014年，第2页。

[4] 同上。

概念，主要的不是一种"地理边界"，而是一种"社会边界""文化边界"。[1]

五、作为心路写照的台语民族族源神话

族源神话具有多面性，它可以被作为民族的"神话历史"来看待，是文化记忆的重要产物，最终展示出的是台语民族先民在民族形成和迁徙过程中的心路写照。虽然族源神话中具有虚构的色彩，有的看起来荒诞不经，有的叙述融入了后世的思想，但多学科的研究证明了其合理性、历史性的一面。

具备"历史"性质的族源神话，有着更为重要的身份，即作为整个民族的文化记忆财富。族源神话中既有史实的融入，又有想象、美化及虚构等成分。它不但提供了可供研究的多样化信息，还承担着对民族整个群体之历史和形象的建构与塑造，故而是一种"文化记忆"。"文化记忆"是"一种文本的、仪式的和意象的系统"。[2] 文化记忆的仓库包罗万象，以口传的文化记忆为例，这个仓库中有"个人记忆再加上结绳、文身、节奏、舞蹈和音乐等身体或物质的支撑"。文化记忆可被分成"功能记忆"和"储存记忆"两部分，其中，功能记忆是一种"有人栖居的记忆"，具有群体关联性、有选择性、价值联系以及面向未来等重要特点。"群体性的行为主体如国家或民族通过一个功能记忆建构自己，在这个功能记忆中它为自己架设一个特定的过去的建构。"[3] 台语民族族源神话属于这种功能记忆，它作为一个民族群体性文化的产物，以此表明本民族的来源，解释了现状，并指导着未来的发展方向。以布洛陀、姆洛甲神话为例，通过祭祖、日常讲述、仪式吟诵等途径，神话对壮民族的来源进行了栩栩如生的描绘，对于壮族安居乐业的世界及其

---

1 ［挪威］弗雷德里克·巴斯主编：《族群与边界——文化差异下的社会组织》，李丽琴译，马成俊校，北京：商务印书馆，2014年，第7页。

2 ［德］阿莱达·阿斯曼：《记忆中的历史：从个人经历到公共演示》，袁斯乔译，南京：南京大学出版社，2017年，第147—151页。

3 ［德］阿莱达·阿斯曼：《回忆空间：文化记忆的形式和变迁》，潘璐译，北京：北京大学出版社，2016年。

秩序进行了描述和解释，并为壮人未来的生活提供了一个参照和方向。

带着"神话历史"和"文化记忆"特征的族源神话，是台语民族发展壮大的心路写照。在研究中，既要避免将族源神话等同于史实，又不能轻易否定其中的虚构成分。史实与虚构的成分以台语民族特有的思维方式结合在一起，形成了族源神话这种独特的表述形式。族源神话吸收了人们记忆深刻的各类特殊或重要的历史事件，包括祖先如何落脚、安家立业、往外迁徙、处理民族关系等内容，又把民族的集体情感融入其中，以此追溯自己的起源、找到共同的生存基础，以"群"的力量继续走向未来。这种在民族经历基础上形成的叙事，对于整个族群来说具有特殊的意义，不能被轻易否定。

参考文献

袁凤辰、苏维光、蒙国荣、王戈丁、过伟编：《毛南族、京族民间故事选》，上海：上海文艺出版社，1987年。

袁珂：《中国神话史》，上海：上海文艺出版社，1988年。

西双版纳州民委编：《巴塔麻嘎捧尚罗》，岩温扁译，昆明：云南人民出版社，1989年。

召帕雅坦玛铁·卡章戛著；龚肃政译；杨永生整理注释：《勐果占璧及勐卯古代诸王史》，昆明：云南民族出版社，1988年。

黄桂秋：《水族故事研究》，南宁：广西人民出版社，1991年。

高立士：《西双版纳傣族的历史与文化》，昆明：云南民族出版社，1992年。

梁敏、张均如：《侗台语族概论》，北京：中国社会科学出版社，1996年。

马学良、梁庭望、李云忠主编：《中国少数民族文学比较研究》，北京：中央民族大学出版社，1997年。

[美]克利福德·格尔茨：《文化的解释》，纳日碧力戈等译，上海：上海人民出版社，1999年。

张玉安主编：《东方神话传说》（第六卷），北京：北京大学出版社，1999年。

梁庭望：《壮族文化概论》，南宁：广西教育出版社，2000年。

李锦芳：《侗台语言与文化》，北京：民族出版社，2002年。

覃乃昌主编：《布洛陀寻踪——广西田阳敢壮山布洛陀文化考察与研究》，南宁：广西民族出版社，2004年。

张声震主编：《壮族麽经布洛陀影印译注》（1-8卷），南宁：广西民族出版社，2004年。

徐松石：《粤江流域人民史》，《徐松石民族学文集》，桂林：广西师范大学出版社，2005年。

［美］阿兰·邓迪斯编：《西方神话学读本》，朝戈金等译，桂林：广西师范大学出版社，2006年。

黄桂秋：《壮族麽文化研究》，北京：民族出版社，2006年。

周国茂：《一种特殊的文化典籍：布依族摩经研究》，贵阳：贵州人民出版社，2006年。

《中国贝叶经全集》编辑委员会：《中国贝叶经全集》（第10卷），北京：人民出版社，2006年。

黄兴球：《老挝族群论》，北京：民族出版社，2006年。

刀承华编译：《泰国民间故事选译》，北京：民族出版社，2007年。

范宏贵：《同根生的民族——壮泰各族渊源与文化》，北京：民族出版社，2007年。

农冠品编注：《壮族神话集成》，南宁：广西民族出版社，2007年。

屈永仙：《傣族创世史诗研究》，中国社会科学院研究生院少数民族语言文学系博士论文，2007年。

杨永生：《傣族历史文化研究文集》，芒市：德宏民族出版社，2007年。

黄兴球：《壮泰族群分化时间考》，北京：民族出版社，2008年。

覃彩銮：《盘古文化探源——壮族盘古文化的民族学考察》，南宁：广西民族出版社，2008年。

王明珂：《英雄祖先与弟兄民族：根基历史的文本与情境》，北京：中华书局，2009年。

钟敬文主编：《民俗学概论》，上海：上海文艺出版社，2009年。

梁庭望：《中国诗歌通史（少数民族卷）》，北京：人民文学出版社，2012年。

瑞丽市史志办公室：《瑞丽傣族文学发展概况》，芒市：德宏民族出版社，2012年，

王宪昭：《中国少数民族人类起源神话研究》，北京：中国社会科学出版社，2012年。

［美］罗伯特·A.西格尔：《神话密钥》，刘象愚译，北京：外语教学与研究出版社，2013年。

岩温龙编著：《西双版纳傣族文学》，昆明：云南大学出版社，2014年。

岩峰、王松、刀保尧：《傣族文学史》，昆明：云南民族出版社，2014年。

何平：《傣泰民族的起源与演变新探》，北京：社会科学文献出版社，2015年。

李辉、金力：《Y染色体与东亚族群演化》，上海：上海科学技术出版社，2015年。

［德］阿莱达·阿斯曼：《回忆空间：文化记忆的形式和变迁》，潘璐译，北京：北京大学出版社，2016年。

［德］阿莱达·阿斯曼：《记忆中的历史：从个人经历到公共演示》，袁斯乔译，南京：南京大学出版社，2017年。

王宪昭：《中国创世神话母题（W1）数据目录》，北京：中国社会科学出版社，2017年。

梁庭望、厉声主编：《骆越方国研究》，北京：民族出版社，2019年。

吴晓东：《盘瓠神话源流研究》，北京：学苑出版社，2019年。

李辉：《人类起源和迁徙之谜》，上海：上海科技教育出版社，2020年。

后 记

这本小书是我科研路上的意外收获。从大学时代跟随梁庭望先生踏上壮族民间文学的调查之旅，到20余年后完成对侗台语族台语支民族族源神话较为系统与成熟的思考，路漫漫其修远兮。时间白驹过隙，谨以此书感谢在我调研和学术探索岁月中给予我无私指导、帮助和关怀的诸多老师、亲朋和挚友们。他们有的是为我传道授业数年的恩师，有的是启发我思考的同门和朋友，有的是在我田野中协助调查和翻译的朋友……虽然无法在这有限的后记中一一道出姓名，但我会用余生铭记他们的指导和帮助，并将他们的智慧、无私、爱和善良传递下去。书稿撰写期间，曾经采访过的老人家张廷会、农吉勤等陆续离开了人世，就连调查时的老挝翻译和挚友——年仅30多岁的裴文，也因突发疾病而撒手人寰，留下三个多月大的儿子嗷嗷待哺。当面对历史的浪涛、死亡的侵袭，个人力量微小得不值一提，我唯一能做的就是用这本小书，表达对师友们的崇敬和谢意，也借此对自己以往的研究做一个小结，怀着学术初心，继续前行。

此书得以付梓，要感谢吴晓东老师率领的中国社会科学院登峰计划"中国神话学"子课题的资金支持。更重要的，要感谢中国神话学团队数位老师对我的殷切指导和"精准帮扶"。吴晓东、王宪昭、毛巧晖、杨杰宏、周翔五位老师，都是学术成就突出的学者，他们对于我学术理念和书中观点的形成，都有着重要的影响，让我受益匪浅。此前，我曾参与吴晓东老师的"南方跨境民族创世与起源神话田野研究"调查，并完成了国家社科基金"台语民族族源神话及其信仰体系研究"的调查报告，为本书的撰写积累了丰富的材料，为本书观点的形成奠定了基础。感谢同事、挚友屈永仙，在一起调查的过程中担负起了沉重的翻译工作，并无私地提供了德宏傣族神话的大量材料。

  同时，还要感谢广西民族文化保护传承和研究中心在出版经费上的支持。这几年，在该中心负责人陆晓芹老师的邀约下，我陆续参加中心的不少工作，发表了不少论文。和芹姐认识已有十余年，她当年在北师大读博，我慕名拜访，从此得到她在学术和生活中的提携和关照。从广西龙州边关到泰国玛哈沙拉坎市的数次调研途中，她为我塑造了优异的典范，让我看到如何不愧为一名优秀的田野工作者，如何才能实现从田野到理论研究的跨越。

  书稿得以成形，亦离不开家人的支持。感谢我的先生邓延庭，他在繁忙的工作之余，坚持每天上午独自照顾幼女大飞，让我能安心到天键广场的咖啡馆"打卡"写作。在咖啡馆里，可爱的服务员小妹妹曾数次赠送亲手拉花的咖啡，让我感怀至今。时间犹如沙漏，靠着每天上午积攒的两三个小时和深夜的苦熬，这部书稿才得以最终修改完成。书稿完成时，幼女大飞已三岁半。从她呱呱落地到今日能说会道、善解人意，基本上是我和先生二人亲力亲为，独自照顾。在一地鸡毛的柴米油盐中，大飞逐渐长大、活蹦乱跳，书稿也有了眉目。我的父母和妹妹虽远在南宁，却每天都关注我的生活和工作，有机会相聚时全力帮我带娃，支持我的研究工作。一切的一切，都让我对生命的韧劲和坚持的意义有了新的感悟，唯愿岁月静好，山河无恙。

  责编陈佳女士外表柔弱，内心强大，工作雷厉风行，效率极高。她既充分体谅我育儿之苦，又履行了一个优秀编辑的职责，对书稿的内容提出了中肯的建议，感谢她的辛苦付出！

  由于个人能力有限，书中纰漏和谬误在所难免，敬请大家批评指正。侗台语民族历史悠久，文化博大精深，希望这本小书能够抛砖引玉，对相关学术研究的发展有所贡献。

李斯颖

2022 年 10 月于北京